国家古籍整理出版
专项资助项目

中国古典文学
读本丛书典藏

中国古代戏剧选

[下]

宁希元 宁恢 选注

人民文学出版社

尚仲贤

尚仲贤,真定(今河北正定)人。元前期杂剧家,曾任江浙行省务官,与戴善夫同里同僚。生平所作杂剧十种,多为历史剧和爱情剧。现存《尉迟恭三夺槊》、《汉高祖濯足气英布》、《洞庭湖柳毅传书》三种,以《柳毅传书》最为出色。

洞庭湖柳毅传书[1]

楔 子

(外扮泾河老龙王领水卒上,诗云)羲皇八卦定乾坤[2],左右还须辅弼臣。死后亲承天帝命,独魁水底作龙神。吾神乃泾河老龙王是也。我孩儿泾河小龙。有洞庭湖老龙的女儿,叫做龙女三娘,娶为小龙媳妇,琴瑟不和,使我心中甚是不乐。且待小龙孩儿来,看有甚么说话。(净扮小龙上,诗云)堂堂作灵圣,小鬼害劳病。身边没阴人[3],就死也干净。小圣乃泾河小龙是也。有我父老龙与我娶了个媳妇,是龙女三娘。我与他前世无缘,不知怎么说,但见了他影儿,煞是不快活。我今到父王面前,搬唆几句言语,捻他去了,却不好哩。(做见科,云)父亲,你与我娶了个媳妇,他性儿乖劣,至今不与我相和,倚恃他父叔神通,发猛的要降着我,连父亲也不看在眼里。这等不贤之妇,我要他怎的?(老龙云)有这样事!叫那小贱人来,我自有处治。(水卒云)理会的。龙女三娘安在?(正旦扮龙女上,云)妾身是洞庭湖龙女三娘。俺父亲母亲将我嫁与泾河小龙为妻。颇奈泾河小龙为婢仆所惑,日见厌薄,因此上俺两个琴瑟不和。今日公公呼唤,不知有甚事,须索走一遭去。(做见科,云)公公,唤您媳妇儿有何事?(老龙云)你怎生性子乖劣,不与小龙相和?若是回心转意便罢,若不肯时,我便有发落你处,不道的轻轻饶了你也。(正旦做跪科,云)公公,非关媳妇儿事,这都是小龙听信婢仆,无端生出是非。媳妇也是龙子龙孙,岂肯反落鱼虾之手?(老龙云)嗟,你看他,我面前尚然口强,难怪我小龙儿也。鬼卒,与我剥下他冠袍,送他泾河岸边牧羊去。(诗云)夫妻何事不相投,罚去看羊过几秋。饶他掬尽泾河水,难洗今朝一面羞[4]。(下)(正旦做叹科,云)嗨,着我向泾河岸上牧羊去,我怎生受的这般苦楚艰难也呵!(唱)

【仙吕端正好】我则为空负了雨云期,却离了沧波会,这一场抵多少水尽鹅飞[5]。早是我受不过狠毒的儿夫气,更那堪不可公婆意。

【幺篇】因此上拨下这牧羊差,妆出这捞龙计。想他每无恩义本性难移,着我向野田衰草残红里。离凤阁,近渔矶,蓬蝉鬓[6],蹙蛾眉,愁荏苒,泪淋漓。想父母,共亲戚。哎,天那知他何日得重完备。(下)

〔1〕《柳毅传书》:据唐代李朝威传奇小说《柳毅传》改编而成。用神话题材,写人间世俗之爱情、婚姻和家庭,充满了社会生活的内容,在元人杂剧中实属别具一格,历来为人们所称许,誉为神话剧典范之作。由于是神话剧,其故事发展,关目安排,都具有浓厚的浪漫主义的色彩。第一折写龙女牧羊,凄婉动人;第二折写二龙斗胜,惊心动魄;第三折写龙宫宴别,起伏跌宕;第四折写卢女即是龙女,喜出望外。其瑰丽变幻之情景,直令观者惊叹不止,因而在舞台上一直盛演不衰,影响很大。现据《元曲选》校注,个别地方则参校他本。

〔2〕"羲皇"句:伏羲,传说中的古代三皇之一,一说即太暤,风姓。传说他始画八卦,教民渔猎,为文明之始。

〔3〕阴人:女人。

〔4〕"饶他"二句:戏曲常语,原作"饶君掬尽西江水,难洗今朝满面羞"。见《桃花女》楔子。这里为切合剧情,文字小有改动。

〔5〕水尽鹅飞:比喻恩情断绝,事情到了无可挽回的地步。《望江亭》第二折〔普天乐〕:"直等的恩断义绝,眉南面北,怎时节水尽鹅飞。"

〔6〕蝉鬓:古代妇女的一种发式,缥缈如蝉。这里泛指黑发。

第 一 折

(冲末扮柳毅、老旦扮卜儿上)(卜儿诗云)教子攻书志未酬,桑榆暮景且淹留。月过十五光明少,人到中年万事休。老身姓张,夫主姓柳,早年亡逝,身边止有一子,名唤柳毅,今年二十三岁了。奈因家贫,不曾婚娶。孩儿,几时是你那峥嵘发达的时节也。(柳毅云)母亲,您孩儿学成满腹文章,如今春榜动,选场开,您孩儿欲要进取功名去。但得一官半职,荣耀门闾,母亲意下何如?(卜儿云)孩儿,进取功名是你读书的本等,则要你着志者[1]。(柳毅云)则今日是吉日良辰,辞别了母亲,便索长行也。(做拜别科)(下)(卜儿云)孩儿去了也。眼望旌捷旗,耳听好消息[2]。(下)(正旦上,云)妾身是龙女三娘。俺公公信着那泾河小龙业畜的言语,着我在泾河岸上牧羊。这那里是个羊,都是些懒行雨的雨工[3]。雨工,则今日风云未遂,我与你俱沦落在水滨河嘴,恰好是一样烦恼也呵。(唱)

【仙吕点绛唇】魂断频哭,梦回不睹,逢春暮。甚日归湖,备把这离愁诉。

【混江龙】往常时凌波相助[4],则我这翠鬟高插水晶梳。到如今衣裳褴褛,容貌焦枯。不学他萧史台边乘凤客[5],却做了武陵溪畔牧羊奴[6]。思往日,忆当初,成缱绻,效欢娱。他鹰指爪,蟒身躯;忒躁暴,太粗疏。但言语,便喧呼,这琴瑟,怎和睦?(带云)俺那龙呵。(唱)可曾有半点儿雨云期,敢只是一划的雷霆怒。则我也不恋您荣华富贵,情愿受鳏寡孤独。

(云)想着我在洞庭湖里,怎生受用快活,如今折得这

般,兀的不愁杀人也。(唱)

【油葫芦】则我这头上风沙脸上土,洗面皮惟泪雨,鬓蓬松除是冷风梳。他不去那巫山庙里寻神女,可教我在泾河岸上学苏武[7]。这些时坐又不安,行又不舒。猛回头凝望着家何处,只落的一度一嗟吁。

(云)我修的一封家书在此,怎得个便人寄去,可也好。

(唱)

【天下乐】俺家在南天水国居,就儿里非无尺素书。奈衡阳不传鸿雁羽[8]。黄犬又筋力疲,锦鳞又性格愚[9],几遍家待相通常间阻。

(柳毅上,诗云)客里愁多不记春,闻莺始觉柳条新。年年下第东归去,羞见长安旧主人。小生柳毅是也。如今是大唐仪凤二年,上朝应举,命运不利,落第东归。有一故人在于泾河县作宦[10],小生就顺路去访他一遭。此间乃是泾河岸侧,远远望见一个妇女牧羊,好生奇怪。(做看科,云)你看他颦眉凝睇,如有所待。不免向前问他一声,小娘子拜揖。(正旦云)先生万福。请问仙乡何处,高姓大名,因甚到此?(柳毅云)小生淮阴人氏,姓柳名毅,为应举下第,偶然打此处经过。小娘子你姓甚名谁,为何在此牧羊也?(正旦云)妾身是洞庭湖龙女三娘。俺父亲将我与泾河小龙为妻,颇奈泾河小龙,躁暴不仁,为婢仆所惑,使琴瑟不和。俺公公着我在这泾河岸上牧羊。每日早起夜眠,日炙风吹,折倒的我憔

497

瘦了也。我如今修下家书一封,争奈没人寄去,恰好遇着先生,相烦捎带与俺父亲,但不知先生意下肯否?(柳毅云)我乃义夫也,闻子之言,气血俱动,有何不肯?只是小娘子当初,何不便随顺了他,免得这般受苦。(正旦云)先生,你不知,听我说一遍。(唱)

【那吒令】为一言半语,受千辛万苦。受千辛万苦,想十亲九故。想十亲九故,在三江五湖。可怜我差迟了这夫妇情,错配了这姻缘簿,都则为俺那水性的儿夫[11]。

(柳毅云)小娘子,你那夫主怎生利害,你说一遍与我听咱。(正旦唱)

【鹊踏枝】嗔忿忿挺着胸铺,恶狠狠竖着髭须。但开口吐雾吹云,那里是喷玉喷珠[12]!轻咳嗽早呼风唤雨,谁不知他气卷江湖。

(柳毅云)小娘子,你家在那里住?离此泾河多远哩?(正旦唱)

【寄生草】妾身离乡故到外府[13],绕着这野塘千里红尘步。遥隔着残霞一缕青纱雾,望不见寒波万顷白蘋渡。(柳毅云)我看小娘子中注模样,想也决不是以下人家。莫非在鹓鹊殿中生长的么[14]?(正旦唱)休道是妾身鹓鹊殿中生,多则在侬家鹦鹉洲边住[15]。

(柳毅云)呀,小娘子,据你这般说,你家在洞庭湖水中,我便要替你捎书,尘凡隔绝,怎生到得那处?(正旦出书、金钗科,云)既蒙先生许诺,我自有路径指引你去。

俺那洞庭湖口上,有一座庙宇,香案边有一株金橙树,里人称为社橘[16]。你可将我这一根金钗儿击响其树,俺那里自有人出来。(唱)

【幺篇】则俺那里近沙浦有庙宇。到庙前将定金钗股,香案边击响金橙树。觑水中闪出金沙路,走将那巡海的夜叉来,敢背将你个寄信的先生去。

(柳毅云)既如此,我与你做个传书使者。但你异日归于洞庭,是必休避我也。(正旦云)岂但不避,大恩人便是我亲戚一般哩。(唱)

【赚煞】俺为甚么懒上凤凰台,羞对鸳鸯浦[17]?则为那霹雳火无情的丈夫[18]!是则是海藏龙宫曾共逐[19],世不曾似水如鱼,谩踌躇,影只形孤;只我这泪点儿多如那落花雨,多谢你有心肠的雁足[20],可着我便乘龙归去,(做拜科)(唱)全在这寄双亲和泪一封书。(下)

(柳毅云)知他是神是鬼,且将这书直至洞庭湖庙前走一遭去。(诗云)泾河岸偶遇三娘,诉离愁雨泪行行。如今去洞庭湖上,将此书寄与龙王。(下)

〔1〕着志:即着意,小心在意的意思。
〔2〕"眼望"二句:戏曲常语。本指将帅在营中眼望旌旗等待前方胜利的消息,后多用于亲人在家对即将分别者期望其成功的话头。旌捷旗,即旌节旗,指军旗。
〔3〕雨工:雨师,司雨之神。唐李贺《神弦曲》:"古壁彩虹金帖尾,雨工骑入秋潭水。"

〔4〕凌波:即凌波碎步,姿态轻盈。

〔5〕萧史台边乘凤客:乘凤客,指秦穆公女弄玉。曾与其夫萧史在凤台吹箫引凤,凤来二人同跨而去。

〔6〕武陵溪畔:用刘晨、阮肇天台山桃源洞遇仙女故事。参见《救风尘》第三折注释〔18〕。

〔7〕苏武:汉苏武出使匈奴被扣,曾于北海牧羊。

〔8〕衡阳不传鸿雁羽:湖南衡阳有回雁峰,其势如雁回转,相传大雁南飞至此而止,遇春即回。这里指不能托雁传书。

〔9〕"黄犬"二句:古代有托犬、鱼为人带信的传说。犬疲鱼愚,皆指不通音信。黄犬,晋陆机在洛阳,久无家问,因托其犬黄耳致书于家。锦鳞,指鲤鱼。汉蔡邕《饮马长城窟行》:"客从远方来,遗我双鲤鱼。呼儿烹鲤鱼,中有尺素书。"

〔10〕泾河县:疑误。李朝威《柳毅传》作泾阳,当是。

〔11〕水性:水无定性,随流而异。形容一个人没有主见,浮动不止。

〔12〕喷(xùn徇)珠喷玉:形容说话文雅可喜,如吐珠玉。

〔13〕乡故:即"故乡"之倒文。元曲中多有这样的语例,如元刊本《范张鸡黍》楔子正末云:"今知小生与元伯同归乡故,来相别于长亭之上。"

〔14〕鹔鹊殿:汉代有鹔鹊宫,在长安甘泉宫外。见《三辅黄图》卷二。这里泛指帝王宫院。鹔鹊,域外鸟名。

〔15〕侬家鹦鹉洲边住:用元白贲小令〔鹦鹉曲〕原句:"侬家鹦鹉洲边住,是个不识字渔父。"这里指洞庭湖而说。鹦鹉洲,在湖北汉阳西南江中,明末为江水冲没。

〔16〕社橘:古代立社种树,作为社的标志。社,祭祀土地神的地方。

〔17〕"俺为甚么"二句:凤凰台,鸳鸯浦,取雌雄配偶之义,并非实

指某处地名。

〔18〕霹雳火：雷电冲击迸发之闪光，喻性格粗暴，容易发怒。

〔19〕海藏：龙宫藏宝之所。

〔20〕雁足：这里指信使，由雁足系书而有此称。

第 二 折

（柳毅上，云）小生柳毅，自离了龙女三娘，可早来到这洞庭湖也。原来这湖口上果然有一座庙宇，庙前有一株金橙树。这等看起来，那龙女所云，真不虚矣。我如今取出这金钗儿击响此树咱。（做击科）（净扮夜叉上，诗云）湖上显神通，作浪与兴风，不识虾元帅，唯言鳖相公。小圣乃巡海夜叉是也，不知甚人击响金橙树，小圣分开水面，我是看咱。兀那厮，你是何人，为甚么击响这金橙树？（柳毅云）小生是淮阴秀才，叫做柳毅。我要见你洞庭君，自有说的话哩。（夜叉云）兀那秀才，你合着眼跟的我去来。（同下）（外扮洞庭君同老旦扮夫人上，云）吾神乃洞庭湖老龙是也。今有我女孩儿龙女三娘，嫁与泾河小龙为妻。自从去后，音信皆无，使我甚是放心不下。今日时当卓午[1]，我听太阳道士讲《道德经》未完[2]，传报有人击响金橙树，我已着巡海夜叉问去了，这早晚敢待来也。（夜叉同柳毅上）（夜叉云）兀那秀才，你则在这里候着。（柳毅云）理会的。（夜叉做报科，云）喏！报的上圣得知，有一秀才击响金橙树，他说要亲见上圣,自有说话。(洞庭君云)着他过来。(柳毅见惊拜科)(老龙云)水府幽深,寡人暗昧,秀才,你是那里人氏?涉险而来,何以教我?(柳毅云)小生淮阴人氏,姓柳名毅,因落第东归,偶打泾河岸过,见一妇人,乃是龙女三娘,在那里牧羊,折倒的容颜憔瘦[3],全不似往日了,着我捎带一封家书来,尊神请看。(做递书,洞庭君接与夫人同看,做惊悲科)(老龙云)有这等事!(做谢科,云)秀才,多亏你也!寄书到此,远路劳神。(夫人哭云)嗨,我的儿,似此呵怎了也!(洞庭君云)住住住!夫人休得大惊小怪,恐防兄弟火龙知道。兀那秀才,且请到明珠宫少坐。左右,一壁安排茶饭,款待秀才也。(夜叉同柳毅暂下)(外扮钱塘君上,诗云)满目霞光笼宇宙,泼天波浪渗人魂;鼻中冲出千条焰,翻身卷起万堆云。吾神乃火龙是也。哥哥是洞庭老龙。为甚将俺闭居在此?只因俺在唐尧之时,差行了雨,害得天下洪水九年,因此一向罚在这钱塘水帘洞受罪。今日无甚事,到洞庭湖探望哥哥走一遭去,可早来到也。夜叉报复去,道我来了也。(夜叉做报科,云)喏!报的上圣得知,有钱塘火龙来了也。(洞庭君云)道有请。(夜叉云)请进。(做见科,云)哥哥,嫂嫂,小圣来了也。(洞庭君云)兄弟请坐。(钱塘君云)哥哥,这海藏里怎生有一阵生人气?(洞庭君云)兄弟,俺这里有一凡间秀才,说着紧要的事。兄弟,你且回避咱。(钱塘君云)您兄弟知道。我出的这门来,且不去,我在这里听他说甚么?(洞庭君云)夫人,适间柳先生说俺女孩儿折倒的憔悴了也。(夫人云)俺女孩儿书上明说,泾河小龙惑于嬖妾[4],琴瑟不和,罚在泾河岸上牧羊。(做悲科,云)想我女孩儿怎么受得这般羞辱?大王何不早早差人接取回来?(洞庭君云)夫人说轻些,则俺钱塘兄弟在此,倘或被他知道,拨动他这个性子,可怎了也?(钱塘君云)原来是这等。颇奈泾河小龙无礼,着俺龙女三娘在于泾河岸上牧羊,辱没我的面皮。哥哥,你便瞒我,我却忍不得了也。则今日点就本部下水卒,我顿开铁锁,直奔天堂,亲见上帝,诉我衷肠,说他无义业畜,怎敢着俺龙女牧羊?忙将水卒点,不索告龙王,管取泾河岸,翻作汉洋江[5]。(下)(夜叉云)喏!报的上圣得知,有火龙领本部下水卒,与泾河小龙斗胜去了也。(洞庭君云)这等可怎了?那柳秀才且莫要使他知道,恐怕这一场厮杀非小,惊动上客,不当稳便。一壁点起水卒,接应兄弟去走一遭。(诗云)听言罢忙离海藏,驾云雾空中自降,若走了泾河小龙,直赶到九重天上。(同夫人、夜叉下)(小龙领水卒上云)我是泾河小龙是也。为因龙女三娘不肯随顺,罚他在泾河岸上牧羊,不知那一个天杀的与他寄信回去?今有钱塘火龙到来,要和我斗胜。大小水卒,听吾神旨,摆开阵势。火龙这早晚敢待来也。(钱塘君上,云)水卒,一字儿摆开者。兀那业畜,量你到的那里？我与你交战咱。（调阵子科[6]）（小龙云）我近不的他，走走走！（下）（钱塘君云）这厮神通浅短，法力低微，近不的吾神走了也，我不管那里赶将他去。（下）（小龙慌上，云）三十六计，走为上计，我近不的他，我如今走那里去？只得变做个小蛇儿，往这淤泥里躲了罢。（钱塘君再上云）赶到这里，可怎生不见了？（做看科，云）原来这厮害怕，变做个小蛇儿，躲在这淤泥里，便待干罢，我且拿起来，只一口将他吞于腹中。看道可还有本事为非作歹哩？我如今收兵奏凯，回俺哥哥话去也。（下）（泾河老龙上，云）吾神泾河老龙是也。今有钱塘火龙与俺小龙斗胜，未知胜败，我使的雷公电母看去了。这早晚敢来报捷也。（正旦改扮电母，两手持镜上，云）这一场厮杀，非同小可也呵。（唱）

【越调斗鹌鹑】他两个天北天南，海西海东，云闭云开，水淹水冲，烟罩烟飞，火烧火烘！卒律律电影重[7]，古突突雾气浓[8]。起几个骨碌碌的轰雷，更一阵扑簌簌的怪风。

【紫花儿序】险惊杀了负薪的樵子，慌杀了采药的仙童，唬杀了撒网的渔翁。全不见红莲映日，翠盖迎风。遮笼，都是那鬼卒神兵四下攻。则俺这两只脚争些儿踏空，可擦擦坠落红尘，（带云）报、报、报。喏！（唱）兀的不跌破了我青铜[9]。

（老龙云）电母，你从云雾中来，看道那一家喜色旺气？雷公电母显灵通，掣电轰雷缥缈中；两阵相持分胜败，尽在来神启口中。这场厮杀，是那一家败，那一家胜？电

母,你可喘息定了,慢慢的说一遍咱。(电母云)端的这一场好斗胜也。(唱)

【小桃红】那小龙大开水殿饮金钟,厮琅琅儿部笙歌送,不觉的天边黑云重。昏邓邓敢包笼,忽刺刺半空霹雳声惊动,古都都揭了瓦陇,吸哩哩提了斗栱[10],滴溜溜早翻过水晶宫。

(老龙云)那火龙大施勇烈,俺小龙不忿争强。这壁厢火光灿灿接天关,那壁厢风雨飕飕迷地角。端的是江翻海沸,地震山摇。火龙怎生发怒?小龙怎的支持?电母,你慢慢的再说一遍与我听。(电母唱)

【紫花儿序】忽的呵阴云伏地,淹的呵洪水滔天,腾的呵烈火飞空。泾河龙逃归碧落,钱塘龙赶上苍穹[11]。两条龙的威风,怕不谑杀了鳖大夫、龟将军、鼍相公[12]。这其间各赌神通,早翻过那海岛十洲,只待要拔倒了华岳三峰!

(老龙〔西江月〕词云)那火龙倚仗他狂烟烈火,俺小龙施展他骤雨飘风。火来雨去势汹汹,各自当场卖弄。火起雨能相灭,雨飞火又来攻,二龙争斗在长空,还是谁家最勇?俺小龙神通广大,变化多般,量火龙到的那里?你且喘息定了,再说一遍。(电母唱)

【鬼三台】两条龙身躯纵,震的那乾坤动。恶哏哏健勇,赤焰焰满天红。一撞一冲,则教你心如铁石也怕恐,便有那铜山铁壁都没用。钱塘龙逆水忙截,泾河龙淤泥里便齆[13]。

(老龙云)当日那龙女三娘在泾河岸上牧羊,他父母都在洞庭湖中,相隔遥远,若没个人与他寄信,怎生知道?

505

你慢慢的再说一遍。（电母云）上圣不厌絮烦,听俺说来。（唱）

【调笑令】叵奈那业龙,说与俺老家公,则为这龙女三娘惹下祸丛。想他在泾河岸上愁千种,闷恹恹蹙损眉峰,暗修下诉控双亲书一封,哭啼啼盼杀宾鸿[14]。

（带云）这寄书人,俺也打听来,他是淮阴人氏,叫做柳毅。（唱）

【秃厮儿】恰是这三娘命通,更和那柳毅两下相逢。可是他从头至尾言始终,寄书到洞庭中也么龙宫。

（老龙云）原来是凡人柳毅,与他寄书到洞庭湖去。不知他那父母见了书呈,可是怎生?（电母唱）

【圣药王】爷读了怒满胸,娘听了珠泪倾,是他那哭声儿吹入翠帘笼。钱塘龙忿气雄,粗铁索似挼葱[15],早磕塔顿开金锁走蛟龙,扑腾的飞过日华东。

（老龙云）那火龙虽则英勇,俺泾河龙呼的风,唤的雨,腾的云,驾的雾,部下有水卒鬼兵,神通变化,怎的便弱与他?你再说一遍,我试听咱。（电母唱）

【拙鲁速】则咱这水卒有两三重,鬼兵有数百种,并没那半星儿放松,一谜里便冲,无非是鱼鳖鼋鼍共随从,紧拦纵,阵面上交攻,将他来苦淹淹厮葬送。

【幺篇】落阵处乱蓬蓬[16],着伤处闹茸茸,他每都扣断了红绒,搭撒了熟铜[17],弦绝了雕弓,剑缺了霜锋。将他来难移难动,没歇没空,厮推厮拥,劈丢扑冬,水心里打沐桶[18]。

（老龙做悲科，云）谁想俺家输了也。兀那电母，如今俺小龙在那里？（电母云）还想小龙哩！他赶的慌了，变做一条小蛇，藏在淤泥里面，被火龙一口吞入腹中，好可怜人也！（唱）

【收尾】则他走金蛇电影内将神威弄，你觑那霸桥北泾河岸东。俺只见淹淹的血水渲做江湖，和着这滚滚的尸骸炼做丘冢。（下）

（老龙云）谁想我水府事情，倒落凡人之手，坑杀俺小龙儿也！且索宁奈〔19〕，慢慢寻个计策，报仇便了。（诗云）何处一迂儒，公然敢寄书？灭我潜龙种，抢去牧羊奴。恨小非君子，无毒不丈夫；终当逞威力，填满洞庭湖。（下）

〔1〕卓午：正午。
〔2〕太阳道士讲《道德经》：《柳毅传》作"与太阳道士讲《火经》"，似是。太阳道士，为祆（xiān 先）教道士。祆教，即拜火教，南北朝时自波斯传入我国，唐中叶后渐废不传。其教认为宇宙内善恶二道，不断斗争，最后善胜恶灭。教徒以火为最纯洁，奉为善神的象征。《火经》，当指祆教经典。
〔3〕折倒：折磨，摧残。
〔4〕嬖妾：爱妾，宠妾。
〔5〕汉洋江：即汉阳江，长江在汉阳的一段。这里指长江。《单刀会》第三折〔石榴花〕曲："两朝相隔汉阳江，写着道鲁肃请云长。"
〔6〕调阵子：元杂剧演出程式之一，双方在舞台上排列成阵，作战斗表演动作。

507

〔7〕卒律律:形容腾空高起的样子。也作"倅律律"。《水浒传》第四十一回:"倅律律走万道金蛇",同样也是写闪电。

〔8〕古突突:突起翻腾的样子。

〔9〕青铜:铜镜。

〔10〕斗栱:宫殿柱头上承受屋梁的山字形方木。

〔11〕"泾河龙"二句:碧落,苍穹,皆指天空。

〔12〕"谑杀了"句:谑,原误为"喊",据顾曲斋本改。鼍(tuó陀),俗名猪婆龙,爬行动物,是鳄鱼的一种。

〔13〕劆(gǒng巩):今作"拱",钻的意思。

〔14〕宾鸿:鸿雁候鸟,来去有定,故称宾鸿。

〔15〕挽(juē撅)葱:比喻轻而易举,不费力气。

〔16〕落阵:败阵而走。

〔17〕搘(kè客)撒了熟铜:上句说扣断了红绒绳,这里熟铜,疑指护心镜。搘撒,磕撒,碰歪了的意思。

〔18〕水心里打沐桶:沐桶,疑是扑通,拍打水面的声音。

〔19〕宁奈:即宁耐,耐心等待。

第　三　折

(洞庭君领水卒上,云)吾神乃洞庭老龙是也。有兄弟钱塘火龙与泾河小龙斗胜去了,未知胜败如何?这早晚敢待来也。(夜叉上,报云)喏,报的上圣得知,有火龙得胜回来也。(洞庭君云)快摆队伍迎接去。(钱塘君上,见科,云)哥哥,您兄弟得胜回来也。(洞庭君云)不害生灵么?(钱塘君云)六十万。(洞庭君云)不伤禾稼么?(钱塘君云)八百里。(洞庭君云)薄情郎安在?(钱塘君云)你问他怎么?被吾吞在腹中了也。(洞庭君云)这个也罢,他须不仁[1],你也太急性子,若上帝不见谅时,怎么是好?(钱塘君云)哥哥也,与你出了这口气,您兄弟没有使性处,忍不的了也。(洞庭君云)兄弟,有句话与你商量。想当初若不是柳秀才寄书来,岂有咱女孩儿的性命,道不的个知恩报恩。左右,与我请将柳秀才来者。(夜叉云)柳秀才有请。(柳毅上,云)小生柳毅,自从来到洞庭湖,在这海藏里住了好几日。龙王呼唤,不知有甚事?须索见去。(做见科)(洞庭君云)兀那秀才,多亏你捎书来救了我的龙女三娘;如今就招你为婿,你意下如何?(柳毅背云)想着那龙女三娘,在泾河岸上牧羊那等模样,憔悴不堪,我要他做甚么?(回云)尊神说的是什么话,我柳毅只为一点义气,涉险寄书,若杀其夫而夺其妻,岂足为义士。且家母年纪高大,无人侍奉,情愿告回。(钱塘君做怒科,云)秀才,料想我侄女儿,尽也配得你过。你今日允了便罢;不允,我与你俱夷粪壤[2],休想复还。(柳毅笑云)钱塘君差了也。你在洪波中扬鬐鼓鬣[3],掀风作浪,尽由得你;今日身披衣冠,酒筵之上,却使不得你那虫蚁性儿[4]。(钱塘君作揖谢云)俺一时醉中失言,甚是得罪,只望秀才休怪。(洞庭君云)兄弟如此才是。既然秀才坚执不肯,我岂可强他。左右,与我请出龙女三娘,拜谢他寄书之恩;再将些金珠财宝,相送回去者。(夜叉云)理会的。龙女三娘有请。(正旦上,云)自从俺那叔父钱塘火龙,救的我重到这洞庭湖里来,我这一场多亏了寄书的柳毅秀才。今日父亲在水殿上安排筵席,管待那秀才,唤我出来,必然是着我谢他;我想这恩德如同再生一般,岂是一拜可能酬答也呵。(唱)

【商调集贤宾】则俺那寄书来的秀才错立了身[5],怎能够平步上青云。则为他长安市不登虎榜[6],救的我泾河岸脱离羊群。他本望至公楼独占鳌头[7],今日向洞庭湖跳过了龙门。则我这重叠叠的眷姻,可也堪自哂,若不成就燕尔新婚,我则待收拾些珍宝物,报答您大恩人。

(做行科,唱)

【金菊香】则我这凌波袜小上阶痕[8],手提着沥水湘裙与你入殿门[9]。在这浑金椅前(做见二亲科,唱)参了二亲。那一场电走雷奔,(做见钱塘君科)(唱)驾风云的叔父,你可也索是劳神。

(钱塘君云)侄女儿不苦了,我只怕苦了你也。(洞庭君云)你若非柳先生,怎有今日?你过来拜谢了他者!(正旦唱)

【梧叶儿】我这里掩着袂忙趋进,改愁颜做喜欣。(做拜谢科)(唱)施礼罢叙寒温:你水路上风波恶,旱路上程限紧,似这等受辛勤,你索是远路风尘的故人。

(柳毅云)这一位女娘是谁?(洞庭君云)则这个便是我

的女孩儿龙女三娘。(柳毅云)这个是龙女三娘？比那牧羊时全别了也[10]！早知这等，我就许了那亲事也罢。(正旦做斜看，叹云)嗨！可不道悔之晚矣！(唱)

【后庭花】俺满口儿要结姻，他舒心儿不勘婚[11]。信口儿无回话，划的偷睛儿横觑人。我这里两眉颦，他则待暗传芳信[12]；对面的辞了亲，就儿里相逗引。俺叔父敢则嗔，那其间怎的忍，吼一声风力紧，吐半天烟雾昏，轻喝处摄了你魂，但抹着可更分了你身。你见他狠不狠，他从来恩不恩[13]。

(柳毅云)小生凡人，得遇天仙，岂无眷恋之意；只为母亲年老，无人侍养，因此辞了这亲事。也是出于不得已耳。(正旦唱)

【柳叶儿】秀才也敢教你有家难奔，是是是熬不出寡宿孤辰，谁着你自揽下四海三江闷。你端的心儿顺，意儿真，秀才也便休愁暮雨朝云。

(洞庭君云)秀才既要回去，寡人设有小筵，以表谢意。一壁厢奏动鼓乐，我儿，你送秀才一杯酒者。(正旦做送酒科，唱)

【醋葫芦】既不得共欢娱伴绣衾，还待要献殷勤倒玉樽。只怕他阁着酒杯儿未饮早醉醺醺[14]。(洞庭君歌云)上天配合兮生死有途，彼不当妇兮此不当夫。腹心烦苦兮泾水之隅[15]，风霜满鬓兮雨雪霑襦。赖明公兮引素书[16]，令骨肉兮家如初，永言珍重兮无时无。(内奏乐科)(夜叉云)这是贵主还宫之乐。(正旦唱)你道是贵主还宫安乐稳，单闪的他不瞅不问。哎！这其间可不埋怨杀你个洞庭君。

（钱塘君云）侄女儿再奉一杯，一壁厢将鼓乐响动者。（歌云）大天苍苍兮大地茫茫，人各有志兮何可思量。狐神鼠圣兮薄社依墙[17]，雷霆一发兮其孰敢当。荷真人兮信义长[18]，令骨肉兮还故乡。愿言配德兮何时忘。（内奏乐科）（夜叉报云）这是钱塘破阵之乐。（正旦唱）

【金菊香】这的是钱塘破阵乐纷纷，半入湖风半入云，能得筵前几度闻[19]。（钱塘君云）秀才，你便就了这桩亲事，也不辱没了你。（正旦唱）还卖弄剑舌枪唇，兀的不羞杀你大媒人。

（云）水卒那里，将过宝物来。（夜叉捧砌末上，正旦云）秀才，我别无所赠，有这些珠宝，送与你回家去，侍奉老母，莫嫌轻微也。（柳毅云）多谢小娘子。（正旦唱）

【浪里来煞】这薄礼呵请先生休见阻，送行者宁无贶[20]。则为你假乖张不就我这门亲，害的来两下里憔悴损。我则索向龙宫纳闷，怎禁他水村山馆自黄昏。（下）

（柳毅云）则今日辞别了尊神，小生回家去也。（钱塘君云）你若是再来时，便当相看，休忘了此会者。（柳毅诗云）感龙王许配良姻，奈因咱衰老萱亲；若非是前生缘薄，怎舍得年少佳人。（下）（洞庭君云）柳毅去了也。既然这般呵，今日虽不成这桩亲事，后日还要将机就机，报答他的大恩。（钱塘君云）哥哥说的有理，我恰才硬做媒

人的不是,如今还要软软地去曲成他。正是姻缘姻缘,事非偶然;一时不就,且待三年。(同下)

〔1〕须:即虽,敦煌《晏子赋》:"梧桐树须大里空虚,井水须深里无鱼。"

〔2〕俱夷粪壤:一块儿平为粪土。夷,削平。

〔3〕扬鬐(qí其)鼓鬣(liè猎):鬐,鱼脊。鬣,鱼鳍。

〔4〕虫蚁性儿:野性子。虫蚁,这里是对钱塘龙的蔑称。

〔5〕错立了身:谓走错了门路,失去了立身扬名的机会。

〔6〕虎榜:即龙虎榜,进士榜。

〔7〕至公楼独占鳌头:谓科举中状元。参见《潇湘雨》第一折注释〔21〕。

〔8〕阶痕:即阶跟,台阶。

〔9〕沥水湘裙:沥水,疑作"离水"。谓龙女之裙,能自然分水。

〔10〕全别:完全不同。

〔11〕舒心儿不勘婚:舒心儿,随性儿,不在意的意思。勘婚,对婚。

〔12〕暗传芳信:暗地里以眉目传情。

〔13〕他从来恩不恩:即从来不考虑对他曾有恩,还是无恩。

〔14〕酒杯儿未饮早醉醺醺:化用宋柳永〔诉衷情近〕词"黯然情绪,未饮先如醉"句意。

〔15〕腹心烦苦兮泾水之隅:按:洞庭君及以下钱塘君所歌二曲,俱录自《柳毅传》。"水"字原脱,据《柳毅传》补。

〔16〕素书:古人将书信写在白绢上,因名素书。

〔17〕狐神鼠圣兮薄社依墙:即城狐社鼠,城墙上的狐狸,土地庙里的老鼠。比喻仗势作恶的小人。

〔18〕真人:这里指有才德的人。

〔19〕"半入湖风半入云"二句:用唐杜甫《赠花卿》诗意:"锦城丝管日纷纷,半入江风半入云。此曲只应天上有,人间能得几回闻。"

〔20〕赆(jìn尽):指送给人的馈赠礼品。

第 四 折

(卜儿上,云)自家是柳毅的母亲。自从俺孩儿求官去了,音信皆无,使老身甚是牵挂。天那,不知孩儿甚日回来也。(柳毅上,云)小生柳毅,自洞庭湖回来,早到俺家门首,无人报复,径自过去。(做入见科,云)母亲,您孩儿来家了也。(卜儿云)孩儿,你来家也,可得了个甚么官那?(柳毅云)母亲,你孩儿下第东归,在于泾河岸上,有龙女三娘着我寄书。去到洞庭湖中,见了龙王,看了书中意思,待招您孩儿做女婿,我坚执不肯,将着些宝货相谢了。您孩儿因此担阁这几多时,有失奉养,母亲休罪。(卜儿云)这个也罢。自你去后,我终日思念你,近新来与你定得一门亲事,乃是范阳卢氏之女[1]。则今日是好日辰,就取亲过门,休误了这佳期者。(柳毅云)母亲尊命,孩儿岂敢有违。但是当初龙女三娘要招我为婿,我虽不曾应承,却心儿里有他来,何忍更娶别人。(卜作云)儿,你休要如此,只依了我罢。(正旦同媒上,云)自家龙女三娘是也。当初受柳秀才活命之恩,一心要报他,俺父母相怜,使我假作卢氏之女,与柳秀才为妻,岂知有今日也呵。(唱)

【双调新水令】谁想并头莲情断藕丝长[2],搬调的俺趁波逐浪。正是相逢没话说,不见却思量。全不肯惜玉怜香,则他那古懒性尚然强。

（内吹打科）（正旦云）这是什么响？（媒云）这是成亲的鼓乐哩。（正旦唱）

【驻马听】高点起画烛荧煌[3],我则道为雨为云会洞房。细听的仙音嘹亮,我几番的和愁和闷到华堂。离了那平湖十里芰荷香,谁想他禹门三月桃花浪[4]。（带云）柳毅也,我想你怎生认的我来？（唱）情惨伤,则教你热心肠看不破这勾当。

（媒入报柳毅,成亲拜母科）（柳看旦惊云）呀,缘何新妇面貌,与龙女三娘一般的？（问媒云）小娘子是那里卢氏？（媒云）是范阳卢氏。（正旦唱）

【夜行舡】他那里絮叨叨则管问行藏,咱两个相见在泾阳。欲待对官人说个明降[5],又恐怕肉身人道我荒唐[6]。不俊眼的襄王对面儿犹疑梦想[7]。

（云）柳官人。你怎么不忆旧了？（柳毅云）我与小娘子素不相知,有什么忆旧来？（正旦做微笑科）（云）柳官人,你好眼大也。（唱）

【沽美酒】我也曾做人奴去牧羊,多谢你寄音书与俺老爷娘,救的我避难逃灾还故乡。每日家眠思坐想,无明夜受恓惶。

【太平令】你怎不记泾河堤傍,（柳毅云）则你是谁？（正旦唱）我便是龙女三娘。不道我愁容苦相,也伴你牙床锦帐。今日个吉祥,乐康,受享,呀！同归那龙宫海藏。

515

（柳毅云）天下有这等奇事。母亲。这个新妇那里真姓卢来？就是孩儿当日在泾河岸上替他寄书的龙女三娘，冒姓卢氏，与孩儿成其夫妇，岂不是前生前世的姻缘也？（卜儿云）这等，孩儿早则喜也。（正旦云）柳官人，我问你当初泾河岸相遇之时，你说他日倘过洞庭，慎无相避。此言果有意乎？（柳毅云）我与你素不相识，一旦为你寄书，因而戏言，岂意遂为眷属。（正旦唱）

【雁儿落】则为你恩人不敢忘，幸得我贱妾犹无恙。因此上冒卢家住范阳，特故的嫁柳氏来淮上[8]。

【得胜令】呀，管教你共醉紫霞觞[9]，并绾紫游缰[10]。（柳毅云）你如今既到人间，怎生还去得你处？（正旦指天云）疾，柳官人你觑者。（唱）岂不见天际秋虹起，（带云）婆婆，请就登桥。（唱）少甚么蓝桥饮玉浆[11]，（做扶母科）（唱）扶着你萱堂[12]，但觉的两耳畔波涛响，早过了扶桑[13]，猛闻的洞庭湖橘柚香。

（洞庭君、夫人、钱塘君，引鼓乐出接科，云）亲家母请进。（洞庭君指柳毅云）柳秀才，你索喜也。（指旦云）我儿，你索喜也。（钱塘君笑科，云）柳先生，你这点义气在那里？与我侄女儿做了亲来。（柳毅同正旦拜科，云）大王，谁想柳毅有今日也。（正旦唱）

【鸳鸯尾煞】我向洞庭湖躲过愁风浪，才能勾绮罗丛遇着呆张敞[14]。则落的浪蘸蛟绡，云锁霓裳。昨日呵亏你那有信行的先生，今日呵稳做了无反覆的新郎。向画阁兰堂,描写在流苏帐[15]。说不尽星斗文章,都裁做风流话儿讲。

(洞庭君词云)姻缘本人物非殊,宿缘在根蒂难除。到今日巧成夫妇,方显得究竟如初。不至诚羞称鳞甲,有信行能感豚鱼[16]。这的是泾河岸三娘诉恨,结末了洞庭湖柳毅传书。

　　题目　泾河岸三娘诉恨
　　正名　洞庭湖柳毅传书

〔1〕范阳卢氏:唐人重士族门第,以崔、卢、李、郑为四姓。范阳,今河北涿县,为卢氏之郡望。

〔2〕情断藕丝长:即藕断丝连,喻情意未绝。唐孟郊《去妇诗》:"妾心藕中丝,虽断犹牵连。"

〔3〕荧煌(huáng皇):光辉,明亮。

〔4〕禹门三月桃花浪:禹门,即龙门,在今山西河津西。传说每年农历三月,桃李盛开,群鱼上游,如能越过禹门,即变为龙。旧时多以跳龙门喻科举得意。桃花浪,即桃花汛。

〔5〕明降:明白、降心相从,即说出苦衷。

〔6〕肉身人:凡人,俗人。

〔7〕不俊眼的襄王:指柳毅。用楚襄王巫山梦游神女故事。

〔8〕特故的:特意的。《杀狗劝夫》第一折〔混江龙〕曲:"不是我特故的把哥哥来恨,他他他不思忖一爷娘骨肉,却和我做日月参辰。"

〔9〕紫霞觞:仙露,仙酒。

〔10〕紫游缰:紫丝结成的马缰。《晋书·五行志》(中):太和中,百姓歌曰:"青青御路杨,白马紫游缰。"唐杜甫《送重表侄王砅评事使南

海》诗:"左牵紫游缰,飞走使我高。"

〔11〕蓝桥饮玉浆:蓝桥,在陕西蓝田东南蓝溪上。传说其地有神仙窟,唐人裴航于此因渴求浆,遇仙女云英,得成夫妻。见唐裴铏《传奇·裴航》。

〔12〕萱堂:母亲。

〔13〕扶桑:神木名,传说日出其下。

〔14〕张敞:汉河东平阳人。宣帝时为大中大夫、京兆尹。曾为妻画眉,传为夫妻恩爱的典故。

〔15〕流苏帐:缀有五彩羽毛或丝线穗子的罗帐。

〔16〕有信行能感豚鱼:《易·中孚》:"豚鱼吉,信及豚鱼也。"注曰:鱼,虫之隐者也;豚,兽之微贱者也。是说一个人信用卓著,可以感动世间一切微隐之物。

郑光祖

郑光祖,字德辉,平阳襄陵(今山西临汾西南)人。以儒补杭州路吏,死后,火葬于西湖之灵芝寺。他是元杂剧后期最有影响的作家,钟嗣成说他"名香天下,声振闺阁,伶伦辈称郑老先生,皆知其为德辉也。"周德清更将他和关汉卿、马致远、白朴等前辈相提并论,合称为"元曲四大家"。生平所作杂剧十七种,现存《倩女离魂》、《㑇梅香》、《王粲登楼》、《周公摄政》、《伊尹耕莘》、《智勇定齐》、《三战吕布》七种,其中后三种与郑德辉他作风格迥异,疑非郑作。另外散曲仅存小令六首,套数两首。

迷青琐倩女离魂[1]

楔 子

(旦扮夫人引从人上,诗云)花有重开日,人无再少年。休道黄金贵,安乐最值钱。老身姓李,夫主姓张,早年间亡化已过。止有一个女孩儿,小字倩女,年长一十七岁。孩儿针指女工,饮食茶水,无所不会。先夫在日,曾与王同知家指腹成亲,王家生的是男,名唤王文举。此生年纪今长成了,闻他满腹文章,尚未娶妻。老身也曾数次寄书去,孩儿说要来探望老身,就成此亲事。下次小的每,门首看着,若孩儿来时,报的我知道。(正末扮王文举上,云)黄卷青灯一腐儒,三槐九棘位中居[2]。世人只说文章贵,何事男儿不读书。小生姓王,名文举。先父任衡州同知[3],不幸父母双亡。父亲存日,曾与本处张公弼指腹成亲,不想先母生了小生,张宅生了一女,因伯父下世,不曾成此亲事。岳母数次寄书来问。如今春榜动,选场开,小生一者待往长安应举,二者就探望岳母,走一遭去。可早来到也。左右,报复去,道有王文举在于门首。(从人报科,云)报的夫人知道:外边有一个秀才,说是王文举。(夫人云)我语未悬口,孩儿早到了。道有请。(做见科)(正末云)孩儿一向有失探望。母亲请坐,受你孩儿几拜。(做拜科)(夫人云)孩儿请起,稳便。(正末云)母亲,你孩儿此来,一者拜候岳母,二者上朝进取去。(夫人云)孩儿请坐。下次小的每,说与梅香,绣房中请出小姐来,拜哥哥者。(从人云)理会的,后堂传与小姐,老夫人有请。(正旦引梅香上,云)妾身姓张,小字倩女,年长一十七岁。不幸父亲亡逝已过。父亲在日,曾与王同知指腹成亲,后来王宅生一子,是王文举,俺家得了妾身。不想王生父母双亡,不曾成就这门亲事。今日母亲在前厅上呼唤,不知有甚事?梅香,跟我见母亲去来。(梅香云)姐姐行动些。(做见科)(正旦云)母亲,唤您孩儿有何事?(夫人云)孩儿,向前拜了你哥哥者。(做拜科)(夫人云)孩儿,这是倩女小姐。且回绣房中去。(正旦出门科,云)梅香,咱那里得这个哥哥来?(梅香云)姐姐,你不认的他?则他便是指腹成亲的王秀才。(正旦云)则他便是王生?俺母亲着我拜为哥哥,不知主何意也呵?(唱)

【仙吕赏花时】他是个娇帽轻衫小小郎[4],我是个绣帔香车楚楚娘[5],恰才貌正相当。俺娘向阳台路上[6],高筑起一堵雨云墙。

【幺篇】可待要隔断巫山窈窕娘[7],怨女鳏男各自伤。不争你左使着一片黑心肠[8],你不拘箝我可倒不想,你把我越间阻越思量。(同梅香下)

(夫人云)下次小的每,打扫书房。着孩儿安下,温习经史,不要误了茶饭。(正末云)母亲,休打扫书房,您孩儿便索长行,往京师应举去也。(夫人云)孩儿,且住一两日,行程也未迟哩。(诗云)试期尚远莫心焦,且在寒家过几朝。(正末诗云)只为禹门浪暖催人去[9],因此匆匆未敢问桃夭[10]。

[1]《倩女离魂》:这是郑光祖爱情剧的代表作,剧本取材于唐代陈玄祐的传奇小说《离魂记》。借离魂之奇事,传少女之真情,自然较一般爱情故事,别有一番异彩。舞台上的两个倩女,一个是游魂,魂飞千里,得与情人相会;一个是肉身,身迷青琐(闺中),只能奄奄待毙。前者是浪漫主义的奇想,充满了诱人的色彩;后者是严酷的现实生活的写照,只

521

能发出痛苦的呻吟。两个形象,互相映衬,互相补充,深刻而又细腻地揭示了倩女的双重性格,是一而二、二而一的。明人孟称舜评此剧"酸楚哀怨,令人断肠","兼《西厢》、《牡丹》之美,为传情绝调"。近人王国维更以此剧与《汉宫秋》、《梧桐雨》,为元剧中"三大杰作",许为"千古绝品"。现依《元曲选》本校注,并参校他本。

〔2〕三槐九棘:指三公九卿。相传周代宫廷种三槐九棘,为群臣朝见天子时之位次。《周礼·秋官·朝士》:"左九棘,孤卿大夫位焉。……面三槐,三公位焉。"后以"三槐九棘"为三公九卿的代称。

〔3〕衡州:今湖南衡阳。

〔4〕娇帽轻衫小小郎:指风流俊雅的少年。娇帽,他本作"矫帽",惟宋元人多言"短帽"。宋王安石〔菩萨蛮〕词:"数家茅屋闲临水,轻衫短帽垂杨里。"元《事林广记》庚集上卷《风月锦囊》叙子弟儿郎:"轻衫短帽,遨游柳陌春风。"娇、短,皆有"小"义,可通。"矫"字或误。

〔5〕绣帔香车楚楚娘:指尊贵美貌的少女。绣帔,华美的长背心。香车,即七香车,古代贵族妇女所乘。楚楚,鲜明整洁。《诗经·曹风·蜉蝣》:"衣裳楚楚"。

〔6〕阳台:男女欢会之所。出宋玉《高唐赋》。

〔7〕巫山窈窕娘:即巫山神女。这里是倩女自指。

〔8〕左使:错使、错用。

〔9〕禹门浪暖:比喻进京城赶考的事。禹门,释见《柳毅传书》第四折注〔4〕。

〔10〕桃夭:《诗经·周南》篇名。诗以桃花盛开比喻及时嫁娶。这里指亲事。

第 一 折

(正旦引梅香上,云)妾身倩女,自从见了王生,神魂驰

荡。谁想俺母亲悔了这亲事,着我拜他做哥哥,不知主何意思?当此秋景,是好伤感人也呵!(唱)

【仙吕点绛唇】捱彻凉宵,飒然惊觉[1],纱窗晓。落叶萧萧,满地无人扫。

【混江龙】可正是暮秋天道,尽收拾心事上眉梢,镜台儿何曾览照,绣针儿不待抬着。常恨夜坐窗前烛影昏,一任晚妆楼上月儿高。俺本是乘鸾艳质[2],他须有中雀丰标[3]。苦被煞尊堂间阻[4],争把俺情义轻抛。空误了幽期密约,虚过了月夕花朝。无缘配合,有分煎熬。情默默难解自无聊,病恹恹则怕娘知道。窥之远天宽地窄[5],染之重梦断魂劳!

(梅香云)姐姐,你省可里烦恼[6]。(正旦云)梅香,似这等,几时是了也?(唱)

【油葫芦】他不病倒,我猜着敢消瘦了。被拘箝的不忿心[7],教他怎动脚?虽不是路迢迢,早情随着云渺渺,泪洒做雨潇潇。不能勾傍阑干数曲湖山靠,恰便似望天涯一点青山小[8]。(带云)秀才他寄来的诗,也埋怨俺娘哩。(唱)他多管是意不平,自发扬,心不遂,闲缀作[9],十分的卖风骚,显秀丽,夸才调。我这里详句法,看挥毫。

【天下乐】只道他读书人志气高,元来这凄凉,甚日了。想俺这孤男寡女忒命薄。我安排着鸳鸯宿锦被香,他盼望着鸾凤鸣琴瑟调,怎做得蝴蝶飞锦树绕[10]。

(梅香云)姐姐,那王秀才生的一表人物,聪明浪子[11],论姐姐这个模样,正和王秀才是一对儿。姐姐,且宽心,

省烦恼。(正旦云)梅香,似这般,如之奈何也!(唱)

【那吒令】我一年一日过了,团圆日较少;三十三天觑了,离恨天最高[12];四百四病害了,相思病怎熬。(带云)他如今待应举去呵!(唱)千里将凤阙攀,一举把龙门跳,接丝鞭总是妖娆[13]。

(梅香云)姐姐,那王生端的内才外才相称也。(正旦唱)

【鹊踏枝】据胸次,那英豪;论人物,更清高。他管跳出黄尘,走上青霄。又不比闹清晓茅檐燕雀,他是掣风涛混海鲸鳌。

(带云)梅香,那书生呵!(唱)

【寄生草】他拂素楮鹅溪茧[14],蘸中山玉兔毫[15]。不弱如骆宾王夜作论天表[16],也不让李太白醉写平蛮稿[17],也不比汉相如病受征贤诏[18],他辛勤十年书剑洛阳城[19],决峥嵘一朝冠盖长安道。

(梅香云)姐姐,王生今日就要上朝应举去,老夫人着俺折柳亭与哥哥送路哩。(正旦云)梅香,咱折柳亭与王生送路去来。(同下)(正末同夫人上,云)母亲,今日是吉日良辰,你孩儿便索长行,往京师进取去也。(夫人云)孩儿,你既是要行,我在这折柳亭上与你饯行。小的每,请小姐来者。(正旦引梅香上,云)母亲,孩儿来了也。(夫人云)孩儿,今日在这折柳亭与你哥哥送路,你把一杯酒者。(正旦云)理会的。(把酒科,云)哥哥,满饮一杯。(正末饮科,云)母亲,你孩儿今日临行,有一言动问:当初先父母曾与母亲指腹成亲,俺母亲生下小生,母亲添了小姐。后来小生父母双亡,数年光景,不曾成此亲事。小生特来拜望母亲,就问这亲事。母亲着小姐以兄妹称呼,不知主何意? 小生不敢自专,母亲尊鉴不错。(夫人云)孩儿,你也说的是。老身为何以兄妹相呼? 俺家三辈儿不招白衣秀士。想你学成满腹文章,未曾进取功名。你如今上京师,但得一官半职,回来成此亲事,有何不可?(正末云)既然如此,索是谢了母亲,便索长行去也。(正旦云)哥哥,你若得了官时,是必休别接了丝鞭者!(正末云)小姐但放心,小生得了官时,便来成此亲事也。(正旦云)好是难分别也呵!

【村里迓鼓】则他这渭城朝雨[20],洛阳残照[21]。虽不唱阳关曲本,今日来祖送长安年少[22]。兀的不取次弃舍,等闲抛掉,因而零落[23]!(做叹科,云)哥哥!(唱)恰楚泽深,秦关杳,泰华高[24],叹人生离多会少!

(正末云)小姐,我若为了官呵,你就是夫人县君也。
(正旦唱)

【元和令】杯中酒和泪酌,心间事对伊道。似长亭折柳赠柔条,哥哥,你休有上梢没下梢。从今虚度可怜宵,奈离愁不了!

(正末云)往日小生也曾挂念来!(正旦云)今日更是凄凉也!(唱)

【上马娇】竹窗外响翠梢,苔砌下深绿草,书舍顿萧条,故园悄悄无人到。恨怎消,此际最难煞!

【游四门】抵多少彩云声断紫鸾箫[25],今夕何处系兰桡[26]。片帆休遮西风恶,雪卷浪淘淘。岸影高,千里水云飘。

【胜葫芦】你是必休做了冥鸿惜羽毛[27],常言道好事不坚牢[28]。你身去休教心去了。对郎君低告,恰梅香报道,恐怕母亲焦。

（夫人云）梅香,看车儿着小姐回去。（梅香云）姐姐,上车儿者。（正末云）小姐请回,小生便索长行也。（正旦唱）

【后庭花】我这里翠帘车先控着,他那里黄金镫懒去挑。我泪湿香罗袖,他鞭垂碧玉梢。望迢迢恨堆满西风古道[29],想急煎煎人多情人去了,和青湛湛天有情天亦老[30]。俺气氲氲喟然声不定交,助疏剌剌动羁怀风乱扫,滴扑簌簌界残妆粉泪抛[31],洒细濛濛香尘暮雨飘[32]。

【柳叶儿】见淅零零满江干楼阁,我各剌剌坐车儿懒过溪桥,他矻蹬蹬马蹄儿倦上皇州道[33]。我一望望伤怀抱,他一步步待回镳[34],早一程程水远山遥。

（正末云）小姐放心,小生得了官,便来取你,小姐请上车儿回去罢。（正旦唱）

【赚煞】从今后只合题恨写芭蕉[35],不索占梦揲蓍草[36]。有甚心肠更珠围翠饶?我这一点真情魂缥缈,他去后不离了前后周遭。厮随着,司马题桥[37],也不指望驷马高车显荣耀。不争把琼姬弃却,比及盼子高来到[38],早辜负了碧桃

花下凤鸾交[39]。(同梅香下)

(正末云)你孩儿则今日拜别了母亲,便索长行也。左右,将马来,则今日进取功名,走一遭去。(下)(夫人云)王秀才去了也,等他得了官回来,成就这门亲事,未为迟哩。(下)

〔1〕飒(sà 萨)然:即撒然,猛然的意思。
〔2〕乘鸾艳质:以跨凤而去的秦女弄玉自况。南朝梁江淹《班婕妤咏扇》:"画作秦王女,乘鸾向烟雾。"鸾,传说中凤一类的神鸟。
〔3〕中雀丰标:才能出众的美婿。隋末,定州总管窦毅为女择婿,画二孔雀于门屏,求婚者各与两矢,阴约中目者即许之。唐高祖李渊后至,两发各中一目,遂归于帝。见《旧唐书·后妃传》。后世因用中雀作为择婿的典故。丰标,容态美好。
〔4〕尊堂:称别人母亲为尊堂。这里称自己的母亲,含有怨意。
〔5〕天宽地窄:喻相隔之远有如天地一样。
〔6〕省可里:休得,休要。
〔7〕不忿心:即不顺心,不随心。
〔8〕望天涯一点青山小:指情人远在天涯之外。宋欧阳修〔踏莎行〕词:"平芜尽处是青山,行人更在青山外。"
〔9〕缀作:写作。古称著述为缀文,是说文章是联文缀字而成。
〔10〕"我安排着"三句:用鸳鸯、锦被、鸾凤、琴瑟、蝴蝶、锦树,来憧憬恩爱美满的夫妻生活。
〔11〕聪明浪子:指风流人物,与一般"浪子"义殊。
〔12〕"三十三天"二句:三十三天,即忉利天,佛经所说的欲界六天的第二天,在须弥山顶。中央为帝释天,四方各有八天,合为三十三天。离恨天,欲界六天的第四天,即兜率天。兜率,梵语,本有知足、离恨之

义。元曲中的离恨天,指离别之恨,与此义反。

〔13〕接丝鞭:小说、戏曲中所描写的富贵人家的择婿方式:趁状元游街之际,女家拦住马头,递丝鞭;如果接受丝鞭,就表示婚事已定。

〔14〕素楮(chǔ 楚)鹅溪茧:素楮,白纸。鹅溪茧,即鹅溪绢,产于四川盐亭之鹅溪。唐宋以来名家多用鹅溪绢写字作画,后用以纸的代称。

〔15〕中山玉兔毫:古代名笔,产于安徽宣城之中山。

〔16〕骆宾王夜作论天表:骆宾王,初唐四杰之一,从徐敬业在扬州起兵讨武则天,作声讨武则天的檄文。论天表即指此。据说武则天读此文,至"一抔之土未干,六尺之孤何托?"时,深感其文采之棒,惊曰:"宰相安得失此人!"见《新唐书·骆宾王传》。

〔17〕李太白醉写平蛮稿:指李白草答蕃书事。唐范传正《翰林学士李公新墓碑》:谓李白"天宝初,召见于金銮殿,……论当世务,草答蛮书,辩如悬河,笔不停辍。"明冯梦龙《警世通言》有《李太白醉草吓蛮书》小说一篇。

〔18〕汉相如病受征贤诏:《史记·司马相如列传》:汉武帝读《子虚赋》,乃召问相如,因又作《上林赋》以献之,武帝用为郎。病受,因司马相如素患消渴病,故云。

〔19〕十年书剑洛阳城:谓十年苦读。书剑,古代文士随身所带之物。洛阳城,晋左思构思十年,曾作《三都赋》,洛阳为之纸贵,这里暗用此典。

〔20〕渭城朝雨:指送别。语出唐王维《送元二使安西》诗:"渭城朝雨浥轻尘。"即下文《阳关曲》之首句。

〔21〕洛阳残照:唐李白〔忆秦娥〕词曾有:"秦楼月,年年柳色,灞陵伤别","音尘绝,西风残照,汉家陵阙",写离别之情,情景融为一片。这里取"残照"一语,以寄其惜别之感。

〔22〕长安年少:即五陵少年。汉时,豪贵之族多居于五陵。唐李白

《少年行》之二:"五陵年少金市东,银鞍白马度春风。"这里指王文举。

〔23〕"兀的不"三句:取次、等闲、因而,都是草草、轻易的意思。

〔24〕"楚泽深"三句:意为云梦泽很深,函谷关很险,太华山很高,均形容旅途之艰险。

〔25〕彩云声断紫鸾箫:当用前人成句,出处待考。元曲多用以写离别之恨。如商道〔双调·新水令〕套:"彩云声断紫鸾箫,夜深沉绣帏中冷落。"又王廷秀〔中吕·粉蝶儿〕套:"珠帘上玉叮咚,金炉中香飘缈,彩云声断紫鸾箫。"全句慨叹好事犹如萧史、弄玉之箫声随彩云冉冉而去,不可追忆。

〔26〕兰桡:船桨。这里指船。

〔27〕冥鸿惜羽毛:宋范仲淹《严陵祠》:"汉包六合网英豪,一个冥鸿惜羽毛。"冥鸿,高飞的鸿雁。惜羽毛,即不愿展翅高飞。这里指不去应举求官。

〔28〕好事不坚牢:语自唐白居易《简简吟》:"大都好物不坚牢,彩云易散琉璃脆。"

〔29〕恨堆满西风古道:与马致远〔天净沙〕小令:"古道西风瘦马,夕阳西下,断肠人在天涯"意同。

〔30〕天有情天亦老:唐李贺《金铜仙人辞汉歌》:"衰兰送客咸阳道,天若有情天亦老。"

〔31〕界残妆粉泪抛:即泪痕划破了残妆。界,划分,这里指泪痕。

〔32〕浥香尘暮雨飘:细雨润湿了路面的尘土。

〔33〕皇州道:通往帝都的大道。

〔34〕回镳:回马,拨转马头。镳,马衔。

〔35〕题恨写芭蕉:把愁绪写于芭蕉叶上。元张可久〔普天乐〕小令:"满目凄凉谁知道,赋情辞写遍芭蕉。"

〔36〕占梦揲(dié 迭)蓍(shī 诗)草:占梦,即圆梦。古人用蓍草之

529

茎,以卜吉凶。

〔37〕司马题桥:用卓文君与司马相如的故事。参见《墙头马上》第三折注释〔28〕。

〔38〕"不争把"二句:相传宋人王迥(字子高)与仙女周琼姬相爱,同游芙蓉城百馀日而返。苏轼《芙蓉城》诗,即咏此事。故事散见于宋赵彦卫《云麓漫钞》卷十、王明清《玉照新志》卷一、叶梦得《避暑录话》卷上诸书。

〔39〕碧桃花下凤鸾交:元曲中多以"碧桃花下"指男女幽会之所,这里指美好姻缘。

第 二 折

(夫人慌上,云)欢喜未尽,烦恼又来。自从倩女孩儿在折柳亭与王秀才送路,辞别回家,得其疾病,一卧不起。请的医人看治,不得痊可,十分沉重,如之奈何?则怕孩儿思想汤水吃,老身亲自去绣房中探望一遭去来。(下)(正末上,云)小生王文举,自与小姐在折柳亭相别,使小生切切于怀,放心不下。今舣舟江岸[1],小生横琴于膝,操一曲以适闷咱[2]。(做抚琴科)(正旦别扮离魂上,云)妾身倩女,自与王生相别,思想的无奈,不如跟他同去,背着母亲,一径的赶来。王生也,你只管去了,争知我如何过遣也呵!(唱)

【越调斗鹌鹑】人去阳台,云归楚峡[3]。不争他江渚停舟,几时得门庭过马[4]?悄悄冥冥,潇潇洒洒。我这里踏岸沙,步月华[5];我觑这万水千山,都只在一时半霎。

【紫花儿序】想倩女心间离恨,赶王生柳外兰舟,似盼张骞天上浮槎[6]。汗溶溶琼珠莹脸,乱松松云髻堆鸦,走的我筋力疲乏。你莫不夜泊秦淮卖酒家[7]?向断桥西下,疏剌剌秋水菰蒲[8],冷清清明月芦花。

（云）走了半日,来到江边,听的人语喧闹,我试觑咱。
（唱）

【小桃红】我蓦听得马嘶人语闹喧哗,掩映在垂杨下,唬的我心头丕丕那惊怕,原来是响珰珰鸣榔板捕鱼虾[9]。我这里顺西风悄悄听沉罢,趁着这厌厌露华,对着这澄澄月下,惊的那呀呀呀寒雁起平沙。

【调笑令】向沙堤款踏,莎草带霜滑。掠湿湘裙翡翠纱,抵多少苍苔露冷凌波袜[10]。看江上晚来堪画,玩冰壶潋滟天上下[11],似一片碧玉无瑕。

【秃厮儿】你觑远浦孤鹜落霞[12],枯藤老树昏鸦[13],听长笛一声何处发,歌欸乃[14],橹咿哑。

（云）兀那船头上琴声响,敢是王生?我试听咱。（唱）

【圣药王】近蓼洼[15],缆钓槎,有折蒲衰柳老兼葭[16];傍水凹,折藕芽,见烟笼寒水月笼沙,茅舍两三家。

（正末云）这等夜深,只听得岸上女人音声,好似我倩女小姐。我试问一声波。（做问科,云）那壁不是倩女小姐么?这早晚来此怎的?（魂旦相见科,云）王生也,我背着母亲,一径的赶将你来,咱同上京去罢。（正末云）小姐,你怎生直赶到这里来?（魂旦唱）

【麻郎儿】你好是舒心的伯牙[17]，我做了没路的浑家。你道我为甚么私离绣榻，待和伊同走天涯。

（正末云）小姐是车儿来，是马儿来？（魂旦唱）

【幺】险把、咱家、走乏。比及你远赴京华，薄命妾为伊牵挂，思量心几时撇下。

【络丝娘】你抛闪咱，比及见咱，我不瘦杀，多应害杀[18]。（正末云）若老夫人知道怎了也？（魂旦唱）他若是赶上咱，待怎么？常言道做着不怕。

（正末做怒科，云）古人云：聘则为妻，奔则为妾。老夫人许了亲事，待小生得官回来，谐两姓之好，却不名正言顺！你今私自赶来，有玷风化，是何道理？（魂旦云）王生，（唱）

【雪里梅】你振色怒增加，我凝睇不归家[19]；我本真情非为相吓，已主定心猿意马[20]。

（正末云）小姐，你快回去罢。（魂旦唱）

【紫花儿序】只道你急煎煎趱登程路，元来是闷沉沉困倚琴书，怎不教我痛煞煞泪湿琵琶[21]。有甚心着雾鬟轻笼蝉翅[22]，双眉淡扫宫鸦[23]。似落絮飞花，谁待问出外争如只在家。更无多话，愿秋风驾百尺高帆，尽春光付一树铅华[24]。

（云）王秀才，赶你不为别，我只防你一件。（正末云）小姐防我那一件来？（魂旦唱）

【东原乐】你若是赴御宴琼林罢，媒人每拦住马，高挑起染渲佳人丹青画,卖弄他生长在王侯宰相家。你恋着那奢华,你敢新婚燕尔在他门下。

（正末云）小生此行,一举及第,怎敢忘了小姐。（魂旦云）你若得登第呵,（唱）

【棉搭絮】你做了贵门娇客[25],一样矜夸；那相府荣华,锦绣堆压。你还想飞入寻常百姓家[26]？那时节似鱼跃龙门播海涯,饮御酒插宫花,那其间占鳌头占鳌头登上甲。

（正末云）小生倘不中呵,却是怎生？（魂旦云）你若不中呵,妾身荆钗裙布[27],愿同甘苦。（唱）

【拙鲁速】你若是似贾谊困在长沙[28],我敢似孟光般显贤达。休想我半星儿意差,一分儿抹搭[29]。我情愿举案齐眉傍书榻,任粗粝淡薄生涯；遮莫戴荆钗穿布麻[30]。

（正末云）小姐既如此真诚志意,就与小生同上京去如何？（魂旦云）秀才肯带妾身去呵,（唱）

【幺篇】把梢公快唤咱,恐家中厮捉拿。只见远树寒鸦,岸草汀沙,满目黄花,几缕残霞。快先把云帆高挂,月明直下,便东风刮,莫消停,疾进发。

（正末云）小姐,则今日同我上京应举去来。我若得了官,你便是夫人县君也。（魂旦唱）

【收尾】各剌剌向长安道上把车儿驾,但愿得文苑客当时奋发；则我这临邛市沽酒卓文君,甘伏侍你濯锦江题桥汉司马[31]。（同下）

[1] 舣(yǐ蚁)舟:泊船于岸。

533

〔2〕适闷:解闷。

〔3〕"人去"二句:用巫山神女故事。是说情人已去,自己却还滞留故地。

〔4〕门庭过马:指中举后衣锦而归,门庭走马。

〔5〕步月华:踏着月色。

〔6〕盼张骞天上浮槎:见《汉宫秋》第一折注释〔11〕。这里形容倩女与王生相见,有如张骞去天河一样难。

〔7〕夜泊秦淮卖酒家:唐杜牧《泊秦淮》诗:"烟笼寒水月笼沙,夜泊秦淮近酒家。"

〔8〕菰蒲:茭白和香蒲,均为浅水植物。

〔9〕鸣榔板捕鱼虾:渔夫捕鱼时,敲响船板,惊鱼入网。

〔10〕"掠湿湘裙"二句:谓夜间在岸上行走,莎草湿裙,如在苔径久立,袜子上沾染了更多的露水。《西厢记》第三本第三折〔驻马听〕曲:"夜凉苔径滑,露珠儿湿透凌波袜。"

〔11〕玩冰壶潋滟天上下:看月下之水,天水一色,交相辉映,宛如盛冰的玉壶。潋滟,波光闪动的样子。

〔12〕孤鹜落霞:唐王勃《滕王阁序》:"落霞与孤鹜齐飞,秋水共长天一色。"鹜,野鸭。

〔13〕枯藤老树昏鸦:马致远〔天净沙〕小令:"枯藤老树昏鸦,小桥流水人家。"

〔14〕歌欸(ǎi矮)乃:唱着欸乃曲。欸乃,本船夫摇橹的声音,后演变为歌曲。唐元结有《欸乃曲》。

〔15〕蓼洼:长满蓼草的水边。

〔16〕蒹葭:芦苇。

〔17〕舒心的伯牙:指弹琴的王生似开心的伯牙。伯牙,春秋时善弹琴者。《荀子·劝学》:"伯牙鼓琴,而六马仰秣。"

〔18〕我不瘦杀,多应害杀:指因相思憔悴而死。害,害病,惟元曲中多指害相思。白贲〔祆神急〕散套〔六幺遍〕曲:"当时恩爱,如今阻隔,准备从今因他害。"

〔19〕"你振色"二句:振色,正色,板着面孔。凝睇,正视,注目。唐白居易《长恨歌》:"含情凝睇谢君王,一别音容两渺茫。"

〔20〕已主定心猿意马:即已经下定决心,打定主意。佛家以好动之猿、马,喻人之心神不定。

〔21〕泪湿琵琶:喻哀怨之深。唐李颀《古从军行》:"公主琵琶幽怨多"。据说汉武帝时,以刘建女为公主,出嫁乌孙,于马上拨琵琶以遣愁绪。

〔22〕雾鬓轻笼蝉翅:雾鬓,即云鬓,形容黑发蓬松。蝉翅,古代妇女的一种发式,如蝉之两翼。

〔23〕宫鸦:眉如宫妆之样。鸦,青黑色。

〔24〕"愿秋风"二句:即愿借秋风挂帆猛进,同赴京都,而不计较年华的消逝,即不管化费多少时间。

〔25〕娇客:对女婿的爱称。

〔26〕飞入寻常百姓家:唐刘禹锡《乌衣巷》诗:"旧时王谢堂前燕,飞入寻常百姓家。"

〔27〕荆钗裙布:以荆枝作钗,粗布作裙,表示自己甘于同王生过贫俭的生活。东汉梁鸿妻子孟光,荆钗布裙,与其夫同甘共苦,被人目为贤妇,并有"举案齐眉"的美传。见《后汉书·梁鸿传》、晋皇甫谧《高士传》。

〔28〕贾谊困在长沙:西汉杰出的政治家、文学家贾谊,文帝时召为博士,迁太中大夫。因为力主改革,遭权臣排挤,被贬为长沙王太傅,郁郁不得志。

〔29〕抹搭:怠慢,懒散。一作"抹挞"。宋惠洪〔渔父词〕《丹霞》:

"炙背横眠真快活,憨抹挞,从教院主无须发。"

〔30〕遮莫:尽管,纵使。

〔31〕"各剌剌"四句:纯用司马相如与卓文君故事。车儿驾,指二人驾车私奔。文苑客,当作"文园客"。司马相如曾为文帝陵园令,故诗文中多以文园指相如。濯锦江,在成都。司马相如曾在此桥题写以鸣志。

第 三 折

(正末引祗从上,云)小官王文举,自到都下,撺过卷子,小官日不移影,应对万言,圣人大喜,赐小官状元及第。夫人也随小官至此。我如今修一封平安家书,差人岳母行报知。左右的,将笔砚来。(做写书科,云)写就了也。我表白一遍咱。寓都下小婿王文举,拜上岳母座前:自到阙下,一举状元及第;待授官之后,文举同小姐一时回家。万望尊慈垂照。不宣。书已写了,左右的,与我唤张千来。(净扮张千上)(诗云)我做伴当实是强[1],公差干事多的当;一日走了三百里,第二日刚刚捱下炕。自家张千的便是。状元爷呼唤,须索走一遭去。(做见科,云)爷,唤张千那厢使用?(正末云)张千,你将这一封平安家信,直至衡州,寻问张公弼家投下。你见了老夫人,说我得了官也,你小心在意者。(净接书,云)张千知道了,我将着这一封书直至衡州走一遭去。(同下)(老夫人上,云)谁想倩女孩儿自与王生别后,卧病在床,或言或笑,不知是何症候。这两日不曾看他,老身须亲看去。(下)(正旦抱病,梅香扶上,云)自从王秀才去后,一卧不起,但合眼便与王生在一处,则被这相思病害杀人也呵!(唱)

【中吕粉蝶儿】自执手临岐,空留下这场憔悴,想人生最苦别离。说话处少精神,睡卧处无颠倒,茶饭上不知滋味。似这般废寝忘食,折挫得一日瘦如一日[2]。

【醉春风】空服遍瞒眩药不能痊[3],知他这腌臜病何日起[4],要好时直等的见他时,也只为这症候因他上得,得。一会家缥缈呵忘了魂灵,一会家精细呵使着躯壳,一会家混沌呵不知天地。

(云)我眼里只见王生在面前,原来是梅香在这里。梅香,如今是甚时候了?(梅香云)如今春光将尽,绿暗红稀[5],将近四月也。(正旦唱)

【迎仙客】日长也愁更长,红稀也信尤稀。(带云)王生,你好下的也。(唱)春归也奄然人未归[6]。(梅香云)姐姐,俺姐夫去了未及一年,你如何这等想他?(正旦唱)我则道相别也数十年,我则道相隔着几万里。为数归期,则那竹院里刻遍琅玕翠[7]。

【红绣鞋】去时节杨柳西风秋日,如今又过了梨花暮雨寒食[8]。(梅香云)姐姐,你可曾卜一卦么?(正旦唱)则兀那龟儿卦无定准[9],枉央及;喜蛛儿难凭信,灵鹊儿不诚实,灯花儿何太喜[10]。

537

（夫人上，云）来到孩儿房门首也。梅香，您姐姐较好些么？（正旦云）是谁？（梅香云）是奶奶来看你哩。（正旦云）我每日眼界只见王生，那曾见母亲来？（夫人见科，云）孩儿，你病体如何？（正旦唱）

【普天乐】想鬼病最关心，似宿酒迷春睡。绕晴雪杨花陌上，趁东风燕子楼西[11]。抛闪杀我年少人，辜负了这韶华日。早是离愁添紫系，更那堪景物狼籍。愁心惊一声鸟啼，薄命趁一春事已，香魂逐一片花飞。

（正旦昏科）（夫人云）孩儿，你挣挫些儿。（正旦醒科）（唱）

【石榴花】早是俺抱沉疴添新病发昏迷，也则是死限紧相催逼，膏肓针灸不能及[12]。（夫人云）我请个良医来调治你。（正旦唱）若是他来到这里，煞强如请扁鹊卢医[13]。（夫人云）我如今着人请王生去。（正旦唱）把似请他时便许做东床婿，到如今悔后应迟。（夫人云）王生去了，再无音信寄来。（正旦唱）他不寄个报喜的信息缘何意，有两件事我先知。

【斗鹌鹑】他得了官别就新婚，剥落呵羞归故里[14]。（夫人云）孩儿休过虑，且将息自己。（正旦唱）眼见的千死千休，折倒的半人半鬼。为甚这思竭损的枯肠不害饥，苦恹恹一肚皮。（夫人云）孩儿吃些汤粥。（正旦云）母亲，（唱）若肯成就了燕尔新婚，强如吃龙肝凤髓。

（云）我这一会昏沉上来，只待睡些儿哩。（夫人云）梅香,休要吵闹,等他歇息,我且回去咱。(夫人同梅香下)(正旦睡科)(正末上,见旦科,云)小姐,我来看你哩。(正旦云)王生,你在那里来?(正末云)小姐,我得了官也。(正旦唱)。

【上小楼】则道你辜恩负德,你原来得官及第。你直叩丹墀,夺得朝章,换却白衣[15],觑面仪,比向日、相别之际,更有三千丈五陵豪气[16]。

(正末云)小姐,我去也。(下)(正旦醒科,云)分明见王生,说得了官也,醒来却是南柯一梦。(唱)

【幺篇】空疑惑了大一会,恰分明这搭里。俺淘写相思[17],叙问寒温,诉说真实。他紧摘离[18],我猛跳起。早难寻难觅,只见这冷清清半竿残日。

(梅香上,云)姐姐,为何大惊小怪的?(正旦云)我恰才梦见王生,说他得了官也。(唱)

【十二月】原来是一枕南柯梦里。和二三子文翰相知,他访四科习五常典礼[19],通六艺有七步才识[20],凭八韵赋纵横大笔[21],九天上得遂风雷。

【尧民歌】想十年身到凤凰池[22],和九卿相八元辅劝金杯[23]。则他那七言诗六合里少人及[24],端的个五福全四气备占伦魁[25]。震三月春雷,双亲行先报喜,都为这一纸登科记[26]。

(净上,云)自家张千的便是。奉俺王相公言语,差来衡州下家书,寻问张公弼宅子,人说这里就是。(做见梅香科,云)姐姐,唱喏哩。(梅香云)兀那厮,你是甚么人?(净云)这里敢是张相公宅子么?(梅香云)则这里就是。你问怎的?(净云)我是京师来的,俺王相公得了官也,着我寄书来与家里夫人知道。(梅香云)你则在这里,我和小姐说去。(见正旦科,云)姐姐,王秀才得了官也,着人寄家书来,现在门首哩。(正旦云)着他过来。(梅香见净,云)兀那寄书的,过去见小姐。(净见正旦,惊科,背云)一个好夫人也,与我家奶奶生的一般儿。(回云)我是京师王相公差我寄书来与夫人。(正旦云)梅香,将书来我看。(梅香云)兀那汉子将书来。(净递书科)(正旦念书科,云)寓都下小婿王文举,拜上岳母座前:自到阙下,一举状元及第;待授官之后,文举同小姐一时回家。万望尊慈垂照。不宣。他原来有了夫人也,兀的不气杀我也!(气倒科)(梅香救科,云)姐姐苏醒者。(正旦醒科)(梅香云)都是这寄书的。(做打净科)(正旦云)王生,则被你痛杀我也。(唱)

【哨遍】将往事从头思忆,百年情只落得一口长吁气[27]。为甚么把婚聘礼不曾题,恐少年堕落了春闱。想当日在竹边书舍,柳外离亭,有多少徘徊意。争奈匆匆去急,再不见音容潇洒,空留下这词翰清奇。把巫山错认做望夫石[28],将小简帖联做《断肠集》[29]。恰微雨初阴,早皓月穿窗,使行云易飞。

【耍孩儿】俺娘把冰绡剪破鸳鸯只[30],不忍别远送出阳关数里。此时无计住雕鞍,奈离愁与心事相随。愁萦遍垂杨古驿丝千缕,泪添满落日长亭酒一杯。从此去孤辰限凄凉日,忆乡关愁云阻隔,着床枕鬼病禁持。

【四煞】都做了一春鱼雁无消息[31]。不甫能一纸音书盼得,我则道春心满纸墨淋漓[32],原来比休书多了个封皮。气的我痛如泪血流难尽,争些魂逐东风吹不回。秀才每心肠黑,一个个贫儿乍富,一个个饱病难医。

【三煞】这秀才则好谒僧堂三顿斋,则好拨寒炉一夜灰[33]。则好教偷灯光凿透邻家壁[34],则好教一场雨淹了中庭麦[35],则好教半夜雷轰了荐福碑[36]。不是我闲淘气,便死呵死而无怨,待悔呵悔之何及。

【二煞】倩女呵病缠身,则愿的天可怜,梅香呵,我心事则除是你尽知,望他来表白我真诚意。半年甘分耽疾病,镇日无心扫黛眉。不甫能挨得到今日,头直上打一轮皂盖,马头前列两行朱衣。

【尾煞】并不闻琴边续断弦[37],倒做了山间滚磨旗[38]。划地接丝鞭别娶了新妻室,这是我弃死忘生落来的。(梅香扶正旦下)

(净云)都是俺爷不是了,你娶了老婆便罢,又着我寄纸书来做什么?我则道是平安家信,原来是一封休书,把那小姐气死了,梅香又打了我一顿。想将起来,都是俺爷不是了。(诗云)想他做事没来由,寄的书来惹下愁;若还差我再寄信,只做乌龟缩了头。(下)

541

〔1〕伴当:家仆。

〔2〕折挫:即折磨。

〔3〕瞒(miàn面)眩药:一种使病人昏迷的药物。治病时,先用此类药物使病人昏睡,然后再治其病。瞒眩,即瞑眩。《尚书·说命》(上):"若药弗瞑眩,厥疾弗瘳。"

〔4〕腤臢病:即腌臢病,说不出口的病,指相思病。

〔5〕绿暗红稀:叶子茂盛,花儿稀少。暗,形容色彩很深。

〔6〕奄然:依然。

〔7〕"为数归期"二句:为了盼望情人归来,在竹竿上刻满了计算日期的标号。琅玕,青色美石。这里指竹。

〔8〕寒食:即寒食节节气名,在清明前一或两日,相传为晋文公为纪念介之推而设。

〔9〕龟儿卦:古时用龟甲作卦,以判吉凶。

〔10〕"喜蛛儿"三句:古人认为喜蛛出现,喜鹊叫,灯烛爆花,都是好事要来的兆头。

〔11〕"绕晴雪"二句:谓魂灵逐杨花乱走于路陌之上,随燕子飞舞于画楼之西。喻魂无定所,说明相思之苦。宋晏幾道〔鹧鸪天〕词:"梦魂惯得无拘检,又踏杨花过谢桥。"

〔12〕膏肓(huāng荒)针灸不能及:病入膏肓,无法医治。膏肓,在人体心鬲之间,药力难及。

〔13〕扁鹊卢医:战国时名医扁鹊,原名秦越人。后因家于卢国(今山东长清西南),人称卢医。

〔14〕剥落:这里指科举失意,落榜。

〔15〕"叩丹墀"三句:即上殿阶叩见皇帝,佩带官印,换去百姓之衣。丹墀,宫殿台阶,以丹涂之。朝章,朝服,官印。白衣,庶民服色。

〔16〕五陵豪气:即五陵少年的豪情壮志。汉代富豪,多住在五陵一

带。五陵,汉代五个皇帝的陵墓。

〔17〕淘写:发泄、抒散的意思。《董西厢》卷一〔中吕调·鹘打兔〕曲:"对景伤怀,微吟步月,淘写深情。"

〔18〕摘离:离开。

〔19〕访四科习五常典礼:四科,儒家品评人物的分类标准,指德行、语言、政事、文学。见《论语·先进》。五常,即父义、母慈、兄友、弟恭、子孝这五种封建家庭伦理关系。

〔20〕通六艺有七步才识:精通礼、乐、射、御、书、数各种学问,才思敏捷,七步成章。据说三国时曹植曾于七步之内作诗一首。见南朝宋刘义庆《世说新语·文学》。

〔21〕八韵赋:科举考试时照例要作五言八韵的律诗一首。

〔22〕凤凰池:又名凤池,皇帝禁苑中的池沼。魏晋南北朝时期设中书省于此,掌管机要,接近皇帝,后因以凤凰池为中书省的代称。

〔23〕九卿相八元辅:泛指朝中达官显贵。

〔24〕六合:指世间。

〔25〕五福全四气备:五福,指寿、富、康宁、攸好德、考终命(善终)。四气,古人认为四时气序不同,应顺时气的变化调节自己的行为,处理好各种关系。

〔26〕登科记:唐宋科举时代,将考中进士的人的名字刻印在名册上,故称。

〔27〕百年情:指夫妇之情。百年和好、百年偕老均指夫妇而说。

〔28〕把巫山错认做望夫石:即往日的男女相会,变成了无限痛苦的期望。巫山,楚襄王梦中与神女相会的地方。望夫石,见《窦娥冤》第二折注释〔14〕。

〔29〕《断肠集》:宋代女词人朱淑真词集名,内多幽怨之思。

〔30〕冰绡剪破鸳鸯只:即拆散鸳鸯,夫妻分离。冰绡,冰蚕丝所织

之绡,这里指绣有双鸳鸯的织品。

〔31〕一春鱼雁无消息:宋无名氏〔鹧鸪天〕词:"一春鱼雁无消息,千里关山劳梦魂。"

〔32〕春心:即春情,怀春的心情。

〔33〕"这秀才"二句:即一辈子只配忍饥受饿,过穷苦的生活。本段是倩女诅咒王生的话。此处用宋吕蒙正故事。传说吕蒙正未贵前,住破窑,常到洛阳白马寺赶斋,为和尚所厌,改为斋后鸣钟,其妻亦弃之而去。明蒋一葵《尧山堂外纪》载吕蒙正破窑自叹诗:"十谒朱门九不开,满头霜雪却归来。还家羞对妻儿面,拨尽寒炉一夜灰。"

〔34〕偷灯光凿透邻家壁:用西汉匡衡故事。汉刘歆《西京杂记》卷二:"匡衡字稚圭,勤学而无烛,邻舍有烛而不逮。衡乃穿壁引其光,以书映光而读之。"

〔35〕一场雨淹了中庭麦:用东汉高凤故事。见《梧桐雨》第四折注释〔45〕。

〔36〕半夜雷轰了荐福碑:喻命运不济,所至失意。据说宋时有穷书生,在荐福寺拓碑以筹旅费,不料风雨大作,雷碎其碑。见宋释惠洪《冷斋夜话》卷二。

〔37〕琴边续断弦:断弦、续弦,喻夫妻恩情断绝之后重归于好。

〔38〕山间滚磨旗:滚磨旗,摆动旗帜的意思。古代官员出行,前有"开道旗",以壮观瞻。今于山间磨旗,无人得见,就失去意义。此处用此语,含有白费心思的意思。

第 四 折

(正末上,云)欢来不似今朝,喜来那逢今日。小官王文举,自从与夫人到于京师,可早三年光景也。谢圣恩可怜,除小官衡州府判[1],着小官衣锦还乡。左右,收拾行装,辆起细车儿[2]。小官同夫人往衡州赴任去。则今日好日辰,便索长行也。(魂旦上,云)相公,我和你两口儿衣锦还乡,谁想有今日也呵!(唱)

【黄钟醉花阴】行李萧萧倦修整[3],甘岁月淹留帝京。只听的花外杜鹃声,催起归程。将往事从头省,我心坎上犹自不惺惺[4],做了场弃业抛家恶梦境。

【喜迁莺】据才郎心性,莫不是向天公买拨来的聪明?那更内才外才相称,一见了不由人不动情。忒志诚,兀的不倾了人性命[5],引了人魂灵?

(正末云)小姐,兜住马慢慢地行将去。(魂旦唱)

【出队子】骑一匹龙驹畅好口硬[6],恰便似驮张纸不恁般轻。腾腾腾收不住玉勒常是虚惊,火火火坐不稳雕鞍划地眼生,撒撒撒挽不定丝僵则待撺行[7]。

【刮地风】行了些这没撒和的长途有十数程[8],越恁的骨瘦蹄轻。暮春天景物撩人兴,更见景留情,怪的是满路花生。一攒攒绿杨红杏,一双双紫燕黄莺,一对蜂,一对蝶,各相比并,想天公知他是怎生,不肯教恶了人情。

【四门子】中间里列一道红芳径,教俺美夫妻并马儿行。咱如今富贵还乡井,方信道耀门闾昼锦荣[9]。若见俺娘,那一会惊,刚道来的话儿不中听。是这等门厮当,户厮撑,怎教咱做妹妹哥哥答应?

【古水仙子】全不想这姻亲是旧盟,则待教祆庙火刮刮匝匝

545

烈焰生[10],将水面上鸳鸯忒楞楞腾分开交颈。疏剌剌沙鞁雕鞍撒了锁鞚[11],厮琅琅汤偷香处喝号提铃[12],支楞楞争弦断了不续碧玉筝[13],吉丁丁珰精砖上摔破菱花镜[14],扑通通冬井底坠银瓶[15]。

（正末云）早来到家中也。小姐,我先过去。（做见跪云）母亲,望饶恕孩儿罪犯则个！（夫人云）你有何罪？
（正末云）小生不合私带小姐上京,不曾告知。（夫人云）小姐现今染病在床,何曾出门？你说小姐在哪里？
（魂旦见科）（夫人云）这必是鬼魅！（魂旦唱）

【古寨儿令】可怜我伶仃、也那伶仃[16],阁不住两泪盈盈。手拍着胸脯自招承,自感叹,自伤情,自懊悔,自由性。

【古神杖儿】俺娘他毒害的有名,全无那子母面情。则被他将一个痴小冤家,送的来离乡背井。每日价烦烦恼恼,孤孤另另。少不得厌煎成病,断送了泼残生。

（正末云）小鬼头,你是何处妖精,从实说来！若不实说,一剑挥之两段。（做拔剑砍科,魂旦惊科,云）可怎了也！（唱）

【幺篇】没揣的一声狠似雷霆[17],猛可里谎一惊丢了魂灵。这的是俺娘的弊病[18],要打灭丑声,佯做个咍挣[19],妖精也甚精？男儿也看我这旧恩情,你且放我去与夫人亲折证。

（夫人云）王秀才,且留人,他道不是妖精,着他到房中看,那个是伏侍他的梅香？（梅香扶正旦昏睡科）（魂旦见科,唱）

【挂金索】蓦入门庭,则教我立不稳行不正;望见首饰妆奁,志不宁心不定。见几个年少丫鬟,口不住手不停;拥着个半死佳人,唤不醒呼不应。

【尾声】猛地回身来合并,床儿畔一盏孤灯。兀良,早则照不见伴人清瘦影。(魂旦附正旦体科,下)

　　(梅香做叫科,云)小姐!小姐!王姐夫来了也!(正旦醒科,云)王郎在那里?(正末云)小姐在那里?(梅香云)恰才那个小姐,附在俺小姐身上,就苏醒了也。(旦、末相见科)(正末云)小生得官后,着张千曾寄书来。(正旦唱)

【侧砖儿】哎!你个辜恩负德王学士,今日也有称心时。不甫能盼得音书至,倒揣与我个闷弓儿[20]!

【竹枝歌】打听为官折了桂枝,别取了新婚甚意思?着妹妹目下恨难支,把哥哥闲传示,则问这小妮子,被我都揸揸的扯做纸条儿。

　　(正末云)小姐分明在京,随我三年,今日如何合为一体?(正旦唱)

【水仙子】想当日暂停征棹饮离尊[21],生恐怕千里关山劳梦频[22]。没揣的灵犀一点潜相引[23],便一似生个身外身。一般般两个佳人,那一个跟他取应,这一个淹煎病损。母亲,则这是倩女离魂。

　　(夫人云)天下有如此异事!今日是吉日良辰,与你两口儿成其亲事。小姐就受五花官诰,做了夫人县君也。

一面杀羊造酒,做个大大庆喜的筵席。(诗云)凤阙诏催征举子,阳关曲惨送行人。调素琴王生写恨,迷青琐倩女离魂[24]。

  题目 调素琴王生写恨
  正名 迷青琐倩女离魂

〔1〕府判:即判官,为府尹的属官。
〔2〕辆起细车儿:套好车子。细车儿,妇女所坐的轻巧马车。
〔3〕萧萧:这里是萧条、稀少的意思。
〔4〕不惺惺:不伶俐,不清楚。
〔5〕倾了:葬送了,断送了。倾、送,同义。《水浒全传》第六十七回:"不想却遭此难,几被倾送,寸心如割。"
〔6〕口硬:指马匹年少力壮。
〔7〕撺行:快走。
〔8〕撒和:喂养牲口。元杨瑀《山居客话》:"凡人有远行者,至已午时以草料饲驴马谓之撒和,欲其致远不乏也。"
〔9〕昼锦荣:富贵还乡,显耀乡间的意思。
〔10〕袄庙火:《渊鉴类函》卷五十八引《蜀志》:谓蜀帝生公主,乳母陈氏养之。陈氏携子与公主同处宫中十馀年,后出宫。其子思念公主病亟,公主遂托幸袄庙,期与子会。然子昏睡,乃解幼时所戴玉环,置子之怀而去。子醒,悔之,怨气成火而袄庙遂焚。元李直夫有《火烧袄庙》杂剧,今佚。袄庙,拜火教之庙宇。
〔11〕锁鞓(tīng 厅):带有锁扣的皮带。鞓,皮带。这里当指马鞍上的皮带,束鞍于马腹而用。
〔12〕偷香处喝号提铃:谓偷情事被人破坏。偷香,即偷情。晋贾充女与司空掾韩寿私通,窃其父所藏武帝赐与的奇香给寿,为贾充所知,遂

使二人成亲。见《晋书·贾充传》。喝号提铃,守夜人巡逻时口喊口令,摇响铃铛。

〔13〕弦断了不续碧玉筝:反用续弦典故,喻夫妻分离,不得再合。这里易琴为筝。

〔14〕精砖上摔破菱花镜:破镜不能再圆,喻夫妻离散。此处暗用乐昌公主破镜重圆故事。

〔15〕井底坠银瓶:唐白居易《井底引银瓶》:"井底引银瓶,银瓶欲上丝绳绝;石上磨玉簪,玉簪欲成中央折。瓶沉簪折知奈何,似妾今朝与君别!"后世遂以瓶沉簪折喻夫妇之被迫分散的典故。

〔16〕伶仃:即零丁,孤独的意思。

〔17〕没揣的:猛然地、突然地。

〔18〕弊病:即弊倖,指阴谋,鬼计。《鸳鸯被》第三折〔圣药王〕曲:"他使弊倖,使气性,见无钱踏着陌儿行,推我在这陷人坑。"

〔19〕吃挣:寒噤。

〔20〕倒揣与我个闷弓儿:即倒给我出了个难题儿。闷弓儿,与闷葫芦同,指难以猜测、琢摸的事物。

〔21〕暂停征棹(zhào兆)饮离尊:宋秦观〔满庭芳〕词:"暂停征棹,聊共饮离尊",写情人饯别情景,这里借用。征棹,即将出发的船。棹,一种划船的工具。

〔22〕千里关山劳梦频:无名氏〔鹧鸪天〕词:"一春鱼雁无消息,千里关山劳梦魂。"

〔23〕灵犀一点潜相引:唐李商隐《无题》诗:"身无彩凤双飞翼,心有灵犀一点通。"灵犀,犀牛角。传说犀牛之角,有白纹如线,直通上下。

〔24〕青琐:古代宫庭和贵族家门上,饰有连环形花纹,涂以青色,叫青琐。这里指闺房。

醉思乡王粲登楼[1]

楔　子

（老旦扮卜儿上）（诗云）急急光阴似水流，等闲白了少年头。月过十五光明少，人到中年万事休。老身姓李，夫主姓王，曾为太常博士之职[2]，不幸病卒于官。先夫在日，止生一个孩儿，名唤王粲，学成满腹文章，只是胸襟骄傲，不肯曲脊于人。有他叔父蔡邕丞相，数次将书来取，此子不肯前去。今日好日辰，我唤他出来，上京求的一官半职，光耀门间，有何不可。王粲那里？（正末扮王仲宣上，云）小生姓王名粲，字仲宣，高平玉井人也[3]。先父曾为太常博士，病卒于官，止存老母在堂。小生正在攻书，忽听母亲呼唤，不知有甚事，须索走一遭去。呀，母亲拜揖。母亲唤你孩儿那壁厢使用？（卜儿云）孩儿，有你叔父蔡邕丞相，数次将书取你，今日好日辰，你上京去，求的一官半职，光耀门间，有何不可？（正末云）母亲，你孩儿去不的。（卜儿云）你因甚去不的？（正末云）孔子有云："父母在，不远游，游必有方[4]。"所以为人子者，"出不易方，复不过时[5]。"乃是个孝道，孩儿为此去不的。（卜儿云）孩儿放心前去，家中事务，我自支持。(正末云)既是母亲尊命,孩儿怎敢有违,今日便索长行也。(卜儿云)孩儿,你去则去,只虑一件。(正末云)母亲虑的是那一件?(卜儿云)虑的是豚犬东行百步忧[6]。(正末唱)

【中吕赏花时】母亲道豚犬东行百步忧,(卜儿云)孩儿,你趁着这鹏鹗西风万里秋[7]。(正末唱)趁着这鹏鹗西风万里秋。非拙计岂狂游,凭着我高才和这大手。(卜儿云)孩儿疾去早来。(正末云)母亲,恁孩儿常存今日志,必有称心时。(唱)稳情取谈笑觅封侯[8](下)

(卜儿云)孩儿去了也,我掩上这门儿,正是眼望旌捷旗,耳听好消息。(下)

〔1〕《王粲登楼》:汉末文士王粲,避西京之乱,南下荆州,依附刘表,因体弱貌寝,备受冷落,遂作《登楼赋》以明志。杂剧即本此事,而兴之所至,随意点染,牵合附会,去史甚远,不过借古人之酒杯,浇自己之块垒,不得以一般之历史剧求之。此剧藉此写元代知识分子沦落不遇之苦,实际饱含着作者自己的眼泪,故声情激越,感人至深。明李开先《词谑》,认为"四折俱优。浑成慷慨,苍老雄奇。"特别是第三折,尤为历代曲论家所称许。今据《元曲选》本校注,个别地方则参校古名家本、《酹江集》本。

〔2〕太常博士:官名。两汉太常所属有五经博士。魏晋以后,太常博士掌朝廷仪制。

〔3〕高平玉井:王粲,汉末山阳高平人。今山东邹城。

〔4〕"父母在"三句:见《论语·里仁》。

〔5〕"出不易方"二句:见《礼记·玉藻》。是说出外时不轻易改往

他处,回到家里,要马上面见父母。

〔6〕豚犬东行百步忧:即俗语:儿行百步母担忧。豚犬,对自己儿子的谦词。《三国志·吴志·孙权传》注引《吴历》:曹操见权军整肃,喟然叹曰:"生子当如孙仲谋,刘景升儿子若豚犬耳!"

〔7〕鹏鹗西风万里秋:喻展翅高飞,大有作为。《庄子·逍遥游》:"鹏之徙于南冥也,水击三千里,抟扶摇而上者九万里。"

〔8〕"稳情取"句:稳情取,一定会、准会。谈笑觅封侯,极言得功名之易。唐杜甫《复愁》诗之七:"闾阎听小子,谈笑觅封侯。"

第一折

(丑扮店小二上)(诗云)酒店门前三尺布[1],人来人往图主顾。好酒做了一百缸,倒有九十九缸似滴醋。自家店小二是也。有那南来北往,经商客旅,做买做卖的人,都在我这店中安下。一个月前有个王粲,在我店肆中居住,房宿饭钱,都少了我的。我便罢了,大主人家埋怨我。我如今叫他出来,算算账,讨还我这房宿饭钱。王先生出来!(正末云)小生王粲,自离了母亲,来到京师,有叔父蔡邕丞相,个月期程[2],不蒙放参。小生在这店肆中安下,少了他许多房宿饭钱,小二哥呼唤,多分为此。小二哥,做甚么大呼小叫的?(小二云)王先生,你少下我许多房宿饭钱不还我,我便罢了,大主人家埋怨我。你几时还我这钱?(正末云)兀那店小二,我见了我蔡邕叔父呵,稀罕还你这几贯钱!(小二云)你今

日也说你叔父,明日也说你叔父,你这钱几时还我?(正末云)你休小觑我。(唱)

【仙吕点绛唇】早是我家业凋残,少年可惯,我被人轻慢。似翻复波澜,贫贱非吾患[3]。

（小二云）王先生,你既是读书人,何不寻几个相识朋辈?（正末唱）

【混江龙】我与人秋毫无犯。（小二云）则为你气高志大,见是如此。（正末唱）则为气昂昂误得我这鬓斑斑。久居在箪瓢陋巷[4]风雪柴关[5]。穷不穷甑有蛛丝尘网乱[6]。（小二云）看了你这嘴脸,火也没一些拢的。（正末唱）窘不窘炉无烟火酒瓶干。划的在天涯流落,海角飘零,中年已过,百事无成,捱不出伤官破祖穷愁限[7]。多只在闾阎之下,眉睫之间[8]。

（小二云）王先生,我看你身上有些儿单寒么?（正末唱）

【油葫芦】小二哥你休笑书生胆气寒,赤紧的看承的我如等闲。则俺这敝裘裳怯晓霜残[9]。端的可便有人把我做儿曹看,堪恨那无端一郡苍生眼。（小二云）看你这模样,也没些志气胆量。（正末唱）我量宽如东大海,志高如西华山。则为我五行差没乱的难迭办[10],几能勾青琐点朝班[11]。

【天下乐】因此上时复挑灯把剑弹[12]。有那等酸也波寒,可着我怎挂眼?只待要论黄数黑在笔砚间[13]。（小二云）你既是读书之人,何不训几个蒙童,讨些钱钞还我,可不好?

（正末唱）你着我教蒙童数子顽。（带云）据王粲的心呵，（唱）我则待辅皇朝万姓安。哎！你可便枉将人做一例看。

（小二云）巧言不如直道，买马须索杂料。闲话休说，好歹要房宿饭钱还我。（正末云）小生没甚么还你，小二哥，我将这口剑当与你，待我见了叔父，便来取讨。（小二云）也罢，我收了这剑，有钱时便赎与你。（诗云）饶君总使浑身口，手里无钱说也空。（下）（外扮蔡邕引祗从上）（诗云）龙楼凤阁九重城，新筑沙堤宰相行[14]。我贵我荣君莫羡，十年前是一书生。老夫姓蔡名邕，字伯喈，陈留郡人氏[15]。自中甲第以来，累蒙擢用，谢圣人可怜，官拜左丞相之职。有一故人，乃是太常博士王默，曾指腹为亲。若生二女，同攀绣床；若生二子，同舍攻书；若生子女，结为夫妇。不想老夫所生一女，小字桂花，王默所生一子，唤名王粲。因为居官，彼此天涯，不得相聚。后来连王默也亡过了，一向耽阁，这亲事不曾成得。闻知王粲学成满腹文章，只是矜骄傲慢，不肯曲脊于人。老夫数次将书调取来京，个月期程，不容放参，可是为何？则是涵养他那锐气。今日早朝下来，已与曹子建学士说知向上之事，这早晚敢待来也。左右门首觑者，学士来时，报复我知道。（冲末扮曹子建引祗从上）（诗云）满腹文章七步才，绮罗衫袖拂香埃。今生坐享来生福，都是诗书换得来。小官姓曹名植，字子建，祖居谯郡沛县人也。谢圣人可怜，官拜翰林院学士之职。今日早朝,蔡邕老丞相说令婿王粲,虽有出众文才,只是胸襟太傲,须要涵养他那锐气,好就功名。如今老丞相暗将白金两锭,春衣一套,骏马一匹,荐书一封,投托荆王刘表[16],封皮上写着某家的名字,赍发他起身,等待后来荣显之时,着小官做个大大的证见。说话中间,可早来到丞相府了。左右报复去,道有子建学士,在于门首。(报见科)(蔡相云)学士来了也。学士,今早朝中所言王粲之事,可是这等做的么?(曹学士云)老丞相高见,正该如此。但小官虚做人情,不无惶愧。(正末上,云)这是丞相府门首。左右报复去,道有高平王粲,特来拜见。(做报科,云)有高平王粲,特来拜见。(蔡相云)你看他乘甚么鞍马。(祗候云)脂油点灯[17]。(蔡相云)这怎么说?(祗候云)布捻。(正末云)说话的是我叔父,我是侄儿,那里有叔叔接侄儿不成?我自过去。(见科,云)叔父请坐。多年不见,受您孩儿两拜。(蔡相云)住者,左右,将过那锦心拜褥来。(正末云)叔父要他何用?(蔡相云)拜下去,只怕污了你那锦绣衣服。(正末云)有甚么好衣服!(蔡相云)王粲,母亲安康么?(正末云)母亲托赖无恙。(蔡相云)有你这等峥嵘发达的孩儿,我那贤嫂有甚不安康处!翰林院学士在此,把体面相见。(正末做见曹学士科)(曹学士云)久闻贤士大名,如轰雷贯耳,今得拨云雾见青天,实乃曹植万幸。(正末云)学士恕小生一面。(蔡相云)说此人矜骄傲

555

慢,果然。学士在此,下不得一拜!学士勿罪。可不道锦堂客至三杯酒,茅舍人来一盏茶。我偌大个相府,王粲远远而来,岂无一钟酒管待?令人,将酒过来。(递酒科)(蔡相云)这杯酒当与王粲拂尘[18],王粲近前接酒。(正末云)将来。(蔡相云)住者,这酒未到你哩!老夫年迈了,也有失礼体,放着翰林学士在此,那里有王粲先接酒之理!学士满饮此杯。(曹学士接酒云)贤士先饮此杯。(正末云)学士请。(曹学士云)贤士勿罪。(饮科)(蔡相云)这杯酒可到王粲。王粲接酒!(正末云)将来。(蔡相云)住者,未到你哩!学士一只脚儿两只脚儿来,饮个双杯。(曹饮科)(蔡相云)这杯酒可到王粲。王粲接酒!(正末云)将来。(蔡相云)住者,未到你哩!学士饮个三杯和万事。(曹饮科)(正末云)叔父,王粲不曾自来,你将书呈三番两次调发小生到此,萧条旅馆,个月期程,不蒙放参。今日见了小生,对着学士,将一杯酒似与不与,轻慢小生,是何相待!(蔡相云)王粲,你发酒风哩!(正末云)我吃你甚酒来?(蔡相云)王粲,你在我跟前,你来我去[19]!你听着:(词云)你看我精神颜色捧瑶觞,你那里有和气春风满画堂?你这等人不明白冻饿在颜回巷[20],你看为官的列金钗十二行[21]。你尽今生飘飘荡荡,便来世也则急急忙忙。你那里有江湖心量,衡一片齑盐肚肠[22]。令人,抬过了酒。非干我与而不与,其实你饮不的我这玉液琼浆！（正末云）叔父，我王粲异日为官，必不在你之下！

（诗云）男儿自有冲天志，不信书生一世贫！（唱）

【那吒令】我怎肯空隐在严子陵钓滩[23]，我怎肯甘老在班定远玉关[24]。（带云）大丈夫仗鸿鹄之志，据英杰之才。（唱）我则待大走上韩元帅将坛[25]。我虽贫呵乐有馀，便贱呵非无惮，可难道脱不的二字饥寒？

【鹊踏枝】赤紧的世途难，主人悭，那里也握发周公[26]，下榻陈蕃[27]？这世里冻饿死闲居的范丹[28]。哎！天呵，兀的不忧愁杀高卧袁安[29]。

（云）叔父，不止小生受窘，先辈古人也多有受窘的。

（蔡相云）王粲，与你比喻：你那积雪成阜，怎熬俺有力之松；磨墨成池，怎染俺无瑕之玉。明珠遭杂[30]，岂列雕盘；素丝蒙垢，难成美锦。小见人万种机谋，总落的俺高人一笑。先辈那几个古人受窘，你试说一遍听咱。

（正末唱）

【寄生草】伊尹曾埋没在耕锄内[31]，傅说也劬劳在版筑间[32]。有宁戚空嗟白石烂[33]，有太公垂钓磻溪岸[34]，有灵辄谁济桑间饭[35]！哀哉堪恨您小人儒[36]，呜呼不识俺男儿汉。

（蔡相云）王粲，你来做甚？（正末唱）

【六幺序】我投奔你为东道。（蔡相云）我可也做不的东道。（正末唱）倚仗你似泰山[37]。（蔡相云）我可也做不的那泰山。（正末唱）划的似惊弓鸟叶冷枝寒。好教我镜里羞

557

看[38],剑匣空弹[39],前程事非易非难。想蛰龙奋起非为晚,赤紧的待春雷震动天关。有一日梦飞熊得志扶炎汉[40],才结果桑枢瓮牖[41],平步上玉砌雕栏。

【幺篇】要见天颜,列在鹓班[42];书吓南蛮[43],威镇诸藩,整顿江山,外镇边关,内剪奸顽。有一日金带罗襕,乌靴象简,那其间难道不着眼相看!如今个旅邸身闲,尘土衣单,耽着饥寒,偏没循环。只落得不平气都付与临风叹,恨塞满天地之间。想漫漫长夜何时旦,几能勾斩蛟北海[44],射虎南山[45]!

（云）这等人只好不辞而回罢。（出科）（祗候报云）报老爷得知,王粲不辞而去了。（蔡相云）学士,王粲不辞而归,都在学士身上。（曹学士出要住科,云）贤士,适间勿罪。（正末云）学士,这不是小生自来投托,是丞相数次将书调发。小生来到京师,旅馆安身,个月期程,不蒙放参。今日对着学士,将一杯酒似与不与,轻慢小生,是何礼也!（曹学士云）贤士,此一去何往?（正末云）自古道:"士屈于不知己,而伸于知己[46]。"今世无知者,小生在此何益?不如回家去罢。（唱）

【金盏儿】虽然道屈不知己不愁烦,不知伸于知己恰是甚时间?只落得一天怨气心中攒,空教我趋前退后两三番。又不是绝粮陈蔡地[47],又不是饿死首阳山[48]。只不如挂冠归去好[49],也免得叉手告人难。

（曹学士云）贤士差矣,却不道学成文武艺,货与帝王家[50]。又道是十年窗下无人问,一举成名天下知[51]。凭着贤士腹有才,神有剑,口能吟,眼识字,取富贵如反掌相似,何不进取功名,可怎生便回家去也?(正末云)争奈小生家寒,无有盘费。(曹学士云)却不道宝剑赠烈士,红粉赠佳人。小官有白金两锭,青衣一套,骏马一匹,荐书一封,送贤士去投托荆王刘表。刘表见了小官的书呈,必然重用。贤士若得官呵,则休忘了曹植者。(正末云)多谢学士。小生骤面相会,倒赍发我金帛鞍马荐书。异日若得峥嵘,此恩必当重报。(唱)

【赚煞】我持翰墨谒荆王,展羽翼腾霄汉。梦先到襄阳岘山[52],楚天阔争如蜀道难。我得了这白金骏马雕鞍,则愿的在途间人马平安,稳情取峥嵘见您的眼[53]。(曹学士云)贤士,常言道人恶礼不恶,还辞一辞老丞相。(正末云)看学士分上,我辞他一辞。叔父,承管待了也。(蔡相云)王粲,你去了罢,又回来做甚么?(正末云)我吃你甚么来?(唱)我略别你个放鱼的子产[54]。(蔡相云)放鱼的子产,嗓磕老夫不识贤哩!(正末唱)你休笑我屠龙的王粲[55]。(云)虽是今日之贫,安知无他日之贵。有一日官高极品,位列三公,食前方丈[56],禄享千钟,武夫前拥,锦衣后随,学士恕罪了。(曹学士云)贤士,稳登前路。(正末唱)你看我锦衣含笑入长安。(下)

(蔡相云)王粲去了也。学士,此人莫不有些怪老夫么?
(曹学士云)时下便有些怪,到后来谢也谢不及哩!(蔡

相诗云)从来贤智莫先人,小子如何妄自尊。(曹学士诗云)今日虽然遭折挫,异时当得报深恩。(并下)

〔1〕酒店门前三尺布:指酒旗招飐,俗称酒望子。

〔2〕个月期程:一个多月的时间。

〔3〕贫贱非吾患:即贫贱不是我所忧虑的。暗用孔子弟子原宪故事。原宪居贫,在草泽中。子贡过而访之,曰"夫子岂病乎?"原宪曰:"吾闻之,无财者谓之贫,学道而不能行者谓之病。若宪,贫也,非病也。"见《史记·仲尼弟子列传》。

〔4〕箪瓢陋巷:比喻生活极端贫苦。《论语·雍也》:"贤哉,回也!一箪食,一瓢饮,在陋巷,人不堪其忧,回也不改其乐。"

〔5〕柴关:柴门。

〔6〕甑有蛛丝尘网乱:用范丹典事。后汉时,范丹,字史云,曾为莱芜长。所居单陋,有时粮尽,同里歌之曰:"甑中生尘范史云,釜中生鱼范莱芜。"见《后汉书》本传。甑,煮饭的瓦器。

〔7〕捱不出伤官破祖穷愁限:即逃不出功名未遂、有坠家风的穷苦命。

〔8〕"多只在"二句:是说寄人篱下,看人脸色。

〔9〕敝裘裳:《战国策·秦策》:苏秦"说秦王书十上而说不行。黑貂之裘敝,黄金百斤尽"。敝,破。

〔10〕"则为我"句:即只为我命运不好,很难办到。五行差,命相不好。旧时术士以五行生尅断人吉凶。难迭办,不容易做到。

〔11〕青琐点朝班:即入朝作官。青琐,宫门。朝班,上朝时官员排列的班次。唐杜甫《秋兴八首》之五:"几回青琐点朝班。"

〔12〕把剑弹:战国时,齐人冯谖客孟尝君门下,弹铗(剑把)而歌曰:"长铗归来乎!食无鱼。"又歌曰:"长铗归来乎!出无车。"又曰:"长

铗归来乎!无以为家。"此处借来感叹难遇有识之士。

〔13〕论黄数黑:说长道短,讲论是非。元杨文奎《儿女团圆》第一折〔那吒令〕曲:"你入门来便闹起,有甚的论黄数黑。"

〔14〕沙堤:唐时新任宰相者,必为之铺筑沙面道路,以通车骑,谓之沙堤。见唐李肇《国史补》卷下。

〔15〕陈留郡:汉郡名,治所在今河南陈留。

〔16〕刘表:字景升。汉献帝时为荆州刺史,辖今湖南、湖北大部分地方,拥兵自保。死后,其地为曹操所据。

〔17〕脂油点灯:连下句"布捻",为歇后语,谐音步辇,即步行。

〔18〕拂尘:即洗尘,设酒宴慰劳远方来客。

〔19〕你来我去:你、我之称,本用于平辈。剧中王粲为蔡邕之婿,用你、我之称,则有失上下尊卑之礼。

〔20〕颜回巷:即陋巷。颜回,即颜渊,贫居陋巷。又见本折注释〔4〕。

〔21〕列金钗十二行:这里指豪贵之家,美女姬妾众多。

〔22〕薤盐肚肠:即只有用薤盐下饭的狭小心肠。

〔23〕"我怎肯"句:即不愿像严子陵那样的隐姓埋名。严光,字子陵,东汉隐士。少与刘秀同游。刘秀即位后,逃隐于故乡富春山下,其钓处,人称严陵钓滩。见《后汉书·隐逸传》。

〔24〕甘老在班定远玉关:东汉班超,立功西域,封定远侯。在外三十一年,年老思归,上疏自云:"臣不敢望酒泉郡,但愿生入玉门关。"玉门关,即玉关,在今甘肃敦煌西北,古时为通西域要道。见《后汉书》本传。

〔25〕韩元帅将坛:韩信初属项羽,后归刘邦。刘邦筑坛拜信为大将,终于战胜项羽,建立汉朝。见《史记·淮阴侯列传》。

〔26〕握发周公:周公姬旦,辅佐成王,殷勤待士。自云:"一沐三握

发,一饭三吐哺,犹恐失天下士。"见《韩诗外传》卷三。

〔27〕下榻陈蕃:东汉陈蕃为豫章太守,平日不接宾客,唯徐穉来,"特设一榻,去则悬之。"一时传为美谈。见《后汉书·徐穉传》。

〔28〕范丹:即范史云。见本折注释〔6〕。

〔29〕高卧袁安:东汉汝南汝阳人袁安,未达时,一次洛阳大雪,人多出外乞食,安独僵卧不起。洛阳令过而问之,曰:"大雪人皆饿,不宜干人。"令以为贤,举为孝廉。见《后汉书》本传注。

〔30〕明珠遭杂:杂,当为"砸"之音假。明珠被砸,即有破损,故不可置于雕盘。

〔31〕"伊尹"句:伊尹,商之贤相。早年曾耕锄于有莘之野,商王三聘而出,相汤伐桀,遂有天下。见《史记·殷本纪》。

〔32〕"傅说"(yuè越)句:傅说,殷王武丁贤相。未遇前曾版筑于傅岩(今山西平陆东)之野,武丁举以为相,天下大治。见《史记·殷本纪》。版筑,筑墙时两版相夹,填土其中,以杵筑实。

〔33〕"宁戚"句:宁戚,春秋时齐国贤相。本卫人,家贫为人挽车,至齐,"饭牛车下,而桓公任之以国"。见《史记·鲁仲连邹阳列传》。《集解》注引应邵曰:齐桓公夜出迎客,宁戚扣牛角而歌曰:"南山矸(àn岸),白石烂,生不遭尧与舜禅。短布单衣适至骭(gàn盱),从昏饭牛薄夜半,长夜曼曼何时旦!"齐桓公闻之,知其贤,遂举为客卿。

〔34〕"太公"句:太公,即姜尚。相传未遇前,垂钓于渭滨之磻溪,周文王出猎,与语大悦,曰:"吾太公望子久矣!"因号太公望,立以为师。磻溪,在陕西宝鸡东南。见《史记·齐太公世家》、《水经注》卷十七"渭水"。

〔35〕"灵辄"句:见前《赵氏孤儿》楔子注释〔6〕。

〔36〕小人儒:指见识短浅的儒生。《论语·雍也》:"女(汝)为君子儒,无为小人儒。"

〔37〕泰山:为五岳之尊,因用以喻众所崇仰的人。又,旧时称岳父为泰山。

〔38〕镜里羞看:自伤时光流逝。唐李白《将进酒》:"高堂明镜悲白发。"

〔39〕剑匣空弹:见本折注释〔12〕。

〔40〕梦飞熊:即姜太公遇文王故事。周文王将猎,卜之,曰:"将大获,非熊非黑,天遗汝师以佐昌。"果得姜尚于渭水之阳。见《宋书·符瑞志》(上)。飞熊,即非熊。后世因以此事作君臣遇合典故。

〔41〕桑枢瓮牖:以桑条编为户枢,败瓮之口作窗户。指生活贫苦。

〔42〕鹓班:朝班。

〔43〕书吓南蛮:用李白草答蕃书事。

〔44〕斩蛟北海:《水经注》"河水"注:谓春秋时,孔子弟子澹台灭明持千金之璧渡河,"阳侯波起,两蛟挟舟",乃操剑斩蛟,波平得渡。北海斩蛟,即由此出。

〔45〕射虎南山:《汉书·李广传》:李广出猎,见草中石以为虎而射之,中石没羽,视之,石也。

〔46〕"士屈于不知己"二句:出《晏子春秋》"杂"(上):"臣闻之,士者屈乎不知己,而伸乎知己。"

〔47〕绝粮陈蔡地:孔子周游列国,在陈绝粮,从者病,莫能兴。见《论语·卫灵公》。又,《史记·孔子世家》谓被陈、蔡大夫派人围困于野。

〔48〕饿死首阳山:伯夷、叔齐,孤竹君之二子。周武王伐纣,二人扣马而谏。及武王平殷乱,天下宗周,二人耻之,隐于首阳山,不食周粟,采薇而食,遂饿死于首阳山。见《史记·伯夷列传》。首阳山,在山西永济南。

〔49〕挂冠:指辞官。《后汉书·逢萌传》:时王莽杀其子,乃谓友人

曰:"三纲绝矣,不去,祸将及人。"即解冠挂东都城门而去。

〔50〕"却不道"二句:出《神童诗》。

〔51〕"十年窗下"二句:元刘祁《归潜志》,叙金末疆土日削,故仕进调官皆不易,引时语曰:"古人谓十年窗下无人问,一举成名天下知。今日一举成名天下知,十年窗下无人问也。"

〔52〕襄阳岘(xiàn 现)山:即岘首山,在湖北襄阳南。

〔53〕见您的眼:见,同"现"。丢人现眼,民间俗语。这里指丞相蔡邕。

〔54〕放鱼的子产:子产,春秋时郑国的贤相。《孟子·万章》(上):"昔者有馈生鱼于郑子产,子产使校人(主管池苑的小吏)畜之池,校人烹之"。

〔55〕屠龙:指有高超的学问、手段。

〔56〕食前方丈:吃饭时桌上摆满菜肴,形容肴馔丰盛。

第 二 折

(外扮荆王引卒子上)(诗云)高祖龙飞四百年[1],如今兵甲渐纷然。区区借得荆襄地,撑住西南半壁天。某姓刘名表,字景升,本刘之宗亲,汉之苗裔。因见天下多事,兵戈竞起,某策马驰入仪城,取了南郡[2],皆蒯良之力也。如今南据江陵,北控樊邓,西占长沙,东距桂阳,地方千里,带甲军卒四十馀万。爱民养济,怜恤军士,少壮者勤于农桑,斑白者不负戴于道路[3]。于是一境之内,军民稍安。某有二子,长曰刘琦,次曰刘琮。有两员上将,操练水兵三万,乃是蒯越、蔡瑁,巡绰边境去了。

564

善文者蒯良、杜奎,善武者蒯越、蔡瑁,为其羽翼,复何忧哉!小校辕门觑者,二将来时,报复我知道。(卒子云)理会的。(正末上,云)小生王粲,被蔡邕耻辱了一场,多亏子建学士赍发我白金鞍马。小生好命薄也,不想中途得了一场病症,金银鞍马衣服都盘费尽了。这几日方才稍可,将着这封书,见荆王走一遭去。王粲也,人人都有那功名二字,惟有我的功名好难遇也呵!(唱)

【正宫端正好】则有分鞭羸马,催行色,拂西风满面尘埃。想昨朝风送烟波侧,今日个落日在青山外。

【滚绣球】我比那买官的省些玉帛,求仕的费些草鞋。赤紧的好难寻紫袍金带。(云)今日见荆王呵,(唱)便是我苦尽甘来。他听得我扣宅,他将那书拆开,多应是把我来降阶接待。岂不闻有朋自远方来[4]!(带云)那荆王若问我兵法呵,(唱)你看坐间略展安邦策,便索高筑黄金拜将台[5],不索疑猜。

(云)说话中间,可早来到门首也。左右报复去,道有高平王粲,持曹子建学士书呈,特来拜见。(卒子云)将书来,我与你报去。喏!报的大王得知,今有高平王粲,持曹子建学士书呈,特来拜见。(荆王云)将书来我看:"翰林学士曹植拜书。"我拆开这书看:"蔡邕拜上麾下[6]。"元来封皮上是曹子建之名,书内是蔡邕丞相举荐,书中意我尽知了也。久闻此人,是一代文章之士。道中门相请!(请见科)(荆王云)久闻贤士大名,今至俺荆襄之地,如甘霖润其旱苗,似清风解其酷暑,何幸何幸!(正末云)小生闻知大王豁达大度,纳谏如流,因此不远千里,持子建学士书,特来拜见。(荆王云)动问贤士,何不在帝都阙下,求取功名?如何远涉江湖,徒步至此?俺这荆襄土薄民稀,兵微将寡,只怕展不得仲宣之志,如之奈何?(正末云)大王,(唱)

【倘秀才】如今那有钱人没名的平登省台[7],那无钱人有名的终淹草莱。(荆王云)据贤士如何?(正末唱)如今他可也不论文章只论财。(荆王云)贤士可曾投托人么?(正末唱)赤紧的难寻东道主。(荆王云)向在何处?(正末唱)久困在书斋。非王粲巧言令色[8]。

(荆王云)贤士,自古道:(诗云)寒窗书剑十年苦,指望蟾宫折桂枝。韩侯不是萧何荐,岂有登坛拜将时[9]!曾有人言,谓贤士胸次骄傲,以至如此。(正末唱)

【滚绣球】非是我王仲宣胸次高,赤紧的晏平仲他那度量窄[10]。(云)小生远远而来,他道:"老兄几时到?"我回言:"恰才到此。"他道:"休往别处去,来俺家里住。"(唱)我和他初相见厮亲厮爱。(云)他问道:"老兄此一来,有何贵干?"我回言道:"特来投托,求些盘费。"他听得道罢,(唱)早唬得他不抬头口倦难开。(云)那人推托不过,则索应付。(唱)至少呵等到有十朝将半月,多呵赍发银一两钱二百,那一场赍发的心大惊小怪。(云)大王,久以后不得第便罢,若得第时,一时间顾盼不到,他便道:"黑头虫儿不中救[11],俺也曾赍发你来。"（唱）怎禁他对人前朗朗的花白，如今那友人门下难投托，因此上安乐窝中且避乖，倒大来悠哉[12]。

（荆王云）贤士既有大才，当不次任用。到来日会众将，聚三军，拜贤士统领荆襄九郡兵马大元帅。（诗云）可惜淮阴侯，曾来撒钓钩[13]。不消三举荐，指日便封侯。小校，铸下元帅印者。（正末云）小生半生流落，一介寒儒，安敢遽然望此！（唱）

【呆骨朵】若论掌荆襄帅府威风大，我是白衣人怎敢望日转千阶。我又不曾驱六甲风雷[14]，又不曾辨三光气色[15]；又不曾写就《论天表》，又不曾草下甚么《平蛮策》[16]。（荆王云）贤士乃簪缨世胄，堪为元戎帅首也。（正末唱）我虽是个簪缨门下人，怎做的斗牛星畔客[17]。

（荆王云）贤士知天文，晓地理，观气色，辨风云，何所不通，何所不晓！有大才受大任，固其宜也。（正末唱）

【倘秀才】止不过曲志在蓬窗下守着霜毫的这砚台，我又不曾进履在圯桥下收的甚兵书战策[18]？如今那有志的屠龙去南海，古今无贤士，前后少英才，非王粲疏狂性格。

（荆王云）贤士请坐，某有二将乃蒯越、蔡瑁，能调水兵三万，巡绰边境去了。小校辕门外觑者，二将来时，报复我知道。（卒子应科）（二净扮蒯越、蔡瑁上，云）自家蒯越的便是，这位是蔡瑁。我和他巡绰边境回还。小校通报去，蒯越、蔡瑁下马。（卒子报科，云）喏！报大王得知，蒯越、蔡瑁见在门首。（荆王云）说出去，宾客在此，把体面相见。(卒子云)二位,大王说宾客在此,教你把体面相见。(蒯、蔡云)我知道。(见科云)大王,边境无事。(荆王云)蒯越、蔡瑁,你见此人高平玉井人氏,姓王名粲,字仲宣,天下文章之士。我欲用此人,你可把体面相见。(蒯、蔡云)知道。那壁莫非仲宣否?(卒子云)怎么是"仲宣否"?(蒯越云)你不知道,"不"字底下着个"口",是个"否"字。他见了我老蒯,教他不开口。(蒯、蔡见末云)久闻贤士大名,如雷贯腿。(卒子云)怎么是"如雷贯腿?"(蒯越云)我盘盘他的跟脚[19],把文溜他一溜。贤士,你知道"礼之用和为贵,先王之道打折腿[20]。"我这里有一拜,不劳还礼。(拜科)(卒子云)不曾还礼,你再拜起。(蒯、蔡云)你可晓得那鹤非染而自白,鸦非染而自黑。既读孔圣之书,必达周公之礼。我二人有一拜。(拜科)(蒯越云)王粲好是无礼,拜着他全然不应!气出我四句来了:(诗云)王粲生的硬,拜着全不应。定睛打一看,腰里有梃棍。(蔡瑁云)我也有四句:王粲生的歹,拜着全不睬。这世做了人,那世变螃蟹。(蒯越云)大王,王粲好是无礼。俺二人拜他,全然不动。倘有人见,可不先失了你的门风[21]!大王问他孙武子兵书十三篇[22],他习那一家。(荆王云)靠后!人说此人矜骄傲慢,果然话不虚传。某两员上将拜着他,昂然不理。贤士,我问你,孙武子兵书十三篇,不知贤士习那一家?(正末云)《六韬》《三

略》[23],淹贯胸中,唯吾所用,何但孙武子十三篇而已哉!(荆王云)论韬略如何?(正末云)论韬略呵,(唱)

【滚绣球】我不让姜子牙兴周的显战功[24]。(荆王云)你谋策如何?(正末云)论谋策呵,(唱)我不让张子房佐汉的有计画[25]。(荆王云)你扎寨如何?(正末云)论扎寨呵,(唱)我不让周亚夫屯细柳安营扎寨[26]。(荆王云)你点将如何?(正末云)论点将呵,(唱)我不让马服君仗霜锋点将登台[27]。(荆王云)你胆气如何?(正末云)论胆气呵,(唱)我不让蔺相如渑池会那气概[28]。(荆王云)你才干如何?(正末云)论才干呵,(唱)我不让管夷吾霸诸侯那手策[29]。(荆王云)你行兵如何?(正末云)论行兵呵,(唱)我不让霍嫖姚领雄兵横行边塞[30]。(荆王云)你操练如何?(正末云)论操练呵,(唱)我不让孙武子用兵法演习裙钗[31]。(荆王云)你智量如何?(正末云)论智量呵,(唱)我不让齐孙膑捉庞涓则去马陵道上施埋伏[32]。(荆王云)你决战如何?(正末云)论决战呵,(唱)我不让韩元帅困霸王在九里山前大会垓[33],胸卷江淮。

(做睡科)(荆王云)好兵法!将酒来,庆兵法!贤士满饮此杯。呀!才和俺攀话,又早睡着了也。便好道德胜才为君子,才胜德为小人[34]。俺未曾重用,先失左右之门风,正是那才有馀而德不足。等此人睡觉来问我,只说我更衣去了[35]。(诗云)德胜才高不可当,才过德小必疏狂。纵然胸次罗星斗,岂是人间真栋梁。(下)

（蒯越云）点汤[36]！（正末醒科，云）大王安在？（蒯越云）点汤！（正末云）点汤，呼遣客。某只索回去。（蒯越云）点汤！（正末云）我出的这府门。（蒯越云）点汤！（正末云）我来到这长街上。（蒯越云）点汤！（正末云）我来到这酒肆中。（蒯越云）点汤！（正末云）我来到这里，你还叫点汤！（蒯越诗云）非我闭贤门，因他傲慢人。（蔡瑁诗云）点汤呼遣客，依旧受孤贫。（并下）（正末叹科）罢罢罢！（唱）

【煞尾】他年不作文章伯[37]，异日须为将相材。待与不待总无碍，时与不时且宁耐。说地谈天口若开，伏虎降龙志不改。稳情取兴刘大元帅，试看雄师拥麾盖。恨汝等将咱厮禁害。（带云）我若得志呵，（唱）把你掳掠中军帐门外，似这等跋扈襄阳吃剑才[38]，（带云）将二贼擒至马前斩首报来！（唱）那其间才识俺长安少年客。（下）

〔1〕龙飞：《易·乾卦》："飞龙在天。"喻皇帝即位。

〔2〕"某策马"二句：刘表初授荆州刺史，时江南宗贼大盛，袁术兵屯鲁阳，不能到任，乃单马入宜城。见《后汉书》本传。仪城，当作"宜城"。南郡，治所在江陵。

〔3〕斑白者不负戴于道路：上了年纪的人不必劳累在路上了。语出《孟子·梁惠王》（上）。斑白，头发花白的人。负戴，背着或顶着物件。

〔4〕有朋自远方来：《论语·学而》："有朋自远方来，不亦乐乎！"

〔5〕黄金拜将台：即黄金台，在河北易县东南。相传战国时燕昭王

所筑,置千金于台上以延天下士。后得乐毅,拜为将,下齐七十馀城。

〔6〕麾下:指在将帅的旗帜之下,即部下。这是对主帅的敬称。

〔7〕平登省台:平步爬上中书省、御史台那样的高位。

〔8〕巧言令色:用动听的言语和谄媚的脸色取悦于人。《论语·学而》:"巧言令色,鲜矣仁。"

〔9〕"韩侯"二句:是说韩信如果不是萧何的举荐,怎么会有登坛拜将之事。韩信,封淮阴侯,故云。

〔10〕晏平仲:春秋时齐国贤相晏婴,字平仲。《论语·公冶长》:"晏平仲善与人交,久而敬之。"这里反用其意,讥刺妒贤的当权者。

〔11〕黑头虫儿:民间传说,黑头虫儿长大后会吃掉父母。比喻忘恩负义者。参见《赵氏孤儿》第二折注释〔9〕。

〔12〕"安乐窝"二句:出元赵显宏小令〔刮地风〕《叹世》二首之二。第二句原作"倒大优哉。"宋邵雍早年隐于辉县苏门山中,名所居曰安乐窝。后居洛阳,仍名其居为安乐窝。见《宋史》本传。

〔13〕"可惜"二句:韩信早年家贫,曾钓于淮阴城下。据《大清一统志》:江苏淮安县北,有韩信钓台,与漂母祠相邻。

〔14〕驱六甲风雷:道教祈祷之术,以六丁为阴神,六甲为阳神,为天帝所驱使,能行风雷,制鬼神。道士可用符箓召请这些神将,为己所用。

〔15〕三光:指日、月、星。

〔16〕"又不曾写就"二句:《论天表》、《平蛮策》,见《倩女离魂》第一折注释〔16〕、〔17〕。

〔17〕斗牛星畔客:喻天上的贵客。斗、牛,即二十八宿中的斗宿和牛宿。又,古人认为,斗牛为吴楚分野。荆州为楚地,王粲投靠刘表,所以也可以比做荆州的贵客。

〔18〕进履在圯(yí移)桥下:秦末,张良在下邳桥上遇见黄石公,黄石公的鞋子掉到桥下,张良拾上来恭敬地为之穿鞋,因得黄石公所赠之

《太公兵法》。见《史记·留侯世家》。

〔19〕跟脚:又作"根脚",指出身、经历。

〔20〕"礼之用"二句:《论语·学而》原作:"礼之用和为贵,先王之道斯为美。"这里把"斯为美"改作"打折腿",纯是打诨。

〔21〕门风:这里指尊严、体面。

〔22〕孙武子:即春秋末年齐国之孙武,古代杰出的军事家。今传《孙子兵法》共十三篇。

〔23〕《六韬》《三略》:皆古代兵书。《六韬》,旧题周吕望撰。《三略》,旧题黄石公撰。皆出后人伪托。

〔24〕姜子牙:即姜太公吕望,助武王伐纣,建立周朝。

〔25〕张子房:即汉初三杰之一的张良,佐汉灭楚,封留侯。

〔26〕周亚夫:汉沛人,周勃之子。汉文帝时为抗匈奴入侵,屯兵细柳,军令严整。文帝称之为"真将军"。见《史记·绛侯世家》。细柳,在今陕西咸阳西南。

〔27〕马服君:战国时赵国名将赵奢。赵惠文王二十九年(公元前270),秦军侵韩,赵奢奉命援韩,大破秦军,以功封马服君。见《史记·赵世家》。

〔28〕蔺相如:战国时赵国大臣。曾出使秦国,完璧归赵。又佐赵王与秦王相会于渑池,制服秦王,拜为上卿。见《史记》本传。

〔29〕管夷吾:即管仲,春秋初相齐桓公,九合诸侯,一匡天下,成就霸业。见《史记·管晏列传》。

〔30〕霍嫖姚:汉武帝时名将霍去病,曾为嫖姚校尉,官至骠骑将军。前后六次出击匈奴,有"匈奴未灭,无以家为"的壮语。见《汉书》本传。

〔31〕"孙武子"句:孙武以兵法见于吴王阖闾,受命以宫中美女小试操演之法。诸女不听约束,立斩吴王宠姬二人,于是一军整肃,无敢出声者。见《史记·孙子吴起列传》。

〔32〕齐孙膑捉庞涓：战国时齐人孙膑，初与庞涓同学兵法。后庞涓为魏将，陷害孙膑，刖其足而刺其面，为齐国使者救回，齐威王以为师。齐魏交战，孙膑用计，于马陵道全歼魏军，庞涓被迫自刎。见《史记·孙子吴起列传》。马陵，在今河北大名东南。

〔33〕韩元帅困霸王：楚汉相争的最后一战。传说韩信在九里山设十面埋伏大败项羽，逼之自刎，遂略定楚地。九里山，在江苏徐州北。大会垓，大会战。

〔34〕"德胜才"二句：出宋司马光《资治通鉴·周纪》："才德全尽谓之圣人，才德兼亡谓之愚人。德胜才谓之君子，才胜德谓之小人。"

〔35〕更衣：上厕所的婉词。

〔36〕点汤：宋元时习俗，客在座而呼点汤，是送客的意思。

〔37〕文章伯：对文章品德足为表率者的尊称。唐杜甫《戏赠阌乡秦少府短歌》："同心不减亲骨肉，每语见许文章伯。"

〔38〕吃剑才：咒人语，即吃剑贼，犹云杀坯。北方方言，"贼"字音近于"才"。

第 三 折

(副末扮许达引从人上)(诗云)壮气如虹贯碧空，尘埃何苦困英雄。假饶不得风雷信，千古无人识卧龙[1]。小生姓许名达，字安道，乃荆州饶阳人也。先父许士谦，曾为国子监助教[2]，年仅六十，病卒于官。止存老母在堂，训诲小生，颇通诗礼。不想老母亡化，小生学业因此荒废，有负先人遗教，至今愧之。小生赖祖宗荫下，就此城市中建一座楼，名曰溪山风月楼。左有鹿门山，右有金沙泉。前对清风霁岭,后靠明月云峰。端的是玩之不足,观之有馀。但凡四方官宦,到此无可玩赏,便登此楼饮酒,中间常与小生论文。有等文学秀士,未经发迹,小生置酒相待,临行又赠路费而归。人见小生有此度量,皆呼小生为东道主。近日有一人,乃高平人氏,姓王名粲,字仲宣。此人是一代文章之士,持子建学士书呈,投托荆王刘表,刘表不能任用。后刘表辞世,此人淹留在此。小生深念同道,常与他会饮此楼。只一件,此人不醉犹可,醉呵,便思其老母,想其乡间,不觉泪下。今日时遇重阳登高节令,下次小的每安排酒果,请仲宣到此,共展登高之兴,聊纾望远之怀。只等来时,报复我知道。(正末上,云)小生王粲,将子建学士书呈,投托荆王刘表,刘表听信蒯越、蔡瑁谗言,不能任用,流落于此。小生只得将万言长策,寄与曹子建学士,央他奏上圣人,至今不见回报,多分又是没用的了,使小生羞归故里,懒睹乡间。此处有一人许安道,幸垂顾盼,时与小生尊酒论文[3],稍不寂寞。今日重阳佳节,治酒于溪山风月楼,请我登高,须索走一遭去。(叹介)时遇秋天,好是伤感人也!〔鹧鸪天〕(词云)一度愁来一倚楼,倚楼又是一番愁。西风塞雁添愁怨,衰草凄凄更暮秋。　情默默,思悠悠,心头才了又眉头。倚楼望断平安信,不觉腮边泪自流。(唱)

【中吕粉蝶儿】尘满征衣,叹飘零一身客寄。往常我食无鱼弹剑伤悲,一会家怨荆王,信谗佞,把那贤门来紧闭。(带云)从那荆王辞世呵,(唱)不争你死丧之威[4],越闪得我不存不济。

【醉春风】我本是未入庙堂臣,倒做了不着坟墓鬼。想先贤多少困穷途,王粲也我道来命薄的不似你,你!我比那先进何及,想昔人安在,(带云)小生三十岁也,(唱)我可甚么后生可畏[5]!

(云)说话中间,可早来到也。楼下的报复去,王粲来了也。(从人报科)报的东人得知,王仲宣来了也。(许达云)道有请。(见科,云)仲宣请。(做上楼科)(诗云)欲穷千里目,(正末云)更上一层楼[6]。(许达云)家童将酒过来。仲宣,蔬食薄味,不堪供奉,请满饮此杯。(正末云)敢问安道,此楼何人盖造?(许达云)仲宣不问,许达也不道,此楼是先父许士谦盖造。(正末云)因何造此?(许达云)因四方官宦,到此无可玩赏,故建此楼。(诗云)一座高楼映市廛[7],玉栏十二锁秋烟。卷帘斜眺天边月,举眼遥观日底仙。九酝酒光斟琥珀,三山鸾凤舞翩跹。停杯畅饮才歌罢,倒卧身躯北斗边。(正末诗云)安道你看:危楼高百尺,手可摘星辰。不敢高声语,恐惊天上人[8]。(唱)

【迎仙客】雕檐外红日低,画栋畔彩云飞,十二栏干栏干在天外倚。(许达云)这里望中原,可也不远。(正末唱)我这里望中原,思故里,不由我感叹酸嘶[9]。(带云)看了这秋江呵,(唱)越搅的我这一片乡心碎。

（许达云）仲宣为何不饮？（正末云）小生一登此楼，就想老母在堂，久阙奉养，何以为人！（许达云）仲宣不登楼便罢，但登楼便思其老母，想其乡间。母子，天性也。母思其子，慈也；子思其母，孝也。故母子为三纲之首[10]，慈孝乃百行之原[11]。我想大舜古之圣人，父顽母嚚弟傲[12]，尝设计害舜，舜尽孝以合天心，终不能害舜，终能使一家底豫[13]。（诗云）历山号泣自躬耕[14]，青史长传大孝名。今日登高频怅望，岂能无念倚间情。（正末诗云）旅客逢秋苦忆归，可堪鸿雁正南飞。倚门老母应头白，何日重来戏彩衣[15]。（唱）

【红绣鞋】泪眼盼秋水长天远际，归心似落霞孤鹜齐飞[16]。则我这襄阳倦客苦思归。我这里凭阑望，母亲那里倚门悲。（许达云）仲宣，既然如此感怀，何不早归故里？（正末云）吾兄怕不说的是哩！（唱）争奈我身贫归未得。

（许达云）仲宣满饮此杯。你看此楼，下临紫陌，上接丹霄；宴海内之高宾，会寰中之佳客。青山绿水，浑如四壁开图，红叶黄花，绝似满川铺锦。寒雁影摇摇曳曳，数行飞过洞庭天；寒蛩声唧唧啾啾，几处叫残江浦月。俺这里鲈鱼正美[17]，新酒初香；橙黄橘绿可开樽[18]，紫蟹黄鸡宜宴赏。对此开怀，何故不饮？（诗云）风送潮声过远洲，雨收山色上危楼。美玉不换重阳景，黄金难买菊花秋。（正末云）忆昔离家二载过，鬓边白发奈愁何。无穷兴对无穷景，不觉伤心泪点多。（唱）

【普天乐】楚天秋,山叠翠,对无穷景色,总是伤悲。好教我动旅怀,难成醉。枉了也壮志如虹英雄辈,都做助江天景物凄其。(云)老兄,小生有三桩儿不是。(许达云)可是那三桩儿不是?(正末云)是这气这愁和这泪。(许达云)气若何?(正末唱)气呵做了江风渐渐。(许达云)愁若何?(正末唱)愁呵做了江声沥沥。(许达云)泪若何?(正末唱)泪呵弹做了江雨霏霏。

(许达云)仲宣,时遇清秋,阶下有等草虫,名寒蛩,又名促织。此等草虫叫动,家家捣帛捣练。小生不才,作《捣练歌》一道,则是污耳。(歌云)忽闻帘外杵声摇,声上声低声转高。罗袖长长长绕腕,轻裙播播播风飘[19]。看看看是谁家女,巧巧巧手弄砧杵。停停听是两娉婷,玉腕双双双擎举[20]。湾湾弯月在眉峰,花花花向脸边红。星眼眼长长出泪,多多多滴捣衣中。袿开袿入袿纹波[21],叠叠重重重数多。相相相唤邻家女,欲裁未裁裁绮罗。秋天秋月秋夜长,秋日秋风秋渐凉。秋景秋声秋雁度,秋光秋色秋叶黄。中秋秋月旅情伤,月中砧杵响当当。当当响被秋风送,送到征人思故乡。故乡何在归途远,途远难归应断肠。断肠只在纱窗下,纱窗曾不忆彷徨。休玩休玩中秋月,月到中秋偏皎洁。此夜家家家捣衣,添入离愁愁更切。寒露初寒寒草边,夜夜孤眠孤月前。促织促织叫复叫,叫出深秋砧杵天。谁能秋夜闻秋砧,切切悲悲悲不禁。况是思归归未得,声声捶碎故乡心。(正末叹云)好高才也！其思远，其调悲，使人闻之，不觉潸然泪下。(诗云)寒蛩唧唧细吟秋，夜夜寒声到枕头。独有愁人听不得，愁人听了越添愁。(唱)

【石榴花】现如今寒蛩唧唧向人啼，哎，知何日是归期？想当初只守着旧柴扉，不图甚的，倒得便宜。(许达云)大丈夫得志食于钟鼎，不得志隐于山林[22]。(正末唱)则今山林钟鼎俱无味。命矣时兮。哎，可知道枉了我顶天立地居人世。(许达云)仲宣，今年贵庚了？(正末唱)老兄也，恰便似睡梦里过了三十。

【斗鹌鹑】又不在麋鹿群中，又不入麒麟画里[23]。自死了吐哺周公，枉饿杀采薇伯夷。自洛下飘零到这里，剗的无所归栖。(带云)小生当初投奔刘表的意呵，(唱)指望待末尾三稍[24]，越闪的我前程万里。

(许达云)仲宣，想昔日孔子投于齐景公，景公不能用，复投鲁哀公，封孔子为鲁司寇，三日而诛少正卯。齐景公故将美女数十人，习成女乐，献与哀公。哀公受了女乐，三日不朝。孔子弃职而归，投于卫灵公，与之言治国之道，卫灵公仰视飞雁。孔子知其不能用，投于陈国。其时陈国被吴国征伐，孔子遂困于陈蔡之间，粮食都绝，从者皆病不能起[25]。圣人尚然如此，何况今日乎！老兄，(诗云)诗酒当前且尽情，功名休问几时成。天公自有安排处，莫为忧愁白发生。(正末)(诗云)三尺龙泉七尺身[26]，可堪低首困风尘。王侯将相元无种[27]，半属天

公半属人。（唱）

【上小楼】一片心扶持社稷，两只手经纶天地。谁不待执戟门庭，御车郊原，舞剑尊席[28]！（许达云）仲宣，当初肯与蒯、蔡同列为官，可不好来？（正末唱）我怎肯与鸟兽同群，豺狼作伴，儿曹同辈？兀的不屈沉杀五陵豪气[29]！

（许达云）仲宣，想你辞老母，离陈蔡，谒蔡邕于京师，不能取其荣贵。又持子建学士书呈，投托荆王刘表，内妒蒯、蔡，不肯同列为官。先生主见，小生尽知。但他自干他的事，你自干你的事。便好道黍则黍，麦则麦，泾则泾，渭则渭[30]。虽后稷之圣[31]，不能化穗而成其芒；虽大禹之功，不能澄清而变其浊。芒穗清浊，尚然不变，何况于人乎？既托迹于刘表，何苦不同官于蒯、蔡？（诗云）嗟君志气本超群，争奈朝中多忌人。所以独醒千古恨，至今犹自泣累臣[32]。（正末）（诗云）有志无时命矣夫，老天生我亦何辜。宁随泽畔灵均死，不逐人间乳臭雏[33]。（唱）

【幺篇】据着我慷慨心，非贪这潋滟杯。这酒呵便解我愁肠，放我愁怀，展我愁眉。则为我志愿难酬，身心不定，功名不遂。（云）吾兄将酒过来。（许达云）酒在此。（正末饮科，云）再将酒来。（许达云）仲宣，为何横饮几杯？（正末唱）倒不如葫芦提醉了还醉。

（云）小生为功名不遂其心，不如饮一醉，坠楼而亡。（做跳下，许达惊扯住科，云）呀，早是小生手眼快，蝼蚁

579

尚且贪生，为人何不惜命？古人有云：存其身而扬其名，上人也；将其身而就其名，中人也；舍其身而灭其名，下人也。吾想此中屈原、卞和二人[34]，虽得其名，卒舍其身。如吾兄为功名不遂，要坠楼身死，是为不知命矣。昔吕望有经纶济世之才，虽在贫窭，意不苟得。年登八旬，垂钓于渭水。后文王梦非熊之兆，出猎西郊，至磻溪见吕望，同载而归，以为上宾。至武王时，成功立业，封号太公。今老兄发悲，不为别故，止为家中老母无人侍养。小生到来日会江下父老，收拾青蚨[35]，赍为路费，送老兄还归故里，有何难哉！（诗云）只为你高堂有母鬓斑斑，客舍淹留甚日还。橐里黄金愿相赠，免教和泪倚栏干。（正末诗云）耻向人间乞食馀[36]，登台一望泪沾裾。可怜飘泊缘何事，不寄平安问母书。（唱）

【满庭芳】我如今羞归故里，则为我昂昂而出，因此上怏怏而归。空学成补天才却无度饥寒计[37]，几曾道展眼舒眉？则被你误了人儒冠布衣[38]，熬煞人淡饭黄齑。有路在青霄内，又被那浮云塞闭[39]。老兄也百忙里寻不见上天梯。

（许达云）仲宣，你看那一林红叶，三径黄花。一林红叶傲风霜，如乱落火龙鳞；三径黄花擎雨露，似润开金兽眼。登高望远，人人怀故国之悲；抚景伤情，处处洒穷途之泣[40]。老兄，（诗云）暑退金风觉夜长，蝉声不断送秋凉。东篱满目黄花绽，雁过南楼思故乡。（正末）（诗云）采采黄花露未晞[41]，他乡谁为授寒衣。独怜作客

人南滞,不似随阳雁北飞。(唱)

【十二月】几时得似宾鸿北归,倒做了乌鹊南飞[42]。仰羡那投林倦鸟[43],堪恨那舞瓮醯鸡[44]。方信道垂云的鹍鹏羽翼,那藩篱下燕鹊争知[45]。

(带云)老兄也!(唱)

【尧民歌】真乃是鹤长凫短不能齐[46],从来这乌鸦彩凤不同栖。挽盐车骐骥陷淤泥,不逢他伯乐不应嘶[47]。只争个迟也么疾,英雄志不灰,有一日登鳌背[48]。

(做睡科)(外扮使命上,诗云)雷霆驱号令,星斗焕文章[49]。圣主贤臣颂[50],今朝会一堂。吾乃天朝使命是也。今有王仲宣献上万言长策,圣人见喜,宣他为天下兵马大元帅,兼管左丞相事。打听得在许安道楼上饮酒,许安道在么?(许达见科,云)那里来的大人?(使命云)小官天朝来的使命,宣王仲宣为天下兵马大元帅,快报复去!(许达云)王仲宣,王仲宣!(正末云)做甚么大呼小叫的!(许达云)今有天朝使命,宣你为天下兵马大元帅。(正末云)来了不曾?(许达云)见在楼直下哩!(正末云)慌做甚么,忙做甚么!既来了,怕他回去了不成?(许达云)则吃你这般傲慢?(正末唱)

【煞尾】从今后把万言书作战场,辅皇朝为柱石。扶侍着万万岁当今帝,则愿的稳坐定蟠龙饻金椅[51]。(同使命下)

(许达云)那王仲宣别也不别,竟自去了,有这般傲慢的,可知道荆王不肯用他!(诗云)一片雄心大似天,可

知不肯受人怜。今朝身佩黄金印，才识登楼王仲宣。（下）

〔1〕卧龙：喻隐居的非凡人物。三国时诸葛亮隐居南阳，人称"卧龙"。

〔2〕国子监助教：官名。协助国子博士教育生徒。

〔3〕尊酒论文：唐杜甫《春日忆李白》："何时一尊酒，重与细论文。"

〔4〕死丧之威：此语费解。《酹江集》本作"死葬在山隈"，当为"死丧山隈"之误。

〔5〕后生可畏：《论语·子罕》："后生可畏，焉知来者之不如今也。"是说年少的人是可敬畏的，怎么能够知道他的将来赶不上今人呢？

〔6〕"欲穷千里目"二句：用唐王之涣《登鹳雀楼》诗句。

〔7〕市廛：商业闹区。

〔8〕"危楼高百尺"四句：此诗作者说法不一。宋赵令畤《侯鲭录》谓王禹偁作；宋周紫芝《竹坡诗话》谓杨亿作；宋洪迈《唐人万首绝句》谓李白作；清《曲海总目提要》谓晏殊作。诸说纷纭，莫衷一是。

〔9〕酸嘶：因悲哀而声音嘶哑。

〔10〕母子为三纲之首：谓母子之间天生的慈孝关系为三纲之所出。三纲，君为臣纲，父为子纲，夫为妻纲。

〔11〕百行：指各方面的品行。

〔12〕父顽母嚚弟傲：《史记·五帝本纪》：舜为瞽者子，"父顽母嚚弟傲。"顽，无知而妄为。嚚，无理取闹。傲，桀傲不驯。

〔13〕底豫：由不乐而至于欢乐。《孟子·离娄》（上）："舜尽事亲之道，而瞽瞍底豫。"

〔14〕历山：相传舜耕于历山，但历山之所在，各地说法不一。

〔15〕戏彩衣：用老莱子斑衣娱亲的故事。据《艺文类聚》卷二十引

《列女传》:"老莱子孝养二亲,行年七十,婴儿自娱,著五色采衣。尝取浆上堂,跌仆,因卧地为小儿啼。"后因以表示孝敬父母。

〔16〕"泪眼盼"二句:化用唐王勃《滕王阁序》句,原作"落霞与孤鹜齐飞,秋水共长天一色。"

〔17〕鲈鱼正美:晋张翰因秋风起,思故乡吴中菰菜、莼羹、鲈鱼脍。曰:"人生贵得适志,何能羁宦数千里,以要名爵乎!"遂命驾而归。见《晋书》本传。

〔18〕橙黄橘绿:宋苏轼《初冬作赠刘景文》诗:"一年好景君须记,正是橙黄橘绿时。"

〔19〕轻裙:与上句"罗袖"为对文。原本误作"轻轻",据《酹江集》本改正。

〔20〕"停停听是"二句:古人捣衣,两女子对立,共执一杵如舂米,故云"两娉婷"、"玉腕双双"。

〔21〕裇(zhì 至)开裇入裇纹波:捣衣时,折叠之帛起伏如水波。裇,折叠衣服。

〔22〕"大丈夫"二句:古人用钟鼎、山林,代指作官与在野。钟鼎,钟鸣鼎食,指荣华富贵。

〔23〕"又不在"二句:即既不能隐遁山林,与麋鹿为友;又不能画入麒麟阁里,作国家之功臣。麒麟阁,在汉未央宫内。汉宣帝曾画霍光等十一位功臣于阁内。

〔24〕末尾三稍:结局、结果。

〔25〕"想昔日孔子"二十句:所述孔子事迹,俱见于《史记·孔子世家》。

〔26〕三尺龙泉七尺身:《史记·高祖本纪》:"吾以布衣持三尺剑取天下。"龙泉,宝剑名。七尺身,泛指成年男子之身长。

〔27〕王侯将相元无种:言王侯将相不是天生的。《史记·陈涉世

583

家》:"王侯将相宁有种乎?"

〔28〕"执戟"三句:即门庭有卫士执戟,外出有车夫驾马,宴饮有勇士击剑。形容在朝廷为官之景。

〔29〕五陵豪气:五陵贵家子弟豪俊之气。五陵,汉代高祖等五个皇帝的陵墓,均在长安附近。当日豪贵之家,多居于此。

〔30〕泾则泾,渭则渭:泾水清而渭水浊,清浊分明,不容混淆。

〔31〕后稷:周之始祖,相传是他始种稷麦,发明农业。

〔32〕"所以独醒千古恨"二句:是说屈原独醒自沉汨罗之恨,至今还使人们为之落泪。屈原《渔父》:"举世皆浊我独清,众人皆醉我独醒,是以见放。"累臣,被拘囚之臣,指屈原。

〔33〕"宁随"二句:是说宁愿随屈原而死,也不愿和世上小人同流合污。泽畔,《史记·屈原列传》:"屈原至于江滨,被发行吟泽畔。"灵均,屈原字正平,又字灵均。乳臭雏,即乳臭小儿。

〔34〕卞和:春秋楚人,得玉璞于山中,献厉王,王以为欺刖其左脚。武王时复献之,又以为欺刖其右脚。及文王即位,和抱璞而泣,王使玉人剖璞,果得美玉,遂名曰和氏之璧。见《韩非子·和氏》。

〔35〕青蚨:本古代传说中的虫名。《搜神记》载以青蚨血涂钱,"每市物,……皆复飞归,轮转无已。"后世因称钱为"青蚨"。

〔36〕乞食馀:吃别人的残茶剩饭。

〔37〕补天才:补救时政的大才。神话说女娲炼五色石以补苍天,故云。

〔38〕误了人儒冠布衣:指为诗书所误。唐杜甫《奉赠韦左丞丈二十二韵》:"纨绔不饿死,儒冠多误身。"

〔39〕浮云塞闭:浮云蔽日,比喻小人当道。李白《登金陵凤凰台》诗:"总为浮云能蔽日,长安不见使人愁。"

〔40〕穷途之泣:喻无路可走。《晋书·阮籍传》:"时率意命驾,不

由径路,车迹之所穷,辄恸哭而反。"

〔41〕露未晞:露水未干。

〔42〕乌鹊南飞:魏曹操《短歌行》:"月明星稀,乌鹊南飞。绕树三匝,何枝可依。"这里取无处栖身之意。

〔43〕投林倦鸟:晋陶潜《归去来辞》:"云无心以出岫,鸟倦飞而知还。"倦鸟知还,表示回家之意。

〔44〕舞瓮醯鸡:喻指熙熙攘攘的小人。见《陈抟高卧》第三折注释〔44〕。

〔45〕"方信道"二句:《庄子·逍遥游》叙鲲鹏:"背若泰山,翼若垂天之云,抟扶摇羊角而上者九万里,……斥鷃笑之曰:'彼且奚适也?我腾跃而上,不过数仞而下,翱翔蓬蒿之间,此亦飞之至也。'"鲲鹏,即鹍鹏。这里用以自比。斥鷃,雀也。《史记·陈涉世家》:"燕雀安知鸿鹄之志哉!"用以指一般无知的庸人。

〔46〕鹤长凫短不能齐:《庄子·骈拇》:"长者不为有馀,短者不为不足。是故凫胫虽短,续之则忧;鹤胫虽长,断之则悲。"凫,野鸭。

〔47〕"挽盐车"二句:伯乐与千里马故事。《战国策·楚策四》:汗明见春申君曰:"君亦闻骥乎?夫骥之齿至矣,服盐车而上太行,蹄申膝折,尾湛胕溃,漉汁洒地,白汗交流,中坂迁延,负辕不能上。伯乐遭之,下车攀而哭之,解纻衣以幂之。骥于是俯而喷,仰而鸣,声达于天,若出金石声音者,何也?彼见伯乐之知己也。"伯乐,春秋时秦人,姓孙名阳,善相马。

〔48〕登鳌背:指做朝廷大官。唐宋时皇帝殿前台阶上刻巨鳌,翰林学士、承旨等官朝见时,立于台阶正中之鳌背上。

〔49〕"雷霆"二句:用唐杜牧《华清宫三十韵》句。驱,当作"驰"。

〔50〕圣主贤臣颂:汉王褒有《圣主得贤臣颂》,颂美君臣之遇。

〔51〕蟠龙饸金椅:皇帝宝座,饰有嵌金的蟠龙图案的椅子。

第 四 折

（蔡相引祗从人上，云）老夫蔡邕是也。今有王粲献上万言长策，圣人见喜，着他做天下兵马大元帅，只在早晚将到。左右，与我请将曹子建学士来者。（祗从云）理会的。（曹学士上，云）小官曹植，今有蔡邕丞相着人相请，须索走一遭去。左右报复去，道有曹子建在于门首。（祗从报科，云）报的老爷得知，曹学士来了也。（蔡相云）道有请。（见科）（曹学士云）老丞相贺万金之喜！（蔡相云）喜从何来？（曹学士云）今有令婿王仲宣，献上万言长策，得了天下兵马大元帅，小官特来贺喜。（蔡相云）比及学士说呵，老夫已知道了也。如今俺二人牵羊担酒，十里长亭，接新官走一遭去。（下）（正末引卒子上，云）王粲，谁想有今日也呵！（唱）

【双调新水令】一声雷震报春光，（卒按喝科）（正末唱）起蛰龙九重天上。蔡邕也你便似臧仓毁孟轲[1]，王粲也我却做了贡禹笑王阳[2]。则道我甘老在荆襄，今日个峥嵘岂承望。

（蔡、曹同上）（蔡相云）此间是他辕门外了，学士你先进去。（曹学士云）令人，报复去，道有翰林学士曹子建在于门首。（报科）（正末云）大恩人来了也，道有请。（见科）（曹学士云）元帅峥嵘有日，奋发有时。（正末云）当日不亏学士大恩，岂有今日？学士请上，受小官一拜。

（拜科）（曹学士云）元帅请起，论小官有甚么恩在那里。
（正末唱）

【沉醉东风】想当日到京师将谁倚仗？多亏你曹学士助我行装。虽然是一封书死了荆王，还得你万言策奏知今上[3]，才得个元戎印掌。这都是你义海恩山不可当，再休题贵人健忘[4]。

（蔡相云）令人，报复去，道有蔡丞相在于门首。（卒报科）（正末唱）

【乔牌儿】不由我肚儿里气夯[5]，他有甚脸来俺门上？（云）他可不是蔡邕丞相么？（曹学士云）他可是谁？（正末唱）他是举韩侯三荐的萧丞相，往日的情我和他今日讲。

（云）令人，说出去，他是个丞相，我是个元帅府衙门，尔我无干。他进来便进来，不进来我也接待他不成！（卒子云）理会的。老丞相，俺元帅说来：你是个丞相，他是元帅府衙门，尔我无干，你进去便进去，不进去他也接待你不成。（蔡相公）可早一句儿也！也罢，我自己进去。（见科）元帅，几年不见，受老夫一拜。（正末云）住者。左右，将过锦心拜褥来。（蔡相云）要他做甚么？（正末云）则怕拜下去污了你那锦绣衣服。（蔡相云）可早两句儿也！（正末云）却不道锦堂客至三杯酒，茅舍人来一盏茶。我是个新帅府，岂无一杯酒管待？令人，将酒来。（卒子云）酒在此。（正末云）这一杯酒，当从丞相饮。老丞相接酒。（蔡相云）将来。（正末云）住者，小官有失礼

587

体,放着翰林院大学士在此,当从学士请酒。(曹接酒科)(正末云)这杯酒可到老丞相,丞相接酒。(蔡相云)将来。(正末云)住者,慌做甚么?学士饮个双杯。(曹饮科)(正末云)这杯酒可该老丞相饮,丞相接酒。(蔡相云)将来。(正末云)住者。两只手捞菱般相似[6],大缸家酿下酒,钵盂里折的,你也吃不了[7]。枕着青石板睡,饿破你那脸也[8]。学士饮个三杯和万事。(蔡相云)可早三句了也!王粲,你将一杯酒似与不与,对着翰林学士在此,羞辱老夫,是何道理?(正末云)你发甚么酒风哩!(蔡相公云)我吃你甚么酒来?(正末云)当初曾道来。(蔡相云)我道甚么来?(正末唱)

【水仙子】你道你精神颜色捧瑶觞,和气春风满画堂。你道我不明白冻死在颜回巷,我今日也列金钗十二行。尽今生急急忙忙,你那里有江湖心量,衡一片齑盐肚肠。(带云)令人抬过了酒肴者。(唱)饮不的我玉液琼浆。

(蔡相云)王粲,你强杀者波,则是个兵马大元帅;我歹杀者波,是当朝左丞相,调和鼎鼐,燮理阴阳。你把我这般看待,敢不中么?(正末唱)

【甜水令】你道是位列三台[9],调和鼎鼐,燮理阴阳,丞相府气昂昂。觑的我元帅衙门,无过是点些士伍,排些刀仗,与文臣本不同行。

【折桂令】你不来呵但凭心上,我也不差着人来,请你登堂。(带云)你今日既来呵,(唱)谁着你鸟故趋笼,鱼偏入网,人自投汤。既受你这许多好情亲向,我岂可没半句恶语相伤。(蔡相云)可知你与我也沾些亲来。(正末唱)从今后星有参商,人有雌黄[10]。你做不的吐哺周公,我也拚不做坦腹王郎[11]。

(蔡相云)学士,你这里不说,那里说?(曹学士云)老丞相休慌。元帅请暂息雷霆之怒,略罢虎狼之威,听小官明明的说破,着元帅细细里皆知。人不说不知,木不钻不透,冰不搠不寒,胆不尝不苦。当初老丞相曾与令尊老先生金兰契友[12],二人指腹成亲。若生二女,同攀绣床;若生二子,同舍攻书;若生子女,结为夫妇。不想令尊生下元帅,丞相所生一女。因为官守所绊,彼各天涯,间隔亲事。老丞相闻知元帅学成满腹文章,只是骄矜傲慢,不肯曲脊于人,以此数次将书调取至京,萧条旅馆,个月期程,不蒙放参。可是为何?只是涵养你那锐气。及至相见,将那三杯酒耻辱元帅,一席话激发将军。岂知春衣、白金、雕鞍、书札,都不是小官的,老丞相暗暗的与我,着我明明的与你,赍发你投托荆王刘表。谁想刘表不能任用,淹留在彼。你将万言长策,寄与小官,小官转与老丞相,老丞相献与圣人,圣人见喜,今得此官。自从元帅去后,老丞相将老夫人搬至京师,一般盖下画堂,又陪房奁断送[13],将小姐聘与元帅为妻。说兀的做甚!(诗云)则为你襄阳久困数年间,今日拨开云雾见天颜。非干我这举贤曹子建,则拜你那恩人老泰山。

（正末拜科，云）则被你瞒杀我也，丈人！（蔡回礼科，云）则被你傲杀我也，女婿！（正末唱）

【雁儿落】又不曾趋跄天子堂[14]，又不曾图画功臣像。止不过留心在笔砚间，又不曾恶战在沙场上。

【得胜令】呀！怎做得架海紫金梁，则消得司县绿衣郎[15]。今日个枢府新元帅，还只是长安旧酒狂。腾骧[16]，端的有豪气三千丈；游扬[17]，这的是功名纸半张[18]。

（蔡相云）天下喜事，无过子母夫妇团圆。就今日卧翻羊、窨下酒，做个大大庆喜筵席者！（词云）我两姓结婚姻原在生前，难道我今日敢违背初言。因此上屡移书接来到此，本待将加官职指引朝天。只为你生性子十分骄傲，并不肯谦谦的敬老尊贤。我特将三杯酒千般折挫，无非要涵养得气质为先。暗地里具书呈白金骏马，封皮上明写着子建相传。岂知道到荆州依然不遇，遂淹留不得返荏苒三年。想登楼这一点思乡客泪，多应是长飘洒似雨涟涟。万言策又是我转闻今上，才得授大元帅入掌兵权。早先期高平去迎将老母，预盖下大宅院供具俱全。专等待你回来选其吉日，与小女结花烛夫妇团圆。此皆由我老夫殷勤留意，非学士能出力为你周旋。到如今才一一从头说破，大家的开笑口庆赏华筵。（正末唱）

【离亭宴煞】你元来为咱气锐加涵养，须不是忌人才大遭魔障。端的个这场，收拾了龙争虎斗心，结果了鹗荐鹏抟力[19],表明了海阔天高量。安排下玳瑁筵,准备着葡萄酿,做一个团圆的庆赏。早匹配了青春女一生欢,稳情取白头亲百年享。

题目　假托名蔡邕荐士
正名　醉思乡王粲登楼

〔1〕臧仓毁孟轲:臧仓,战国时鲁平公幸臣。孟轲,即孟子。平公欲见孟子,臧仓进谗说:孟子办母亲的丧事,大大超过了早死的父丧,未必是什么贤德之人。不要去看他! 打消了平公的念头。见《孟子·梁惠王》(下)。

〔2〕贡禹笑王阳:王阳出而为官,贡禹为之欢笑。西汉时,贡禹、王吉(字子阳,即王阳)为友,皆以明经高行著称。元帝初,遣使征二人同朝为官,时有"王阳在位,贡禹弹冠"之语。弹冠,谓即将出仕而先整洁其冠。见《汉书·王贡两龚鲍列传》。这里用王、贡比喻自己和曹植。

〔3〕今上:当今皇帝。

〔4〕贵人健忘:贵人多忘事,俗语。

〔5〕气夯:气胀,气冲。

〔6〕两只手捞菱:两手颤抖的样子。因菱有棱角,捞时容易刺手,故有此喻。

〔7〕"钵盂里"二句:是说钵盂里的残酒,折在一起,也够你喝的了。

〔8〕枕着青石板睡:歇后语,即下句"饿破你那脸也。"饿破,谐音扼破,磨破的意思。

〔9〕三台:指三公,中央政府的最高级的官员。《晋书·天文志》(上):"在人曰三公,在天曰三台。"

〔10〕"从今后"二句:是说从今以后断绝一切关系。参商二星,参在西,商在东,此出彼没,永不相遇。雌黄,即信口雌黄,胡说乱道。

〔11〕坦腹王郎：指女婿。用东晋王羲之坦腹东床故事。

〔12〕金兰契友：志同道合的朋友。《易·系辞》(上)："二人同心，其利断金。同心之言，其臭如兰。"

〔13〕房奁断送：指结婚时女家所陪送的妆奁等物。

〔14〕趋跄：步履疾徐有节奏。

〔15〕司县绿衣郎：县一级的小官。元制，路、州在城有录事司，与县同级，故称司县。绿衣，为六品以下低级官员服色。

〔16〕腾骧：骏马奔腾。喻平步青云。

〔17〕游扬：到处宣扬。

〔18〕功名纸半张：元曲常语，多含贬义。这里是正说，指所上皇帝的万言策。

〔19〕鹗荐鹏抟力：推荐有才能的人使之展翅高翔。汉孔融《荐祢衡表》："鸷鸟累百，不如一鹗。使衡立朝，必有可观。"后世遂称荐贤为鹗荐。鹏抟，鹏鸟乘风扶摇而上。见《庄子·逍遥游》。

秦简夫

秦简夫，元代后期杂剧作家，《录鬼簿》将其列于"方今才人相知者"之类，云"大都人，近岁在杭。"其生活年代当与钟嗣成大致相仿。生平所作杂剧五种，今存《孝义士赵礼让肥》、《晋陶母剪发待宾》、《东堂老劝破家子弟》三种，以《东堂老》最为出色。

东堂老劝破家子弟[1]

楔　子

（冲末扮赵国器扶病引净扬州奴、旦儿翠哥上）（赵国器云）老夫姓赵，名国器，祖贯东平府人氏。因做商贾，到此扬州东门里牌楼巷居住。嫡亲的四口儿家属：浑家李氏，不幸早年下世；所生一子，指这郡号为名，就唤做扬州奴；娶的媳妇儿，也姓李，是李节使的女孩儿，名唤翠哥，自娶到老夫家中，这孩儿里言不出，外言不入，甚是贤达。想老夫幼年间做商贾，早起晚眠，积攒成这个家业，指望这孩儿久远营运。不想他成人已来，与他娶妻之后，只伴着那一伙狂朋怪友，饮酒非为，吃穿衣饭，不着家业，老夫耳闻眼睹，非止一端；因而忧闷成疾，昼夜无眠。眼见的觑天远，入地近，无那活的人也。老夫一死之后，这孩儿必败我家，枉惹后人谈论。我这东邻有一居士[2]，姓李名实，字茂卿。此人平昔与人寡合，有古君子之风，人皆呼为东堂老子，和老夫结交甚厚。他小老夫两岁，我为兄，他为弟，结交三十载，并无离间之语。又有一件，茂卿妻恰好与老夫同姓，老夫妻与茂卿同姓，所以亲家往来，胜如骨肉。我如今请过他来，将这托孤的事，要他替我分忧，未知肯否何如？扬州奴那里？（扬州奴应科，云）你唤我怎么？老人家，你那病症，则管里叫人的小名儿，各人也有几岁年纪，这般叫，可不折了你？（赵国器云）你去请李家叔叔来，我有说的话。（扬州奴云）知道。下次小的每，隔壁请东堂老叔叔来。（赵国器云）我着你去。（扬州奴云）着我去，则隔的一重壁，直起动我走这遭儿！（赵国器云）你怎生又使别人去？（扬州奴云）我去，我去，你休闹。下次小的每，鞴马！（赵国器云）只隔的个壁儿，怎要骑马去？（扬州奴云）也着你做我的爹哩！你偏不知我的性儿，上茅厕去也骑马哩。（赵国器云）你看这厮！（扬州奴云）我去，我去，又是我气着你也！出的这门来，这里也无人，这个是我的父亲，他不曾说一句话，我直挺的他脚稍天[3]；这隔壁东堂老叔叔，他和我是各白世人[4]，他不曾见我便罢，他见了我呵，他叫我一声扬州奴，哎哟！吓得我丧胆亡魂，不知怎生的是这等怕他！说话之间，早到他家门首。（做咳嗽科）叔叔在家么？（正末扮东堂老上，云）门首是谁唤门？（扬州奴云）是你孩儿扬州奴。（正末云）你来怎么？（扬州奴云）父亲着扬州奴请叔叔，不知有甚事。（正末云）你先去，我就来了。（扬州奴云）我也巴不得先去，自在些儿。（下）（正末云）老夫姓李名实，字茂卿，今年五十八岁，本贯东平府人氏，因做买卖，流落在扬州东门里牌楼巷居住。老夫幼年也曾看几行经书，自号东堂居士。如今老了，人就叫我做东堂老子。我西家赵国器，比老夫长二岁，元是同乡，又同流寓在此，一向通家往来，已经三十馀载。近日赵兄染其疾病，不知有甚事，着扬州奴来请我，恰好也要去探望他。早已来到门首。扬州奴，你报与父亲知道，说我到了也。（扬州奴做报科，云）请的李家叔叔在门首哩。（赵国器云）道有请。（正末做见科，云）老兄染病，小弟连日穷忙，有失探望，勿罪勿罪。（赵国器云）请坐。（正末云）老兄病体如何？（赵国器云）老夫这病，则有添，无有减，眼见的无那活的人也。（正末云）曾请良医来医治也不曾？（赵国器云）嗨！老夫不曾延医。居士与老夫最是契厚，请猜我这病症咱。（正末云）老兄着小弟猜这病症，莫不是害风寒暑湿么[5]？（赵国器云）不是。（正末云）莫不是为饥饱劳逸么[6]？（赵国器云）也不是。（正末云）莫不是为些忧愁思虑么？（赵国器云）哎哟！这才叫做知心之友。我这病，正从忧愁思虑得来的。（正末云）老兄差矣，你负郭有田千顷，城中有油磨坊、解典库，有儿有妇，是扬州点一点二的财主[7]；有甚么不足，索这般深思远虑那？（赵国器云）嗨！居士不知。正为不肖子扬州奴，自成人已来，与他娶妻之后，他合着那伙狂朋怪友，饮酒非为，日后必然败我家业。因此上忧懑成病，岂是良医调治得的？（正末云）老兄过虑，岂不闻邵尧夫戒子伯温曰[8]："我欲教汝为大贤，未知天意肯从否？""父在观其志，父没观其行。"父母与子孙成家立计，是父母尽己之心；久以后成人不成人，是在于他，父母怎管的他到底。老兄这般焦心苦思，也是干落得的。（赵国器云）虽然如此，莫说父子之情，不能割舍。老夫一生辛勤，挣这铜斗儿家计，等他这般废败，便死在九泉，也不瞑目。今日请居士来，别无可嘱，欲将托孤一事，专靠在居士身上，照顾这不肖，免至流落；老夫衔环结草之报，断不敢忘。（正末起身科，云）老兄重托，本不敢辞。但一者老兄寿算绵远；二者小弟才德俱薄，又非服制之亲[9]，扬州奴未必肯听教训；三者老兄家缘饶富，"瓜田不纳履，李下不整冠"[10]。请老兄另托高贤，小弟告回。（赵国器云）扬州奴，当住叔叔咱！居士何故推托如此？岂不闻："可以托六尺之孤，可以寄百里之命"[11]。老夫与居士通家往来，三十馀年，情同胶漆，分若陈雷[12]。今病势如此，命在须臾，料居士素德雅望，必能不负所请，故敢托妻寄子。居士！你平日这许多慷慨气节,都归何处？道不的个"见义不为,无勇也"[13]！(做跪,正末回跪科,云)呀！老兄,怎便下如此重礼！则是小弟承当不起。老兄请起,小弟依允便了。(赵国器云)扬州奴,抬过桌儿来者。(扬州奴云)下次小的每,掇一张桌儿过来着。(赵国器云)我使你,你可使别人！(扬州奴云)我掇,我掇！你这一伙弟子孩儿们,紧关里叫个使一使[14],都走得无一个。这老儿若有些好歹,都是我手下卖了的。(做掇桌儿科,云)哎哟！我长了三十岁,几曾掇桌儿,偏生的偌大沉重。(做放桌科)(赵国器云)将过纸墨笔砚来。(扬州奴云)纸墨笔砚在此。(赵国器做写科,云)这张文书我已写了,我就画个字。扬州奴,你近前来。这纸上,你与我正点背画个字者[15]。(扬州奴云)你着我正点背画,我又无罪过,正不知写着甚么来。两手搁得紧紧的,怕我偷吃了！(做画字科,云)字也画了,你敢待卖我么？(正末云)你父亲则不待要卖了你待怎生？(赵国器云)这张文书,请居士收执者。(又跪)(正末收科)(赵国器云)扬州奴,请你叔叔坐下者,就唤你媳妇出来。(扬州奴云)叔叔现坐着哩。大嫂,你出来。(旦儿上科)(赵国器云)扬州奴,你和媳妇儿拜你叔父八拜。(扬州奴云)着我拜,又不是冬年节下,拜甚么？(正末云)扬州奴,我和你争拜那？(扬州奴云)叔叔,休道着我拜八拜,终日见叔叔拜,有甚么多了处？(旦儿云)只依着父亲,拜叔叔咱。(扬州奴云)闭了嘴,没你说的话!靠后!咱拜!咱拜!(做拜科,云)一拜权为八拜。(起身做整衣科,云)叔叔,家里婶子好么?(正末怒科,云)嗯!(扬州奴云)这老子越狠了也。(正末云)扬州奴,你父亲是甚么病?(扬州奴云)您孩儿不知道。(正末云)嗪声!你父亲病及半年,你划地不知道?你岂不知,父病子当主之?(扬州奴云)叔叔息怒,父亲的症候,您孩儿待说不知来,可怎么不知;待说知道来,可也忖量不定。只见他坐了睡,睡了坐,敢是欠活动些。(正末云)扬州奴,你父亲立与我的文书上,写着的甚么哩?(扬州奴云)您孩儿不知。(正末云)你既不知,你可怎生正点背画字来?(扬州奴云)父亲着您孩儿画,您孩儿不敢不画。(正末云)既是不知,你两口儿近前来,听我说与你。想你父亲生下你来,长立成人,娶妻之后,你伴着狂朋怪友,饮酒非为,不务家业,忧而成病。文书上写着道:"扬州奴所行之事,不曾禀问叔父李茂卿,不许行。假若不依叔父教训,打死勿论。"你父亲许着俺打死你哩。(扬州奴做打悲科,云)父亲,你好下的也,怎生着人打死我那!(赵国器云)儿也,也是我出于无奈。(正末云)老兄免忧虑,扬州奴断然不敢了也。(唱)

【仙吕赏花时】 为儿女担忧鬓已丝,为家资身亡心未死,将这把业骨头常好是费神思。既老兄托妻也那寄子,(带云)老兄免忧虑。(唱)我着你终有个称心时。(下)

(扬州奴做扶赵国器科,云)大嫂,这一会儿父亲面色不好,扶着后堂中去。父亲,你精细着。(赵国器云)扬州奴,你如今成人长大,管领家私,照觑家小,省使俭用;我眼见的无那活的人也。(诗云)只为生儿性太庸,日夜忧愁一命终;若要趋庭承教训[16],则除梦里再相逢。(同下)

[1]《东堂老》:这是一个败子回头的老故事。其关目安排,剧情发展,不外乎败家、乞讨、悔过、归正一类的套路,没有什么使人感到意外的起伏;剧中人物,也都是观众所熟悉的市井小民,是最最平凡的芸芸众生。然而,它却在群众中流传很广,剧本出现不久,就有人把它的本事,隐括成两首小令,即〔寨儿令〕"小敲才恰做人"、"有钱时唤小哥",在瓦舍歌唱。这在元杂剧中还是少见的。其动人之处,全在于朴实中出新奇。所写虽为小人物的生活琐事,然一经作者点染,往往情趣盎然,意味深长;人物又有血有肉,语言更是朴质无华,是元杂剧本色派中的力作之一。现据《元曲选》本校注,个别地方则参校他本。

[2] 居士:据富而好善的人。

[3] 直挺的他脚稍天:挺,顶撞,顶嘴。脚稍天,两脚朝天。

[4] 各白世人:即各别世人,各不相关的意思。

[5] 风寒暑湿:招风,受寒,中暑,受潮,俱中医所说之"六淫",即六种受病的根源。

[6] 饥饱劳逸:过饥,过饱,过劳累,过安逸,都可引发各种疾病。

[7] 点一点二:数一数二。

[8] 邵尧夫:邵雍,字尧夫。宋共城人。精《易》理,古代有名的思想家。居洛阳凡三十年,所居曰安乐窝,因号安乐先生。著有《皇极经

世》等书。《宋史》有传。

〔9〕服制之亲：有血缘关系的亲属。服制，古代丧服制度，按与死者关系的远近，分作五个不同的等级。

〔10〕"瓜田"二句：比喻在是非之地，尽量少惹嫌疑。汉乐府《君子行》："君子防未然，不处嫌疑间。瓜田不纳履，李下不整冠。"

〔11〕"可以"二句：出《论语·泰伯》。是说可以把幼小的孤儿和国家命运都托付与他。六尺，古代尺短，六尺约相当于现代的三尺六寸，故指尚在幼年的小孩。百里，指百里之小国。

〔12〕陈雷：东汉时陈重和雷义，交谊甚厚，时有谚曰："胶漆自谓坚，不如雷与陈。"

〔13〕见义不为，无勇也：出《论语·为政》。是说若正义之事而没人去做，就是没有勇气。

〔14〕紧关里：要紧的时候。

〔15〕正点背画：即点画字，立文约时，在上面按指印，画押。《事林广记》前集卷十："婚书须用点纸画字"，点纸，即点指。参见《虎头牌》第三折注释〔17〕。

〔16〕趋庭承教训：语出《论语·季氏》。指接受父亲的教训。趋，小步快速而行，以表恭敬之意。

第 一 折

（丑扮卖茶上，诗云）茶迎三岛客，汤送五湖宾。不将可口味，难近使钱人。小可是卖茶的。今日烧得这镟锅儿热了，看有甚么人来。（净扮柳隆卿、胡子传上）（柳隆卿诗云）不养蚕桑不种田，全凭马扁度流年[1]。（胡子传诗云)为甚侵晨奔到晚,几个忙忙少我钱[2]。(柳隆卿云)自家柳隆卿,兄弟胡子传。我两个不会做甚么营生买卖,全凭这张嘴抹过日子[3]。在城有一个赵小哥扬州奴,自从和俺两个拜为兄弟,他的勾当,都凭我两个。他无我两个,茶也不吃,饭也不吃。俺两个若不是他呵,也都是饿死的。(胡子传云)哥,则我老婆的裤子,也是他的;哥的网儿[4],也是他的。(柳隆卿云)哎哟!坏了我的头也。(胡子传云)哥,我们两个吃穿衣饭,那一件儿不是他的。我这几日不曾见他,就弄得我手里都焦干了。哥,咱茶房里寻他去,若寻见他,酒也有,肉也有。吃不了的,还包了家去,与我浑家吃哩。(柳隆卿做见卖茶的科,云)兄弟说得是。卖茶的,赵小哥曾来么?(卖茶云)赵小哥不曾来哩。(柳隆卿云)你与我看着。等他来时,对俺两个说。俺两个且不吃茶哩。(卖茶云)理会的。赵小哥早来了。(扬州奴上,诗云)四肢八脉刚带俏[5],五脏六腑却无才。村入骨头挑不出,俏从胎里带将来。自家扬州奴的便是,人口顺多唤我做赵小哥。自从我父亲亡化了,过日月好疾也,可早十年光景,把那家缘过活,金银珠翠,古董玩器,田产物业,孳畜牛羊,油磨房,解典库,丫鬟奴仆,典尽卖绝,都使得无了也。我平日间使惯了的手,吃惯了的口,一二日不使得几十个银子呵,也过不去。我结交了两个兄弟,一个是柳隆卿,一个是胡子传,他两个是我的心腹朋友,我一句话还不曾说出来,他早知道,都是提着头便知尾的,着我怎么不敬他。我父亲说的,我到底不依。但他两个说的,合着我的心,趁着我的意,恰便经也似听他。这两日不见他,平日里则在那茶房里厮等,我如今到茶房里问一声去。(做见科)(卖茶云)赵小哥,你来了也,有人在茶房里坐着,正等你来哩。二位,赵小哥来了也。(胡子传云)来了来了,我和你一个做好,一个做歹,你出去。(柳隆卿云)兄弟,你出去。(胡子传云)哥,你出去。(柳隆卿做见科,云)哥,你在那里来,俺等了你一早起了。(扬州奴云)哥,这两日你也不来望我一望。(柳隆卿云)胡子传也在这里。(扬州奴云)我自过去。(见科,云)哥,唱喏咱。(胡子传不采科)(柳隆卿云)小哥来了。(胡子传云)那个小哥?(柳隆卿云)赵小哥。(胡子传云)他老子在那里做官来?他也是小哥!诈官的该徒[6],我根前歪充,叫总甲来[7],绑了这弟子孩儿。(扬州奴云)好没分晓,敢是吃早酒来。(柳隆卿云)俺等了一早起,没有吃饭哩。(扬州奴云)不曾吃饭哩,你可不早说,谁是你肚里蛔虫[8]。与你一个银子,自家买饭吃去。(做与砌末科)(胡子传云)看茶与小哥吃。你可这般嫩,就当不得了。(扬州奴云)哥,不是我嫩,还是你的脸皮忒老了些。(柳隆卿云)这里有一门亲事,俺要作成你。(扬州奴云)哥,感承你两个的好意。我如今不比往日,把那家缘过活,都做筛子喂驴,漏豆了[9]。止则有这两件儿衣服,妆点着门面,我强做人哩,你作成别人去罢。(胡子传云)我说来么,你可不依我,这死狗扶不上墙的。(扬州奴云)哥,不是扶不上,我腰里货不硬挣哩。(柳隆卿云)呸!你说你无钱,那一所房子,是披着天王甲[10],换不得钱的?(扬州奴云)哎哟!你那里是我兄弟,你就是我老子,紧关里谁肯提我这一句。是阿!我无钱使,卖房子便有钱使。哥,则一件,这房子,我父亲在时只番番瓦,就使了一百锭。如今谁肯出这般大价钱。(胡子传云)当要一千锭,只要五百锭;当要五百锭,则要二百五十锭。人都抢着买了。(扬州奴云)说的是。当要一千锭,则要五百锭;当要五百锭,则要二百五十锭。人都抢着买,可不磨扇坠着手哩[11]。哥也,则一件,争奈隔壁李家叔叔有些难说话。成不得!成不得!(胡子传云)李家叔叔不肯呵,胁肢里扎上一指头便了[12]。(扬州奴云)是阿,他不肯,胁肢里扎上一指头便了。如今便卖这房子,也要个起功局、立帐子的人[13]。(柳隆卿云)我便起功局。(胡子传云)我便立帐子。(扬州奴云)哦!你起功局,你立帐子,卖了房子,我可在那里住?(柳隆卿云)我家里有一个破驴棚。(扬州奴云)你家里有个破驴棚,但得不漏,潜下身子,便也罢。可把甚么做饭吃?(胡子传云)我家里有一个破沙锅,两个破碗,和两双折箸,我都送与你,尽勾了你的也。(扬州奴云)好弟兄,这房子当

603

要一千锭,则要五百锭;当要五百锭,则要二百五十锭。人见价钱少,就都抢着买。李家叔叔不肯呵,胁肢里扎他一指头便了。你替我立帐子,你替我起功局。你家有间破驴棚,你家有个破沙锅,你家有两个破碗,两双折箸,我尽勾受用快活。不着你两个歹弟子孩儿,也送不了我的命。(同下)(正末同卜儿、小末尼上)(正末云)老夫李茂卿的便是。不想我老友直如此先见,道:"我死之后,不肖子必败吾家。"今日果应其言。恋酒迷花,无数年光景,家业一扫无遗。便好道知子莫过父,信有之也。(唱)

【仙吕点绛唇】原是祖父的窠巢,谁承望子孙不肖,剔腾了。想着这半世勤劳,也枉做下千年调[14]。

【混江龙】我劝咱人便休生奸狡[15],则恐怕命中无福也难消。大古来前生注定,谁许你今世贪饕[16]。那一个积趱的运穷呵君子拙,那一个享用的家富也小儿骄。(带云)我想这钱财,也非容易博来的。(唱)作买卖恣虚器,开田地广锄刨;断河泊截渔樵,凿山洞取煤烧。则他那经营处恨不的占尽了利名场,全不想到头时刚落得个邯郸道[17]。都是些喧檐燕雀,巢苇的这鹪鹩。

　　(旦儿上,云)自家翠哥的便是。自从公公亡化过了,扬州奴将家缘家计都使得罄尽,如今又要卖那一所房子哩。我去告诉那东堂叔叔咱。这便是他家了,不免径入。(做见科,正末云)媳妇儿,你来做甚么?(旦儿云)

自从公公亡化之后,扬州奴将家缘家计都使尽了,他如今又要卖那一所房子,翠哥一径的禀知叔叔来。(正末云)我知道了也。等那贼丑生来时,我自有个主意。(扬州奴同二净上)(柳隆卿云)赵小哥,上紧着干,迟便不济也。(扬州奴云)转湾抹角,可早来到李家门首。哥,则一件,我如今过去,便不敢提这卖房子,这老儿可有些兜搭,难说话;慢慢的远打周遭和他说[18]。你两个且休过来。(做见唱喏科,云)叔叔、婶子,拜揖。(见旦儿瞅科)你来怎的,敢是你要告我那?(正末云)扬州奴,你来怎的?(扬州奴云)我媳妇来见叔叔,我怕他年纪小,失了体面。(二净入见正末,施礼拜科)(正末怒科,云)这两个是什么人?(二净云)俺们都是读半鉴书的秀才[19],不比那伙光棍。(正末怒科,云)你来俺家有何事?(柳隆卿云)好意与他唱喏,倒恼起来,好没趣。(扬州奴云)是您孩儿的相识朋友,一个是柳隆卿,一个是胡子传。(正末云)我认的甚么柳隆卿、胡子传,引着他们来见我!扬州奴!(唱)

【油葫芦】你和这狗党狐朋两个厮趁着。(云)扬州奴,你多大年纪也?(扬州奴云)您孩儿三十岁了。(正末云)嗫声!(唱)又不是年纪小,怎生来一桩桩好事不曾学!(带云)可也怪不的你来。(唱)你正是那内无老父尊兄道,却又外无良友严师教。(云)扬州奴,你有的叫化也。(扬州奴云)如何?且相左手,您孩儿便不到的哩。(正末唱)你把家私来

605

荡散了，将妻儿来冻饿倒。我也还望你有个醉还醒、迷还悟、梦还觉，划地的可只与这等两个做知交。

（扬州奴云）这柳隆卿、胡子传，是您孩儿的好朋友。

（正末云）扬州奴。（唱）

【天下乐】哎，儿也，可道是人伴着贤良也那智转高。（带云）扬州奴，你只瞒了别人，却瞒不过老夫。（唱）你曾出的胎也波胞，你娘将你那绷藉包[20]，你娘将那酥蜜食养活得偌大小。（带云）你父亲也只为你不务家业，忧病而死。（唱）先气得个娘命夭，后并的你那父死了。好也啰！好也啰！你可什么养子防备老！

（扬州奴云）叔叔，这两个人你休看得他轻，可都是读半鉴书的。（正末云）扬州奴，你平日间所行的勾当，我一桩桩的说，你则休赖。（扬州奴云）叔叔，您孩儿平日间敬的可是那一等人，不敬的可是那一等人，叔叔，你说与孩儿听咱。（正末唱）

【那吒令】你见一个新旦色下城呵[21]，（带云）贼丑生，你便道：请波！请波！（唱）连忙的紧邀。你见一个良人妇叩门呵，（带云）你便道：疾波！疾波！（唱）你便降阶儿的接着。你见一个好秀才上门呵，（带云）你便道：家里没啰！家里没啰！（唱）你抽身儿躲了。你傲的是攀蟾折桂手[22]，你敬的是闭月羞花貌，甚么是那晏平仲善与人交[23]。

【鹊踏枝】你则待要爱纤腰，可便似柔条。不离了舞榭歌台，不咻，更那月夕花朝。想当日个按六幺，舞霓裳未了，猛回头烛灭香消[24]。

（云）扬州奴,你久以后有的叫化也。（扬州奴云）如何？且相右手,您孩儿不到的叫化哩。（正末唱）

【寄生草】我为甚叮咛劝、叮咛道,你有祸根、有祸苗。你抛撇了这丑妇家中宝[25],挑踢着美女家生哨[26]。哎！儿也！这的是你自作下穷汉家私暴。只思量倚檀槽听唱一曲［桂枝香］[27],你少不的撇摇槌学打几句［莲花落］[28]。

【六幺序】那里面藏圈套,都是些绵中刺笑里刀[29]。那一个出得他捆打挞揉[30],止不过帐底鲛绡,酒畔羊羔,殢人的玉软香娇。半席地恰便似八百里梁山泊,抵多少月黑风高[31]。那泼烟花专等你个腌材料,快准备着五千船盐引[32],十万担茶挑。

【幺篇】你把他门限儿蹅着,消息儿汤着[33];那里面又没官僚,又没王条,又没公曹,又没囚牢;到的来金谷也那富饶,早半合儿断送了[34]。直教你无计能逃,有路难超。搜剔尽皮格也那翎毛[35],浑身遍体星星开剥,尽着他炙煿烹炮。那虔婆一对刚牙爪,遮莫你手轻脚疾,敢可也立做了骨化形销。

（云）扬州奴,你来怎的？（扬州奴云）叔叔,您孩儿无事也不敢来,今日一径的来告禀叔叔知道。自从俺父亲亡过,十年光景,只在家里死丕丕的闲坐,那钱物则有出去的,无有进来的；便好道"坐吃山空,立吃地陷"；又道是"家有千贯,不如日进分文"。您孩儿想来,原是旧商贾人家,如今待要合人做些买卖去,争奈乏本。您孩儿想

607

来，家中并无甚值钱的物件，止有这一所宅子，还卖的五六百锭。等我卖了做本钱，您孩儿各扎邦便觅个合子钱儿[36]。（正末云）哦！你将那油磨房，解典库，金银珠翠，田产物业，都将来典尽卖绝了。止有这所栖身宅子，又要卖。你卖波，我买。（扬州奴云）既然叔叔要，把这房子东廊西舍，前堂后阁，门窗户闼，上下也点看一看，才好定价。（正末云）也不索看。（唱）

【一半儿】问甚么东廊西舍是旧椽橔，（扬州奴云）前厅和后阁，都是新翻瓦的。（正末唱）问甚么那后阁前堂都是新盖造。（扬州奴云）既然叔叔要呵，你侄儿填定价钱五百锭，莫不忒多了些么？（正末唱）不是你罗叔叔嫌你索的来忒价高。（扬州奴云）叔叔，这钱钞几时有？（正末云）这许多钱钞，也一时办不迭。（唱）多半月，少十朝。（扬州奴云）叔叔，这项货紧，则怕着人买将去了。（正末云）你要五百锭，我先将二百五十锭交付你。（唱）我将这五百锭做一半儿赊来一半儿交。

（云）小大哥，你去取的来。（小末做取钞科，云）父亲，二百五十锭在此。（正末付旦，扬州奴做夺科，云）拿来，你那嘴脸，是掌财的？（做递与二净科，云）哥，你两人拿着。（正末云）你把这钞使完了时，再没宅子好卖了，你自去想咱。（扬州奴云）是。您孩儿商量做买卖，各扎邦便觅合子钱。（背云）哥，这二百五十锭，尽勾了。先去买十只大羊，五果五菜，响糖狮子[37]，我那丈母与他一张独桌儿,你们都是鸳鸯客[38],把那桌子与我一字儿摆开着。(柳隆卿云)随你摆布。(正末做听科,云)扬州奴,你做甚么来?(扬州奴云)没。您孩儿商议做买卖哩。拿这钞去,置买各项货物,都要堆在桌子上,做一字儿摆开,着那过来过往的人见了,称赞道,好一个大本钱的客人,也有些光彩。您孩儿这一遭做买卖,各扎邦便觅一个合子钱哩。(正末云)好儿,你着志者!(扬州奴云)嗨!几乎被那老子听见了。哥,吃罢那头汤,天道暄热,都把那帽笠去了,把那衣服松一松,将那四下的吊窗都与我推开了。(正末云)扬州奴,你说甚的?(扬州奴云)没。您孩儿商量做买卖,到那榻房里[39],不要黑地里交与他钞;黑地里交钞,着人瞒过了。常言道:"吃明不吃暗",你把吊窗与我推开,您孩儿商量做买卖,各扎邦便觅一个合子钱,(正末云)好儿也,不枉了。(扬州奴云)老儿去了也。哥,下了那分饭,临散也,你把住那楼胡梯门。你便执壶,我便把盏,再吃个上马的钟儿。着我那大姐宜时景,带舞带唱华严的那海会[40]。(正末云)扬州奴,你怎的说?(扬州奴云)没。(正末云)你看这厮!(唱)

【赚煞】你将这连天的宅憎嫌小,负郭的田还不好,一张纸从头儿卖了。不知久后栖身何处着,只守着那奈风霜破顶的砖窑。哎!儿也,心下自量度,则你这夜夜朝朝,可甚的买卖归来汗未消。出脱了些奇珍异宝,花费了些精银响钞。哎!儿

609

也,怎生把邓通钱,刚博得一个乞化的许由瓢[41]?(下)

(扬州奴云)哥,早些安排齐整着,可来回我的话。(下)

〔1〕马扁:二字合为"骗"。

〔2〕忙忙:混混,这里指游手好闲的富家子弟。

〔3〕嘴抹:即抹嘴,抹油嘴,指吃白食。《升仙梦》第二折刘社长云:"一生不肯出人情,则去人家抹油嘴。"

〔4〕网儿:网巾。

〔5〕四肢八脉:四肢,指双手双足。八脉,中医以人体十二经脉以外的阳维、阴维、阳跻、阴跻、冲、督、任、带为八脉。

〔6〕徒:古代五刑之一,即强制犯人在一定刑期内,从事所指定的劳役。

〔7〕总甲:管理地方事务的小职役,相当于后日之保长。

〔8〕蛔(huí 回)虫:常寄生在人的肠道中。

〔9〕筛子喂驴,漏豆了:歇后语。筛子有孔,以之装豆喂驴,豆子自然漏下。漏豆,谐音漏透,比喻钱财挥霍已尽。

〔10〕披着天王甲:指房子为神将所护,不敢动它。天王,即道教传说中的托塔李天王。

〔11〕磨扇坠着手:比喻手为重物所压,转动不得,很不灵便。磨扇,单扇石磨。

〔12〕胁肢里扎上一指头:这里是打诨的话。是说东堂老子若板着脸,不答应,胳肢窝里扎一指头,他就乐了,事就成了。

〔13〕起功局、立帐子:卖买房产,会同多人清点估价,叫起功局;此事又须由尊长主持,立定帐历簿契,叫立帐子。

〔14〕千年调:千年的打算,指长久之计。古诗:"人无百年期,强作千年调"。

〔15〕奸狡:奸滑狡倖。

〔16〕贪饕(tāo 涛):贪得无厌,永不满足。

〔17〕刚落得个邯郸道:即空做了一场好梦。邯郸道,黄粱梦的故事。

〔18〕远打周遭和他说:即绕着弯子,由远处慢慢说起。

〔19〕半鉴书:学界对"半鉴书"解说多有歧义,未有定论。今录顾学颉先生《元曲释词》所说,以供学者参考。鉴,指《通鉴节要》。元代国子监用此为教科书。半鉴,半部之意,意谓国家规定的教科书,仅读完一半,是打诨取笑的意思,意含讽刺。

〔20〕绷蒛:束缚小儿的布幅叫绷子,所垫的尿布叫蒛子。

〔21〕新旦色下城:指外地新来的歌妓。《墨娥小录》卷十四《行院声嗽》:行院初来曰"新下城"。

〔22〕攀蟾折桂手:指秀才,有知识的人。攀蟾折桂,即到月宫中折取仙桂,喻科举及第。

〔23〕晏平仲善与人交:《论语·公冶长》:"晏平仲善与人交,久而敬之。"

〔24〕"想当日个"三句:按六幺,舞霓裳,烛灭香消,指唐明皇因宠爱杨贵妃而败国的故事。详见白朴《梧桐雨》杂剧。

〔25〕丑妇家中宝:金元俗语。旧时认为妇女美丽易惹是非,应该看重的是丑媳妇。《金瓶梅》第九十一回:"常言丑是家中宝,可喜惹烦恼。"

〔26〕"挑踢着"句:挑踢,即挑剔。家生哨,家即有贼,有内奸。见《魔合罗》第二折注释〔14〕。

〔27〕"倚檀槽"句:檀槽,琵琶一类弦乐器上架弦的小格子,因用檀木制成,故名。这里指琵琶。桂枝香,词牌名,指歌曲。

〔28〕"少不的"句:摇槌,即爻槌,打鼓的小槌。莲花落,一种民间

小调,旧时乞丐多唱此调乞讨。

〔29〕绵中刺笑里刀:绵中有刺,笑里藏刀。比喻外表和善,而内心阴毒。

〔30〕掴(guāi 乖)打挝(zhuā 抓)揉:指妓女磨折子弟的种种恶行。掴,打耳光。挝,同"抓"。

〔31〕"恰便似"二句:八百里梁山泊,元曲中描写梁山的常用语。月黑风高,"月黑杀人,风高放火"二语之省。

〔32〕盐引:运销盐的凭照。元代以四百斤盐为一引,纳税后可在指定地区发卖。

〔33〕消息儿:机关,关棙。触动它,可发暗器伤人,或坠入陷阱。比喻圈套,计谋。

〔34〕"到的来"二句:意为即使像晋代石崇那样的豪富,也禁不住折腾,一会儿家业也断送了。金谷,石崇在洛阳金谷涧所修的园林。

〔35〕皮格:皮骨。格,骨格。

〔36〕各扎邦便觅个合子钱儿:各扎邦,干脆利落的。比喻迅速。合子钱儿,对本的利息,加倍的利息。《歧路灯》第十回:"屯下的货,竟成独分儿,卖了个合子拐弯的利钱",即一倍还多一点儿的利钱。

〔37〕响糖狮子:一种糖果名。

〔38〕鸳鸯客:喝酒时男女混坐。此处叙扬州奴等在妓院鬼混事。《元史·燕铁木儿传》:叙燕铁木儿荒淫放纵,"一日,宴赵世延家,男女列坐,名鸳鸯会。"鸳鸯,雌雄偶居不离,诗文中多用来比喻夫妇。这里是反用,指野鸳鸯,即不正常的男女关系。

〔39〕榻房:即塌房,货栈。南宋都市官吏豪门,在水路附近建造塌房,租给商人储存货物,以收取租金。见宋吴自牧《梦粱录》卷十九"塌房"。

〔40〕华严的那海会:当指调名[华严赞]的小曲。

〔41〕"怎生把"二句：邓通钱，指银钱。汉文帝宠臣邓通，得到皇帝的允许，可以冶铜铸钱，因而非常富有。许由，传说中的古代隐士，居于箕山。有人送他一个舀水的瓢，用完后挂在树上，风吹呼呼作响。他感到厌烦，干脆扔掉。

第 二 折

（正末同卜儿、小末尼上）（正末云）自家李茂卿。则从买了扬州奴的住宅，付与他钱钞，他那里去做甚么买卖，多咱又被那两个光棍弄掉了。败子不得回头，有负故人相托。如之奈何？（小末尼云）父亲，您孩儿这几时做买卖，不遂其意，也则是生来命拙哩。（正末云）孩儿，你说差了。那做买卖的，有一等人肯向前，敢当赌。汤风冒雪，忍寒受冷；有一等人怕风怯雨，门也不出。所以孔子门下三千弟子，只子贡善能货殖[1]，遂成大富；怎做得由命不由人也？（唱）

【正宫端正好】我则理会有钱的是咱能，那无钱的非关命。咱人也须要个干运的这经营。虽然道贫穷富贵生前定，不俫，咱可便稳坐的安然等。

（卜儿云）老的，你把那少年时挣人家的道路[2]，也说与孩儿知道咱。（正末唱）

【滚绣球】想着我幼年时血气猛，为蝇头努力去争[3]。哎哟！使的我到今来一身残病，我去那虎狼窝不顾残生。我可也问甚的是夜，甚的是明，甚的是雨，甚的是晴。我只去利名场往来奔竞,那里也有一日的安宁。投至得十年五载我这般松宽的有[4],也是我万苦千辛积攒成,往事堪惊!

(旦儿上,云)妾身翠哥。自从扬州奴卖了房屋,将着那钱钞,与那两个帮闲的兄弟,去月明楼上与宜时景饮酒欢会去了。我不敢隐讳,告李家叔叔去咱。可早来到也,小大哥,报复去,道有翠哥来见叔叔。(小末尼报科,云)父亲,有翠哥在门首。(正末云)着他过来。(小末尼出,云)翠哥,父亲着你过去。(旦儿做见科,云)叔叔、婶子,万福!(正末云)孩儿也,你来做甚么那?(旦儿做悲科)(正末唱)

【倘秀才】我见他道不出喉咙中气哽,我见他揾不住可则扑簌簌腮边也那泪倾。(旦儿云)兀的不气杀你孩儿也!(哭科)(正末唱)你这般揶耳挠腮可又便怎生[5]?(旦儿云)叔叔,扬州奴将那卖房屋的钱钞,与那两个帮闲的兄弟,去月明楼上与宜时景饮酒去了。他若使的钱钞无了呵,连我也要卖哩。叔叔,如此怎了也!(正末唱)我这里听仔细,你那里说叮咛,他他他,可直恁般的不醒。

(旦儿云)叔叔,想亡过公公挣成锦片也似家缘家计,指望与子孙永远居住,谁想被扬州奴破败了也。(正末唱)

【滚绣球】休言家未破,破家的人未生;休言家未兴,兴家的人未成[6]。古人言一星星显证,(带云)那为父母的,(唱)恨不得儿共女辈辈峥嵘。只要那家道兴,钱物增,一年年越昌越盛。(带云)怎知道生下儿女呵,(唱)偏生的天作对不称人情。他将那城中宅子庄前地,都做了风里杨花水上萍。哎!可惜也锦片的这前程!

（云）小大哥,咱领着数十条好汉,径到月明楼上打那贼丑生去来!（下）（扬州奴、柳隆卿、胡子传上）（扬州奴云）自家扬州奴,端的好快活也!俺今日自在的吃两钟儿,直吃得尽醉方归。（胡子传云）酒食都安排下了也。（扬州奴云）俺都要尽醉方归。（做把杯科）（正末冲上,云）扬州奴!（扬州奴做怕科,云）嗨!把我这一席儿好酒来搅坏了。哎哟!叔叔,您孩儿请伙计哩。（正末云）扬州奴,这个是你的买卖?这个是你那各扎邦便觅个合子钱?我问你!（唱）

【倘秀才】你又不是拜扫冬年的节令,又不是庆喜生辰的事情,你没来由置酒张筵波把他众人来请。（柳隆卿云）好杀风景也那!（正末唱）你尊呵尊这厮什么德行?你重呵重这厮什么才能?哎!儿也,你怎生则寻着这等?

（柳隆卿云）老的,休这等那等的,俺们都是看半鉴书的秀才。（正末云）嗫声!谁读半鉴书来?（唱）

【滚绣球】你念的是赚杀人的天甲经[7],（胡子传云）我呢?（正末唱）你是个缠杀人的布衫领。（带云）则你那一生的学问呵,是那一声儿"哥,往那里去?带挈我也走一遭儿波!"（唱）你则道的个愿随鞭镫,你便闯一千席呵可也填不满你这穷坑[8]!（正末做打科）（扬州奴云）您孩儿也仿两个古

615

人：学那孟尝君三千食客[9]，公孙弘东阁招贤哩[10]。（正末云）呸！亏你不识羞。（唱）那孟尝君是个公子，公孙弘是个名卿。他两个在朝中十分恭敬，但门下都一划群英。我几曾见禁持妻子这等无徒辈？（正末做打科）（胡子传云）老的，踹了脚也！（正末唱）更和那不养爹娘的贼丑生！（柳隆卿云）老的，你可也闲淘气哩。（正末唱）气杀我烈焰腾腾。

（云）扬州奴，我量你到得那里，你明日叫化也。（扬州奴云）如何？且相左手，您孩儿也不到的哩。（正末唱）

【倘秀才】你道有左慈术踢天弄井[11]，项羽力拔山也那举鼎[12]，这厮们两白日把泥球儿换了眼睛[13]。你便有那降魔咒，度人经，也出不的这厮们鬼精！

（云）扬州奴，你不听我的言语，看你不久便叫化也。（扬州奴云）如何？且相右手，您孩儿也不到的哩。（正末唱）

【三煞】你便似搅绝黑海那些饥寒的病，也则是赢得青楼薄幸名[14]。（柳隆卿云）我可呢？（正末唱）你是那无字儿的空瓶[15]。（胡子传云）我可呢？（正末唱）你是个脱皮儿裹剂。（柳隆卿云）我两个人物也不丑。（正末唱）怕不道是外面儿温和，则你那彻底儿严凝[16]。（柳隆卿云）你这老头儿不要琐碎，你只是把眼儿撑着，看我这架子衣服如何？（正末唱）我觑不的你裯宽也那褶下[17]，肚叠胸高，鸭步鹅行[18]。出门来呵，怕不道桃花扇影；你回窑去，匆匆匆，少不得风雪酷寒亭[19]。

（柳隆卿云）什么风雪酷寒亭？我则理会得闲骑宝马闲踢蹬哩。（正末唱）

【二煞】你道是闲骑宝马闲踢蹬，（带云）你两个到得家中，算一算帐：你得了多少？我得了多少？（唱）你只做得个旋扑苍蝇旋放生。（扬州奴云）叔叔，您孩儿有那施舍的心，礼让的意，江湖的量，慷慨的志，也不低哩。（正末唱）你有那施舍的心呵讪笑得鲁肃[20]，你有那慷慨的志呵降伏得刘毅[21]，你有那礼让的意呵赛过得鲍叔[22]，你有那江湖的量呵欺压得陈登[23]。（扬州奴云）您孩儿平昔也曾赍发与人，做偌多的好事哩。（正末唱）你赍发呵与那个陷本的商贾，你赍发呵与那受困的官员，你赍发呵与那个薄落的书生。兀的不扬名显姓，光日月动朝廷！

【一煞】不强似与虔婆子弟三十锭[24]，更和那帮懒钻闲二百瓶[25]。你恋着那美景良辰，赏心乐事，会友邀宾，走斝也那飞觥。（云）扬州奴，我问你，这是谁的钱物？（扬州奴云）是俺父亲的钱物。（正末云）谁应的使？（扬州奴云）是您孩儿应的使。（正末唱）这的是你爹行基业，是你自己钱财，须没个别姓来争。可怎生不与你妻儿承领，倒凭他胡子传和那柳隆卿？

（扬州奴云）我安排一席酒，着他请十个，便十个；请二十个，便二十个。不一时，他把那一席的人都请将来。叔叔，你着我怎么不敬他？（正末云）噤声！（唱）

【煞尾】你有钱呵三千剑客由他们请[26]。（带云）一会儿无

617

钱呵,(唱)哎,早闪的我在十二瑶台独自行[27]。(带云)扬州奴,(唱)你有一日出落得家业精,把解典处本利停,房舍又无,米粮又罄;谁支持,怎接应?你那买卖上又不惯经,手艺上可又不甚能;掇不得重,可也拈不得轻。你把那摇槌来悬,瓦罐来擎,绕闾檐,乞残剩。沙锅底无柴煨不热那冰,破窑内无席盖不了顶。饿得你肚皮里春雷也则是骨碌碌的鸣,脊梁上寒风笃速速的冷。急穰穰的楼头数不彻那更,(带云)这早晚,多早晚也?(唱)冻刺刺窑中巴不到那明。痛亲眷敲门都没个应[28],好相识街头也抹不着他影。无食力的身躯怎的撑?冻饿倒的尸骸去那大雪里挺。没底的棺材谁共你争,半霎儿人扛你来土垫的平。你死后街坊兀自憎,干与你爹娘立这个名。我着那好言语劝你你不听,那厮们谎话儿弄你且是娘的灵。可知道你亲爷气成病,连着我也激恼的这心头怒转增。我若是拖到官中使尽情,我不打死你无徒改了我的姓!便有那人家谎后生,都不似你这个腌臜泼短命!则你那胎骨劣,心性顽,耳根又硬。哎!儿也,我其实道不改,教不成,只着那正点背画字纸儿你可慢慢的省。(下)

(扬州奴云)这席好酒,弄的来败兴。随你们发放了罢,我自回家去也。(二净同扬州奴下)

〔1〕子贡:孔子弟子端木赐,字子贡。春秋卫人。能言善辩,善经商,家累千金,所至与王侯贵族抗礼。

〔2〕挣人家的道路:即苦挣成家的路子。

〔3〕蝇头:即蝇头小利,微小的利息。

〔4〕松宽:指生活富裕。

〔5〕搇耳挠腮:形容焦急无奈的样子。

〔6〕"休言家未破"四句:见《事林广记》前集卷九治家警语,词句稍异:"莫道家未成,成家儿未成;莫道家未破,破家儿未大。"

〔7〕天甲经:泛指骗人的鬼话一类的叫法,与"脱空禅"相类,并非真有这样的书名。

〔8〕闯一千席:多次的吃白食。别人请客不请自去叫闯席。

〔9〕孟尝君:战国时齐相田文,封号孟尝君。喜养客,门下常有食客数千人。

〔10〕公孙弘:西汉丞相,起客馆,开东阁,用自己的俸禄供养故人宾客,家无所馀。

〔11〕左慈:汉末方士。庐江人,少居天柱山,习炼丹补导之术,据说能升天入地(踢天弄井),变化万端。

〔12〕项羽:楚霸王项籍,字羽。力能扛鼎,才气过人。其《垓下歌》有"力拔山兮气盖世"之句。

〔13〕"这厮们"句:是说在光天化日之下,用骗人的伎俩就能迷惑你的眼珠。两白日,大白天,光天化日。

〔14〕赢得青楼薄幸名:唐杜牧《遣怀》诗:"十年一觉扬州梦,赢得青楼薄幸名。"青楼,娼楼,妓馆。

〔15〕无字儿的空瓶:与下句"脱皮儿裹剂"同义,均喻毫无用处。药物或瓶装,或裹剂,如果没有文字标识,脱去包皮,将不知为何药,所以一无用处。

〔16〕严凝:严寒,冷酷。

〔17〕梢(shāo 稍)宽也那褶(dié 蝶)下:头巾松散,上衣垂下,形容衣冠不整的样子。梢,即帩头,包头的纱巾。褶,上衣。

〔18〕鸭步鹅行:走路摇摇摆摆。

〔19〕"匆匆匆"二句：即少不了在破窑中挨寒受冻。匆匆匆，因寒冷而发出的嘘气声。酷寒亭，元曲中多指饥寒人的住所。

〔20〕讪笑得鲁肃：三国时，周瑜为居巢长，将数百人过鲁肃，求资粮。肃家有米两囷，各三千斛，即指一囷相赠。见《三国志·吴书·周瑜鲁肃吕蒙传》。

〔21〕降伏得刘毅：东晋彭城沛人刘毅，性骄侈，好赌；虽家无馀粮，仍一掷百万。见《晋书》本传。

〔22〕赛得过鲍叔：即春秋时齐人鲍叔牙，与管仲交好，二人贸易，常取其少。

〔23〕欺压的陈登：东汉下邳人陈登，字元龙。志量豪迈，深沉有大略，被人称为"湖海之士，豪气未除"。见《三国志·魏书》本传。

〔24〕虔婆子弟：指妓院的鸨母和妓女。

〔25〕帮懒钻闲：指不事生产、专以逢迎达官贵人、富家子弟寻欢作乐为事的闲汉。

〔26〕三千剑客：剑客，本指精通剑术的人。这里指帮闲的匪类。三千，极言其多。

〔27〕十二瑶台：在昆仑山，神话传说中仙人的住所。唐李商隐《无题》诗："如何雪月交光夜，更在瑶台十二层。"

〔28〕痛亲眷：指有血亲关系的家属。

第 三 折

(扬州奴同旦儿携薄篮上[1])(扬州奴云)不成器的看样也！自家扬州奴的便是。不信好人言，果有恓惶事。我信着柳隆卿、胡子传，把那房廊屋舍家缘过活都弄得无了，如今可在城南破瓦窑中居住。吃了早起的，无那晚夕的。每日家烧地眠,炙地卧,怎么过那日月。我苦呵理当,我这浑家他不曾受用一日。罢罢罢,大嫂,我也活不成了,我解下这绳子来搭在这树枝上,你在那边,我在这边,俺两个都吊杀了罢。(旦儿云)扬州奴,当日有钱时都是你受用,我不曾受用了一些。你吊杀便理当,我着甚么来由。(扬州奴云)大嫂,你也说的是。我受用,你不曾受用。你在窑中等着,我如今寻那两个狗材去。你便扫下些干驴粪,烧的罐儿滚滚的,等我寻些米来,和你熬粥汤吃。天也,兀的不穷杀我也。(扬州奴、旦儿下)(卖茶的上,云)小可是个卖茶的。今日早晨起来,我光梳了头,净洗了脸[2],开了这茶房,看有甚么人来。(柳隆卿、胡子传上,云)柴又不贵,米又不贵,两个傻厮,正是一对。自家柳隆卿,兄弟胡子传,俺两个是至交至厚,寸步儿不厮离的兄弟。自从丢了这赵小哥,再没兴头。今日且到茶房里去闲坐一坐,有造化再寻的一个主儿也好。卖茶的,有茶拿来,俺两个吃。(卖茶的云)有茶,请里面坐。(扬州奴上,云)自家扬州奴。我往常但出门,磕头撞脑的都是我那朋友兄弟。今日见我穷了,见了我的都躲去了。我如今茶房里问一声咱。(做见卖茶的科,云)卖茶的,支揖哩。(卖茶的云)那里来这叫化的。哇,叫化的也来唱喏!(扬州奴云)好了好了,我正寻那两个兄弟,恰好的在这里,这一头赘发可不喜也。(做见二净唱喏科,云)哥,唱喏来。(柳隆卿云)赶出这叫化子去。(扬州奴云)我不是叫化的,我是赵小哥。(胡子传云)谁是赵小哥?(扬州奴云)则我便是。(胡子传云)你是赵小哥?我问你咱,你怎么这般穷了?(扬州奴云)都是你这两个歹弟子孩儿弄穷了我哩。(柳隆卿云)小哥,你肚里饥么?(扬州奴云)可知我肚里饥,有甚么东西与我吃些儿。(柳隆卿云)小哥,你少待片时,我买些来与你吃。好烧鹅,好膀蹄,我便去买将来。(柳隆卿下)(扬州奴云)哥,他那里买东西去了,这早晚还不见来?(胡子传云)小哥,还得我去。(扬州奴云)哥,你不去也罢。(胡子传云)小哥,你等不得他,我先买些肉鲊酒来与你吃[3]。哥少坐,我便来。(胡子传出门科)(卖茶的云)你少我许多钱钞,往那里去?(胡子传云)你不要大呼小叫的,你出来,我和你说。(卖茶的云)你有甚么说?(胡子传云)你认得他么?则他是扬州奴。(卖茶的云)他就是扬州奴?怎么做出这等的模样?(胡子传云)他是有钱的财主。他怕当差,假装穷哩。我两个少你的钱钞,都对付在他身上,你则问他要,不干我两个事,我家去也。(扬州奴做捉虱子科)(卖茶的云)我算一算帐。少下我茶钱五钱,酒钱三两,饭钱一两二钱,打发唱的耿妙莲五两,打双陆输的银八钱,共该十两五钱。(扬州奴云)哥,你算甚么帐?(卖茶的云)你推不知道,恰才柳隆卿、胡子传把那远年近日欠下我的银子,都对付在你身上,你还我银子来,帐在这里。(扬州奴云)哥阿,我扬州奴有钱呵,肯装做叫化的?(卖茶的云)你说你穷,他说你怕当差假装着哩。(扬州奴云)原来他两个把远年近日少欠人家钱钞的帐,都对付在我身上,着我赔还。哥阿,且休看我吃的,你则看我穿的,我那得一个钱来。我宁可与你家担水运浆,扫田刮地,做个佣工,准还你罢。(卖茶的云)苦恼苦恼,你当初也是做人的来,你也曾照顾我来,我便下的要你做佣工,还旧帐。我如今把那项银子都不问你要,饶了你可何如?(扬州奴云)哥阿,你若饶了我呵,我可做驴做马报答你。(卖茶的云)罢罢罢,我饶了你,你去罢。(扬州奴云)谢了哥哥。我出的这门来,他两个把我稳在这里,推买东西去了,他两个少下的钱钞,都对在我身上。早则这哥哥饶了我,不然,我怎了也。柳隆卿、胡子传,我一世里不曾见你两个歹弟子孩儿。(同下)(旦儿上,云)自家翠哥。扬州奴到街市上投托相识去了,这早晚不见来,我在此且烧汤罐儿等着。(扬州奴上,云)这两个好无礼也,把我稳在茶房里,他两个都走了,干饿了我一日,我且回那破窑中去。(做见科)(旦儿云)扬州奴,你来了也。(扬州奴云)大嫂,你烧得锅儿里水滚了么?(旦儿云)我烧得热热的了,将米来我煮。(扬州奴云)你煮我两只腿。我出门去不曾撞一个好朋友。罢罢罢,我只是死了罢。(旦儿云)你动不动则要寻死,想你伴着那柳隆卿、胡子传,百般的受用快

623

活,我可着甚么来由。你如今走投无路,我和你去李家叔叔讨口饭儿吃咱。(扬州奴云)大嫂,你说那里话,正是上门儿讨打吃。叔叔见了我,轻呵便是骂,重呵便是打!你要去你自家去,我是不敢去。(旦儿云)扬州奴,不妨事。俺两个到叔叔门首,先打听着,若叔叔在家呵,我便自家过去;若叔叔不在呵,我和你同进去,见了婶子,必然与俺些盘缠也。(扬州奴云)大嫂,你也说得是。到那里,叔叔若在家时,你便自家过去,见叔叔讨碗饭吃。你吃饱了,就把剩下的包些儿出来我吃。若无叔叔在家,我便同你进去,见了婶子,休说那盘缠,便是饱饭也吃他一顿。天也,兀的不穷杀我也。(同旦儿下)(卜儿上,云)老身李氏。今日老的大清早出去,看看日中了,怎么还不回来?下次孩儿每安排下茶饭,这早晚敢待来也。(扬州奴同旦儿上)(扬州奴云)大嫂,到门首了。你先过去,若有叔叔在家,休说我在这里;若无呵,你出来叫我一声。(旦儿云)我知道了。我先过去。(做见卜儿科)(卜儿云)下次小的每,可怎么放进这个叫化子来?(旦儿云)婶子,我不是叫化的,我是翠哥。(卜儿云)呀,你是翠哥。儿也,你怎么这等模样?(旦儿云)婶子,我如今和扬州奴在城南破瓦窑中居住。婶子,痛杀我也。(卜儿云)扬州奴在那里?(旦云)扬州奴在门首哩。(卜儿云)着他过来。(旦云)我唤他去。(扬州奴做睡科)(旦儿叫科,云)他睡着了,我唤他咱。

扬州奴,扬州奴!(扬州奴做醒科,云)我打你这丑弟子。天那,搅了我一个好梦,正好意思了呢。(旦儿云)你梦见甚么来?(扬州奴云)我梦见月明楼上,和那撇之秀两个唱那〔阿孤令〕[4],从头儿唱起。(旦儿云)你还记着这样儿哩。你过去见婶子去。(扬州奴见卜儿哭云)婶子,穷杀我也。叔叔在家么?他来时要打我,婶子劝一劝儿。(卜儿云)孩儿,你敢不曾吃饭哩。(扬州奴云)我那得那饭来吃。(卜儿云)下次小的每,先收拾面来与孩儿吃。孩儿,我着你饱吃一顿。你叔叔不在家,你吃你吃。(扬州奴吃面科)(正末上,云)谁家子弟,骏马雕鞍,马上人半醉,坐下马如飞。拂两袖春风,荡满街尘土。你看罗,吓!兀的不睬了老夫的眼也。(唱)

【中吕粉蝶儿】谁家个年小无徒,他生在无忧愁太平时务。空生得貌堂堂一表非俗,出来的拨琵琶打双陆,把家缘不顾。那里肯寻个大老名儒,去学习些儿圣贤章句。

【醉春风】全不想日月两跳丸[5],则这乾坤一夜雨。我如今年老也逼桑榆[6],端的是朽木材何足数,数。则理会的诗书是觉世之师,忠孝是立身之本,这钱财是倘来之物[7]。

(云)早来到家也。(唱)

【叫声】恰才个手扶拄杖走街衢,一步,一步,蓦入门楗去。(做见扬州奴怒科,云)谁吃面哩!(扬州奴惊科,云)我死也。(正末唱)我这里猛抬头刚窥觑,他可也为甚么立钦钦悠的胆儿虚。

（旦儿云）叔叔，媳妇儿拜哩。（正末云）靠后。（唱）

【剔银灯】我其实可便消不得你这娇儿和幼女，我其实可便顾不得你这穷亲泼故。这厮有那一千桩儿情理难容处，这厮若论着五刑发落[8]，可便罪不容诛。（带云）扬州奴，你不说来。（唱）我教你成个人物，做个财主，你却怎生背地里闲言落可便长语。

（云）你不道来我姓李你姓赵，俺两家是甚么亲那！（唱）

【蔓青菜】你今日有甚脸落可便踏着我的门户[9]，怎不守着那两个泼无徒？（扬州奴怕走科）（正末云）那里走？（唱）吓得他手儿脚儿战笃速，特古里我跟前你有甚么怕怖，则俺这小乞儿家羹汤少些姜醋。

（云）还不放下！则吃你那大食里烧羊去[10]。（扬州奴做怕科，将箸敲碗科）（正末打科）（卜儿云）老的也，休打他。（扬州奴做出门科，云）婶子，打杀我也。如今我要做买卖，无本钱，我各扎邦便觅合子钱。（卜儿云）孩儿也，我与你这一贯钱做本钱。（扬州奴云）婶子，你放心，我便做买卖去也。（虚下，再上云）婶子，我拿这一贯钱去买了包儿炭来。（卜儿云）孩儿，你做甚么买卖哩？（扬州奴云）我卖炭哩。（卜儿云）你卖炭可是何如？（扬州奴云）我一贯本钱，卖了一贯，又赚了一贯，还剩下两包儿炭，送与婶子烘脚做上利哩。（卜儿云）我家有，你自拿回去受用罢。（扬州奴云）婶子，我再别做买卖去也。(虚下再上,叫云)卖菜也,青菜白菜赤根菜,芫荽胡萝卜葱儿呵!(卜儿云)孩儿也,你又做甚么买卖哩?(扬州奴云)婶子,你和叔叔说一声,道我卖菜哩。(卜儿云)孩儿也,你则在这里,我和叔叔说去。(卜儿做见正末科,云)老的,你欢喜咱,扬州奴做买卖,也赚得钱哩。(正末云)我不信。扬州奴,做甚么买卖来?(扬州奴云)您孩儿头里卖炭,如今卖菜。(正末云)你卖炭呵,人说你甚么来?(扬州奴云)有人说来扬州奴卖炭苦恼也。他有钱时火焰也似起,如今无钱弄塌了也[11]。(正末云)甚么塌了?(扬州奴云)炭塌了。(正末云)你看这厮。(扬州奴云)扬州奴卖菜,也有人说来:有钱时伴着柳隆卿,今日无钱担着那胡子传[12]。(正末云)你这菜担儿,是人担自担?(扬州奴云)叔叔,你怎么说这等话?有偌大本钱,敢托别人担?倘或他担别处去了,我那里寻他去?(正末云)你往前街去也,往那后巷去?(扬州奴云)我前街后巷都走。(正末云)你担着担,口里可叫么?(扬州奴云)若不叫呵,人家怎么知道有卖菜的。(正末云)可是你叫,是那个叫?(扬州奴云)我自叫。(正末云)下次小的们,都来听扬州奴哥哥怎么叫哩。(扬州奴云)叔叔,你要听呵,我前面走,叔叔后面听,我便叫。叔叔你把下次小的每赶了去,这小厮每都是我手里卖了的。(正末云)你若不叫,我就打死了你个无徒!(扬州奴云)他那里是着我叫,明白是羞我。我不叫,他又打我,不免将就的叫一声:青菜白菜赤根菜,胡萝卜芫荽葱儿阿!(做打悲科,云)天那,羞杀我也。(正末云)好可怜人也呵!(唱)

【红绣鞋】你往常时在那鸳鸯帐底,那般儿携云握雨。哎,儿也,你往常时在那玳瑁筵前,可便噀玉喷珠。你直吃得满身花影倩人扶。今日呵,便担着孛篮拽着衣服,不害羞当街里叫将过去。

(扬州奴云)叔叔,您孩儿往常不听叔叔的教训,今日受穷,才知道这钱中使,我省的了也。(正末云)这话是谁说来?(扬州奴云)您孩儿说来。(正末云)哎哟!儿也,兀的不痛杀我也。(唱)

【满庭芳】你醒也波高阳哎酒徒。担着这两篮儿白菜,你可觅了他这几贯的青蚨[13]?(带云)扬州奴,你今日觅了多少钱?(扬州奴云)是一贯本钱,卖了一日,又觅了一贯。(正末唱)你就着这五百钱买些杂面,你便还窑去,那油盐酱旋买也可是零沽[14]。(扬州奴云)甚么肚肠,又敢吃油盐酱哩。(正末唱)哎,儿也,就着这卖不了残剩的菜蔬。(扬州奴云)吃了就伤本钱。着些凉水儿洒洒,还要卖哩。(正末唱)则你那五脏神,也不到今日开屠[15]。(云)扬州奴,你只买些烧羊吃波?(扬州奴云)我不敢吃。(正末云)你买些鱼吃?(扬州奴云)叔叔,有多少本钱,又敢买鱼吃?(正末云)你买些肉吃?(扬州奴云)也都不敢买吃。(正末云)你都不敢买吃,你可吃些甚么?(扬州奴云)叔叔,我买将那仓小米儿来,又不敢春,恐怕折耗了;只拣那卖不去的菜叶儿,将来煨熟了,又不要蘸盐搋酱,只吃一碗淡粥。(正末云)婆婆,我问扬州奴买些鱼吃,他道我不敢吃;我道你买些肉吃,他道我不敢吃。我道你都不敢吃,你吃些甚么?他道我吃淡粥。我道你吃得淡粥么?他道我吃得。(唱)婆婆呵,这厮便早识的些前路,想着他那破瓦窑中受苦。(带云)正是不受苦中苦,难为人上人。(唱)哎,儿也,这的是你须下死功夫[16]。

(扬州奴云)叔叔,恁孩儿正是执迷人难劝,今日临危可自省也。(正末云)这厮一世儿则说了这一句话。孩儿,你且回去,你若依着我呵,不到三五日,我着你做一个大大的财主。(唱)

【尾煞】这业海是无边无岸的愁[17],那穷坑是不存不济的苦。这业海打一千个家阿扑逃不去[18],那穷坑你便旋十万个翻身急切里也跳不出。(同卜儿下)

(扬州奴云)大嫂,俺回去来。天那,兀的不穷杀我也。(同旦下)(小末上,云)自家李小哥,父亲着我去请赵小哥坐席。可早来到城南破窑,不免叫他一声,赵小哥!(扬州奴同旦儿上,见科,云)小大哥,你来怎么?(小末云)小哥,父亲的言语,着我来明日请坐席哩。(扬州奴云)既然叔叔请吃酒,俺两口儿便来也。(小末云)小哥,是必早些儿来波。(下)(扬州奴云)大嫂,他那里请俺吃酒,明白羞我哩。却是叔叔请,不好不去。到得那里,不要闲了,你便与他扫田刮地,我便担水运浆。天

629

那,兀的不穷杀我也。(同下)

〔1〕薄篮:即苇篮,元曲中乞丐多持薄篮。

〔2〕光梳了头,净洗了脸:倒装句,即梳光了头,洗净了脸。

〔3〕鲊(zhǎ眨):咸鱼。

〔4〕阿孤令:即〔阿忽令〕,女真曲调名。

〔5〕日月两跳丸:喻时光飞逝。唐韩愈《秋怀》诗之九:"忧愁费晷景,日月如跳丸。"跳丸,抛弄弹丸,古代游戏之一。

〔6〕桑榆:桑榆晚影,日落时馀晖照在桑树榆树上,喻人近晚年。

〔7〕倘来之物:即傥来之物,身外之物,无意而得的东西。

〔8〕五刑:笞、杖、徒、流、死。

〔9〕躠(chǎ叉):踏,踩。

〔10〕大食:指大筵席。

〔11〕弄塌:即弄炭的谐音,双关。

〔12〕"有钱时"二句:柳隆卿,谐音柳弄青;胡子传,谐音瓠子转。意为有钱时杨柳青青,无钱时到处卖瓠子。

〔13〕青蚨:本昆虫名,传说用其血涂在钱上,使用后还能飞回,后因称钱为青蚨。见晋干宝《搜神记》卷十三。

〔14〕旋买:与下文"零沽"为对文,应该是一次性整买的意思。

〔15〕"则你那"二句:五脏,心、肝、脾、肺、肾。五脏神开屠,即开荤、吃肉的意思。

〔16〕须下死功夫:宋元俗谚,上句为"欲求生富贵"。

〔17〕业海:罪业之海,意即苦海。俗谚:"苦海无边,回头向善。"是鼓励人去恶向善的意思。

〔18〕阿扑:即合扑。这里指向前扑去的游水动作。

第 四 折

（正末同卜儿、小末尼上，云）今日是老夫贱降的日辰[1]，摆下酒席，请众街坊庆贺这所新宅子，就顺便庆贺小员外。昨日着小大哥请的扬州奴去了，不见来到。众街坊老的每，敢待来也。（扮众街坊上，云）俺们都是这扬州牌楼巷人。昔日赵国器临死，将他儿子扬州奴托孤与东堂老子。谁想扬州奴把家财尽都耗散，现今这所好宅子，也卖与东堂老子了。今日正是东堂老子生日，请我众街坊相识吃酒，却又唤那扬州奴两口叫化弟子孩儿，不知为何？俺们一来去庆贺生辰，二来就庆贺他这所新宅子。须索走一遭去。可早来到也。小员外，报复进去，有俺众街坊，特来庆贺生辰哩。（小末尼做入报科，云）父亲，有众街坊来与父亲庆贺生辰哩。（正末云）快有请！（小末云）请进去！（众街坊做见科，云）俺众街坊，一来与员外庆贺生辰，二来就庆贺这所新宅子。（正末云）多谢了众街坊，请坐。下次小的每，一壁厢安排酒肴，只等扬州奴两口儿到来，便上席也。（扬州奴同旦儿上，云）自家扬州奴的便是。这是李家叔叔门首，俺们自进去。（同旦儿做见科）（扬州奴云）叔叔，您孩儿和媳妇来了，不知有甚么说话？（正末云）你来了也。（唱）

【双调新水令】今日个画堂春暖宴佳宾，舞东风落红成阵。

摆设的一般般肴馔美,酬酢的一个个绮罗新。(扬州奴背科,云)嗨!兀的不羞杀我也!(正末云)扬州奴!(扬州奴做不应科)(正末唱)我见他暗暗伤神,无语泪偷揾。

【沉醉东风】我着你做商贾身里出身[2],谁着你恋花柳人不成人。我只待倾心吐胆教,(扬州奴背科,云)嗨!对着这众人,则管花白我[3]。早知道,不来也罢。(正末唱)你可为甚么切齿嚼牙恨?这是你自做的来有家难奔。(扬州奴做探手科,云)羞杀我也!(正末唱)为甚么只古里裸袖揎拳无事哏[4]?(带云)孩儿也,你那般慌怎么?(唱)我只着你受尽了的饥寒敢可也还正的本。

(云)今日众亲眷在这里,老夫有一句话告知众亲眷每。咱本贯是东平府人氏,因做买卖,到这扬州东门里牌楼巷居住。有西邻赵国器,是这扬州奴父亲,与老夫三十载通家之好[5]。当日赵国器染病,使这扬州奴来请老夫到他家中。我问他的病症从何而起,他道:"只为扬州奴这孩儿不肖,必败吾家,忧愁思虑,成的病证。今日请你来,特将扬州奴两口儿托付与你,照觑他这下半世。"我道:"李实才德俱薄,又非服制之亲,当不的这个重托。"那赵国器挨着病,将我来跪一跪,我只得应承了。扬州奴,当日你父亲着你正点背画的文书,上面写着甚么?(扬州奴云)您孩儿不曾看见,敢是死活的文书么?(正末云)孩儿也,不是死活的文书。你对着这众亲眷,将这一张文书,你则与我高高的读者。

（扬州奴云）理会的。这文书是俺父亲亲笔写的，那正点背画的字也是俺画的。父亲阿，如今文书便有，那写文书的人，在那里也阿！（做悲科）（正末云）你且不要哭，只读的这文书者。（扬州奴云）是。（做读文书科，云）"今有扬州东关里牌楼巷住人赵国器。"这是我父亲的名字。"因为病重不起，有男扬州奴不肖，暗寄课银五百锭在老友李茂卿处，与男扬州奴困穷日使用。"莫不是我眼花么？等我再读。（再读文书科，云）老叔，把来还我。（正末云）把甚么来？（扬州奴云）把甚么来？白纸上写着黑字儿哩！（正末云）你父亲写便这等写，其实没有甚么银子。（扬州奴云）叔叔，您孩儿也不敢望五百锭，只把一两锭拿出来！等我摸一摸，我依旧还了你。（正末云）扬州奴，你又来了也！想你父亲死后，你将那田业屋产，待卖与别人，我怎肯着别人买去？我暗暗的着人转买了，总则是你这五百锭大银子里面，几年月日节次不等，共使过多少。你那油房、磨房、解典库，你待卖与别人，我也着人暗暗的转买了，可也是那五百锭大银子里面，几年月日节次不等，使了多少。你那驴马挚畜，和大小奴婢，也有走了的，也有死了的，当初你待卖与别人，我也暗暗的着人转买了，也是这五百锭大银子里面。我存下这一本帐目，是你那房廊屋舍，条凳椅桌，琴棋书画，应用物件，尽行在上。我如今一一交割，如有欠缺，老夫尽行赔还你。扬

633

州奴听者！（诗云）你父亲暗寄雪花银，展转那移十数春。今日却将原物出，世间难得俺这志诚人。（云）扬州奴！（唱）

【雁儿落】岂不闻远亲呵不似我近邻，我怎敢做的个有口偏无信。今日便一桩桩待送还，你可也一件件都收尽。

（扬州奴做拜跪科，云）多谢了叔叔、婶子！我怎么得知有这今日也！（正末唱）

【水仙子】你看宅前院后不沾尘，（扬州奴云）这前堂后阁，比在前越越修整的全别了也[6]。（正末唱）画阁兰堂一划新。（扬州奴云）叔叔，这仓廒中不知是空虚的，可是有米粮？（正末唱）仓廒中米麦成房囤。（扬州奴云）嗨！这解典库还依旧得开放么？（正末唱）解库中有金共银。（扬州奴云）叔叔，城外那几所庄儿可还有哩？（正末唱）庄儿头孳畜成群。铜斗儿家门一所，锦片也似庄田百顷。（带云）扬州奴，翠哥，（唱）你从今后再休得典卖与他人。

（云）小大哥，抬过桌来，着扬州奴两口儿把盏，管待众街坊亲眷每。（扬州奴云）多谢叔叔、婶子重恩！若不是叔叔、婶子赎了呵，恁孩儿只在瓦窑里住一世哩！大嫂，将酒过来，待我先奉了叔叔、婶子。请满饮这一杯。（众街坊云）赵小哥，你两口儿莫说把这盏酒，便杀身也报不的这等大恩哩。（正末云）孩儿，我吃！我吃！（扬州奴又奉酒科，云）请众亲眷每，大家满饮一杯。（众云）难得，难得！我们都吃！（扬州奴云）我再奉叔叔、

婶子一杯。您孩儿今生无处报答大恩,来生来世,当做狗做马赔还叔叔、婶子哩。(正末唱)

【乔牌儿】我见他意殷勤捧玉樽,只待要来世里报咱恩。这的是你爹爹暗寄下家缘分,与我李家财元不损。

(柳隆卿、胡子传上,云)闻得赵小哥依然的富贵了也,俺寻他去来。(做见科)(柳隆卿云)赵小哥,你就不认得俺了,俺和你吃酒去来。(扬州奴云)哥也,我如今回了心,再不敢惹你了,你别去寻个人罢。(柳隆卿云)你说甚么话?你也回心,俺们也回心,如今帮你做人家哩。(正末云)嗐!下次小的每,与我撺这两个光棍出去!(柳隆卿云)赵小哥,你也劝一劝波。(扬州奴云)你快出去!别处利市。(正末唱)

【川拨棹】众亲邻正欢娱语笑频,我则见两个乔人引定个红裙,蓦入堂门,諕得俺那三魂掉了二魂。哎!儿也,便做道你不慌呵我最紧。

【殿前欢】俺孩儿甫能勾得成人,你又待教他一年春尽一年春[7]。他去那丽春园纳了那颗争锋印[8],你休闹波完体将军[9]!你便说天花信口喷,他如今有时运,怎肯不惺惺再打入迷魂阵。我劝你两个风流子弟,可也别寻一个合死的郎君。

(云)扬州奴,你听者。(断云)铜斗儿家缘家计,恋花柳尽行消费。我劝你全然不采,则信他两个至契。我受付托转买到家,待回头交还本利。这的是西邻友生不肖儿男,结末了东堂老劝破家子弟。
　　题目　西邻友立托孤文书
　　正名　东堂老劝破家子弟

〔1〕贱降:对自己生日的客气说法。

〔2〕做商贾身里出身:强调经商是唯一正当的务业方式。

〔3〕花白:抢白,当面讥讽。

〔4〕裸袖揎拳:卷起袖子,露出拳头,准备动手。

〔5〕通家之好:指世代都有交情。

〔6〕越越:越发,更加。《刘知远诸宫调》第一〔般涉调·墙头花〕曲:"好意劝谏,越越嗔容长。"

〔7〕一年春尽一年春:此句为当时乞丐所唱〔莲花落〕的首句,意为仍以乞讨为生。《忍字记》楔子刘均佑云:"早来到这门首,无计所奈,唱个〔莲花落〕咱!'一年春尽一年春',兀的不天旋地转,我倒也!"

〔8〕丽春园:泛指妓院。

〔9〕完体将军:指三国时魏国大将夏侯惇,他的左眼曾被射伤,遂下马拔箭,说"父精母血,不可弃之。"口吞目睛,上马再战。见《三国志平话》(上)。眼盲,实际上已经残废,说完体将军,这是打诨的反语。

无名氏

风雨像生货郎旦[1]

第 一 折

(外旦扮张玉娥上,云)妾身长安京兆府人氏,唤做张玉娥,是个上厅行首[2]。如今我这在城有个员外李彦和,与我作伴,他要娶我。怎奈我身边又有一个魏邦彦,我要嫁他。听知的他近日差使出去,我已央人寻他去了,这早晚敢待来也。(净扮魏邦彦上,诗云)四肢八节刚是俏,五脏六腑却无才。村在骨中挑不出,俏从胎里带将来。自家魏邦彦的便是。这在城有个上厅行首张玉娥,我和他作伴多时,他常要嫁我。今日他使人来寻我,不知有甚事,须索见他去来。(做见科,云)大姐,你唤我做甚么?(外旦云)魏邦彦,我和你说,听知的你出去打差,如今有这李彦和要娶我。我和你说的明白,一个月以里,我便嫁你;一个月以外,我便嫁别人。你可休怪我。

(净云)你也说的是。我今日去,准准一个月,我便赶回来也。我出的这门来。(外旦云)呀,可早一个月也。(净回云)你这说谎的弟子。(下)(外旦云)魏邦彦去了也,怎生不见李彦和来?(冲末扮李彦和上,诗云)耕牛无宿草,仓鼠有馀粮。万事分已定,浮生空自忙。自家长安人氏,姓李名英,字彦和。在城开着座解典铺。嫡亲的三口儿家属,浑家刘氏,孩儿春郎,年才七岁。有奶母张三姑,他是潭州人。在城有个上厅行首张玉娥,我和他作伴,他一心要嫁我,我一心待娶他,争奈我浑家不容。我今日到他家中走走去。(做见科,云)大姐,这几日不曾来,休怪。(外旦云)有你这样人!我倒要嫁你,你倒不来娶我?(李彦和云)也等我拣个吉日良辰,好来娶你。(外旦云)子丑寅卯,今日正好。只今日过了门罢。(李彦和云)大姐,待我回去,和大嫂说的停当,才来娶你。我如今且回我那家中去也。(下)(外旦云)我要嫁他,他倒不肯。只今日我收拾一房一卧[3],嫁李彦和走一遭去。(下)(正旦扮刘氏领俫儿上,云)妾身姓刘,夫主是李彦和,孩儿春郎,年才七岁,开着座解典库。俺夫主守着个匪妓张玉娥,每日不来家。我到门首望着,看他来说些甚么。(李彦和上,云)我李彦和,这几日不曾回家,有这妇人屡屡要嫁我。争奈不曾与我浑家商量。我过去见我浑家去。(做见科,云)大嫂我来家也。(正旦云)李彦和,你每日只是贪花恋酒,不想着家私过

活,几时是了也呵?(唱)

【仙吕点绛唇】你把解库存活,草堂工课[4],都耽阁。终日波波[5],白日休空过。

【混江龙】到晚来早些来个,直至那玉壶传点二更过。(李彦和云)大嫂,你可怜见,我实不相瞒,这妇人他一心待要嫁我哩。(正旦唱)你教我可怜见,你待敢是无奈之何。你比着东晋谢安才艺浅[6],比着江州司马泪痕多[7],也只为婚姻事成抛躲。劝不醒痴迷楚子,直要娶薄幸巫娥[8]。

(李彦和云)我好也要娶他,歹也要娶他。(正旦云)你真个要娶他?兀的不气杀我也!(唱)

【油葫芦】气的我粉脸儿三间投泪罗[9],只他那情越多,把云期雨约枉争夺。你望着巫山庙满斗儿烧香火,怎知高阳台一路上排锹镬[10]?休这般枕上说,都是他栽下的科[11]。他是个万人欺千人货,你只待娶做小家婆。

【天下乐】你正是引的狼来屋里窝,娶到家也不和,我怎肯和他轮车儿伴宿争竞多。你不来我行呵我房儿中作念着,你来我行呵他空窗外咒骂我。(带云)咱两个合口唱叫[12],(唱)你中间里图甚么?

(李彦和云)大嫂,他须不是这等人,我也不是这等人。
(正旦唱)

【那吒令】休信那黑心肠的玉娥,他每便乔趋抢取撮[13],休犯着黄檗肚小么[14]。数量着哝过,紧忙里做作,似蝎子的老婆。你便有洛阳田,平阳果,钞广银多。

【鹊踏枝】有时节典了庄科[15],准了绫罗;铜斗儿家私,恰做了落叶辞柯。那其间便是你郑孔目风流结果,只落得酷寒亭刚留下一个萧娥[16]。

（李彦和云）大嫂,那妇人生得十分大有颜色,怎教我不爱他?（正旦唱）

【寄生草】你爱他眼弄秋波色,眉分青黛蛾。怎知道误功名是那额点芙蓉朵,陷家缘唇注樱桃颗,啜人魂舌吐丁香唾。只怕你飞花儿支散养家钱,旋风儿推转团圆磨[17]。

（李彦和云）那里有这等说话。我如今务要娶他哩。（正旦云）你既要娶他,你娶,你娶!（外旦上。云）妾身张玉娥,收拾了一房一卧,嫁李彦和去。来到门首,没人在这里,不免唤他一声。李彦和,李彦和。（李彦和云）有人唤门,待我看去。（出见科,云）大姐,你真个来了也。（外旦云）你耳朵里塞着甚么?不听得我唤门来?我如今过去拜你那老婆,头一拜受礼,第二拜欠身,第三第四拜还礼。他依便依,不依呵,我便家去也。（李彦和云）你不要性急,等我过去和他说,你且在这里。（入云）大嫂,张玉娥来了也。他说来拜你,头一拜受礼,第二拜欠身,第三第四拜要还礼。你若不还他礼,他要唱叫起来,就不像体面了。（正旦云）我还他礼便罢。（外旦见科,云）姐姐请坐,受你妹子礼。李彦和,头一拜也。（李彦和云）我知道。（外旦云）这是第二拜也。（李彦和云）是,大嫂欠身哩。（外旦做连拜怒科,云）甚么勾当！钉子定着他哩？怎么不还礼？（李彦和云）嗨！妇女家不学三从四德，我男子汉说了话，你也该依着我。

（正旦唱）

【后庭花】你蹅踏的我忒太过[18]，这妮子欺负的我没奈何。支使的大媳妇都随顺，偏不着小浑家先拜我。他那里闹镬铎[19]，我去那窗儿前瞧破。那贱人俏声儿诉一和，俺这厮侧身儿搂抱着。将衫儿腮上抹，指尖儿弹泪颗。

【柳叶儿】你道他为甚来眉峰暗锁，则要我庆新亲茶饭张罗。（云）李彦和，他那伙亲眷，我都认的。（李彦和云）可是那几个？（正旦唱）都是些胡姑姑假姨姨厅堂上坐[20]。待着我供玉馔，饮金波，可不道谁扶侍你姐姐哥哥？

（李彦和云）你也忒心多，大人家妇女，怎不学些好处？

（正旦唱）

【金盏儿】俺这厮偏意信调唆，这弟子业口没遭磨，有情人惹起无明火。他那里精神一掇显偻㑩[21]，他那里尖着舌语刺刺，我这里掩着面笑呵呵。（外旦云）你休嘲拨着俺这花奶奶。（正旦唱）你道我嘲拨着你个花奶奶，（外旦云）我就和你厮打来。（正旦唱）我也不是个善婆婆。

（打科）（外旦做恼科，云）李彦和，你来。搭杀不成团[22]，我和你说：你若是爱他，便休了我；若是爱我，便休了他。你若不依着呵，俺家去也。（李彦和云）二嫂，他是我儿女夫妻，你着我怎么下的！（外旦云）你不依我，还向他哩。（李彦和云）二嫂，他是我儿女夫妻，你着我怎么下的！（外旦云）这等，你放我家去罢。（李彦和云）住住住，你着我怎么开口说？（见正旦科，云）大嫂，二嫂说来，若是我爱你，便休了他；若是爱他，只得休了你。（正旦云）兀的不气杀我也！（作气死科）（李彦和救科，云）大嫂，精细着。（正旦醒科）（唱）

【赚煞】气勃勃堵住我喉咙，骨噜噜潮上痰涎沫，气的我死没腾软瘫做一垛。拘不定精神衣怎脱，四肢沉寸步难那。若非是小孤撮叫我一声娘呵[23]，兀的不怨恨冲天气杀我。你没事把我救活，可也合自知其过。你守着业尸骸，学庄子鼓盆歌[24]。（死科，下）

（李彦和悲科，云）我那大嫂也！（外旦云）李彦和，你张着口号甚的？有便置，没便弃。（李彦和云）这是甚么说话！大嫂亡逝已过，便须高原选地，破木造棺，埋殡他入土。大嫂，只被你痛杀我也！（下）（外旦云）这也是我脚迹儿好处，一入门先妨杀了他大老婆，何等自在，何等快活。那李彦和虽然娶了我，不知我心下只不喜他。想那魏邦彦，这些时也来家了。我如今暗地里央着人去，与他说知，这早晚敢待来也。（净上，云）自家魏邦彦的便是。前月打差便去，叵耐张玉娥无礼，投到我来家，早嫁了别人。如今又使人来寻我，不知有甚么事？我见他去。此间就是。家里有人么？（外旦出见净科，云）你来家里来。（净云）敢不中么？（外旦云）不妨事。（净云）你嫁了人唤我怎的？（外旦云）我和你有说的话。(净云)有甚么说话?(外旦取砌末付净科,云)我虽是嫁了他,心中只是想着你。我如今收拾些金银财宝,悄地交付了你,可便先到洛河边,寻下一只小船等着。我在家点起一把火,烧了他房子,俺同他躲到洛河边,你便假做梢公,载俺上船。到的河中间,你将李彦和推在河里,把三姑和那小厮,也都勒死了,咱两个长远做夫妻,可不好那?(净云)你那是我老婆,就是我的娘哩。我先去在洛河边等你,明日早些儿来。(下)(外旦云)魏邦彦去了也。我如今不免点火去,在这房后边,放起火来。(诗云)那怕他物盛财丰,顷刻间早已成空。这一把无情毒火,岂非是没毛大虫?(下)

〔1〕《货郎旦》:全名《风雨像生货郎旦》,即模仿〔货郎儿〕的说唱形式,来演出戏剧;但它的主体,还是戏剧,不是说唱,所以只能说是"像生"。〔货郎儿〕曲牌进入元杂剧,最初只是本调的简单的插用,慢慢由本调演变为比较繁复的〔转调货郎儿〕,进而才有〔九转货郎儿〕这样完美的套曲出现。本剧第四折即采用此套,前后转换他曲有十三支之多,极尽旋律变化之美。加上它的曲词又极刚健雄浑,每转都有新的情节,层层转进,愈转愈深。尽管他的内容,不过是前三折之所述,但毫无重复之感,非大手笔,不能出此。明初,朱有燉之《关云长义勇辞金》,清初洪昇之《长生殿·弹词》,杨潮观之《快活山樵歌九转》,均纷起效尤,可见其深远影响。现据《元曲选》本校注,并参校他本。

〔2〕上厅行首:宋元时承应官府歌舞之需的、色艺出众的官妓,一般排列在行列之首,称"行首"。这里泛指名妓。厅,官厅。

〔3〕一房一卧:房奁,卧具。参见《救风尘》第三折注释〔19〕。

〔4〕解库存活,草堂工课:指店铺和家庭的事务。存活,即过活。草堂,即草厅,泛指家庭。工课,每日应完成的课程,这里指家务。

〔5〕波波:奔波。

〔6〕谢安:东晋宰相。尝隐东山,善文词,纵心事外,携妓出游。

〔7〕江州司马:唐代诗人白居易被贬江州司马,夜晚送客浔阳江边,听到船上一妇女弹琵琶,询知为京都旧妓,因感伤而作《琵琶行》,结尾说:"座中泣下谁最多,江州司马青衫湿。"

〔8〕"劝不醒"二句:用楚王梦神女事。楚子、巫娥,指楚怀王和巫山神女。

〔9〕三闾投汨罗:屈原自沉汨罗故事。此前,曾作过楚国三闾大夫。

〔10〕一路上排锹镢:即满路上都是陷人坑。锹镢,都是挖土的工具,故云。

〔11〕栽下的科:种下的祸根。科,科段,指耍手段,使计谋。

〔12〕合口唱叫:生气吵闹。

〔13〕乔趋抢取撮:假意奉承笼络。趋抢,趋走奉承。取撮,笼络的意思。《对玉梳》第二折〔倘秀才〕曲:"假温存絮叨叨取撮,佯问候热刺刺念合。"

〔14〕黄檗肚小么:黄檗,中药名,味苦,性寒。黄檗肚,即满肚子坏水,骂人的话。小么,即小末,微贱的意思。《替杀妻》第一折〔青哥儿〕曲:"你是良人良人宅眷,不是小末小末行院。"

〔15〕庄科:庄院。

〔16〕"那其间"二句:元杂剧故事。郑州孔目郑嵩,娶妓女萧娥为妾,气死大妻,弄得家破人亡,自己也被刺配沙门岛,后在酷寒亭遇救。详见杨显之《郑孔目风雪酷寒亭》杂剧。

〔17〕"只怕你"二句:是说家财像落花一样的散去,陷入永无了期的苦役之中。推磨团团而转,没有尽头。

〔18〕蹅踏:践踏,糟踏。

〔19〕闹镬铎:闹哄哄,吵闹。

〔20〕胡姑姑假姨姨:"胡"、"假"二字互文,即假冒的亲戚。

〔21〕偻㑩:这里是伶俐,神气的意思。

〔22〕搽杀不成团:宋元俗语。是说合不来的东西,不可勉强在一起的。《神奴儿》第一折李德义云:"哥哥,便好道老米饭捏杀也不成团,咱可也难在一处住了。"

〔23〕小孤撮:小孩儿,犹云小业种。

〔24〕庄子鼓盆歌:《庄子·至乐》:"庄子妻死,惠子吊之,庄子则方箕踞鼓盆而歌。"后世因称妻死为鼓盆之戚。

第 二 折

(李彦和同外旦慌上,云)好大火也!二嫂,怎生是好?房廊屋舍,金银钱钞,都烧的无有了。(看科,云)呀,又早延着官房了也,不知奶母张三姑与春郎孩儿在那里?(叫科,云)三姑,三姑。(副旦扮张三姑背俫儿慌上,云)走走走。早是我遭丧失火,更那堪背井离乡。穿林过涧,雨骤风狂,头直上打的淋淋漓漓浑身湿,脚底下踹着滑滑擦擦滥泥浆。绿水青山望渺茫,道旁衰柳半含黄;晚来更作廉纤雨[1],不许愁人不断肠。(唱)

【双调新水令】我只见片云寒雨暂时休,(带云)苦也!苦也!(唱)却怎生直淋到上灯时候。这风一阵一短叹,这雨一点一声愁,都在我这心头。心上事,自㑉㑉。

(李彦和云)三姑,你行动些。(外旦云)我平生是快活

的人,几曾受这般苦楚来!(副旦唱)

【步步娇】送的我背井离乡遭灾勾,这贱才敢道辞生受。断不得哄汉子的口,都是些即世求食鬼狐犹[2]。(外旦云)我几曾在黑地行走,教我受这般的苦也。(副旦云)你道你不曾黑地里行呵,(唱)咱如今顾不得你脸儿羞。(云)你也曾悬着名姓,靠着房门;你也曾卖嘴料舌,推天抢地;你也曾挟着毡被,挑着灯球。(唱)可也曾半夜里当祗候。

(外旦怒科,云)你怎么嘴儿舌儿的骂我?(李彦和云)三姑,你也饶他一句儿,那里便骂杀了他。(副旦唱)

【雁儿落】只管里絮叨叨没了收,气扑扑寻敌斗。有多少家乔断案[3],只是骂贼禽兽。

(外旦云)难道你不听得?任凭这老乞婆臭歪剌骂我哩[4]。(李彦和云)三姑,罢么。(副旦唱)

【得胜令】你还待要闹啾啾,越激的我可也怒鞠鞠[5]。我比你迟到蛐蜓地[6],你比我多登些花粉楼[7]。冤仇,今日个落在他人彀;忧愁,只是我烧香不到头。

(李彦和云)二嫂,我走了这一夜也,略歇一歇咱。(外旦云)也说的是。李彦和,你着三姑把我这褐袖来晒一晒[8]。(李彦和唤副旦科,云)三姑,将这褐袖来晒一晒。(副旦云)不须晒,胡乱穿罢。(三唤科)(李彦和云)三姑,我着你晒一晒,真当不肯?(外旦怒云)你个泼弟子,我教你与我晒一晒,怎么不肯?(副旦唱)

【沽美酒】逗末浪不即留[9],只管里卖风流。看他这天淡云开雨乍收,可便去寻一个宿头,觅一碗浆水饭润咱喉。
【太平令】住了雨也晒甚娘褐袖,只愿的下雹子打你娘驴头。(外旦骂科,云)这泼妇,我打不的你那!(打科)(副旦唱)只见他百忙里眉梢一皱,公然的指尖儿把颊腮剜透。似这般左瞅右瞅,只不如罢手,俺也须是那爷娘皮肉。

　　(李彦和云)来到这洛河岸边,又不知水浅水深,怎生过去?(外旦推李科)这里敢水浅?(李彦和惊云)险些儿推我一交,不掉下河里去!(副旦叫云)救人!救人!(唱)

【川拨棹】慌走到岸边头,仓卒间怎措手。风雨飕飕,地上浇油。扭颈回眸,那里寻个梢公搭救?我将他衣领揪,他忙将我腰胯枢[10]。

　　(外旦又推李)(副旦扶住科)(李彦和云)三姑,我好好的走,你倒扯着我?(副旦云)你不是我呵,(唱)

【殿前欢】这一片水悠悠,急忙里觅不出钓鱼舟。虚飘飘恩爱难成就,怕不的锦鸳鸯立化做轻鸥。他他他趁西风卒未休,把你来推落在水中浮,(外旦云)他自吃醉了,这等脚高步低,立也立不住,干我甚么事,说我推他?要你来嚼舌!(副旦唱)抵多少酒淹湿春衫袖。(李彦和云)这里水浅,咱过去了罢。(副旦唱)现淹的眼黄眼黑,你尚兀自东见东流[11]。

　　(净扮梢公上,云)官人,娘子,我这里是摆渡的船,你每快上来。(外旦和净打手势科)(副旦云)哥哥,你休上船去。这婆娘眼脑不好,敢是他约着的汉子哩!(做扯李科)(李彦和云)你放手,不妨事。我上的这船来,自有分晓。(净推李下河)(副旦扯住净)(净勒杀副旦科)(丑扮梢公上救,喊云)拿住这杀人贼!(副旦揪住丑云)有杀人贼!(净同外旦走科)(丑云)苦也娘子,不干我事。勒杀你的是那个梢公,他走了也。我是来救你的,你休认差了也。(副旦唱)

【水仙子】我不见了烟花泼贱猛抬头,错捆打了别人怎罢休?春郎儿怎扯住咱襟袖?头发揪了三四绺。(丑云)是我救娘子来。(副旦唱)听的乡谈语音滑熟,打叠了心头恨,扑散了眼下愁。哥哥也你可是行在滩州[12]?

(冲末扮孤上,云)林下晒衣嫌日淡,池中濯足恨波浑。花根本艳公卿子,虎体鸳班将相孙[13]。老夫完颜女直人氏,拈各千户的便是。俺因公干来到这洛河岸上,一簇人为甚么吵闹?兀的不是撑船的梢公,你怎么大惊小怪的?(丑云)大人不知,恰才一个人,把这个妇人,恰待要勒死他。恰好撞着小人,救活他性命。这个小的敢是他儿子。(孤云)他肯卖那小的么?他若肯卖呵,我买了这小的。你问他去。(丑问副旦云)兀那娘子,那边有个过路的官人,问你肯卖这小的,他要买。(副旦做沉吟科,云)我如今进退无路,领这春郎儿去,少不得饿死,不如卖与他罢。梢公,我情愿卖这小的。(孤云)兀那妇人,你那里人氏?姓甚名谁?将这生时年月说与我听。(副旦云)长安人氏,省衙西住坐。这孩儿父亲是李彦和,我是奶母张三姑。这孩儿小名唤做春郎,年方七岁,胸前一点朱砂记。(孤云)你要多少银两?(副旦云)随大人与多少。(孤云)将一个银子来与他。(祗从取砌末与副旦,接科,云)谢了大人。怎生得个立文书的人来,可也好那。(净扮李老上,云)老汉姓张,是张憨古,凭说唱货郎儿为生。来到这洛河岸上,只见一簇人,不知为何?我试看咱。(丑见李老问科,云)老人家,你识字么?这里有个妇人,要卖这个小的,无一个写文书的人。你若识字,这文书要你写一写。(李老云)我识字,我与他写。(见科,孤云)兀那老的,你识字替他写一纸文书波。(李老唤副旦云)娘子,是你卖这小的?你说将来。(副旦云)长安人氏,省衙西住坐。父亲李彦和,奶母张三姑,孩儿春郎,年方七岁,胸前一点朱砂记。情愿卖与拈各千户为儿,恐后无凭,立此文书为照。(李老云)我晓得了,依着你写。立文书人张三姑,写文书人张憨古。(递与孤科)(孤云)文书写的明白了也,你都画了字。兀那妇人,你孩儿卖与我了,你却往那厢去?(副旦云)我无处去。(李老云)既然你无处去,我又无儿无女。你肯与我做个义女儿,我养活你,你意下如何?(副旦云)我情愿跟随老的去。(孤云)跟他去也好。(副旦嘱倈儿科,云)春郎儿,我嘱咐你者。(唱)

【鸳鸯尾煞】乞与你不痛亲父母行施恩厚,我扶侍义养儿使长多生受。你途路上驱驰,我村疃里淹留。畅道你父亲此地身亡,你是必牢记着这日头。大厮八做个周年[14],分甚么前和后。那时节遥望着西楼[15],与你爷烧一陌儿纸,看一卷儿经,奠一杯儿酒。

(同孛老下)(孤云)那老儿领着妇人去了。老夫也引着这孩儿,抱上马,还我私宅中去来。(下)(丑哭科,云)好苦恼子也!只一个妇人,领着个小的,几乎被人勒杀,恰好撞见我,我救了他性命。他又把这个小的卖与那个官人,那个官人又将他那个小的领着去了。这等孤孤凄凄,怎教我不要伤感?(做跌倒起科,云)呸!可干我甚么事?(诗云)随他自卖男,随他自认女。我只去做梢公,不管风和雨。(下)

〔1〕廉纤雨:濛濛细雨。唐韩愈《晚雨》诗:"廉纤晚雨不能晴,池岸草间蚯蚓鸣。"

〔2〕即世求食鬼狐犹:即世,一作"积让",言其阅历很深,狡猾世故。鬼狐犹,本指鬼魂。狐犹,或作"胡由","狐尤",形容鬼之行踪飘忽不定。这里指妓女,以其水性杨花,难以捉摸也。元赵彦晖〔仙吕点绛唇〕散套曲:"谁信你鬼胡由,误了我谈笑封侯。"

〔3〕乔断案:假作官府断案的样子。意思是假作正经、公道。

〔4〕臭歪剌:骂妇女的话,犹云臭婆娘。

〔5〕怒齁(hōu 喉阴平)齁:因发怒而出气很粗的样子。

〔6〕蚰蜒地:蚰蜒行迹,曲折弯曲,比喻危险难走的道路。

〔7〕花粉楼:指歌楼妓馆。

〔8〕褐袖:一种用兽毛或麻制成的女式上衣。

〔9〕逞末浪不即留:即太鲁莽不机灵。末郎,即"孟浪"之音转。即留,一作"唧留"。明徐渭《南词叙录》:"唧留,精细也。"又,李翊《俗呼小录》:"人之不慧者曰不唧留。"

〔10〕 㧢(chōu抽):揽,抱。

〔11〕 东见东流:只看到一面,不知回头的意思。

〔12〕 行在滩州:脉望馆赵抄本作"行在潭州",似是。南宋人称杭州为行在;潭州,即今湖南长沙。第一折云张三姑是潭州人,与此相应。

〔13〕 "花根本艳"二句:喻公卿将相的子孙生来就有富贵的命运。参见《丽春堂》第一折注释〔4〕。

〔14〕 大厮八:大大方方的。

〔15〕 西楼:脉望馆赵抄本作"西川",当另有所指。

第 三 折

(孤抱病同春郎上,云)自家拈各千户的便是。自从我在那洛河边,买的这春郎孩儿,过日月好疾也,今经可早十三年光景。孩儿生的甚是聪明智慧,他骑的劣马,拽的硬弓,承袭了我这千户官职。我如今年老,耽着疾病,不能痊可,眼见的无那活的人也。我把这一桩事,趁我精细,对孩儿说了罢。我若不与他说知呵,那生那世,又折罚的我无男无女也。(唤小末科,云)春郎孩儿,你近前来,我有句话与你说。(小末云)阿妈[1],有甚话对你孩儿说呵,怕做甚么?(孤云)你本不是我这女直人。你的那父亲是长安人,姓李名彦和。你的奶母叫做张三姑,将来卖与我为儿,你那其间方才七岁。儿也,我如今抬举的你成人长大,顶天立地,嚼齿戴发,承袭了我的官职。孩儿也,你久已后不可忘了我的恩念。(小末悲科)阿妈不说,你孩儿怎生知道。(孤云)孩儿,我一发着你明白。这个是过房你的文书[2],你将的去。我死后你去催趱窝脱银[3],就跟寻你那父亲去咱。(小末云)理会的。(孤云)我这一会儿昏沉上来,扶我到后堂中去咱。(小末扶科,云)阿妈,精细者。(孤诗云)衣绝禄尽是前缘,知命须当不怨天;从今父子分离去,再会人间甚岁年? 孩儿,我顾不得你了也。(做死科)(下)(小末悲科,云)阿妈亡逝已过。高原选地,破木造棺,埋殡了阿妈。不敢久停久住,催趱窝脱银,走一遭去。父亲也,只被你痛杀我也!(下)(李彦和上,云)不听好人言,果有恓惶事。自家李彦和便是。自从那奸夫奸妇,推我在洛河里,谁想那上流头流下一块板来,我抱住那板,得渡过岸上,救了这性命,如今可早十三年光景也。春郎孩儿和张三姑,不知下落。家缘家计,都被火烧的光光了,无计可生,与这大户人家放牛,讨碗饭吃。我在这官道旁放牛。(做喝科,云)且把这牛来赶在一壁,我在这柳阴直下坐一坐,看有甚么人来。(副旦背骨殖手拿幡儿上[4],云)好是烦恼人也! 自从在洛河边,奸夫奸妇,把哥哥推在河里,把我险些勒死,把春郎孩儿与了那拈各千户,可早十三年光景了。不知孩儿生死如何? 我跟着唱货郎儿张㦖古老的。谢那老的,教我唱货郎儿度日,把我乡谈都改了。如今这老的亡化已过,临死时曾嘱咐我,你不忘我这恩念,把我这骨殖送的洛阳河南府去。我今背着老的骨殖,行了几日,知他几日得到也呵!(唱)

【正宫端正好】口角头饿成疮,脚心里踏成跰,行一步似火燎油煎。记的那洛河岸一似亡家犬,拿住俺将麻绳缠。

【滚绣球】见一个旋风儿在这榆柳园,古道边,足律律往来打转[5],刮的些纸钱灰飞到跟前。是神祇,是圣贤,你也好随时呈变[6],居庙堂索受香烟。可知道今世里令史每都挞钞,和这古庙里泥神也爱钱,怎能勾达道升仙?

【倘秀才】沿路上身轻体健,这搭儿筋乏力软,到庙儿外不曾撒纸钱。爷爷你厮馀闻[7],厮哀怜,我这老妇人咒愿。

(云)三条道儿,不知望那条道儿上去,我试问人咱。(见李做问科,云)敢问哥哥,这个是那河南府的大路么?(李彦和云)正是。(副旦云)三条道儿,该往那条道儿上去?(李彦和云)你往那中间那条路上去便是。(副旦云)生受哥哥。(李彦和做认,惊叫科,云)张三姑!(副旦回科,云)谁叫我来?(三唤科)(李彦和云)三姑,是我唤你来。(副旦云)你是谁?(李彦和云)三姑,则我是李彦和。(副旦惊科,云)有鬼也!(唱)

【上小楼】唬的我身心恍然,负急处难生机变。我只索念会咒语,数会家亲,诵会真言[8]。这几年,便着把哥哥追荐,作念的个死魂灵眼前活现。

653

（李彦和云）我不是鬼,我是人。（副旦唱）

【幺篇】对着你咒愿,休将我顾恋。有一日拿住奸夫,摄到三姑,替你通传[9]。非是我不意专,不意坚,搜寻不见,是早起店儿里吃羹汤不曾浇奠。

（李彦和云）三姑,我不曾死,我是人。（副旦云）你是人呵,我叫你,你应的一声高似一声;是鬼呵,一声低似一声。（叫科）李彦和哥哥!（李彦和做应科）（三唤）（做低应科）（副旦云）有鬼也!（李彦和云）我斗你耍来。（做打悲认科）（李彦和云）三姑,我的孩儿春郎那里去了也?（副旦云）没的饭食养活他,是我卖了也。（李彦和做悲科,云）原来是你卖了,知他如今死的活的?可不痛杀我也!你如今做甚么活计?穿的衣服这等新鲜,全然不像个没饭吃的,你可对我说。（副旦云）我唱货郎儿为生。（李彦和做怒科,云）兀的不气杀我也!我是甚么人家?我是有名的财主。谁不知道李彦和名儿?你如今唱货郎儿,可不辱没杀我也!（做跌倒）（副旦扶起科,云）休烦恼,我便辱没杀你。哥哥,你如今做甚么买卖?（李彦和云）我与人家看牛哩,不比你这唱货郎儿的生涯这等下贱。（副旦唱）

【十二月】你道我生涯下贱,活计萧然。这须是衣食所逼,名利相牵。你道我唱货郎儿辱没杀你祖先,怎比的你做财主官员。

【尧民歌】与人家耕种洛阳田,早难道笙歌引入画堂前?趁一村桑梓一村田,早难道玉楼人醉杏花天?牵也波牵,牵牛执着鞭,杖敲落桃花片。

(云)哥哥,你肯跟我回河南府去,凭着我说唱货郎儿,我也养的你到老,何如?(李彦和云)罢罢罢,我情愿丢了这般好生意,跟的你去。(副旦云)你可辞了你那主人家去。(李彦和向古门云)主人家,我认着了一个亲眷,我如今回家去也。牛羊都交还与你,并不曾少了一只。(副旦云)跟的我去来波。(唱)

【随尾】祆庙火,宿世缘[10],牵牛织女长生愿[11]。多管为残花几片,误刘晨迷入武陵源[12]。(同下)

〔1〕阿妈:又作"阿马",女真语,父亲。原作"阿爷",据脉望馆抄本改。下同。

〔2〕过房:即过继。

〔3〕窝脱银:一作"斡脱银"。元代王公贵族所经营的高利贷。至元八年曾设斡脱所,专门管理此事。

〔4〕幡儿:即引魂幡。旧时埋葬死者,必剪纸作旗,以引导其魂至墓地安葬。迁葬亦同。明初高启《征妇怨》:"纸幡剪得招魂去,只向当时送行处。"

〔5〕足律律:快速旋转的样子。

〔6〕随时呈变:即随时变化,显示神通。

〔7〕馀闰:额外赐与恩典,指求得神灵佑护。闰,亦多馀的意思。

〔8〕"我只索"三句:咒语,古代术士驱鬼的口诀。家亲,即祖先,指求得先人的救助。真言,梵语陀罗尼的意译。旧译为咒,能持善法,能遮诸恶的意思。

655

〔9〕通传:死者之魂附生人之体,说出自己要说的话。

〔10〕祆庙火,宿世缘:即火烧祆庙故事。见《倩女离魂》第四折注释〔10〕。

〔11〕牵牛织女长生愿:唐明皇与杨贵妃,于农历七月七日牵牛织女相见之夕,在长生殿密相盟誓:"愿世世为夫妇"。见宋乐史《杨太真外传》。

〔12〕刘晨迷入武陵源:见《救风尘》第三折注释〔18〕。

第 四 折

(净扮馆驿子上,诗云)驿宰官衔也自荣,单被承差打灭我威风[1];如今不贪这等衙门坐,不如依还着我做差公。自家是个馆驿子,一应官员人等打差的,都到我这驿里安下。我在这馆驿门首等候,看有什么人来?(小末扮春郎冠带引祗从上,云)小官李春郎的便是。自从阿妈亡逝以后,埋殡了也;小官随处催趱窝脱银两,早来到这河南府地面。左右,接了马者。馆驿子,有甚么干净的房子,我歇宿一夜。(驿子云)有有有,头一间打扫的洁洁净净,请大人安歇。(小末云)你这里有甚么乐人耍笑的,唤几个来服侍我,我多有赏赐与他。(驿子云)我这里无乐人,只有子妹两个会说唱货郎儿[2],唤将来服侍大人。(小末云)便是唱货郎儿的也罢。与我唤将来。(驿子云)理会的。我出的这门来,则这里便是。唱货郎儿的在家么?(副旦同李彦和上,云)哥哥,

你叫我做甚么？（驿子云）有个大人在馆驿里，唤你去说唱，多有赏钱与你哩。（李彦和云）三姑，咱和你走一遭去来。（副旦唱）

【南吕一枝花】虽则是打牌儿出野村，不比那吊名儿临拘肆[3]；与别人无伙伴，单看俺当家儿。哥哥你索寻思，锦片也排着席次[4]，都只待奏新声舞柘枝[5]。挥霍的是一锭锭响钞精银[6]，摆列的是一行行朱唇俫皓齿。

【梁州第七】正遇着美遨游融和的天气，更兼着没烦恼丰稔的年时。有谁人不想快平生志，都只待高张绣幙，都只待烂醉金卮。我本是穷乡寡妇，没甚的艳色娇姿；又不会卖风流弄粉调脂，又不会按宫商品竹弹丝。无过是赶几处沸腾腾热闹场儿，摇几下桑琅琅蛇皮鼓儿[7]，唱几句韵悠悠信口腔儿。一诗一词，都是些人间新近希奇事，扭捏来无诠次[8]，倒也会动的人心谐的耳，都一般喜笑孜孜。

（驿子报云）禀大人，说唱的来了也。（小末云）着他过来。（驿子云）快过去。（做见科）（小末云）你两个敢是子妹么？且在门首等着，唤着你便过来。（副旦云）理会的。（出科）（小末云）驿子，有甚么茶饭看些来，我食用咱。（驿子云）有有有。（做托肉上科，云）大人，一签烧肉，请大人食用。（小末做割肉科，云）我割着这肉吃，怕不在这里快活受用！想起我那父亲和奶母张三姑来，不由我心中不烦恼，我怎生吃的下？（李彦和做打嚏科，云）那个说我？（小末云）兀那驿子，你唤将那子妹

657

两个来。(唤科)(小末云)兀那两个,将这一签儿肉出去,你两个吃了时,可来服侍我。(副旦接科,云)谢了相公。(李彦和云)妹子也,咱不要吃,包到家里去吃。(小末云)嗨!沾污了我这手也。(做拿纸揩手科,云)兀那说唱的,将这油纸拿出去丢了者。(李彦和做拾纸科,云)理会的。我出的这门来。这张纸上怎么写的有字?妹子,咱试看咱。(念科,云)"长安人氏,省衙西住坐。父亲李彦和,奶母张三姑;孩儿春郎,年方七岁,胸前一点朱砂记。情愿卖与拈各千户为儿,恐后无凭,立此文书为照。立文书人张三姑,写文书人张㦤古。"妹子也,这文书说着俺一家儿,敢是你卖孩儿的文书么?(副旦云)正是。(李彦和做悲科,云)妹子也,你见这官人么?他那模样动静,好似俺孩儿春郎。争奈俺不敢去认他,可怎了也!(副旦云)哥哥你放心,张㦤古那老的,为俺这一家儿这一桩事,编成二十四回说唱。他若果是春郎孩儿呵,他听了必然认我。(李彦和云)这个也好。(小末唤科,云)兀那两个,你来说唱与我听者。(副旦做排场,敲醒睡科[9],诗云)烈火西烧魏帝时,周郎战斗苦相持[10];交兵不用挥长剑,一扫英雄百万师。这话单题着诸葛亮长江举火,烧曹军八十三万,片甲不回。我如今的说唱,是单题着河南府一桩奇事。(唱)

【转调货郎儿】也不唱韩元帅偷营劫寨[11],也不唱汉司马陈言献策[12],也不唱巫娥云雨楚阳台;也不唱梁山伯,也不唱祝英台。(小末云)你可唱甚么那?(副旦唱)只唱那娶小妇的长安李秀才。

(云)怎见的好长安?(诗云)水秀山明景色幽,地灵人杰出公侯;华夷图上分明看,绝胜寰中四百州。(小末云)这也好,你慢慢的唱来。(副旦唱)

【二转】我只见密臻臻的朱楼高厦,碧耸耸青檐细瓦;四季里常开不断花,铜驼陌纷纷斗奢华[13]。那王孙士女乘车马,一望绣帘高挂,都则是公侯宰相家。

(云)话说长安有一秀才,姓李名英,字彦和。嫡亲的三口儿家属,浑家刘氏,孩儿春郎,奶母张三姑。那李彦和共一娼妓,叫做张玉娥,作伴情熟,次后娶结成亲。(叹科,云)嗨!他怎知才子有心联翡翠,佳人无意结婚姻。

(小末云)是唱的好,你慢慢的唱咱。(副旦唱)

【三转】那李秀才不离了花街柳陌,占场儿贪杯好色[14],看上那柳眉星眼杏花腮。对面儿相挑泛[15],背地里暗差排。抛着他浑家不睬,只教那媒人往来,闲家擘划[16]。诸般绰开,花红布摆,早将一个泼贱的烟花娶过来。

(云)那婆娘娶到家时,未经三五日,唱叫九千场。(小末云)他娶了这小妇,怎生和他唱叫?你慢慢的唱者,我试听咱。(副旦唱)

【四转】那婆娘舌刺刺挑茶斡刺,百枝枝花儿叶子[17],望空里揣与他个罪名儿,寻这等闲公事。他正是节外生枝,调三斡四[18]。只教你大浑家吐不的咽不的这一个心头刺,减了神思,瘦了容姿,病恹恹睡损了裙儿衩[19]。难扶策,怎动止,忽的呵冷了四肢,将一个贤慧的浑家生气死。

(云)三寸气在千般用,一旦无常万事休。当日无常,埋葬了毕。果然道福无双至日,祸有并来时。只见这正堂上火起,刮刮喳喳,烧的好怕人也。怎见的好大火?(小末云)他将大浑家气死了,这正堂上的火从何而起?这火可也还救的么?兀那妇人,你慢慢的唱来,我试听咱。

(副旦唱)

【五转】火逼的好人家人离物散,更那堪更深夜阑。是谁将火焰山移向到长安,烧地户,燎天关,单则把凌烟阁留他世上看。恰便似九转飞芒老君炼丹[20],恰便似介子推在绵山[21],恰便似子房烧了连云栈[22],恰便似赤壁下曹兵涂炭,恰便似布牛阵举火田单[23],恰便似火龙鏖战锦斑斓。将那房檐扯,脊梁扳,急救呵可又早连累了官房五六间。

(云)早是焚烧了家缘家计,都也罢了,怎当的连累官房,可不要去抵罪?正在怆惶之际,那妇人言道:咱与你他府他县,隐姓埋名,逃难去来。四口儿出的城门,望着东南上,慌忙而走。早是意急心慌情冗冗,又值天昏地暗雨涟涟。(小末云)火烧了房廊屋舍,家缘家计都烧的无有了,这四口儿可往那里去?你再细细的说唱者,我多有赏钱与你。(副旦唱)

【六转】我只见黑黯黯天涯云布,更那堪湿淋淋倾盆骤雨。早是那窄窄狭狭沟沟堑堑路崎岖,知奔向何方所?犹喜的消消洒洒断断续续,出出律律忽忽噜噜阴云开处,我只见霍霍闪闪电光星烂。怎禁那萧萧瑟瑟风,点点滴滴雨,送的来高高下下凹凹凸凸一搭模糊,早做了扑扑簌簌湿湿渌渌疏林人物。倒与他妆就了一幅昏昏惨惨潇湘水墨图。

(云)须臾之间,云开雨住。只见那晴光万里云西去,洛河一派水东流。行至洛河岸侧,又无摆渡船只;四口儿愁做一团,苦做一块。果然道天无绝人之路,只见那东北上摇下一只船来。岂知这船不是收命的船,倒是纳命的船。原来正是奸夫与他淫妇相约,一壁附耳低言:你若算了我的男儿,我便跟随你去。(小末云)那四口儿来到洛河岸边,既是有了渡船,这命就该活了。怎么又是淫妇奸夫预先约下,要算计这个人来?(副旦唱)

【七转】河岸上和谁讲话,向前去亲身问他;只说道奸夫是船家,猛将咱家长喉咙掐,磕搭地揪住头发[24],我是个婆娘怎生救拔?也是他合亡化,扑冬的命掩黄泉下。将李春郎的父亲,只向那翻滚滚波心水淹杀。

(云)李彦和河内身亡,张三姑争忍不过,比时向前,将贼汉扯住丝绦,连叫道:"地方,有杀人贼!杀人贼!"倒被那奸夫把咱勒死。不想岸上闪过一队人马来,为头的官人怎么打扮?(小末云)那奸夫把李彦和推在河里,那三姑和那小的可怎么了也?(副旦唱)

【八转】据一表仪容非俗,打扮的诸馀里俏簌[25],绣云肩,胸背是雁衔芦[26]。他系一条兔鹘,兔鹘,海斜皮偏宜衬连珠[27],都是那无瑕的荆山玉。整身躯也么哥,缯髭须也么哥[28],打着鬓胡,走犬飞鹰驾着鸦鹘[29]。恰围场过去,过去,折跑盘旋骤着龙驹,端的个疾似流星度。那风流也么哥,恰浑如也么哥,恰浑如和番的昭君出塞图。

（云）比时小孩儿高叫道救人咱。那官人是个行军千户,他下马询问所以,我三姑诉说前事,那官人说:既然他父母亡化了,留下这小的,不如卖与我做个义子,恩养的长立成人,与他父母报恨雪冤。他随身有文房四宝,我便写与他年月日时。(小末云)那官人救活了你的性命,你怎么就将孩儿卖与那官人去了？你可慢慢的说者。（副旦唱）

【九转】便写与生时年纪,不曾道差了半米。未落笔花笺上泪珠垂,长吁气呵软了毛锥,恓惶泪滴满了端溪[30]。（小末云)他去了多少时也？（副旦唱）十三年不知个信息。（小末云)那时这小的几岁了？（副旦唱）相别时恰才七岁。（小末云）如今该多少年纪也？（副旦唱）他如今刚二十。(小末云)你可晓的他在那里？（副旦唱）恰便似大海内沉石。(小末云)你记的在那里与他分别来？(副旦唱)俺在那洛河岸上两分离,知他在江南也塞北？（小末云）你那小的有甚么记认处？（副旦唱）俺孩儿福相貌双耳过肩坠。（小末云）再有甚么记认？（副旦云)有,有,有。(唱)胸前一点朱砂记。(小末云)他祖居在何处？（副旦唱）他祖居在长安解库省衙西。(小末云)他小名唤做甚么？（副旦唱）那孩儿小名唤做春郎身姓李。

（小末云）住住住，你莫非是奶母张三姑么？（副旦云）则我便是张三姑。官人怎么认的老身？（小末云）你不认的我了？则我便是李春郎。（副旦云）官人莫作笑，休斗老身耍。（小末云）三姑，我非作笑，我乃李彦和之子李春郎是也。（做解胸前与看科）（副旦云）果然是春郎了也。则这个便是你父亲李彦和！（李彦和做打悲认科，云）孩儿，则被你想杀我也！不知你在那里得这发达峥嵘来？（小末云）父亲，孩儿这官就是承袭拈各千户的。谁知有此一端异事，如今拚的弃了官职，普天下寻去，定要拿的那奸夫淫妇，报了冤仇，方称你孩儿心愿。（祗从拿净、外旦上科，云）禀爷，这两个名下，欺侵窝脱银一百多两，带累小的们比较[31]，不知替他打了多少！如今拿他来见爷，依律处治，也与小的们销了一件未完。（小末云）律上：凡欺侵官银五十两以上者，即行处斩，这罪是决不待时的[32]。（李彦和做认科，云）兀的不是洛河边假装船家，推我在水里的？（副旦云）这不是张玉娥泼妇那？（净做画符科，云）有鬼！有鬼！太上老君急急如律令，敕！（祗从喝科）（外旦云）敢是拿我们到东岳庙里来？一划是鬼那！（小末云）原来正是那奸夫淫妇，今日都拿着了。左右，快将他绑起来，待我亲自斩他，也与我亡过母亲出这口怨气。（副旦唱）

【煞尾】我只道他州他府潜逃匿，今世今生没见期，又谁知冤家偏撞着冤家对。(净云)原来这就是李春郎,这就是张三姑,当日勒他不死,就该有今日的悔气了。(做叩头科,云)大人可怜见,饶了我老头儿罢。这都是我少年间不晓事,做这等勾当。如今老了,一口长斋,只是念佛;不要说杀人,便是苍蝇也不敢拍杀一个。况是你一家老小现在,我当真谋杀了那一个来?可怜见放赦了老头儿罢!(外旦云)你这叫化头,讨饶怎的?我和你开着眼做,合着眼受,不如早早死了,生则同衾,死则共穴,在黄泉底下,做一对永远夫妻,有甚么不快活?(副旦唱)你也再没的怨谁,我也断没的饶伊。(小末斩净、外旦科,下)(副旦唱)要与那亡过的娘亲现报在我眼儿里。

(李彦和云)今日个天赐俺父子重完,合当杀羊造酒,做个庆喜的筵席。孩儿,你听者:(词云)这都是我少年间误作差为,娶匪妓当局者迷。一碗饭二匙难并〔33〕,气死我儿女夫妻。泼烟花盗财放火,与奸夫背地偷期;扮船家阴图害命,整十载财散人离。又谁知苍天有眼,偏争他来早来迟。到今日冤冤相报,解愁眉顿作欢眉。喜骨肉团圆聚会,理当做庆贺筵席。

  题目 抛家失业李彦和
  正名 风雨像生货郎旦

〔1〕承差:当作"乘差",指乘驿差官。元时,各处设立驿站,供应往来官员食宿及乘坐马匹诸事,叫乘驿使臣。见《元史·兵四·站赤》。
〔2〕子妹:即兄妹。

〔3〕吊名儿临拘肆:宋元戏班演出时,把主要演员的名字,标识于招子或帐额上,以招徕观众。如山西洪洞县明应王庙舞台壁画,台口上方悬挂帐额,上写"大行散乐忠都秀在此作场"等字,即是。拘肆,即勾栏。

〔4〕席次:指观众看席。原作"节使",据脉望馆抄本改。

〔5〕柘(zhè浙)枝:唐宋时的一种舞蹈。

〔6〕响钞精银:十足成色的银钞。

〔7〕桑琅琅:摇鼓的声音。

〔8〕扭捏来无诠次:胡乱编排的意思。无诠次,没有次序。

〔9〕醒睡:即醒木,艺人所用的长方形小木块,用来拍案作声,引起观众注意。

〔10〕"烈火"二句:用三国时火烧赤壁故事。魏帝、周郎,分指曹操、周瑜。

〔11〕韩元帅:汉初开国功臣韩信。

〔12〕汉司马:西汉文学家司马相如。

〔13〕铜驼陌:古代洛阳有铜驼街。陌,街道。铜驼陌,泛指繁华的市区。

〔14〕占场儿:独占排场的意思。

〔15〕挑泛:也作"调犯",挑逗撩拨的意思。

〔16〕擘划:安排摆弄。

〔17〕"舌刺刺"二句:舌刺刺、喋喋不休的样子。挑茶斡剌,挑岔,找毛病。百枝枝,百般的。花儿叶子,花言巧语。

〔18〕调三斡四:搬弄是非。

〔19〕袳(zhǐ至):裙子上的摺痕。

〔20〕九转飞芒,老君炼丹:是说大火烧得如太上老君在那里炼丹。九转,道家认为炼丹,须烧炼九次才可成丹。飞芒,火花四射。

〔21〕介子推在绵山:春秋时,介子推从晋国公子重耳逃国,历尽艰险。重耳回国后即位为君。介子推隐于绵山不出,重耳派人烧山,想逼他出来作官,介子推不屈而死。

〔22〕子房烧了连云栈:子房,指汉刘邦谋士张良。项羽封刘邦为汉王,张良劝刘邦烧了从褒城至汉中的栈道,以示无意出山再与之争天下。

〔23〕布牛阵举火田单:战国时,齐国将军田单,被燕军困于即墨,遂用一千多头角插利刃的火牛向敌阵冲去,燕军大败而逃。

〔24〕磕搭地:一下子。

〔25〕诸馀里俏簌:言所有的打扮都很俏丽。诸馀里,犹云种种,所有。俏簌,即俏俥、俊俏的意思。

〔26〕"绣云肩"二句:袍服肩部绣着云纹,胸背前后是大雁芦花的图饰。

〔27〕"他系一条兔鹘"三句:赞美玉带之美,全用珠玉装成。兔鹘,即玉带,见《丽春堂》杂剧第四折注释〔12〕。海斜皮,疑为"黑斜皮"之音转。《朴通事谚解》(上)叙元时马具,有黑斜皮鞍轿子,红斜皮心儿、蓝斜皮边儿的座儿诸目。荆山,在今湖北南漳县西,产美玉。

〔28〕缯髭须:脉望馆抄本作"挣髭须",即用手捋着胡须。

〔29〕鸦鹘:黑色的猎鹰。

〔30〕端溪:广东端溪出产的砚台,称端砚。

〔31〕比较:古代衙役催纳钱粮,立有期限;过期如有拖欠,衙役要受到责罚,叫做比较。

〔32〕决不待时:法律用语,立即处决的意思。

〔33〕"一碗饭"句:用当时谚语"一碗难插两只匙"意。

无名氏

朱太守风雪渔樵记[1]

第 一 折

(冲末扮王安道上)(诗云)一叶扁舟系柳梢,酒开新瓮鲊开包[2]。自从江上为渔父,二十年来手不抄[3]。老汉会稽郡人氏[4],姓王双名安道。别无甚营生买卖,每日在这曹娥江边堤岸左侧[5],捕鱼为生。我有两个兄弟,一个是朱买臣,一个是杨孝先,他两个每日打柴为活。我那兄弟朱买臣,有满腹才学,争奈文齐福不齐,功名得不到手,在这本处刘二公家为婿。今日遇着暮冬天道,纷纷扬扬,下着如此般大雪,两个兄弟山中打柴去了。老汉沽下一壶儿新酒,等两个兄弟来时,与他荡寒。我且在这避风处等待着,这早晚两个兄弟敢待来也。(正末扮朱买臣同外扮杨孝先上)(杨孝先云)哥哥,你看这般大雪呵,怎生打柴?不如回去了罢。(正末云)小生是这会稽郡集贤庄人氏,姓朱名买臣。幼年颇习儒业,现今于本庄刘二公家作赘[6]。有妻是刘家女,人见他生得有几分人才,都唤他做玉天仙。此女颇不贤慧,数次家和小生作闹,小生只得将就让他些罢了。小生在这本庄上,结义了两个朋友,哥哥是王安道,兄弟是杨孝先。哥哥是个捕鱼的渔夫,兄弟杨孝先和小生一般负薪为生。俺弟兄每日在堤圈左侧,闲谈一会。今日纷纷扬扬下着如此般大雪,冻的手都僵的,怎生打柴?(叹科)(云)朱买臣,你如今四十九岁也,功名未遂,看何年是你那发达的时节也呵!(杨孝先云)哥哥,想咱每日打柴,几时是了也?(正末唱)

【仙吕点绛唇】十载攻书,半生埋没,学干禄[7]。误杀我者也之乎,打熬成这一付穷皮骨。

【混江龙】老来不遇,枉了也文章满腹待何如?俺这等谦谦君子[8],须不比泛泛庸徒。俺也曾蠹简三冬依雪聚[9],怕不的鹏程万里信风扶[10]。(云)孔子有言:"吾十有五而志于学,三十而立,四十而不惑,五十而知天命[11]。"天那!天那!(唱)我如今空学成这般赡天才[12],也不索着我无一搭儿安身处。我那功名在翰林院出职,可则划地着我在柴市里迁除[13]。

(杨孝先云)哥哥,似俺杨孝先学问不深,这也罢了。哥哥,你今日也写,明日也写,做那万言长策,何等学问,也还不能取其功名,岂非是个天数?(正末云)常言道:皇

天不负读书人。天那！我朱买臣这苦可也受的勾了也！（唱）

【油葫芦】说甚么年少今开万卷馀[14]，每日家长叹吁。想他这阴阳造化果非诬。常言道是小富由人做,咱人这大富总是天之数。我空学成七步才,谩长就六尺躯。人都道书中自有千钟粟[15],怎生来偏着我风雪混樵渔？

【天下乐】我一会家时复挑灯来看古书,我可便蹰也波躇,那官职有也无？一会家受饥寒便似活地狱。则俺这朱买臣,虽不做真宰辅,（云）我虽然不做官,却也和那做官的一般。（杨孝先云）哥哥,可怎生与做官的一般？（正末唱）俺可也伴着他播清名一万古。

（杨孝先云）哥哥说的是。（正末云）那江岸边不是哥哥的渔船？待我叫他一声。（做叫科,云）哥哥。（王安道云）俺两个兄弟来了也,快上船来！（做上船科）（王安道云）你两个兄弟请坐。老汉沽下一壶儿新酒,等你来荡寒,咱就此处闲攀话咱。（杨孝先云）雪下的紧,着哥哥久等也。（王安道做递酒科,云）兄弟满饮一杯。（正末云）哥哥先请。（王安道云）兄弟请。（正末做饮酒科）（王安道再递酒科,云）孝先兄弟,满饮一杯。（孝先做饮科）（王安道云）兄弟,咱闲口论闲话。我想来这会稽城中有钱的财主每,不知他怎生受用？兄弟细说一遍,我试听咱。（正末云）哥哥,便好道风雪酒家天。据着哥哥说呵,也有那等受苦的人；据着你兄弟说呵,也有那等受用的人。(王安道云)兄弟也,可是那一等人受用?(正末云)哥哥且休题别处,则说会稽城中有那等仕户财主每,遇着那大热的时节,他也不受热;遇着那大冷的时节,他也不受冷。哥哥不信时,听你兄弟说一遍咱。(王安道云)兄弟,你道那财主每,他冬月间不受冷,夏月间不受热,你说的差了也。可不道冷呵大家冷,热呵大家热,偏他怎生受用?你说,你说!(正末唱)

【村里迓鼓】他道下着的是国家祥瑞[16],(带云)哥哥,这雪呵,(唱)则是与那富家每添助。(王安道云)那富贵的人家,怎生般受用快活?(正末唱)他向那红垆的这暖阁,一壁厢添上兽炭,他把那羊羔来浅注[17]。(王安道云)红垆暖阁,兽炭银瓶,饮着羊羔美酒,遇这等大雪,果然是好受用也。(正末云)哥哥,他一来可也会受用,第二来又遇着这般好景致。(唱)门外又雪飘飘,耳边厢风飒飒,把那毡帘来低簌。(王安道云)看这等凛冽寒天,低簌毡帘,羊羔美酒。正饮中间,还有甚么人扶侍他?(正末唱)一壁厢有各剌剌象板敲,听波韵悠悠佳人唱,醉了后还只待笑吟吟美酒沽。(王安道云)兄弟,这一会儿雪大风紧越冷了也!(正末唱)哎,哥也,他每端的便怎知俺这渔樵每受苦?

(王安道云)兄弟,我想来你学成满腹文章,受如此穷暴[18],几时是你那发达的时节也?(正末唱)

【元和令】总饶你似马相如赋《子虚》[19],怎比的他石崇家夸金谷[20]。(王安道云)那有钱的怎如你这有学的好也?(正末唱）岂不闻冰炭不同垆,也似咱贤愚不并居。（王安道云）兄弟,我见这会稽城市中的人,有穿着那宽衫大袖的,乔文假醋,诗云子曰[21],可不知他读书也不曾？（正末唱）他则待人前卖弄些好妆梳,扮一个峨冠士大夫。

（王安道云）似他这等奢华受用,假扮儒士,难道就无有人识破他的？（正末唱）

【上马娇】那一等本下愚,假扮做儒,他动不动一划地谎喳呼。见人呵闲言长语三十句,（王安道云）怕不的他外相儿好看,只是那腹中文章须假不得。（正末唱）他虚道是腹隐九经书[22]。

【胜葫芦】可正是天降人皮包草躯[23]。（王安道云）他也曾看书么？（正末唱）学料嘴不读书。他每都道见贤思齐是说着谬语[24]。那里也温良恭俭[25]？（王安道云）那礼节上便不省的,倘遇着人说起诗词歌赋来,怎生答应？（正末唱）那里也诗词歌赋？端的个半星无。

（王安道云）兄弟,我今日也捕不的鱼,两个兄弟也打不的柴,咱各自还家去罢。孝先兄弟,你家中借一担柴,与你哥哥将的家去,争奈媳妇儿有些不贤慧,免得他又要吵闹。（正末唱）

【寄生草】见哥哥把那鱼船缆,冻的我手怎舒？（王安道云）兄弟,好大雪也。（正末唱）正值着扬风搅雪可便难停住。你待要收纶罢钓还家去,哎,哥也,只怕你披蓑顶笠迷归路。似这等战钦钦有口不能言,（带云）看了哥哥和兄弟这个模样呵,(唱)还说甚这晚来江上堪图处？

(正末同孝先下)(王安道云)俺两个兄弟去了也,老汉也撑船还家去罢。(下)(外扮孤领祗从上)(诗云)寒窗书剑十年客,智勇干戈百战场。万里雷霆驱号令,一天星斗焕文章[26]。小官乃大司徒严助是也[27]。小官以儒术起家,累蒙擢用,现拜大司徒之职。奉圣人的命,着小官遍巡天下,采访文学之士。今来到此会稽城外,风又大,雪又紧,左右摆开头踏[28],慢慢的行。(应科)(正末同孝先冲上)(祗从做打科,云)喂！甚么人？避路！(孝先下)(孤云)住者。两个人冲着我马头,被祗从人打将一个去了,只有这一个放下他那钩绳匾担,立在道傍。明明是个打柴的了,怎么身边有一本书？想必是个读书的,我试问他咱。兀那打柴的,大雪之中,因何冲着我马头？(正末云)小生是一个贫穷的书生,低着头迎着风雪,走的快了些,不想误然间冲着马头,望大人则是宽恕咱。(孤云)你既然是读书之人,为何不进取功名？却在布衣中负薪为生,莫非差矣？(正末云)大人,自古以来,不只是小生一个,多少前贤,曾受窘来。(孤云)你看此人贫则贫,攀今览古,像个有学的。我就问你前贤有那几个受窘来,你试说一遍,小官拱听。(正末云)大人不嫌絮烦,听小生慢慢的说一遍咱。(唱)

【后庭花】想当日傅说曾板筑[29]。(孤云)傅说板筑,殷高宗封为太宰。还再有谁？(正末唱)更有那倪宽可便曾抱锄[30]。(孤云)倪宽是我武帝时御史大夫。还再有谁?(正末唱)有一个宁戚曾歌牛角[31]。(孤云)宁戚叩角而歌,齐桓公举为上卿。还再有谁?(正末唱)有一个韩侯他也曾去钓鱼。(孤云)韩侯就是那三齐王韩信,果然曾钓鱼来。可再有谁?(正末唱)有一个秦白起是军卒[32]。(孤云)那白起是秦将,起于卒伍之中。再呢?(正末唱)有一个冻苏秦田无半亩[33]。(孤云)苏秦后来并相六国,可怎么冻的他死?再呢?(正末唱)有一个公孙弘曾牧猪[34]。(孤云)那公孙弘也是我汉朝的宰相,曾牧猪于东海。再呢?(正末唱)有一个灌将军曾贩屦[35]。(孤云)那灌婴我只知他贩缯,却不知他贩屦。(正末唱)朱买臣一略数,请相公听拜覆。

【青哥儿】哎,我这里叮咛、叮咛分诉,这都是始贫、始贫终富。(带云)且休说别的,则这一个古人,堪做小生比喻。(孤云)可是那个古人?(正末唱)则说那姜子牙正与区区可比如。他也曾朝歌市里为屠[36],蟠溪水上为渔,直捱到满头霜雪八旬馀,才得把文王遇。

(孤云)看此人是个饱学的人。贤士,你说了一日,不知你姓甚名谁?(正末云)小生姓朱名买臣。(孤云)谁是朱买臣?(正末云)小生便是。(孤云)左右,快接了马者!我寻贤士觅贤士,争些儿当面错过了。久闻贤士大名,如雷灌耳,今日幸遇尊颜,实乃小官万幸也。(正末云)不敢!不敢。(孤云)贤士,你平日之间,曾做下甚么功课来?(正末云)小生有做下的万言长策,向在布衣,不能上达，望大人略加斧正咱。（孤云）你将来我看。（做看科，云）嗨！真乃龙蛇之体，金石之句[37]！贤士，我与你将此万言长策献与圣人，到来年春榜动，选场开，我举保你为官，你意下如何？（正末云）若得如此，多谢了大人。（唱）

【赚煞】一转眼选场开，发了愿来年去。直至那长安帝都，（孤云）据凭贤士锦绣文章，何所不至！（正末唱）凭着我锦绣也似文章敢应举。（孤云）明年去，也是迟了。（正末云）大人，你道为何这几年不进取功名来？（孤云）这可是为何？（正末唱）也是我不得时可便韫椟藏诸[38]。我若是钓鳌鱼，怕不就压倒群儒[39]？（孤云）贤士，你若去进取功名，岂在他人之下。（正末唱）我着普天下文人每，那一个不拱手的伏！（孤云）请贤士收拾琴剑书箱，来年应举去也。（正末云）大人，别的书生用那琴剑书箱，小生则用着身边一般儿物件，夺取皇家富贵。（孤云）贤士，可那一般儿物件？（正末唱）凭着这砍黄桑的巨斧，端的便上青霄独步，（云）别的书生说道月中丹桂，若到的那里，折得一枝回来，足可了一生之愿。不是我朱买臣敢说大言也，（唱）落可便我把那月中仙桂剖根除。（下）

（孤云）贤士去了也。小官不敢久停，将此万言长策，献与圣人走一遭去。（诗云）虽未相逢早识名，为将长策献朝廷。买臣若不遭严助，空作樵夫过一生。（下）

〔1〕《渔樵记》:写朱买臣发迹变态之事。故事虽然出自《汉书》本传,但具体的细节描写、人物性格,都采自民间传说;并在一定程度上,反映了元时广大知识分子沉沦底层,备受凌辱的痛苦和悲愤,有一定的思想意义。其精彩动人之处,全在于宾白,是元杂剧中少数几本宾白写得最好的剧本之一,代表着这方面的最高成就。如第二折玉天仙和朱买臣的争吵,通过个性化的口语,并大量使用谐音、双关、夸张、排喻等修饰手法,把人物写得惟妙惟肖,活灵活现,使人如见其人,如闻其声。其灵活流丽,泼辣刻露,都是古代戏曲中所少见的,故为近代戏曲研究者所激赏。现据《元曲选》本校注,并用息机子本参校。

〔2〕鲊:腌鱼、糟鱼之类。

〔3〕手不抄:即忙忙碌碌,两手不闲。抄手,即揣手。

〔4〕会稽郡:古郡名,今浙江绍兴。

〔5〕曹娥江:在浙江东部,流经嵊县、上虞等地。

〔6〕作赘:即上门女婿,入舍女婿。

〔7〕学干禄:学习求官职得俸禄的方法。语出《论语·为政》。干,求也。禄,俸禄。

〔8〕谦谦君子:谦逊有礼的君子。《易·谦卦》:"谦谦君子,卑以自牧也。"

〔9〕蠹简三冬依雪聚:三冬腊月,映雪读书。喻苦读勤学。蠹简,像蠹书虫一样把书简蛀破,指生死于文字之间。雪聚,雪堆。用晋人孙康映雪读书故事。

〔10〕鹏程万里:喻前程远大。

〔11〕"吾十有五"四句:出《论语·为政》。

〔12〕赡天才:补天之才。赡,赡养,引申为补救的意思。

〔13〕迁除:指官吏的升迁除授。

〔14〕年少今开万卷馀:今开,当作"经开"。"经开万卷",即读书破

万卷。

〔15〕书中自有千钟粟:出宋真宗《劝学诗》。

〔16〕下着的是国家祥瑞:指下雪。雪兆丰年,故称瑞雪。

〔17〕羊羔:美酒名。《事务绀珠》:"羊羔酒出汾州,色白莹,饶风味。"

〔18〕穷暴:一作"穷薄"。穷困的意思。

〔19〕马相如赋《子虚》:汉司马相如善词赋。汉武帝读了他的《子虚赋》后,大为赞赏,马上召见,授以为郎。

〔20〕石崇家夸金谷:晋石崇于洛阳筑金谷园,与宾客昼夜游晏其中,奢靡成风。并与贵戚王恺斗富,以豪侈相尚。

〔21〕"乔文"二句:假冒斯文,开口诗云,闭口子曰。

〔22〕九经书:儒家的九种经典古籍。历代九经名目不一。《汉书·艺文志》作《易》、《书》、《诗》、《礼》、《乐》、《春秋》、《论语》、《孝经》和小学。

〔23〕天降人皮包草躯:即天生的草包。

〔24〕见贤思齐:出《论语·里仁》。是说看见贤人,就想到应该向他学习。

〔25〕温良恭俭:温和、善良、恭敬、节俭等美德。《论语·学而》:"夫子温良恭俭让以得之。"

〔26〕"万里"二句:雷霆,疾雷。喻号令之声威。星斗,泛指满天星宿。喻文章之灿烂。"雷霆驰号令,星斗焕文章"出唐杜牧《华清宫三十韵》诗句。见《王粲登楼》第三折注释〔49〕。

〔27〕严助:汉会稽郡人。举贤良,武帝时为中大夫,后拜会稽太守。其举荐朱买臣事,见《汉书·朱买臣传》。

〔28〕头踏:官员出行时前导的仪仗。

〔29〕傅说曾板筑:傅说,殷人。见《王粲登楼》第一折注释〔32〕。

〔30〕倪宽可便曾抱锄：倪宽，即兒宽。汉千乘人。善属文，家贫为人耕作，带经而锄。武帝时入官，迁左内史，后为御史大夫。见《汉书》本传。

〔31〕宁戚曾歌牛角：宁戚，齐相。见《王粲登楼》第一折注释〔33〕。

〔32〕秦白起是军卒：战国时秦国大将白起，起于卒伍，昭王用之为将，战胜攻取，凡七十馀城，封武安君。见《史记》本传。

〔33〕冻苏秦田无半亩：苏秦，战国时东周洛阳人。以贫困不为家人所礼，后游说六国，合纵抗秦，佩六国相印，为纵约之长。过洛阳，昆弟妻嫂，不敢仰视，因叹曰："使我有洛阳负郭田二顷，吾岂能佩六国相印乎？"冻苏秦，传说他落魄时去见秦丞相张仪，仪让其吃冷食，备受凌辱。见《史记》本传。

〔34〕公孙弘曾牧猪：汉公孙弘，菑川薛人。家贫，牧豕海上。年四十馀，学《春秋》杂说。汉武帝时召为博士，由御史大夫升任丞相，封平津侯。见《汉书》本传。

〔35〕灌将军曾贩屦(jù句)：灌婴，睢阳人。少以贩缯为业。秦末，从刘邦起义，屡立战功，封颍阴侯。见《史记》本传。屦，鞋子。缯，丝织物的总称，古称为帛，汉称为缯。

〔36〕朝歌：殷都城。在今河南淇县。

〔37〕龙蛇之体，金石之句：龙蛇，形容笔势如龙行蛇走，气势磅礴。金石，《礼记·乐记》："金石丝竹，乐之器也。"金石元音清越优美，后用以比喻文词的优美。

〔38〕韫椟藏诸：《论语·子罕》："有美玉于斯，韫匵而藏诸？求善贾而沽诸？"子曰："沽之哉！沽之哉！我待贾者也。"这里是说把美玉藏在柜子里，是因为找不到识货的人。匵，同"椟"，指柜子。

〔39〕钓鳌鱼：指施展惊人的手段。钓鳌，用龙伯国人东海钓巨鳌故事。见《列子·汤问》。

第 二 折

（外扮刘二公同旦儿扮刘家女上）（诗云）段段田苗接远村，太公庄上戏儿孙。庄农只得锄刨力，答贺天公雨露恩。老汉姓刘，排行第二，人口顺都唤我做刘二公。嫡亲的三口儿家属，一个婆婆，一个女孩儿。婆婆早年亡逝已过。我这女孩儿生的有几分颜色，人都唤他做玉天仙。昔年与他招了个女婿，是朱买臣。这厮有满腹文章，只恨他偎妻靠妇，不肯进取功名，似这般可怎生是好？（做沉吟科，云）哦，只除非这般。孩儿也，你去问朱买臣讨一纸儿休书来。（旦儿云）这个父亲越老越不晓事了。想着我与他二十年的夫妻，怎生下的问他要索休书？（刘二公云）孩儿也，你若讨了休书，我拣着那官员士户财主人家，我别替你招了一个。你若是不讨休书呵，五十黄桑棍，决不饶你！快些去讨来！（下）（旦儿做叹科，云）待讨休书来，我和朱买臣是二十年的夫妻；待不讨来，父亲的言语又不敢不依。罢罢罢，我且关上这门。朱买臣敢待来也。（正末拿钩绳扁担上，云）这风雪越下的大了也。天啊！你也有那住的时节也呵！（唱）

【正宫端正好】我则见舞飘飘的六花飞，更那堪这昏惨惨的兀那彤云霭。恰便似粉妆成殿阁楼台，有如那拚绵扯絮随风洒。既不沙却怎生白茫茫的无个边界[1]。

【滚绣球】头直上乱纷纷雪似筛，耳边厢飒刺刺风又摆。（带云）可端的便这场冷也呵，（唱）哎哟，匆匆匆！畅好是冷的来奇怪。（带云）天那，天那！（唱）也则是单注着这穷汉每月值年灾[2]。（带云）似这雪呵，（唱）则俺那樵夫每怎打柴？便有那渔翁也索罢了钓台，（带云）似这雪呵，（唱）则问那映雪的书生安在[3]，便是冻苏秦也怎生去挪笔巡街[4]。则他这一方市户有那千家闭，抵多少十谒朱门九不开[5]。（带云）似这雪呵，（唱）教我委实难捱。

　　（云）来到门首也。刘家女，开门来，开门来。（旦儿云）这唤门的正是俺那穷厮。我不听的他唤门，万事罢论；才听的他唤门，我这恼就不知那里来！我开开这门。（做见便打科，云）穷短命，穷弟子孩儿！你去了一日光景，打的柴在那里？（正末云）这妇人好无礼也。我是谁，你敢打我？（唱）

【倘秀才】我才入门来，你也不分一个皂白，（旦儿云）我不敢打你那！（正末唱）你向我这冻脸上，不俫，你怎么左掴来右掴。（旦儿云）我打你这一下，有甚么不紧！（正末唱）哎，你个好歹斗的婆娘！（云）我不敢打你那？（旦儿云）你要打我那？你要打，这边打，那边打，我舒与你个脸，你打你打！我的儿，只怕你有心没胆，敢打我也！（正末唱）你个好歹斗的婆娘，可便忒利害！也只为那雪压着我脖项，着这头难举，冰结住我髭髯，着这口难开。（旦儿云）谁和你料嘴哩[6]！（正末唱）刘家女俫，你与我讨一把儿家火来。

　　（旦儿云）哎呀！连儿，盼儿，憨头，哈叭，刺梅，鸟嘴[7]，

679

相公来家也,接待相公。打上炭火,酾上那热酒,着相公荡寒。问我要火,休道无那火,便有那火,我一瓢水泼杀了!便无那水呵,一个屁也迸杀了!可那里有火来,与你这穷弟子孩儿。(正末云)兀那泼妇,你休不知福!(旦儿云)甚么福?是是是,前一幅,后一幅。五军都督府,你老子卖豆腐,你奶奶当轿夫[8],可是甚么福?(正末唱)

【滚绣球】你每日家横不拈,竖不抬,(旦儿云)你将来波,有甚么大绫大罗,洗白复生[9],高丽毯丝布[10],大红通袖膝襕[11],仙鹤狮子的胸背[12]?你将来,我可不会裁?不会剪?我可是不会做?(正末云)我虽无那大绫大罗与你,我呵,(唱)惯的你千自由百自在。(旦儿云)你这般穷,再不着我自在些儿,我少时跟的人走了也。穷短命,穷弟子孩儿,穷丑生!(正末唱)我虽受穷呵,我又不曾少人甚么钱债。(旦儿云)你穷,再少下人钱债,割了你穷耳朵,剜了你穷眼睛,把你皮也剥了!我儿也,休响嘴,晚些下锅的米也没有哩!(正末云)刘家女俫,咱家里虽无那细米呵,你觑去者波,(唱)我比别人家长趱下些干柴[13]。(旦儿云)你看么,我问他要米,他则把柴来对我。可着我吃那柴,穿那柴,咽那柴?止不过要烧的一把儿柴也那。(正末唱)你是个坏人伦的死像胎[14]。(旦儿云)穷短命,穷剥皮,穷割肉,穷断脊梁筋的!(正末唱)你这般毁夫主畅不该。(旦儿云)我儿也,鼓楼房上琉璃瓦,每日风吹日晒雹子打。见过多少振冬振,倒怕你清风细雨洒。我和你顶砖头对口词[15],我也不怕你!(正末云)止不过无钱也啰,你理会的好人家好家法,你这等恶人家恶家法。(唱)哎!刘家女俫,你怎生只学的这般恶叉白赖[16]。(旦儿云)穷弟子,穷短命,一世儿不能勾发迹!(正末云)由你骂,由你骂,除了我这个穷字儿,(唱)你可便再有甚么将我来栽排[17]。(旦儿云)可也勾了你的了。(正末云)留着些热气,我且温肚咱。(唱)则不如我侧坐着土坑,这般颏搋着膝[18]。(旦儿云)似这般穷活路,几时捱的彻也。(正末云)这个歹婆娘,害杀人也波。天那,天那!(唱)他那里斜倚定门儿手托着腮,则管哩放你那狂乖。

(旦儿云)朱买臣,巧言不如直道,买马也索籴料。耳檐儿当不的胡帽[19],墙底下不是那避雨处。你也养活不过我来,你与我一纸休书,我拣那高门楼大粪堆[20],不索买卦有饭吃,一年出一个叫化的。我别嫁人去也!(正末云)刘家女,你这等言语,再也休说!有人算我明年得官也。我若得了官,你便是夫人、县君、娘子,可不好那!(旦儿云)娘子娘子,倒做着屁眼底下穰子[21]。夫人夫人,在磨眼儿里[22]。你砂子地里放屁,不害你那口碜[23]。动不动便说做官,投到你做官,你做那桑木官、柳木官,这头踹着那头掀[24];吊在河里水判官,丢在房上晒不干[25]。投到你做官,直等的那日头不红,月明带黑,星宿睒眼,北斗打呵欠;直等的蛇叫三声狗拽车,蚊子穿着兀刺靴,蚁子戴着烟毡帽,王母娘娘卖

681

饼料。投到你做官,直等的炕点头,人摆尾,老鼠跌脚笑,骆驼上架儿,麻雀抱鹅蛋,木伴哥生娃娃,那其间你还不得做官哩[26]!看了你这嘴脸,口角头饿纹[27],驴也跳不过去,你一世儿不能勾发迹。将休书来,将休书来!(正末云)刘家女那,先贤的女人你也学取一个波。(旦儿云)这厮穷则穷,攀今览古的。你着我学那一个古人,你说,你奶奶试听咱。(正末唱)

【快活三】你怎不学贾氏妻,只为射雉如皋笑靥开[28]。(旦儿云)我有什么欢喜在那里,你着我笑。(正末云)你不笑,敢要哭,我就说一个哭的。(唱)你怎不学孟姜女,把长城哭倒也则一声哀。(旦儿云)朱买臣,穷叫化头。我也没工夫听这闲话,将休书来,休书来!(正末唱)你则管里便胡言乱语将我厮花白,你那些个将我似举案齐眉待?

(旦儿云)快将休书来!(正末唱)

【朝天子】哎哟,我骂你个叵耐!(旦儿云)你叵耐我甚?(正末唱)叵耐你个贱才。(旦儿云)将休书来,休书来!(正末云)这个歹婆娘害杀人也波。天那,天那!(唱)可则谁似你那索休离舌头儿快。(旦儿云)四村上下老的每,都说刘家女有三从四德哩!(正末云)谁那般道来?(旦儿云)是我这般道来。(正末唱)你道你便三从四德。(旦儿云)你说去,是我道来,我道来!(正末唱)你敢少他一画。(云)刘家女,你有一件儿好处,四村上下别的妇人都学不的你。(旦儿云)可又来,我也有那一桩儿好处?你说我听。(正末唱)刘家女俠,你比别人家愛富貴,你也敢嫌俺這貧的忒煞。(旦兒云)你這破房子,東邊刮過風來,西邊刮過雪來,恰似漏星堂也似的[29],虧你怎麼住。(正末云)劉家女,這破房子裏你便住不的,俺這窮秀才正好住。(唱)豈不聞自古寒儒在這冰雪堂何礙。(旦兒云)你也不怕人噴怪。(正末云)哎,天那,天那!(唱)我本是個棟梁材,怎怕的人噴怪。(旦兒云)你是一個男子漢家,頂天立地,帶眼安眉,連皮帶骨,帶骨連筋,你也掙闖些兒波!(正末云)我和他唱叫了一日,則這兩句話傷著我的心。兀那劉家女,這都是我的時也,運也,命也。豈不聞不知命無以為君子[30],則這天不隨人呵!(唱)你可怎生著我掙闖?(旦兒云)你也布擺些兒波。(正末唱)你怎生著我布擺?(旦兒做拿匾擔鈎繩放前科,云)則這的便是你營生買賣!(正末云)天那,天那!(唱)我須是不得已仍舊的擔柴賣。

(旦兒云)我恰才不說來,你與我一紙休書,我別嫁個人,我可戀你些甚麼?我戀你南莊北園,東閣西軒,旱地上田,水路上船,人頭上錢?憑著我好描條,好眉面,善裁剪,善針線,我又無兒女廝牽連,那裏不嫁個大官員。對著天曾罰願,做的鬼到黃泉,我和你麻線道兒上不相見[31]。則為你凍妻餓婦二十年,須是你奶奶心堅石也穿。窮弟子孩兒,你聽者,我只管戀你那布袄荊釵做甚麼!(正末唱)

【脫布衫】哦,既是你不戀我這布袄荊釵。(旦兒云)街坊鄰里听着：朱买臣养活不过媳妇儿，来厮打哩！（正末云）你这般叫怎么？我写与你则便了也。（旦儿云）这等，快写快写！（正末唱）又何须去拽巷也波啰街[32]。（旦儿云）你洗手也不曾？（正末唱）我止不过画与你个手模。（云）兀那刘家女，你要休书，则道我这般写与你便干罢了那。（旦儿云）由你写，或是跳墙蓦圈[33]，剪柳攧包儿[34]；做上马强盗，白昼抢夺；或是认道士，认和尚，养汉子。你则管写，不妨事！（正末云）刘家女，我则在这张纸上，将你那一世儿的行止都教废尽了也。（唱）我去那休书上朗然该载。

（云）刘家女，那纸墨笔砚俱无，着我将甚么写？（旦儿云）有有有！我三日前预准备下了落鞋样儿的纸，描花儿的笔，都在此。你快写，你快写！（正末云）刘家女，也须的要个桌儿来。（旦儿云）兀的不是桌儿。（正末云）刘家女，你掇过桌儿来，你便似个古人，我也似个古人。（旦儿云）只管有这许多古人，你也少说些罢。（正末唱）

【醉太平】卓文君你将那书桌儿便快抬。（旦儿云）你可似谁？（正末唱）马相如，我看你怎的把他去支划。（旦儿云）纸笔在此，快写了罢。（正末唱）你你你，把文房四宝快安排。（云）刘家女，我写则写，只是一件，人都算我明年得官。我若得了官呵，把个夫人的名号与了别人，你不干受了二十年的辛苦！（旦儿云）我辛苦也受的勾了，委实的捱不过。是我问你要来，不干你事。（正末云）请波，请波。（唱）你也索回头儿自揣[35]。(旦儿云)我揣个甚么？是我问你要休书来，不干你事。(正末唱)非是我朱买臣不把你糟糠待，赤紧的玉天仙忍下的心肠歹。(带云)罢罢罢。(唱)这梁山伯也不恋你祝英台[36]。(云)任从改嫁，并不争论。左手一个手模，将去！(唱)我早则写与你个贱才！

(旦儿云)贱才，贱才[37]，一二日一双绣鞋。我是你家奶奶，将来我看这休书咱。写着道任从改嫁，并不争论。左手一个手模，正是休书。(正末云)刘家女，这休书上的字样，你怎生都认的？(旦儿云)这休书我家里七八板箱哩。(正末云)刘家女，风雪越大了。天色已晚，这些时再无去处，借一领席荐儿来外间里宿，到天明我便去也。(旦儿云)朱买臣，想俺是二十年的儿女夫妻，便怎生下的赶你出去。投到你来呵，我秤下一斤儿肉，装下一壶儿酒，我去取来。(做出门科,云)我出的之门来。且住者，这厮倒乖也。他既与了我休书，还要他在我家宿，则除是恁的。呀！我道是谁，原来是安道伯伯。你家里来，朱买臣在家里。伯伯你到里面坐，我唤朱买臣出来。(再入门科,云)朱买臣，王安道伯伯在门首，你出去请他进来坐。(正末云)哥哥在那里，请家里来。(旦儿推末出门科,云)出去，我关上这门。朱买臣，你在门首听者。你当初不与我休书，我和你是夫妻；你既与了我休书，我和你便是各别世人[38]。你知道么？疾风暴雨，不入寡妇这门。你再若上我门来，我挝了你这

685

厮脸！（正末云）他赚我出门来，关上这门，则是不要我在他家中。刘家女，你既不开门，将我这钩绳匾担来还我去。（旦儿云）我开。咦，这等道儿，沙地里井都是俺淘过的[39]。你赚的我开开门，他是个男子汉家，他便往里挤，我便往外推，他又气力大，便有十八个水牛拽也拽不出去。你要钩绳。匾担，你看着，我打这猫道里搌出来[40]。（正末云）兀那妇人，你在门里面听者，你恰才索休的言语，在我这心上，恰便似印板儿一般记着。异日得官时，刘家女，你不要后悔也。（旦儿云）既讨了休书，我悔做甚么！（正末云）刘家女，咱两个唱叫，有个比喻。（旦儿云）喻将何比？（正末唱）

【三煞】你似那碔砆石比玉何惊骇[41]，鱼目如珠不拣择。我是个插翅的金雕，你是个没眼的燕雀。本合两处分飞，焉能勾百岁和谐？你则待折灵芝喂牛草，打麒麟当羊卖，摔瑶琴做烧柴。你把那沉香木来毁坏，偏把那臭榆栽。

【二煞】那知道岁寒然后知松柏[42]，你看我似粪土之墙朽木材[43]。断然是捱不彻饥寒，禁不过气恼，怎知我守定心肠，留下形骸。但有日官居八座[44]，位列三台[45]，日转千阶[46]，头直上打一轮皂盖，那其间谁敢道我负薪来？

【随煞尾】我直到九龙殿里题长策[47]，五凤楼前骋壮怀[48]。我若是不得官和姓改，将我这领白襕衫脱在玉阶，金榜亲将姓氏开。敕赐宫花满头戴，宴罢琼林微醉色，狼虎也似弓兵两下排，水罐银盆一字儿摆。恁时节方知这个朱秀才，不要你插插花花认我来[49],哭哭啼啼泪满腮,你这般怨怨哀哀磕着头拜。(云)兀那马头前跪的是刘家女么?袛候人,与我打的去!(唱)那其间我在马儿上,醉眼朦胧将你来并不睬。(下)

(旦儿云)朱买臣,你去了罢,你则管在门首唧唧哝哝怎的?(做听科,云)呀,这一会儿不听的言语俫。(做开门科,云)开开这门,朱买臣你回来,我斗你耍。嗨,他真个去了。他这一去,心里敢有些怪我哩。我既讨了休书,也不敢久停久住。回俺父亲的话,走一遭去。(下)

[1] 既不沙:即既不呵。沙,语助。

[2] 月值年灾:遭遇到恶运。

[3] 映雪的书生:晋孙康故事。见本剧第一折注释[9]。

[4] 捌笔巡街:提着毛笔,沿街写字卖文。

[5] 十谒朱门九不开:疑为宋人常语。李观《题外州直厅壁》:"十谒朱门九不开,利名渊薮且徘徊。自知不是封侯骨,夜夜江山入梦来。"又,吕蒙正《寒窑》:"十谒朱门九不开,满头风雪却归来。还家羞对妻儿面,拨尽寒炉一夜灰。"

[6] 料嘴:斗嘴。

[7] "连儿,盼儿"六句:都是丫头婢女常用的名字。这里是嘲讽的打诨语。即嘲笑朱买臣穷的柴米都无,还摆出一付臭架子,叫别人伺候。

[8] "前一幅"五句:幅、府、腐、夫,均谐音"福",实际根本无福。五军都督府,明洪武十三年(1380)始立,统左、右、前、后、中五军。可见剧中某些语句入明后已有所变化。

[9] 洗白复生:均绢帛名。元无名氏《碌砂担滴水浮沤记》第三折

净云:"把人的好衣服,或是洗白,或是高丽复生缣丝,他着那铁熨斗都熨破了。"

〔10〕高丽氎丝布:亦作"毛施布",木线布或没丝布。《朴通事谚解》(上):"汉人皆呼曰苎麻布,亦曰麻布。"

〔11〕通袖膝襕:《朴通事谚解》(上):"元时好着此衣。前后具胸背,又连肩而通袖之脊至袖口为纹;当膝周围,亦为纹如栏干。"当为蒙古族之服装。

〔12〕仙鹤狮子胸背:胸背饰有仙鹤狮子图形的衣服,无领袖,对襟为襞积,略如后世之背心。亦称搭护。

〔13〕长趫下:多趫下。

〔14〕死像胎:死样子,鬼模样。

〔15〕顶砖头对口词:指在公堂上当面对质。顶砖头,极言即使头顶青砖对质也不退缩。

〔16〕恶叉白赖:恶狠狠,无理取闹。

〔17〕栽排:摆布、处置。

〔18〕颏(kē柯)揽着膝:坐时,两腿屈起,把下巴壳埋在两膝之间。颏,下巴。

〔19〕耳檐儿当不的胡帽:耳檐儿,即耳套,冬天防护耳寒的小毛套。胡帽,息机子本作"狐帽",狐皮帽子。

〔20〕高门楼大粪堆:即有田有地有房子的大户人家。门楼高,自然房子多;粪堆大,说明种的地多。

〔21〕穰(ráng攘)子:谐音"娘子"。穰,禾茎中的柔软部分。可以用来填充坐垫之类,所以说"屁眼底下"云云。

〔22〕"夫人"三句:夫人,谐音"麸仁",所以说"在磨眼儿里"。

〔23〕口碜:言词不堪入耳。指不知羞耻的话。

〔24〕桑木官,柳木官,这头踩着那头掀:官,谐音"棺"。桑木、柳木

作的棺材,不结实,可以随便掀起。《五灯会元》卷十五德山缘密禅师:问:"佛未出世时如何?"师曰:"河里尽是木头船。"问:"出世后如何?"师曰:"这头塌着那头掀。"

〔25〕"吊在河里水判官"二句:水判官本来管水,吊在河里自然更湿,晒不干。

〔26〕"直等的那日头不红"十五句:都是不可能实现的事情,用以表现自己所要加强的意思。兀剌靴,用兀剌草衬里的靴子。烟毡帽,黑色的毡帽。木伴哥,木头作的玩偶。

〔27〕饿纹:鼻翼两旁的面纹,接近口边。旧日相术认为此纹如贯入口角,则当饿死。汉条侯周亚夫为河内守时,许负相其为将相后将饿死。问其故,指其口曰:"君从(纵)理入口,此饿死法也。"见《史记·绛侯周勃世家》。

〔28〕"贾氏妻"二句:《左传》昭公二十八年:"昔贾大夫恶(貌丑),娶妻而美,三年不言不笑。御以如皋,射雉获之,其妻始笑而言。"射雉,古代的一种田猎活动。

〔29〕漏星堂:破房子,抬头可见星月。

〔30〕不知命无以为君子:出《论语·尧曰》。是说不懂得掌握命运的人,是不可能作君子的。

〔31〕麻线道儿上:比喻极小的狭路。

〔32〕拽巷也波啰街:即骂街闹巷,惊动邻里。也波,语助词,无义。

〔33〕跳墙蓦圈:跳墙头,躲进牲口圈里。指入室行窃。

〔34〕剪柳掤包儿:剪柳,即剪绺,从人身上摸窃财物。掤包儿,即掉包儿,将坏物换取人家好物的骗子行为。

〔35〕自揣:自己揣摸,度量。

〔36〕梁山伯也不恋你祝英台:民间传说,晋时,会稽梁山伯,与女扮男装之祝英台同学三年。后知祝为女,求婚不得,忧疾而死。祝英台嫁

马氏,过梁墓,大恸,墓忽开,二人化蝶而去。元白朴有《祝英台死嫁梁山伯》杂剧,今佚。

〔37〕贱才,贱才:谐音"剪裁",故下云"一二日一双绣鞋"。

〔38〕各别世人:各自不相干的路人。

〔39〕"这等道儿"二句:道儿,即套儿,圈套。"道"字与下句"淘"字同音。语意双关,耐人寻味。

〔40〕猫道:门限下所留的供猫出入的小洞。

〔41〕碔砆石:似玉的美石。又作"武夫"。《战国策·魏策一》:"白骨疑象,武夫类玉。"

〔42〕岁寒然后知松柏:语出《论语·子罕》,原作"岁寒然后知松柏之后凋也。"

〔43〕粪土之墙朽木材:《论语·公冶长》:"朽木不可雕也,粪土之墙不可朽也。"

〔44〕八座:指中书令、仆射和六部尚书等大官。

〔45〕三台:汉代以尚书为中台,御史为宪台,谒者为外台。

〔46〕日转千阶:极言官职升转之快。阶,职官等级。

〔47〕九龙殿:天子听政的地方。

〔48〕五凤楼:指皇宫内的楼阁。

〔49〕插插花花:扭扭捏捏。

楔 子

(王安道上,云)老汉王安道。因为连日大雪,不曾出去捕鱼,只在家里闲坐,却不知我那两个兄弟可是如何?(刘二公上,云)冰不搭不寒,木不钻不着,马不打不奔,人不激不发。我刘二公为何道这言语?只因朱买臣苦恋着我家女孩儿玉天仙,不肯去进取功名。昨日着女孩儿强索他写了一纸休书也。我暗地里却将着这十两白银,一套绵衣,送与王安道,教他赍发朱买臣上朝取应去。若得一官半职,改换家门,可不好也!我如今往见王安道走一遭去。可早来到他家门首。安道哥哥在家么?(王安道云)甚么人唤门哩,我开开这门。我道谁,元来是刘二公。老的,你那里去来?(刘二公云)安道哥哥,我别无甚事。我家女孩儿问你兄弟朱买臣索了休书也。(王安道云)老的,你差了也。想兄弟朱买臣学成满腹文章,异日为官,不在他人之下,为何问他索了休书?(刘二公云)那里是真个问他索休书?因为他偎妻靠妇,不肯进取功名,只管在山中打柴为生,几时是那发迹的日子?我着玉天仙明明的索了休书,老汉暗备下这十两白银,一套绵衣,寄在哥哥跟前,等你那兄弟来辞你呵,你赍发他上朝取应去。若得一官半职,改换家门,认俺不认俺,哥哥,你则做一个大大的证见。(王安道云)老的,这个你主的是。等他来辞我时,我自有个见识。老的也,你放心的去。久已后他不认你时,都在老汉身上。(刘二公云)恁的呵,老汉回去也。(下)(王安道送科,云)刘二公去了,朱买臣兄弟,这早晚敢待来也。(正末上,云)小生朱买臣。自从与了刘家女一纸休书,我要上朝取应,不免辞别王安道哥哥,走一遭去。(做见科,云)呀!兀那门首不是哥哥!(王安道云)兄弟,你来了也,请里面坐。（杨孝先上，云）且喜今日雪晴了也，我要去打柴，就顺路看我安道哥哥去。（做见科）（王安道云）兄弟，你正来的好，一发同进去。买臣兄弟，你今日为何面带忧容？（正末云）哥哥，你兄弟与那妇人一个了绝也[1]。（王安道云）你休了媳妇儿。兄弟，你如今可往那里去？（正末云）你兄弟要上朝取应去，辞别哥哥来也。（王安道云）好兄弟，你若到京师得一官半职，改换家门，不强似你打柴为生？只是你如今应举去，可有甚么盘缠？（正末云）正忧着这件，你兄弟怎得那盘缠来？（杨孝先云）我想哥哥学成满腹文章，不去应举，怎么能勾发达时节？只是兄弟贫难，连自己养活不过，那讨一厘盘缠相送，如何是好？（王安道云）兄弟，你哥哥在这江边捕鱼，二十年光景，积攒下十两白银；又有新做下一套绵衣，都是我身后的底本儿[2]。兄弟，你如今上京求官应举去，我一发都与了你，一路上好做盘缠。久以后得官时，你则休忘了你哥哥者。（杨孝先云）这尽勾盘缠了。（正末云）若得如此，索是谢了哥哥，受你兄弟几拜咱！（做拜科）（王安道云）兄弟免礼。（正末云）哥哥，今年也则是朱买臣，到来年也则是朱买臣，哥哥记着你兄弟临行之时说的两句话。（王安道云）兄弟，可是那两句话？（正末云）哥哥，道不的个知恩报恩，风流儒雅；知恩不报，非为人也[3]。（王安道云）兄弟，我是个不读书的人，你说的话，恰便似印在我这心上。我则记着：知恩

报恩,风流儒雅;知恩不报,非为人也。兄弟此一去,则要你着志者[4]。(正末云)哥哥放心!(唱)

【仙吕赏花时】十载诗书晓夜习。(杨孝先云)哥哥此去,必然为官也。(正末唱)一举成名天下知。(王安道云)兄弟,你哥哥专听喜信哩!(正末唱)你是必耳打听好消息。(做拜别科)(王安道云)兄弟,你小心在意者。(正末唱)休嘱付小心在意,我可敢包夺的一个锦衣归。(下)

(王安道云)买臣兄弟去了也。他此一去必得成名,我眼望旌捷旗。(杨孝先云)耳听好消息。(同下)

〔1〕了绝:即了决,结束的意思。
〔2〕身后的底本儿:死后送葬的老本。
〔3〕"知恩报恩"四句:语出《太公家教》。
〔4〕着志:努力,在意。

第 三 折

(刘二公上,云)事要前思,免劳后悔。谁想朱买臣得了官,肯分的除授在俺这会稽郡做太守[1]。我想来,他若说起这前情,俺可怎了也?我如今且着孩儿在家中泡下个那疙疸茶儿[2],烙下些橡头烧饼儿[3],等张懒古那老儿来,问他一声,便知道个好歹。这早晚那张懒古敢待来也。(正末扮张懒古上,叫云)笊篱马杓,破缺也换那!(诗云)月过十五光明少,人到中年万事休。儿孙自有儿孙福，莫与儿孙作马牛。老汉是这会稽郡集贤庄人氏，姓张，做着个捻靶儿的货郎[4]，人见我性子乖劣，都唤我做张懒古。三日五日去那会稽城中打勾些物件，则见那城中百姓每，三个一攒，五个一簇，说道是接待新太守相公哩。我道我也看一看，怕做甚么？无一时则见那西门骨刺刺的开了，那骨朵衜仗，水罐银盆，茶褐罗伞下，五明马上，端然坐着个相公。百姓每说看去来波，老汉也分开人丛，不当不正[5]，站在那相公马头前。我不见那相公时，万事都休；我见了那相公，不由我眼中扑簌簌的只是跳。你道是谁？原来是俺这本村里一个表侄朱买臣。他今日得了官也。我是他乡中伯伯哩，我叫他一声，怕做甚么？我便道："朱买臣！"倒不叫这一声，万事都休；恰才叫了这一声，则见那掤脊梁不着的大汉，把老汉恰便似鹰拿燕雀，拿到那相公马头前，喝声"当面"，着我磕扑的跪下。爹爹，我老汉死也！我则道相公不知打我多少，元来那相公宽洪大量。他着我抬起头来，我道："老汉不敢抬头"，他道："你为甚么不抬头。"我道："我直到二月二那时，可是龙抬头，我也不敢抬头！"那相公道："恕你抬头！"老汉只得抬起头来。那相公认的是我张懒古也。那相公滚鞍下马，在那道傍边放下那栲栳圈银交椅[6]，着两个公吏人把老汉按在那栲栳圈银交椅上，那相公纳头的拜了我两拜，拜的我个头恰便似那量米的栲栳来大小。我道："相公拜杀老汉也！"那相公道：

"伯伯,你吃御酒么?"我道:"老汉酒便吃,却不曾吃什么御酒。"他道:"那个御酒是朝廷赐的黄封御酒。"一连劝老汉吃了三钟。他便道:"伯伯,你孩儿公事忙,不曾探望的伯伯,伯伯休怪!"老汉道:"不敢,不敢!"那相公上的马去了。老汉挑起担儿,恰待要走,则见那相公滴溜的拨回马来,问道:"伯伯,王安道哥哥好么?"我说道:"快[7]。""杨孝先兄弟好么?"我说道:"快。"他把那四村上下,姑姑姨姨,婶子伯娘,兄弟妹子,都问道"好么",我说道:"都快。"那相公拨回马去了。老汉挑起担儿,恰待要走,则见那相公滴溜的又拨回马来,问道:"那刘二公家那个妮子还有么?"我道:"相公你问他怎的?"那相公道:"伯伯,你不知道。你见他时,说你侄儿这般威势。"我道:"老汉知道。"那相公上马去了也,我挑起这担儿往村里来卖。老汉平生一世有三条戒律:第一来不与人作保,第二来不与人作媒,第三来不与人寄信。我待不寄信来,想着那相公拜了两拜,道了又道,说了又说。这般怎的?呆弟子孩儿,漫坡里又无人,见鬼的也似自言自语,絮絮聒聒的。你寄信不寄信,也只凭得你。张懒古,误了买卖也!(做走科,叫云)笊篱马杓,破缺也换那!(唱)

【中吕粉蝶儿】我每日家则是转疃波寻村,题起这张懒古那一个将我来不认。(做走科,叫云)笊篱马杓,破缺也换那!(唱)我摇着这蛇皮鼓可便直至庄门。小孩儿每揣着铜钱兜

695

着米豆,(云)三个一攒,五个一簇,都耍子哩。听的我这蛇皮鼓儿响处,说道:"张憨古那老子来了也,咱买砂糖鱼儿吃去波!"(唱)则他把我似闻风儿寻趁。若遇见朱太守的夫人,索与他寄一个烧的着燎的着风信[8]。

【醉春风】你看我抖擞着老精神,我与你便花白么娘那小贱人。想着你二十载夫妻怎下的索休离,这妮子你畅好是狠,狠。道不的个一夫一妇,一家一计[9],你可甚么一亲一近。

(云)这里是刘二公家门首。摇动这不琅鼓儿,若那老子出来呵,我着几句言语,我直着心疼杀那老子便罢。(做摇鼓科,叫云)笊篱马杓,破缺也换那!这个是那老子出来也。(刘二公上,云)来了也,这不琅鼓儿响的是那老子。我出去问他一声。(做见科,云)拜揖!(张云)拜揖,拜揖,我少你那拜揖!(刘二公云)快么?(张云)快不快,干你甚事!(刘二公云)谁恼着你来?(张云)可不曾恼着我来。(刘二公云)老的也,这两日不见,你往那里来?(张云)我往城里去来。(刘二公云)老的也,城里有甚么新事?(张云)无甚么新事,一贯钞买一个大烧饼,除了这的别无了。(刘二公云)不是这个新事,是那新官理任,旧官迁除,那个新事。(张云)我见来,我见来,接待新太守相公来。我待说与你,争奈误了我买卖也,我改日说与你。(刘二公云)你只今日说了罢。(张云)你真个要我说,你望着你那祖宗顶礼了,我便说与你。(刘二公云)老的,你说了罢。(张云)

你个老弟子孩儿,你若不顶礼呵,我说了不折杀你。你顶礼了我便说与你。(唱)

【迎仙客】我则见那公吏一字儿摆,那父老每两边分。(云)无一时则见那西门骨刺刺的开了,我则见那骨朵衙仗,水罐银盆,茶褐罗伞。那五明马上坐着的呵,(刘二公云)可是谁那?(张云)我买卖忙,不曾看,我忘了也。(刘二公云)我央及你波,那做官的可是谁?(张云)等我想,哦,我想起来了也。(唱)是你那前年索了休离的唤做朱买臣。(刘二公云)惭愧,俺家女婿做了官也。(张云)老弟子孩儿!你倒不要便宜。去年时节不说是你家女婿,今日得了官,便说是你家女婿。一个好相公也!(唱)他可不托大不嫌贫。(云)他不看见我,万事都休;一投得见了我[10],便认的俺是本村里张伯伯,连忙滚鞍卜马,按我在那银交椅上,纳头的拜了两拜。(唱)他先下拜险些儿可便惊杀那众人。施礼罢复叙寒温。(云)那相公问道:王安道哥哥好么?杨孝先兄弟好么?那四村上下,姑姑姨姨,婶子伯娘,兄弟妹子,都好么?我道:都好,都好。(唱)他把那旧伴等可便从头儿问[11]。

(刘二公云)曾问我来么?(张云)不曾问你,想着你是个好人儿哩!(刘二公云)待我唤出孩儿来。玉天仙孩儿,朱买臣做了官也。你出来,张憋古在这里,你见他一见。(旦儿上,云)嗨,谢天地!我去问他个信咱。(张云)这个是那妮子出来了也,我直着几句言语,气杀那妮子便罢!(旦儿云)伯伯万福!(张做拜科,云)呀呀呀!

早知夫人奶奶来到,只合远接。那壁厢虽然年纪小,是那五花官诰,驷马高车,太守夫人奶奶哩!这壁厢虽然年纪老,则是个村庄家老子。奶奶免礼,折杀老汉也!(旦儿云)我不是夫人,我问朱买臣讨了休书也。(张云)奶奶,休斗老汉耍。(旦儿云)我不斗你耍,我真个讨了一纸休书哩!(张云)奶奶不是那等不贤惠的人。(旦儿云)我真个要了休书也。(张云)是真个要了休书也?(旦儿云)是真个。(张云)小妮子,你早些儿说不的,倒可惜了我这几拜。(旦儿云)谁着你拜来?老的,你见我那朱买臣,他说甚么来?(张云)我见来。(旦儿云)他说甚么?(张唱)

【喜春来】刚只是半星儿道着呵,(张做嘴脸科)(旦儿云)老的,你怎么做这嘴脸?(张唱)他把你十分恨。(旦儿云)他恨我些甚么那?(张唱)他无非想着你一夜夫妻有那百夜恩。(旦儿云)他还说甚么?(张唱)他道汉相如伸意你个卓文君。(旦儿云)伸个甚的意思?(张云)他道你把车驾的稳。(旦儿云)他敢是要来取我么?(张唱)没,着便嫁他人[12]。

(旦儿云)我想他在俺家做了二十年夫婿,每日家偎慵堕懒,生理不做,今日做了官,就眼高了。这厮原来是个忘人大恩,记人小恨,改常早死的歹弟子孩儿[13]!(张云)这妮子好无礼也。(唱)

【上小楼】你道他忘人大恩,又道他记人小恨。谁着你生勒开他,生则同衾,死则同坟。(旦儿云)他每日家偎妻靠妇,四十九岁,全不把功名为念。我生逼的他求官去,我是歹意来?(张唱)你道他过四旬,还不肯,把那功名求进。(云)老的也,你记的俺庄东头王学究说的那一句书么?(刘二公云)是那一句书?(张唱)他则是个君子人可便固穷守分[14]。

(刘二公云)他全不想在我家这二十年,把冷水温做热水,热水烧作滚汤与他吃。如今做了官,糙老米不想旧了[15]。可怎生则记短处?(张唱)

【幺篇】那妮子强勒他休,这老子又绝了他亲。眼见的身上无衣,肚里无食,(带云)大雪里赶出他来,(唱)可着他便进退无门。(刘二公云)我孩儿又不曾别嫁了人,是斗他耍,怎么这等认真,就说嘴说舌,背槽抛粪[16]!(张唱)你道他才出身,便认真,和咱评论。(云)他在你家做了二十年女婿,只是打柴做活,不曾受了一些好处,临了着个妮子大风大雪里勒了休书,赶他出去,你则说波,(唱)这个是谁做的来背槽抛粪?

(刘二公云)哎,他如今做了官,便不认的俺家里,眼见的是忘恩背义了也!(张唱)

【满庭芳】这的是知恩哎报恩。(旦儿云)他再说些甚么来?(张唱)他着你便别招女婿,再嫁取个郎君。(旦儿云)他再说些甚么来?(张唱)他道你枉则有蛾眉蝤首堆鸦鬓[17],可怎生少喜多嗔。道你是个木乳饼钱亲也那口紧[18],道你是

699

个铁扫帚扫坏他家门[19]。(旦儿云)他再说些甚么来?(张唱)他道你便无些儿淹润[20],又道你不和那六亲[21],端的是雌太岁,母凶神!

(云)误了我买卖也,(摇鼓做走科)(旦儿云)老的,还有甚说话,一发说了罢。(张云)他说来,说来!(唱)

【耍孩儿】他肩将那柴担担,口不住把书赋温。每日家穿林过涧谁瞅问?他和那青松翠柏为交友,野草闲花作近邻。但行处有八个字相随趁。(刘二公云)是那八个字?(张唱)是那斧镰绳担,琴剑书文。

(旦儿云)他如今做了官,比那旧时模样,可是如何?(张唱)

【一煞】他如今得了本处官,端的是别换了一个人。那的是貌随福转,你可也急难认。他往常黄干黑瘦衣衫破[22],(带云)你觑去波,(唱)到如今白马红缨彩色新。一弄儿多豪俊,摆列着骨朵衙仗,水罐银盆。

(刘二公云)这话不是他说的,都是你说的。(旦儿云)说了这一日,都是你这老苘麻嘴[23],没空生有,说谎吊皮,片口张舌[24],哈出来的!(张唱)

【煞尾】这的是他道来他道来,可着我转伸我转伸。(刘二公云)他做了官呵,便把我怎的?(张云)他敢怎的你,(唱)他将你捆扒吊栲施呈尽[25]!(旦儿云)呸!我是他的夫人,他敢怎么的我?(张云)误了我买卖。(摇鼓叫科,云)笊篱马杓,破缺也换那!(唱)直将你那索休离的冤仇他待证了

700

本[26]。(下)

（刘二公云）孩儿不妨事,有我哩!咱去王安道伯伯那里,打个关节去来。(同下)

〔1〕肯分的:恰恰的,凑巧儿。

〔2〕疙疸茶儿:一种廉价茶叶所泡的茶。

〔3〕橡头烧饼儿:形如橡头的小烧饼。

〔4〕捻靶儿的:摇货郎鼓的。货郎摇鼓作响,以招徕顾客。

〔5〕不当不正:即当当正正,正好、恰巧的意思。也作"不端不正"。《清平山堂话本·错认尸》:"吃了早饭,又入城寻问,不端不正,走到新桥上过。"

〔6〕栲栳圈银交椅:形如栲栳样的镀银靠背椅。栲栳,用柳条或竹篾编制的盛物器。

〔7〕快:快活,畅快。引申为"好"。

〔8〕烧的着燎的着风信:即使其坐立不安的消息。风信,应时而来的信风,引申为口信,消息。

〔9〕一家一计:一家人一个心计,同心同德的意思。

〔10〕一投得:一等到,一到。

〔11〕旧伴等:老伙伴,老朋友。

〔12〕没,着便嫁他人:息机子本"着"字下尚有"你"字,语意更明确。

〔13〕改常:改变往日常态,有反常之意。元陶宗仪《南村辍耕录》卷十七:"今人谓易其所守者为改常。"元无名氏《刘弘嫁婢》第一折王秀才云:"知道的,是你老人家改常;不知道的,则说我生事。"

〔14〕固穷守分:甘守贫困,不失本分。《论语·卫灵公》:"君子固穷,小人穷斯滥矣。"

〔15〕糙老米不想旧了:忘本的意思。"旧",谐音"臼",舂米的器具。

〔16〕背槽抛粪:比喻背恩负义。参见《救风尘》第三折注释〔5〕。

〔17〕蛾眉蓁首堆鸦鬓:本指眉毛弯弯,额头宽宽,长满了一头黑发。比喻美人。《诗经·卫风·硕人》:"齿如瓠犀,蓁首蛾眉。"蛾眉,蚕蛾的触须,弯曲细长如眉。蓁首,蓁,蝉的一种,如蝉而小,其额方广。

〔18〕木乳饼:乳饼,一种乳制食品。元杨允孚《滦京杂咏》(上):"营盘风软净无沙,乳饼羊酥当啜茶。"木乳饼,则中看不中用也。

〔19〕铁扫帚:旧时对妇女的詈词,言其破败家业,一扫而光。

〔20〕淹润:温存、温柔。元张寿卿《红梨花》杂剧第三折〔上小楼〕曲:"那小姐怕不有千般儿淹润,秀才也,说着呵老身心困。"

〔21〕六亲:历来说法不一。这里泛指往来亲眷。

〔22〕黄干黑瘦:形容憔悴,面黄肌瘦的样子。

〔23〕苘(qǐng顷)麻嘴:搬弄是非,胡说八道的烂嘴。

〔24〕片口张舌:即骗口张舌。卖弄唇舌的意思。

〔25〕捆扒吊拷:即非刑拷打。参见《窦娥冤》第四折注释〔14〕。

〔26〕证了本:即够本。

第 四 折

(王安道上,云)老汉王安道。自与兄弟朱买臣别后,他奋着那一口气,到的帝都阙下,一举及第,除在俺这会稽郡,为太守之职,正是俺的父母官哩。我在这曹娥江边,堤圈左侧,安排下酒肴,请他到此饮宴。可是为何?当初兄弟未遇时,俺与杨孝先兄弟每日在此谈话。他若不忘旧时,必然到此。这早晚兄弟敢待来也。(刘二公同旦儿上,云)老汉刘二公是也。今日朱买臣做了本处太守,料他为休书的缘故,必然不肯认我。如今先与王安道老的说知,着他说个方便才是。这是他家门首,孩儿,我与你自家过去。(做见科)(王安道云)这是令爱?老的,你同他来有何说话?(刘二公云)只为女婿朱买臣得了官,他若不认俺时,可怎了也!(王安道云)老的放心,这桩事元说老汉做个大证见,今日都在老汉身上。(刘二公云)既是这般,老汉在一壁伺候着,等你回话便了。(同旦儿下)(正末领张千上,云)小官朱买臣是也。自从到的帝都阙下,一举及第,所除会稽郡太守。有王安道哥哥,教人请我,在这江堤左侧,安排酒肴。你道为甚的来?俺哥哥则怕我忘旧哩!衹从人,慢慢的摆开头踏行者。朱买臣,谁想有今日也呵!(唱)

【双调新水令】往常我破绸衫粗布袄煞曾穿,今日个紫罗襕恧咱生面。对着这烟波渔父国[1],还想起风雪酒家天。见了些霭霭云烟,我则索映着堤边耸定双肩,尚兀自打寒战。

(云)左右接了马者。(做见科,云)哥哥,间别无恙!(王安道云)相公来了也。相公峥嵘有日,奋发有时。请坐。(正末云)若不是哥哥,你兄弟岂有今日!记得你兄弟临行时说的话么?去年时也则是朱买臣,到今年也则是朱买臣。道不的个知恩报恩,风流儒雅;知恩不报,非为人也。哥哥请上,受你兄弟几拜咱。(做拜科)

（王安道回拜科，云）相公免礼，折杀老汉也！相公请坐，将酒来。（做递酒科，云）相公喜得美除，满饮一杯[2]。（正末云）哥哥先请。（王安道云）不敢，相公请。（正末饮酒科）（王安道云）相公慢慢的饮几杯。（正末云）张千，俺兄弟每说话，休要放过那闲杂人来打搅者。（张千云）理会的。（做喝科，云）相公饮酒，闲杂人靠后！（杨孝先上，云）自家杨孝先便是。打听的俺哥哥朱买臣得了官，在这里饮酒，我过去见哥哥。呀！这等威严，怎好过去？待我高叫一声，怕做甚么！朱买臣哥哥俫！（张千喝云）嗯！这厮是甚么人？怎敢叫俺相公的讳字？（做打科）（正末云）张千，你好无礼也！不得我的言语，擅自把那打马的棍子打他这平民百姓，你跟前多有罪过，好打也！（唱）

【川拨棹】我则待打张千。（云）且问那吃打的是谁？（杨孝先云）哥哥，是你兄弟杨孝先。（正末唱）原来是同道人杨孝先[3]。（孝先做拜、踢倒酒瓶科）（正末回科，云）兄弟免礼。（杨孝先云）哥哥喜得美除。（王安道云）兄弟你也来了？（正末云）兄弟好么？（杨孝先云）哥哥，您兄弟好。（正末唱）俺也曾合火分钱[4]，共起同眠，间别来隔岁经年。（云）兄弟也，你如今做甚么营生买卖？（杨孝先云）哥哥，你兄弟依旧打柴哩。（正末唱）还靠着打柴薪为过遣，怎这般时命蹇？

（刘二公同旦儿上，云）孩儿，俺和你同见朱买臣去来。

（旦儿云）父亲，我先过去。（刘二公云）孩儿你先过去，看他认也不认。（旦儿见跪科，云）相公喜得美除，我道你不是个受贫的么！（正末云）俺这朋友饮酒处，张千，谁着你放他这妇人来，打起去！（唱）

【七弟兄】这是那一家宅眷，稳便[5]。（王安道云）夫人也，来了也。（正末做见怒科，唱）请起波玉天仙，去年时为甚耽疾怨？觑绝时不由我便怒冲天[6]，今日家咱两个重相见。

（旦儿云）这都是我的不是了也！（正末唱）

【梅花酒】呀，做多少假腼腆。咱须是夙世姻缘，今世缠绵，可怎生就待不到来年？（旦儿云）相公，旧话休题。（正末唱）当初你要休离我便休离，你今日呵要团圆我不团圆。（云）刘家女，你不道来那。（旦儿云）我道甚么来？（正末唱）你道你正青春正少年，你道你好描条好眉面；善裁剪善针线，无儿女厮牵连，别嫁取个大官员。

【喜江南】去波俫，更怕你舍不了我铜斗儿的好家缘[7]。（旦儿做悲科，云）我那亲哥哥，你不认我，着我投奔谁去？（正末唱）孟姜女不索你便泪涟涟，殢人情使不着你野狐得这涎[8]。（旦儿云）你今日做了官也，忒自专哩！（正末唱）非是我自专，你把那长城哭倒圣人宣[9]。

（旦儿云）你认了罢！（正末云）张千，不与我抢出去，怎的？（张千做抢科，云）快出去！（旦儿做出门）（刘二公问科，云）孩儿也，他认你了不曾？（旦儿云）他不肯认我。（刘二公云）孩儿也，咱两个过去来。（做见科，云）

705

朱买臣,我说你不是个受贫的人么!(正末云)兀那老子是谁?(王安道云)是相公的太山岳丈哩!(正末云)你兄弟不认的他。(王安道云)是相公岳丈刘二公。(正末云)哥哥,他不是卓王孙么[10]?(唱)

【雁儿落】你这卓王孙呵怎生便不重贤?(王安道云)他是刘二公,怎做的那卓王孙?(正末云)他既不是卓王孙,(唱)索怎生则搬调的个文君女嫌贫贱!我则问你逼相如索了休,你当初可也对苍天曾罚愿?

(云)今日座上的众人,你可认得么?(旦儿云)认的。这个是王安道伯伯,这个是杨孝先叔叔。(正末唱)

【得胜令】你可便明对着众人言,还待要强留连。(旦儿云)今日个富贵重完聚,可也好也!(正末唱)你想着今日呵富贵重完聚,(云)刘家女侠,(唱)你当初何不的饥寒守自然!(云)你不道来?(旦儿云)我道着甚么来?(正末唱)你道便做鬼到黄泉,咱两个麻线道儿上不相见。各办着个心也波坚,岂不道心坚石也穿?

(王安道云)相公,认了他罢。(正末云)哥哥,你兄弟难以认他。(刘二公云)我是你丈人,你认我也不认?(正末云)我不认!(刘二公云)亲家劝一劝儿。(王安道云)相公,你认他也不认?(正末云)我不认。(王安道云)你不认,我则捕鱼去也。(杨孝先云)相公,你认也不认?(正末云)我不认。(杨孝先云)你不认,我则打柴去也。(旦儿云)朱买臣,你认我么?(正末云)我不认。(旦儿请谢科,云)你不认,我则嫁人去也。(王安道云)相公,你只是认了他罢!(正末云)我断然的不认他!(旦儿云)朱买臣,你若不认我呵,我不问那里,投河奔井,要我这性命做甚么?(正末云)噤声!(唱)

【甜水令】折莫你便奔井投河[11],自推自跌[12],自埋自怨!(旦儿云)王伯伯,你劝一劝儿波!(正末唱)便央及煞俺也不相怜。折莫便一来一往,一上一下,将咱解劝,总盖不过你这前愆。

(王安道云)相公,你认了罢!(正末云)哥哥,(唱)

【折桂令】从来你这打渔人顺水推船。想着那凛冽寒风,大雪漫天。想着我那身上无衣,肚里无食,怀内无钱。(云)刘家女,你不道来?(旦儿云)我道甚么来?(正末唱)你怕甚舍不得我那南庄北园,撇不了我那东阁西轩。我如今旱地上也无田,水路里也无船。只除这紫绶金章,可不的依还是赤手空拳。

(云)刘家女,你欲要我认你也,你将一盆水来。(张千云)水在此。(王安道云)相公,你只认了夫人罢!(正末唱)

【落梅风】也不索将咱劝,你也索听我的言。你将那一盆水放在当面,(王安道云)兀的不有了水也。(正末唱)请你个玉天仙任从那里溅。(旦儿做泼水科,云)我溅了也。(正末唱)直等的你收完时再成姻眷。

(王安道云)相公,这是泼水难收,怎么使得?(刘二公

707

云)亲家,势到今日,你不说开怎么?(王安道云)住住住!请相公停嗔息怒,听老汉慢慢的试说一遍咱。也非是我忍耐不禁,也非是我牵牵搭搭。则为你四十九岁只思偎妻靠妇,不肯进取功名。你丈人搬调你浑家,故意的索休索离,大雪里赶你出去。男子汉不毒不发[13]。料得你要进取功名,无有盘费,必然辞别老汉。我又贫穷,有甚东西把你赍发?你也想,这白银十两,绵衣一套,我是个打鱼人,那里得来?是你丈人暗暗的送来与我,着我明明的赍发你。投至赴得科场,一举及第,饮御酒,插宫花,做了会稽太守。当初受贫穷,三口儿受贫穷;今日享荣华,却独自个享荣华。相公,你可早忘了知恩报恩,风流儒雅;知恩不报,非为人也!(正末云)哦!有这等事!若不是哥哥说开就里,你兄弟怎生知道?丈人,则被你瞒杀我也!(刘二公云)女婿,则被你傲杀我也!(旦儿云)官人,则被你勒掯杀我也[14]!(正末唱)

【沽美酒】我只道你泼无徒心太偏,元来是姜太公使机变,不钓鱼儿只钓贤。你可便施恩在我前,暗赍发与盘缠。

【太平令】从来个打渔人言如钩线[15],道的我羞答答闭口无言。明明的这关节有何难见[16],险些把一家儿恩多成怨。我如今意转,性转,也是他的运转,呀,不独是为尊兄做些颜面。

(孤领祗从上)(诗云)汉家七叶圣明君[17],不尚军功只尚文。试问会稽朱太守,是谁吹送上青云!小官大司徒严助。曾为采访贤士,到此会稽,遇着朱买臣,将他万言长策举荐在朝,果得重用,除授会稽太守之职。闻的他妻子刘氏,曾于大雪之中,强索休书,赶他出去。他记此一段前仇,不肯厮认。岂知这也非他妻子之罪,元来是丈人刘二公妆圈设套,激发他进取功名之意。小官早已体探明白,奏过官里,如今就着小官亲自赍敕,着他夫妻完聚。既是王命在身,怎么还惮的跋涉?须索驰驿去走一遭。可早来到也,左右,接了马者。(做入见科,云)朱买臣,你休弃前妻一事,圣人尽知来历。今着小官赍敕到此,一干人都望阙跪者,听圣人的命:朱买臣苦志固穷,负薪自给,虽在道路,不废吟哦,特岁加二千石[18],以充俸禄。妻刘氏其貌如玉,其舌则长[19],虽已休离,本应弃置,奈遵父命,曲成夫名,姑断完聚如故。王安道、杨孝先、刘二公等,并系隐沦,不慕荣进,可各赐田百亩,免役终身。谢恩!(正末同众谢科)(唱)

【鸳鸯煞尾】方知是皇明日月光非遍,天恩雨露沾还浅。道我禄薄官卑,岁加二千。昔日穷交,都皆赐田。便是妻子何缘,早遂了团圆愿。倒与他后世流传,道这风雪渔樵也只落的做一场故事儿演。

(刘二公云)天下喜事,无过夫妇团圆。今日既是认了,便当杀羊造酒,做一个庆贺的筵席!(词云)玉天仙容貌多娇媚,恋恩情进取偏无意。假乖张故逼写休书,到长安果得登高第。除太守即在会稽城,显威风谁不惊回避。怀旧恨夫妇两参商,覆盆水险做傍州例[20]。若不是严司徒赍敕再重来,怎结末朱买臣风雪渔樵记?

　　题目　严司徒荐达万言书
　　正名　朱太守风雪渔樵记

[1] 烟波渔父国:烟波浩渺的江湖。

[2] 满饮一杯:原本误作"满饮十杯"。据息机子本改。

[3] 同道人:即朋友,伙伴。

[4] 合火分钱:这里指一起打柴卖柴。元无名氏《盆儿鬼》杂剧楔子正末云:"本意寻个相识,合火去做买卖,营运生理。"合火,即合伙。

[5] 稳便:客套话,即请便。

[6] 觑绝时:看罢时,看清楚时。元戴善夫《风光好》杂剧第四折〔上小楼·幺篇〕:"觑绝时,这君子其实不是,却怎生没半星儿相似?"

[7] 铜斗儿的好家缘:比喻家产殷实,可靠。见《窦娥冤》第一折注释[30]。

[8] 野狐得这涎:使人迷惑上当的甜言蜜语。

[9] 你把那长城哭倒圣人宣:传说孟姜女寻夫哭倒长城后,秦始皇为之立庙成神。清无名氏《孟姜女哭长城》子弟书:"这佳人为求夫骨把城哭倒,惊动了奉命的钦差奏上闻。秦天子召见佳人佳人不去,怀夫骨身投了南海是情真。秦始皇怜念清真嘉节义,关城外大修祠庙姜女成神。"

[10] 卓王孙:汉临邛富豪,其女文君随司马相如私奔,深以为耻,后暗赠金帛以济其困。

[11] 折莫:尽管,任凭。

[12] 自推自跌:由于悲痛而捶胸顿足。

[13] 不毒不发:即不妒不发。妒发,故意刺激对方使之奋发的意

思,与俗语所说的"激将法"语意相近。元郑廷玉《金凤钗》楔子店小二云:"如何?不是妒发他,他也不肯应举去!"

〔14〕勒措:故意刁难,使之屈从于己。

〔15〕打渔人言如钩线:用民间成语"好似和钩吞却线,刺人肠肚系人心"(见《张协状元》第二十七出)意。即说明就里后,使人牵肠挂肚。

〔16〕关节:机关,机谋。

〔17〕汉家七叶圣明君:自汉高祖至汉武帝,恰为七代。

〔18〕二千石:汉代太守俸禄为二千石。

〔19〕其舌则长:比喻多言,搬弄是非。《诗经·大雅·瞻卬》:"妇有长舌,维厉之阶。"

〔20〕覆盆水:覆水难收的意思。多以比喻夫妇离异后难以复合。唐李白《妾薄命》:"雨落不上天,水覆难再收。君情与妾意,各自东西流。"

无名氏

包待制陈州粜米[1]

楔　子

（冲末扮范学士领祗候上，诗云）博览群书贯九经，凤凰池上显峥嵘；殿前曾献升平策，独占鳌头第一名。老夫姓范，名仲淹，字希文，祖贯汾州人氏。自幼习儒，精通经史，一举进士及第。随朝数十载，谢圣恩可怜，官拜户部尚书，加授天章阁大学士之职。今有陈州官员申上文书来，说陈州亢旱三年，六料不收[2]，黎民苦楚，几至相食。是老夫入朝奏过，奉圣人的命，着老夫到中书省召集公卿商议，差两员清廉的官，直至陈州，开仓粜米，钦定五两白银一石细米。老夫早间已曾遣人将众公卿都请过了。令人，你在门外觑者，看有那一位老爷下马，便来报咱知道。（祗候云）理会的。（外扮韩魏公上，云）老夫姓韩名琦，字稚圭，乃相州人也。自嘉祐中，某方二十一岁,举进士及第,当有太史官奏曰:"日下五色云现。"[3]是以朝廷将老夫重任,官拜平章政事,加封魏国公。今日早朝而回,正在私宅中少坐,有范学士令人来请,不知有甚事?须索走一遭去。可早来到了。令人,报复去,道有韩魏公在于门首。(祗候做报科,云)报的相公得知,有韩魏公来了也。(范学士云)道有请。(见科)(范学士云)老丞相请坐。(韩魏公云)学士请老夫来,有何公事?(范学士云)老丞相,等众大人来了时,有事商量。令人,门首再觑者。(祗候云)理会的。(外扮吕夷简上,云)老夫姓吕名夷简,自登甲第以来,累蒙迁用,谢圣恩可怜,官拜中书同平章事之职。今早有范天章学士令人来请,不知有甚事?须索走一遭去。可早来到也。令人,报复去,道有吕夷简下马也。(祗候报科,云)报的相公得知,有吕平章来了也。(范学士云)道有请。(见科)(吕夷简云)呀,老丞相先在此了。学士,今日请小官来,有何事商议?(范学士云)老丞相请坐,待众大人来全了呵,有事计议。(净扮刘衙内上,诗云)花花太岁为第一,浪子丧门世无对;闻着名儿脑也疼,则我是有权有势刘衙内。小官刘衙内是也。我是那权豪势要之家,累代簪缨之子,打死人不要偿命,如同房檐上揭一个瓦。我正在私宅中闲坐,有范天章学士令人来请,不知有甚事?须索走一遭去。说话中间,可早来到也。令人,报复去,说小官来了也。(祗候报科,云)报的相公得知，有刘衙内在于门首。(范学士云)道有请。(见科)(刘衙内云)众老丞相都在此，学士唤俺众官人每来，有何事商议？(范学士云)衙内请坐。小官请众位大人，别无甚事。今有陈州官员申将文书来，说陈州亢旱不收，黎民苦楚。老夫入朝奏过，奉圣人的命，着差两员清廉的官，直至陈州，开仓粜米，钦定五两白银一石细米。老夫请众大人来商议，可着谁人去陈州为仓官粜米者？(韩魏公云)学士，此乃国家紧急济民之事，须选那清忠廉干之人，方才去的。(吕夷简云)老丞相道的极是。(范学士云)衙内，你可如何主意？(刘衙内云)众大人在上，据小官举两个最是清忠廉干的人，就是小官家中两个孩儿，一个是女婿杨金吾，一个是小衙内刘得中。着他两个去，并无疏失，大人意下如何？(范学士云)老丞相，衙内保举他两个孩儿，一个是小衙内，一个是女婿杨金吾，到陈州粜米去。老夫不曾见衙内那两个孩儿，就烦你唤将那两个来，老夫试看咱。(刘衙内云)令人，与我唤将两个孩儿来者。(祗候云)理会的。两个舍人安在？(净扮小衙内，丑扮杨金吾上)(小衙内诗云)湛湛青天则俺识，三十六丈零七尺；踏着梯子打一看，原来是块青白石。俺是刘衙内的孩儿，叫做刘得中；这个是我妹夫杨金吾。俺两个全仗俺父亲的虎威，拿粗挟细，揣歪捏怪，帮闲钻懒，放刁撒泼，那一个不知我的名儿！见了人家的好玩器，好古董，不论金银宝贝，但是值钱的，我和俺父亲的性儿一般,就白拿白要,白抢白夺。若不与我呵,就踢就打就挦毛[4],一交别番倒[5],剁上几脚。拣着好东西揣着就跑,随他在那衙门内兴词告状,我若怕他,我就是癞虾蟆养的。今有父亲呼唤,不知有甚事?须索走一遭去。(杨金吾云)哥哥,今日父亲呼唤,要着俺两个那里办事去,管请就做下了[6]。可早来到也。令人,报复去,道有我刘大公子同妹夫杨金吾下马也。(祇候报科,云)报的相公得知,有二位舍人来了也。(范学士云)着他过来。(祇候云)着过去。(小衙内同杨金吾做见科,云)父亲唤我二人来有何事?(刘衙内云)您两个来了也,把体面见众大人去咱。(范学士云)衙内,这两个便是尔的孩儿?老夫看了这两个模样动静,敢不中去么?(刘衙内云)众大人和学士听我说,难道我的孩儿我不知道?小官保举的这两个孩儿,清忠廉干,可以粜米去的。(韩魏公云)学士,这两个定去不的。(刘衙内云)老丞相,岂不闻"知子莫若父",他两个去的。(吕夷简云)此事只凭天章学士主张。(刘衙内云)学士,小官就立下一纸保状,保我这两个孩儿粜米去;若有差迟[7],连着小官坐罪便了。(范学士云)既然衙内保举,您二人望阙跪者,听圣人的命。因为陈州亢旱不收,黎民苦楚,差您二人去陈州开仓粜米,钦定五两白银一石细米,则要你奉公守法,束杖理民[8]。今日是吉日良辰,便索长行,望阙谢了天恩者。(小衙内同杨金吾做拜科,云)多

715

谢了众位大老爷抬举！我这一去，冰清玉洁，干事回还，管着你们喝采也。（做出门科）（刘衙内背云）孩儿也，您近前来。论咱的官位，可也勾了；止有家财略略少些。如今你两个到陈州去，因公干私，将那学士定下的官价五两白银一石细米，私下改做十两银子一石米，里面再插上些泥土糠秕，则还他个数儿罢。斗是八升的斗，秤是加三的秤。随他有什么议论到学士跟前，现放着我哩，你两个放心的去。（小衙内云）父亲，我两个知道，你何须说；我还比你乖哩。则一件，假似那陈州百姓每不伏我呵，我可怎么整治他？（刘衙内云）孩儿，你也说的是，我再和学士说去。（做见学士科，云）学士，则一件，两个孩儿陈州粜米去，那里百姓刁顽，假若不伏我这两个孩儿，却怎生整治他？（范学士云）衙内，投至你说时，老夫先在圣人跟前奏过了也。若陈州百姓刁顽呵，有敕赐紫金锤，打死勿论。令人，快捧过来。衙内，兀的便是紫金锤，你将去交付那个孩儿，着他小心在意者。（小衙内云）则今日领着大人的言语，便往陈州开仓跑一遭去来。（诗云）议定五两粜一石，改做十两落他些；父亲保举无差谬，则我两人原是恶赃皮[9]。（同杨金吾下）（刘衙内云）学士，两个孩儿去了也。（范学士云）刘衙内，你两个孩儿去了也。（唱）

【仙吕赏花时】只为那连岁灾荒料不收，致使的一郡苍生强半流[10]，因此上粜米去陈州。你将着孩儿保奏，不知他可也分得帝王忧?

（云）令人,将马来,老夫回圣人的话去也。（同刘下）（韩魏公云）老丞相,看这两个到的陈州,那里是济民,必然害民去也。异日若本州具奏将来,老夫另有个主意。（吕夷简云）全仗老丞相为国救民。（韩魏公云）范学士已入朝回圣人的话去了,咱和你且归私宅中去来。（诗云）赈济饥荒事不轻,须凭廉干救苍生。（吕夷简诗云）他时若有风闻入[11],我和你一一还当奏圣明。（同下）

〔1〕《陈州粜米》：自宋、金以来,包公断狱的故事,在民间盛行不已。现存元代包公戏仍有十一种之多,《陈州粜米》无疑是最好的一种。同样是断狱,它没有丝毫的神秘色彩,更没有将包公美化为"日判阳间夜判阴"的既能断人,又能审鬼的超人。作者完全按照百姓想象中的清官形象来塑造包公,古朴可爱,活像一个没有见过世面的乡巴佬,使全剧产生了特殊的喜剧效果。特别是第三折,让包公为妓女王粉莲把驴,更是别出心裁的奇想。由于王粉莲的穿插、映衬,整个一场戏,不仅活泼有趣,而且人物性格更为丰满,更使人感到可亲可爱。其关目之巧,针线之密,语言之本色,都使人叹为观止。现据《元曲选》本校注。

〔2〕六料：即六谷,指稌、黍、稷、粱、麦、苽等六种农作物。这里泛指农业收成。

〔3〕五色云：五种颜色的云彩,古代认为是祥瑞之兆,应人才出世。

〔4〕挦(xián弦)毛：揪扯头发。

〔5〕别：用脚绊倒。

〔6〕管请：管保,一定。

〔7〕差迟:过错。

〔8〕束杖:不用刑罚。杖,指刑具。

〔9〕赃皮:贪赃的官吏。

〔10〕强半流:大半流亡失业。

〔11〕风闻:即风闻奏事。《新唐书·百官志》(三):"故事,御史台不受讼,有诉可闻者略其姓名,托以风闻。"风闻,即传闻。

第 一 折

(小衙内同杨金吾引左右捧紫金锤上,诗云)我做衙内真个俏,不依公道则爱钞;有朝事发丢下头,拼着贴个大膏药。小官刘衙内的孩儿小衙内,同着这妹夫杨金吾两个来到这陈州,开仓粜米。父亲的言语,着俺二人粜米,本是五两银子一石,改做十两银子一石;斗里插上泥土糠秕,则还他个数儿;斗是八升小斗,秤是加三大秤。如若百姓们不服,可也不怕,放着有那钦赐的紫金锤哩。左右,与我唤将斗子来者[1]。(左右云)本处斗子安在?(二丑斗子上,诗云)我做斗子十多罗[2],觅些仓米养老婆;也非成担偷将去,只在斛里打鸡窝[3]。俺两个是本处仓里的斗子,上司见我们本分老实,一颗米也不爱,所以积年只用俺两个。如今新除将两个仓官来,说道十分利害,不知叫我们做甚么?须索见他走一遭去。(做见科,云)相公,唤小人有何事?(小衙内云)你是斗子,我分付你:现有钦定价是十两银子一石米,这个数内,我们再尅落一毫不得的；只除非把那斗秤私下换过了，斗是八升的小斗，秤是加三的大秤。我若得多的，你也得少的，我和你四六家分。（大斗子云）理会的。正是这等，大人也总成俺两个斗子，图一个小富贵。如今开了这仓，看有甚么人来？（杂扮籴米百姓三人同上，云）我每是这陈州的百姓，因为我这里亢旱了三年，六料不收，俺这百姓每好生的艰难。幸的天恩，特地差两员官来这里开仓卖米。听的上司说道，钦定米价是五两白银粜一石细米；如今又改做了十两一石，米里又插上泥土糠秕；出的是八升的小斗，入的又是加三的大秤。我们明知这个买卖难和他做，只是除了仓米，又没处籴米[4]，教我们怎生饿得过！没奈何，只得各家凑了些银子，且买些米去救命。可早来到了也。（大斗子云）你是那里的百姓？（百姓云）我每是这陈州百姓，特来买米的。（小衙内云）你两个仔细看银子，别样假的也还好看，单要防那"四堵墙"[5]，休要着他哄了。（二斗子云）兀那百姓，你凑了多少银子来籴米？（百姓云）我众人则凑得二十两银子。（大斗子云）拿来上天平弹着。少少少，你这银子则十四两。（百姓云）我这银子还重着五钱哩。（小衙内云）这百姓每刁泼，拿那金锤来打他娘！（百姓云）老爷不要打，我每再添上些便了。（大斗子云）你趁早儿添上，我要和官四六家分哩。（百姓做添银科，云）又添上这六两。（二斗子云）这也还少些儿，将就他罢。（小衙内云）

既然银子足了,打与他米去。(二斗子云)一斛,两斛,三斛,四斛。(小衙内云)休要量满了,把斛放趄着,打些鸡窝儿与他。(大斗子云)小人知道,手里赶着哩。(百姓云)这米则有一石六斗,内中又有泥土糠皮,春将来则勾一石多米。罢罢罢,也是俺这百姓的命该受这般磨灭!正是:"医的眼前疮,剜却心头肉"[6]!(同下)(正末扮张憋古同孩儿小憋古上,诗云)穷民百补破衣裳,污吏春衫拂地长;稼穑不知谁坏却,可教风雨损农桑。老汉陈州人氏,姓张,人见我性儿不好,都唤我做张憋古。我有个孩儿张仁。为因这陈州缺少米粮,近日差的两个仓官来。传闻钦定的价是五两白银一石细米,着赈济俺一郡百姓;如今两个仓官改做十两银子一石细米,又使八升小斗,加三大秤。庄院里攒零合整,收拾的这几两银子,籴米走一遭去来。(小憋古云)父亲,则一件,你平日间是个性儿古憋的人,倘若到的那买米处,你休言语则便了也。(正末云)这是朝廷救民的德意,他假公济私,我怎肯和他干罢了也呵。(唱)

【仙吕点绛唇】则这官吏知情,外合里应,将穷民并。点纸连名[7],我可便直告到中书省。

(小憋古云)父亲,咱遇着这等官府也,说些甚么!(正末唱)

【混江龙】做的个上梁不正,只待要损人利己惹人憎。他若是将咱刁蹬[8],休道我不敢掀腾。柔软莫过溪涧水,到了不平地上也高声。他也故违了皇宣命,都是些吃仓廒的鼠耗,咂脓血的苍蝇。

（云）可早来到也。（做见斗子科）（大斗子云）兀那老子,你来籴米,将银子来我秤。（正末做递银子科,云）兀的不是银子?（大斗子做秤银子科,云）兀那老的,你这银子则八两。（正末云）十二两银子,则秤的八两,怎么少偌多?（小傡古云）哥,我这银子是十二两来,怎么则秤八两?你也放些心平着。（二斗子云）这厮放屁!秤上现秤八两,我吃了你一块儿那?（正末云）嗨!本是十二两银子,怎生秤做八两?（唱）

【油葫芦】则这攒典哥哥休强挺[9],你可敢教我亲自秤?（大斗子云）这老的好无分晓,你的银子本少,我怎好多秤了你的?只头上有天哩。（正末唱）今世人那个不聪明,我这里转一转,如上思乡岭；我这里步一步,似入琉璃井。（大斗子云）则这般秤,八两也还低哩。（正末唱）秤银子秤得高。（做量米科）（二斗子云）我量与你米,打个鸡窝,再掭了些。（小傡古云）父亲,他那边又掭了些米去了。（正末唱）哎!量米又量的不平。原来是八升喂小斗儿加三秤[10],只俺这银子短二两,怎不和他争?

（大斗子云）我这两个开仓的官,清耿耿不受民财,干剥剥则要生钞,与民做主哩。（正末云）你这官人是甚么官人?（二斗子云）你不认的,那两个便是仓官。（正末唱）

721

【天下乐】你比那开封府包龙图少四星[11]。(大斗子云)兀那老子,休要胡说,他两个是权豪势要的人,休要惹他。(正末唱)卖弄你那官清法正行,多要些也不到的担罪名。(二斗子云)这米还尖,再掭了些者。(小㦻古云)父亲,他又掭了些去了。(正末唱)这壁厢去了半斗,那壁厢掭了几升,做的一个轻人来还自轻。

(二斗子云)你挣着口袋,我量与你么。(正末云)你怎么量米哩?俺不是私自来籴米的。(大斗子云)你不是私自来籴米,我也是奉官差,不是私自来粜米的。(正末唱)

【金盏儿】你道你奉官行,我道你奉私行。俺看承的一合米,关着八九个人的命,又不比山麋野鹿众人争。你正是饿狼口里夺脆骨,乞儿碗底觅残羹。我能可折升不折斗[12],你怎也图利不图名?

(大斗子云)这老子也无分晓,你怎么骂仓官?我告诉他去来。(大斗子做禀科)(小衙内云)你两个斗子有甚么话说?(大斗子云)告的相公得知,一个老子来籴米,他的银子又少,他倒骂相公哩。(小衙内云)拿过那老子来。(正末做见科)(小衙内云)你这个虎剌孩作死也[13]。你的银子又少,怎敢骂我?(正末云)你这两个害民的贼!于民有损,为国无益!(大斗子云)相公,你看小人不说谎,他是骂你来么?(小衙内云)这老匹夫无礼,将紫金锤来打那老匹夫!(做打正末科)(小㦻古做拴头科[14],云)父亲,精细者。我说甚么来?我着你休言语;你吃了这一金锤,父亲,眼见的无那活的人也。(杨金吾云)打的还轻;依着我性,则一下打出脑浆来,且着他包不成网儿[15]。(正末做渐醒科)(唱)

【村里迓鼓】只见他金锤落处,恰便似轰雷着顶,打的来满身血迸,教我呵怎生扎挣。也不知打着的是脊梁,是脑袋,是肩井;但觉的刺牙般酸,剜心般痛,剔骨般疼。哎哟,天哪!兀的不送了我也这条老命!

(云)我来买米,如何打我?(小衙内云)把你那性命则当根草,打甚么不紧!是我打你来,随你那里告我去。

(小懒古云)父亲也,似此怎了?(正末唱)

【元和令】则俺个籴米的有甚罪名,和你这粜米的也不干净。(小衙内云)是我打你来,没事没事,由你在那里告我。(正末唱)现放着徒流笞杖,做下严刑。却不道家家门外千丈坑,则他这得填平处且填平[16],你可也被人推更不轻。

(杨金吾云)俺两个似清水,白如面,在朝文武,谁不称赞我的?(正末唱)

【上马娇】哎,你个萝卜精,头上青[17]。(小衙内云)看起来我是野菜,你怎么骂我做萝卜精?(正末唱)坐着个爱钞的寿官厅[18],面糊盆里专磨镜[19]。(杨金吾云)俺两个至一清廉有名的。(正末唱)哎,还道你清,清赛玉壶冰[20]。

(小衙内云)怕不是皆因我二人至清,满朝中臣宰举保将我来的。(正末唱)

【胜葫芦】都只待遥指空中雁做羹[21],那个肯为朝廷?(杨金吾云)你那老匹夫,把朝廷来压我哩。我不怕,我不怕。(正末唱)有一日受法餐刀正典刑,恁时节、钱财使罄,人亡家破,方悔道不廉能。

(小衙内云)我见了那穷汉似眼中疔,肉中刺,我要害他,只当捏烂柿一般,值个甚的?(正末云)嗏声!(唱)
【后庭花】你道穷民是眼内疔,佳人是颏下瘿[22]。(带云)难道你家没王法的?(唱)便容你酒肉摊场吃,谁许你金银上秤秤?(云)孩儿,你也与我告去。(小撇古云)父亲,你看他这般权势,只怕告他不得么。(正末唱)儿也,你快去告,不须惊。(小撇古云)父亲,要告他,指谁做见证?(正末唱)只指着紫金锤专为照证。(小撇古云)父亲,证见便有了,却往那里告他去?(正末唱)投词院直至省[23],将冤屈叫几声,诉出咱这实情。怕没有公与卿?必然的要准行。(小撇古云)若是不准,再往那里告他?(正末唱)任从他贼丑生,百般家着智能,遍衙门告不成,也还要上登闻将怨鼓鸣[24]。
【青哥儿】虽然是输赢输赢无定;也须知报应报应分明。难道紫金锤就好活打杀人性命?我便死在幽冥,决不忘情,待告神灵,拿到阶庭,取下招承,偿俺残生,苦恨才平。若不沙,则我这双儿鹘鸰也似眼中睛[25],应不瞑。

(云)孩儿,眼见得我死了也,你与我告去。(小撇古云)您孩儿知道。(正末云)这两个害民的贼,请了官家大俸大禄,不曾与天子分忧,倒来苦害俺这里百姓,天那!

（唱）

【赚煞尾】做官的要了钱便糊突,不要钱方清正,多似你这贪污的,枉把皇家禄请。(带云)你这害民的贼,也想一想,差你开仓粜米是为着何来?(唱)兀的赈济饥荒,你也该自省,怎倒将我一锤儿打坏天灵?(小懒古云)父亲,我几时告去?(正末唱)则今日便登程,直到王京。常言道:"厮杀无如父子兵";拣一个清耿耿明朗朗官人每告整,和那害民的贼徒折证。(小懒古云)父亲,可是那一位大衙门告他去?(正末叹云)若要与我陈州百姓除了这害呵,(唱)则除是包龙图那个铁面没人情。(下)

（小懒古哭科,云)父亲亡逝已过,更待干罢!我料着陈州近不的他,我如今直至京师,拣那大大的衙门里告他去。(诗云)尽说开仓为救荒,反教老父一身亡;此生不是空桑出[26],不报冤仇不姓张。(下)(小衙内云)斗子,那老子要告俺去,我算着就告到京师,放着我老子在哩。况那范学士是我老子的好朋友,休说打死一个,就打死十个,也则当五双。俺两个别无甚事,都去狗腿湾王粉头家里喝酒去来。一了说仓廒府库,抹着便富;王粉头家,不误主顾。(下)

〔1〕斗子:掌管官仓斗斛进出的差役。
〔2〕多罗:梵语"眼精"的音译。元曲中谐音作"眼睛",引申为精明、伶俐的意思。
〔3〕打鸡窝:量米时在斗斛中间挖空一些,形如鸡窝。这是一种克

扣肥己的行为。

〔4〕籴(dí敌)米:买米。

〔5〕四堵墙:一种外面包银,里面是铅的假银。

〔6〕医的眼前疮,剜却心头肉:唐聂夷中《伤田家》诗句。

〔7〕点纸连名:连名按指印作状纸,指告状。

〔8〕刁蹬:刁难,作梗。元郭天锡《客杭日记》:"到省中付文书与选房,以未照元除,又欲刁蹬。"

〔9〕攒典:管理官仓的小吏。这里是对斗子的敬称。

〔10〕唗:同"呀"。

〔11〕四星:元曲中四星,有两义,一说秤稍尾端钉四星,引申为下梢,另外还有凄凉、零落意。这里用前一义。少四星,比喻没下梢,没前程。

〔12〕我能可折升不折斗:即我宁肯失小不失大。能可,宁可。

〔13〕虎剌孩:或作"忽剌孩"。蒙古语,指强盗。

〔14〕拴头:即用手帕等物包裹头部受伤处。

〔15〕网儿:束发的头巾。

〔16〕"却不道"二句:"家家门外千丈坑,得填平处且填平",是当日谚语,意为应该随时填平门外之坑,给人以方便。

〔17〕萝卜精,头上青:讽刺官员们只是口头上清,好像萝卜只是上半青,并非是彻底青。青,同"清"。

〔18〕寿官厅:即受官厅,官府的厅堂。

〔19〕面糊盆里专磨镜:当日俗谚,假装清廉其实一塌糊涂,越磨越不清的意思。

〔20〕清赛玉壶冰:南朝宋鲍照《代白头吟》:"直如朱丝绳,清如玉壶冰。"玉壶冰,比喻高洁。

〔21〕遥指云中雁作羹:喻假作人情,有名无实。

〔22〕"你道"二句：眼内疔、颔下瘿，都是比喻极端憎恶的东西。瘿，瘤子。

〔23〕省：中书省。

〔24〕登闻：古代朝门外设有登闻鼓，可以直接击鼓上诉朝廷。

〔25〕鹘鸰：即鹰隼，其眼睛锐利、灵活。

〔26〕空桑出：传说商代政治家伊尹生在空桑树里。此处指小撅古既为父母所生，则要为父报仇。

第 二 折

（范学士领祗候上，云）老夫范仲淹。自从刘衙内保举他两个孩儿去陈州开仓粜米，谁想那两个到的陈州，贪赃坏法，饮酒非为。奉圣人的命，看老夫再差一员正直的去陈州，结断此一桩公事，就敕赐势剑金牌，先斩后闻。今日在此议事堂中与众公卿聚议，怎么这早晚还不见来？令人，门首觑着，若来时，报复我知道。（祗候云）理会的。（韩魏公上，云）老夫韩魏公。今有范天章学士，在于议事堂，令人来请，不知有甚事？须索去走一遭。可早来到这门首也。（祗候报云）韩魏公到。（范学士云）道有请。（韩魏公做见科）（范学士云）老丞相来了也，请坐。（吕夷简上，云）老夫吕夷简，正在私宅闲坐，有范学士在于议事堂，令人来请，须索去走一遭。不觉早来到了也。（祗候报云）吕平章到。（范学士云）道有请。（吕夷简见科，云）老丞相在此，学士今日请老夫来

727

有何事？（范学士云）二位老丞相：则因为前者陈州粜米一事，刘衙内举保他那两个孩儿做仓官去，如今在那里贪赃坏法，饮酒非为。奉圣人的命，教老夫在此聚会众多臣宰，举一个正直的官员，前去陈州结断此事。只等众大人来全了时，同举一位咱。（韩魏公云）想学士必已得人，某等便当举荐。（小懒古上，云）自家小懒古。俺和父亲同去粜米，不想被两个仓官将俺父亲打死了。俺父亲临死之时，着我告包待制去。见说是个白髭须的老儿，我来到这大街上等着，看有甚么人来？（刘衙内上，云）小官刘衙内。自从两个孩儿去陈州粜米，至今音信皆无。早间有范学士着人来请我，不知又是甚么事？须索走一遭去者。（小懒古云）这个白髭须的老儿，敢是包待制？我试迎着告咱。（做跪科）（刘衙内云）兀那小的，你有甚么冤枉的事？我与你做主。（小懒古云）我是陈州人氏，俺爷儿两个，将着十二两银子粜米去，被那仓官将俺父亲一金锤打死了。那里无人敢近他，爷爷敢是包待制么？与小的每做主咱。（刘衙内云）兀那小的，则我便是包待制。你休去别处告，我与你做主，你且一壁有者。（小懒古起科，云）理会的。（刘衙内背云）嗨！我那两个小丑生敢做下来也！令人，报复去，道有刘衙内在于门首。（祗候云）刘衙内到。（刘衙内做见科）（范学士云）衙内，你保举的两个好清官也。（刘衙内云）学士，我那两个孩儿果然是好清官，实不敢欺。（范学士云）衙内,老夫打听的你两个孩儿到的陈州,则是饮酒非为,不理正事,贪赃坏法,苦害百姓,你知么?(衙内云)老丞相,休听人的言语,我保举的人,并无这等勾当。(范学士云)二位老丞相,他还不信哩。(小撇古问祗候云)哥哥,恰才那进去的,敢是包待制爷爷么?(祗候云)则他是刘衙内,你要问包待制,还不曾来哩。(小撇古云)天那!我要告这刘衙内,谁想正投在老虎口里,可不我死也!(正末扮包待制领张千上,云)老夫姓包名拯,字希文,本贯金斗郡四望乡老儿村人氏[1],官拜龙图阁待制,正授南衙开封府尹之职。奉圣人的命,上五南采访已回,须索到议事堂中见众公卿走一遭去来。(张千云)想老相公为官,多早晚升厅?多早晚退衙?老相公试说一遍,与您孩儿听咱。(正末唱)

【正宫端正好】自从那云滚滚卯时初,直至日淹淹的申牌后[2],刚则是无倒断簿领埋头[3]。更被那紫被襕袍拘束的我难抬手,我把那为官事都参透。

【滚绣球】待不要钱呵,怕违了众情;待要钱呵,又不是咱本谋。只这月俸钱做咱每人情不够。(张千云)老相公平日是个不避权豪势要之人也。(正末唱)我和那权豪每结下些山海也似冤仇:曾把个鲁斋郎斩市曹[4],曾把个葛监军下狱囚[5],剩吃了些众人每毒咒。(张千云)老相公如今虽然年老,志气还在哩。(正末唱)到今日一笔都勾。从今后,不干己事休开口;我则索会尽人间只点头,倒大来优游。

729

（云）可早来到议事堂门首也。张千，接下马者。（小懒古云）我问人来，说这个便是包待制。（做跪叫科，云）冤屈也！爷爷与孩儿每做主咱！（正末云）兀那小的，你那里人氏？有甚么冤枉事？你实说来，老夫与你做主。（小懒古云）孩儿每陈州人氏，嫡亲的父子二人。父亲是张懒古。今有两个官人，在陈州开仓粜米，钦定五两银子一石，他改做十两一石。俺一家儿苦凑得十二两银子买米，他则秤的八两；俺父亲向前分辨去，他着那紫金锤一锤打死。孩儿要去声冤告状，尽道他是权豪势要之家，人都近不的他。俺父亲临死之时曾说道："孩儿，等我命终，你直至京师，寻着包待制爷爷那里告去。"我投至的见了爷爷，就是拨云见日，昏镜重磨，须与孩儿每做主咱。（诗云）本待将衷情细数，奈哽咽吞声莫吐；紫金锤打死亲爷，委实是含冤受苦。（正末云）你且一壁有者。（小懒古扯正末科，云）爷爷不与孩儿做主，谁做主咱？（正末云）我知道了也。（三科了）（正末云）令人，报复去，道有包待制在于门首。（祗候报云）有包待制来了也。（范学士云）好好，包龙图来了，快有请。（正末做见科）（韩魏公云）待制五南采访初回，鞍马上劳神也。（正末云）二位老丞相和学士治事不易。（刘衙内云）老府尹远路风尘。（正末云）衙内恕罪。（衙内背云）这老子怎么瞅我那一眼，敢是见那个告状的人来？我则做不知道。（正末云）老夫上五南采访回来，昨日见了圣人,今日特特的拜见二位老丞相和学士来。(范学士云)不知待制多大年纪为官,如今可多大年纪?请慢慢的说一遍,某等敬听。(正末云)学士问老夫多大年纪为官,如今有多大年纪,学士不嫌絮烦,听老夫慢慢的说来。(唱)

【倘秀才】我从那及第时三十五六,我如今做官到七十也那八九。岂不闻人到中年万事休;我也曾观唐汉,看春秋,都是俺为官的上手[6]。

(范学士云)待制做许多年官也,历事多矣。(吕夷简云)待制为官,尽忠报国,激浊扬清,如今朝里朝外,权豪势要之家,闻待制大名,谁不惊惧。诚哉,所谓古之直臣也。(正末云)量老夫何足挂齿,想前朝有几个贤臣,都皆屈死,似老夫这等粗直,终非保身之道。(范学士云)请待制试说一遍咱。(正末唱)

【滚绣球】有一个楚屈原在江上死,有一个关龙逢刀下休[7],有一个纣比干曾将心剖,有一个未央宫屈斩了韩侯[8]。(吕夷简云)待制,我想张良坐筹帷幄之中,决胜千里之外,辅佐高祖定了天下,见韩信遭诛,彭越被醢[9],遂辞去侯爵,愿从赤松子游[10],真有先见之明也。(正末唱)那张良呵若不是疾归去,(韩魏公云)那越国范蠡扁舟五湖,却也不弱。(正末唱)那范蠡呵若不是暗奔走,这两个都落不的完全尸首。我是个漏网鱼,怎再敢吞钩?不如及早归山去,我则怕为官不到头,枉了也干求[11]。

（云）二位老丞相和学士，老夫年迈不能为官，到来日见了圣人，就告致仕闲居也。（范学士云）待制，你差了也。如今朝中似待制这等清正的，能有几人？况年纪尚未衰迈，正好为官，因何便告致仕那？（正末云）学士，老夫自有说的事。（刘衙内云）老府尹说的是，年纪老了，如今弃了官告致仕闲居，倒快活也。（范学士云）老相公有甚么事要说？老夫听咱。（正末唱）

【呆骨朵】老夫有件事向君王陈奏，只说那权豪每是俺敌头。（范学士云）那权豪的，老相公待要怎么？（正末唱）他便似打家的强贼，俺便似看家的恶狗。他待要些钱和物，怎当的这狗儿紧追逐。只愿俺今日死，明日亡，惯的他千自在，百自由。

（范学士云）待制，你且回私宅中去者。老夫在此，别有商议。（正末做辞科，云）二位老丞相和学士恕罪，老夫告回也。（做出门科）（小撇古在门首跪叫科，云）爷爷与孩儿做主咱。（正末云）我险些儿忘了这一件事。兀那小的，你先回去，我随后便来也。（小撇古谢科，云）既然今日见了包待制，必然与我做主。他教我先回去，则今日不敢久停久住，便索先上陈州等他去来。（诗云）我今日得见龙图，告父亲屈死无辜；转陈州等他来到，也把紫金锤打那囚徒。（下）（正末做回身再入科）（范学士云）待制去了，为何又回来也？（正末云）老夫欲要回去，听的陈州一郡滥官污吏，甚是害民。不知老相公曾差甚么能事官员陈州去也不曾？（韩魏公云）学士先曾委了两员官去了。（正末云）可是那两员官去来？（范学士云）待制不知，自你上五南采访去了，朝中一时乏人，差着刘衙内的儿子刘得中、女婿杨金吾到陈州粜米去，好久不见来回话哩。（正末云）见说陈州一郡官吏贪污，黎民顽鲁，须再差一员去陈州考察官吏，安抚黎民，可不好也。（韩魏公云）待制不知，今日聚俺多官，正为此事。（范学士云）奉圣人的命，着老夫再差一员清正的官去陈州，一来粜米，二来就勘断这桩事。老夫想别人去可也干不的事，就烦待制一行，意下如何？（正末云）老夫去不的。（吕夷简云）待制去不的，可着谁去？（范学士云）待制坚意不肯去，刘衙内，你让待制这一遭。他若不去，你便去。（衙内云）小官理会的，老府尹到陈州走一遭去，打甚么不紧？（正末云）既然衙内着老夫去，我看衙内的面皮。张千，准备马，便往陈州走一遭去来。（刘衙内做惊科，背云）哎哟！若是这老子去呵，那两个小的怎了也？（正末唱）

【脱布衫】我从来不劣方头[12]，恰便似火上浇油，我偏和那有势力的官人每卯酉[13]，谢大人向朝中保奏。

（刘衙内云）我并不曾保奏你哩。（正末唱）

【小梁州】我一点心怀社稷愁，（云）张千，将马来。（张千云）理会的。（正末唱）则今日便上陈州，既然心去意难留。他每都穿连透，我则怕关节儿枉生受。

（云）二位老丞相和学士听者：老夫去则去，倘有权豪势要之徒，难以处治，着老夫怎么？（范学士云）待制再也不必过虑，圣人的命，敕赐与你势剑金牌，先斩后闻。请待制受了势剑金牌，便往陈州去。（正末唱）

【幺篇】谢圣人肯把黎民救。这剑也，到陈州怎肯干休，敢着你吃一会家生人肉。哎！看那个无知禽兽，我只待先斩了逆臣头。

（刘衙内云）老府尹若到陈州，那两个仓官可是我家里小的，看我份上看觑咱。（正末做看剑云）我知道，我这上头看觑他。（做三科）（衙内云）老府尹好没面情，我两次三番与你陪话，你看着这势剑，说这上头看觑他。你敢杀了我两个小的！论官职我也不怕你，论家财我也受用似你！（正末云）我老夫怎比得你来？（唱）

【耍孩儿】你积趱的金银过北斗[14]，你指望待天长地久；看你那于家为国下场头，出言语不识娘羞。我须是笔尖上挣揣来的千锺禄，你可甚剑锋头博换来的万户侯？（衙内云）老府尹，我也不怕你。（正末唱）你那里休夸口，你虽是一人为害，我与那陈州百姓每分忧。

（刘衙内云）老府尹，你不知道这仓官也不好做。（正末云）仓官的弊病，老夫尽知。（衙内云）你知道时，你说仓官的弊病咱。（正末唱）

【煞尾】河涯边趱运下些粮，仓廒中囤塌下些筹[15]；只要肥了你私囊，也不管民间瘦。（带云）我如今到那里呵，（唱）敢

着他收了蒲蓝罢了斗[16]。(同张千下)

(刘衙内云)列位老相公,这桩事不好了。这老子到那里时,将俺这两个小的肯干罢了也。(韩魏公云)衙内,不妨事,你只与学士计较,老夫和吕丞相先回去也。(诗云)衙内心中莫要慌,天章学士慢商量。(吕夷简诗云)凤凰飞上梧桐树,自有旁人道短长[17]。(同下)(范学士云)刘衙内,你放心。老夫就到圣人跟前说过,着你亲身为使命,告一纸文书,则赦活的,不赦死的,包你没事便了。(衙内云)既如此,多谢了学士。(范学士云)你跟着老夫见圣人走一遭去来。(诗云)莫愁包待制,先请赦书来。(刘衙内诗云)全凭半张纸,救我一家灾。(同下)

〔1〕金斗郡:即庐州,因州内有金斗河,故称金斗郡。在今安徽合肥。

〔2〕"自从那"二句:卯时,早晨五点到七点。申牌,下午三点到五点。

〔3〕无倒断簿领埋头:不间断地埋头于案牍文书之内。无倒断,没完没了。簿领,指登记的文簿。

〔4〕鲁斋郎:关汉卿有《包待制智斩鲁斋郎》杂剧,叙鲁斋郎强抢民妻,无恶不作,为包公所斩。

〔5〕葛监军:元代无名氏有《阀阅舞射柳捶丸》杂剧,叙葛监军冒军功,被"罢官职贬为庶民",唯无包公出场。

〔6〕上手:先辈,范例。

〔7〕关龙逄:传说中夏之贤臣,夏桀为酒池糟丘,关龙逄极谏被杀。

〔8〕未央宫屈斩了韩侯:韩信帮助刘邦灭了项羽,立了大功。后被

吕后用计,骗到未央宫中杀死。

〔9〕彭越被醢(hǎi海):彭越,本项羽部将,楚汉相争中归刘邦,颇有战功,封为梁王。刘邦疑其不忠,被灭族,彭越自己也被剁为肉酱。醢,肉酱。

〔10〕从赤松子游:赤松子,古代传说中的神仙。张良辞官后,曾说愿从赤松子游。

〔11〕干求:干谒求官,追求功名富贵。

〔12〕不劣方头:或作"方头不劣"。指为人处世不顾人情,不通时宜而无所顾忌者。方头,作事不圆通的人,又叫楞头。

〔13〕卯酉:卯时在早晨,酉时在傍晚,两者永不相及。比喻冤家对头。

〔14〕金银过北斗:喻金银积攒得很多。

〔15〕筹:本为计数的筹码。这里指克扣下的米粮。

〔16〕收了蒲蓝罢了斗:双关,比喻彻底绝望。

〔17〕"凤凰"二句:本歇后语,点题在第二句"自有旁人道短长"。元曲中多用上句。

第 三 折

(小衙内同杨金吾上)(小衙内诗云)日间不做亏心事,半夜敲门不吃惊。自家刘衙内孩儿。俺二人自从到陈州开仓粜米,依着父亲改了价钱,插上糠土,克落了许多钱钞,到家怎用得了?这几日只是吃酒耍子。听知圣人差包待制来了,兄弟,这老儿不好惹,动不动先斩后闻。这一来,则怕我们露出马脚来了。我们如今去十里长亭接老包走一遭去。(诗云)老包姓儿herr[1],荡他活的少;若是不容咱,我每则一跑。(同下)(张千背剑上)(正末骑马做听科)(张千云)自家张千的便是。我跟着这包待制大人,上五南路采访回来,如今又与了势剑金牌,往陈州粜米去。他在这后面,我可在前面,离的较远。你不知道这个大人清廉正直,不爱民财。虽然钱物不要,你可吃些东西也好;他但是到的府州县道,下马升厅,那官人里老安排的东西[2],他看也不看。一日三顿,则吃那落解粥[3]。你便老了吃不得,我是个后生家。我两只脚伴着四个马蹄子走,马走五十里,我也跟着走五十里,马走一百里,我也走一百里。我这一顿落解粥,走不到五里地面,早肚里饥了。我如今先在前面,到的那人家里,我则说:"我是跟包待制大人的,如今往陈州粜米去,我背着的是势剑金牌,先斩后闻,你快些安排下马饭我吃。"肥草鸡儿[4],荼浑酒儿[5];我吃了那酒,吃了那肉,饱饱儿的了,休说五十里,我咬着牙直走二百里则有多哩。嗨!我也是个傻弟子孩儿!又不曾吃个,怎么两片口劈溜扑刺的:猛可里包待制大人后面听见,可怎了也!(正末云)张千,你说甚么哩?(张千做怕科,云)孩儿每不曾说甚么。(正末云)是甚么"肥草鸡儿"?(张千云)爷,孩儿每不曾说甚么"肥草鸡儿"。我才则走哩,遇着个人,我问他:"陈州有多少路?"他说道:"还早哩。"几曾说甚么"肥草鸡儿"?(正末云)是甚么"荼浑酒儿"?(张

737

千云)爷,孩儿每不曾说甚么"茶浑酒儿"。我走着哩,见一个人,问他:"陈州那里去?"他说道:"线也似一条直路,你则故走[6]。"孩儿每不曾说甚么"茶浑酒儿。"(正末云)张千,是我老了,都差听了也。我老人家也吃不的茶饭,则吃些稀粥汤儿。如今在前头有的尽你吃,尽你用,我与你那一件厌饫的东西[7]。(张千云)爷,可是甚么厌饫的东西?(正末云)你试猜咱。(张千云)爷说道:"前头有的尽你吃,尽你用。"又与我一件厌饫的东西,敢是苦茶儿?(正末云)不是。(张千云)罗卜简子儿[8]?(正末云)不是。(张千云)哦!敢是落解粥儿?(正末云)也不是。(张千云)爷,都不是,可是甚么?(正末云)你脊梁上背着的是甚么?(张千云)背着的是剑。(正末云)我着你吃那一口剑。(张千怕科,云)爷,孩儿则吃些落解粥儿倒好。(正末云)张千,如今那普天下有司官吏,军民百姓,听的老夫私行,也有那欢喜的,也有那烦恼的。(张千云)爷不问,孩儿也不敢说;如今百姓每听的包待制大人到陈州粜米去,那个不顶礼,都说:"俺有做主的来了!"这般欢喜可是为何?(正末云)张千也,你那里知道,听我说与你咱。(唱)

【南吕一枝花】如今那当差的民户喜,也有那干请俸的官人每怨[9]。急切里称不了包某的心,百般的纳不下帝王宣[10];我如今暮景衰年,鞍马上实劳倦。如今那普天下人尽言,道"一个包龙图暗暗的私行,谎得些官吏每兢兢

738

打战。"

【梁州第七】请俸禄五六的这万贯,杀人到三二十年,随京随府随州县。自从俺仁君治世,老汉当权,经了这几番刷卷,备细的究出根原。都只是庄农每争竞桑田,弟兄每分另家缘。俺俺俺,宋朝中大小官员;他他他,剩与你财主每追征了些利钱;您您您,怎知道穷百姓苦恹恹叫屈声冤!如今的离陈州不远,便有人将咱相凌贱,你也则诈眼儿不看见;骑着马,揣着牌,自向前,休得要捋袖揎拳。

(云)张千,离陈州近也,你骑着马,揣着牌,先进城去,不要作践人家。(张千云)理会的。爷,我骑着马去也。(正末云)张千,你转来,我再分付你。我在后面,如有人欺负我打我,你也不要来劝,紧记着。(张千云)理会的。(张千做去科)(正末云)张千,你转来。(张千云)爷,有的说,就马上说了罢。(正末云)我分付的紧记者。(张千云)爷,我先进城去也。(下)(搽旦王粉莲赶驴上,云)自家王粉莲的便是。在这南关里狗腿湾儿住,不会别的营生买卖,全凭着卖笑求食。俺这此处有上司差两个开仓粜米官人来,一个是杨金吾,一个是刘小衙内。他两个在俺家里使钱,我要一奉十,好生撒镘[11]。他是权豪势要,一应闲杂人等,再也不敢上门来。俺家尽意的奉承他,他的金银钱钞可也都使尽俺家里。数日前,将一个紫金锤当在俺家,若是他没钱取赎,等我打些钗儿戒指儿,可不受用。恰才几个姊妹请我吃了几杯酒，他两个差人牵着个驴子来取我。三不知我骑上那驴子[12]，忽然的叫了一声，丢了个撅子[13]，把我直跌下来，伤了我这杨柳细[14]，好不疼哩。又没个人扶我，自家挣得起来，驴子又走了。我赶不上，怎么得人来替我拿一拿住也好那？（正末云）这个妇人，不像个良人家的妇女；我如今且替他笼住那头口儿，问他个详细，看是怎么？（旦儿做见正末科，云）兀那个老儿，你与我拿住那驴儿者。（正末做拿住驴子科）（旦儿做谢科，云）多生受你老人家也。（正末云）姐姐，你是那里人家？（旦儿云）正是个庄家老儿，他还不认的我哩。我在狗腿湾儿里住。（正末云）你家里做甚么买卖？（旦儿云）老儿，你试猜咱。（正末云）我是猜咱。（旦儿云）你猜。（正末云）莫不是油磨房？（旦儿云）不是。（正末云）解典库？（旦儿云）不是。（正末云）卖布绢段匹？（旦儿云）也不是。（正末云）都不是，可是甚么买卖？（旦儿云）俺家里卖皮鹌鹑儿[15]。老儿，你在那里住？（正末云）姐姐，老汉只有一个婆婆，早已亡过，孩儿又没，随处讨些饭儿吃。（旦儿云）老儿，你跟我去，我也用的你着。你只在我家里，有的好酒好肉，尽你吃哩。（正末云）好波，好波！我跟将姐姐去，那里使唤老汉？（旦儿云）好老儿，你跟我家去，我打扮你起来：与你做一领硬挣挣的上盖[16]，再与你做一顶新帽儿，一条茶褐绦儿，一对干净凉皮靴儿。一张凳儿，你坐着在门首，与我家照管门户,好不自在哩。(正末云)姐姐,如今你跟前可有什么人走动? 姐姐,你是说与老汉听咱。(旦儿云)老儿,别的郎君子弟,经商客旅,都不打紧。我有两个人,都是仓官,又有权势,又有钱钞,他老子在京师现做着大大的官。他在这里粜米,是十两一石的好价钱,斗又是八升的小斗,秤是加三大秤,尽有东西,我并不曾要他的。(正末云)姐姐不曾要他钱,也曾要他些东西么?(旦儿云)老儿,他不曾与我甚么钱,他则与了我个紫金锤,你若见了就谎杀你。(正末云)老汉活偌大年纪,几曾看见什么紫金锤。姐姐,若与我见一见儿,消灾灭罪,可也好么?(旦儿云)老儿,你若见了,好消灾灭罪。你跟我家去来,我与你看。(正末云)我跟姐姐去。(旦儿云)老儿,你吃饭也不曾?(正末云)我不曾吃饭哩。(旦儿云)老儿,你跟将我去来,只在那前面,他两个安排酒席等我哩。到的那里,酒肉尽你吃。扶我上驴儿去。(正末做扶旦儿上驴子科)(正末背云)普天下谁不知个包待制正授南衙开封府尹之职,今日到这陈州,倒与这妇人笼驴,也可笑哩。(唱)

【牧羊关】当日离豹尾班多时分[17];今日在狗腿湾行近远,避甚的马后驴前? 我则怕按察司迎着,御史台撞见。本是个显要龙图职,怎伴着烟月鬼狐缠;可不先犯了个风流罪,落的价葫芦提罢俸钱。

(旦儿云)老儿,你跟将我去来,我把那紫金锤与你看

741

者。(正末云)好好,我跟将姐姐去,则与老汉紫金锤看一看,消灾灭罪咱。(唱)

【隔尾】听说罢,气的我心头颤,好着我半晌家气堵住口内言。直将那仓库里皇粮痛作践,他便也不怜,我须为百姓每可怜。似肥汉相搏[18],我着他只落的一声儿喘。(同旦儿下)

(小衙内、杨金吾领斗子上)(小衙内诗云)两眼梭梭跳,必定悔气到;若有清官来,一准屋梁吊。俺两个在此接待老包,不知怎么,则是眼跳。才则喝了几碗投脑酒[19],压一压胆,慢慢的等他。(正末同旦儿上,正末云)姐姐,兀的不是接官厅?我这里等着姐姐。(旦儿云)来到这接官厅,老儿,你扶下我这驴儿来。你则在这里等着我,我如今到了里面,我将些酒肉来与你吃;你则与我带着这驴儿者。(做见小衙内、杨金吾科)(小衙内笑科,云)姐姐,你来了也。(杨金吾云)我的乖,你偌远的到这里来。(旦儿云)该杀的短命!你怎么不来接我?一路上把我掉下驴来,险不跌杀了我。那驴子又走了,早是撞见个老儿,与我笼着驴子。嗨!我争些儿可忘了那老儿;他还不曾吃饭,先与他些酒肉吃咱。(杨金吾云)兀那斗子,与我拿些酒肉与那牵驴的老儿吃。(大斗子做拿酒肉与正末科,云)兀那牵驴的老儿,你来,与你些酒肉吃。(正末云)说与你那仓官去,这酒肉我不吃,都与这驴子吃了。(大斗子做怒科,云)嗯!这个村老子好无礼！（做见小衙内科，云）官人，恰才拿将酒肉，赏那牵驴的老儿，那老儿一些不吃，都请了这驴儿也。（小衙内云）斗子，你与我将那老儿吊在那槐树上，等我接了老包，慢慢的打他。（大斗子云）理会的。（做吊起正末科）（正末唱）

【哭皇天】那刘衙内把孩儿荐，范学士怎也就将敕命宣？只今个贼仓官享富贵，全不管穷百姓受熬煎，一划的在青楼缠恋。那厮每不依钦定，私自加添，盗粜了仓米，干没了官钱，都送与泼烟花、泼烟花王粉莲。早被俺亲身儿撞见，可便肯将他来轻轻的放免。

【乌夜啼】为头儿先吃俺开荒剑[20]，则他那性命不在皇天。刘衙内也，可怎生着我行方便？这公事体察完全，不是流传；那怕你天章学士有夤缘[21]，就待乞天恩走上金銮殿；只我个包龙图原铁面，也少不得着您名登紫禁，身丧黄泉。

（张千云）受人之托，必当终人之事。大人的分付，着我先进城去，寻那杨金吾刘衙内。直到仓里寻他，寻不着一个。如今大人也不知在那里？我且到这接官厅试看咱。（做看见小衙内、杨金吾科，云）我正要寻他两个，原来都在这里吃酒。我过去谑他一谑，吃他几钟酒，讨些草鞋钱儿。（见科，云）好也！你还在这里吃酒哩！如今包待制爷要来拿你两个，有的话都在我肚里。（小衙内云）哥，你怎生方便，救我一救，我打酒请你。（张千云）你两个真傻厮，岂不晓得求灶头不如求灶尾[22]？

（小衙内云）哥说的是。（张千云）你家的事，我满耳朵儿都打听着，你则放心，我与你周旋便了。包待制是坐的包待制，我是立的包待制；都在我身上。（正末云）你好个"立的包待制"，张千也！（唱）

【牧羊关】这厮马头前无多说，今日在驿亭中夸大言。信人生不可无权！哎！则你个祗候王乔诈仙也那得仙[23]？（张千奠酒科，云）我若不救你两个呵，这酒就是我的命。（做见正末怕科，云）兀的不谎杀我也！（正末唱）谎的来面色如金纸，手脚似风颠。老鼠终无胆，猕猴怎坐禅。

（张千云）您两个傻厮，到陈州来粜米，本是钦定的五两官价，怎么改做十两？那张懒古道了几句，怎么就将他打死了？又要买酒请张千吃，又擅吊了牵驴子的老儿。如今包待制私行，从东门进城也，你还不去迎接哩。（小衙内云）怎了！怎了！既是包待制进了城，咱两个便迎接去来。（同杨金吾、斗子下）（张千做解正末科）（旦儿云）他两个都走了也，我也家去。兀那老儿，你将我那驴儿来。（张千骂旦儿科，云）贼弟子，你死也！还要老爷替你牵驴儿哩。（正末云）嗯！休言语。姐姐，我扶上你驴儿去。（正末做扶旦儿上驴科）（旦儿云）老儿，生受你。你若忙便罢，你若得那闲时，到我家来看紫金锤咱。（下）（正末云）这害民贼好大胆也呵。（唱）

【黄钟煞尾】不忧君怨和民怨，只爱花钱共酒钱。今日个家破人亡立时见，我将你这害民的贼鹰鹯，一个个拿到前，势剑

上性命捐。莫怪咱不矜怜,你只问王家的那泼贱,也不该着我笼驴儿步行了偌地远。(同张千下)

〔1〕㐽(chōu 抽):即侰,性情固执,厉害。

〔2〕里老:里正,老人。

〔3〕落解(xiè 谢)粥:稀粥。落解,稀疏的意思。

〔4〕草鸡:母鸡。

〔5〕茶浑酒儿:村酒。金元好问《乞酒示皇甫季真》诗:"醉头慵举睡昏昏,梦里青旗雪拥门。枕上一杯风味好,糟床何处得茶浑。"

〔6〕则故:只顾,只管。

〔7〕厌饫(yù 裕):吃饱的意思。

〔8〕罗卜简子儿:萝卜片。

〔9〕干请俸:白吃国家俸禄的。

〔10〕纳不下帝王宣:交不了帝王的差。宣,指朝廷的命令。

〔11〕撒镘:大把大把的花钱。镘,钱的背面,因以指钱。

〔12〕三不知:本指对一件事情的开始、经过、结尾都一无所知,引申为突然,不料的意思。

〔13〕丢了个撅子:指牲畜后腿弹跳踢人。

〔14〕杨柳细:歇后为"腰",指女子的腰。

〔15〕卖皮鹌鹑儿:卖淫的隐语。

〔16〕上盖:上衣。

〔17〕豹尾班:《元明事类钞》卷六引《解醒语》,谓元代定朝班,执政大臣曰擎天班,玉堂清要曰焕璧班,言官法司曰剑锷班,功臣将帅曰豹首班。这里改作豹尾,与下文狗腿相对,甚趣。

〔18〕肥汉相搏:胖子摔跤,相扑。

〔19〕投脑酒:或作"头脑酒",一种杂有肉类、药料等所煮的热酒。

明朱国桢《涌幢小品》卷下:"冬月客到,以肉及杂味置大碗中,注热酒递客,名曰头脑酒。"

〔20〕开荒剑:头一次杀人的剑。

〔21〕夤缘:本意为草藤沿着山坡向上生长,用以比喻攀附权贵,以提升自己的地位。

〔22〕求灶头不如求灶尾:当日谚语,比喻向上官求情,不如向他手下人求情更为有效。

〔23〕王乔:即古代仙人王子乔。

第 四 折

(净扮州官同外郎上[1])(州官诗云)我做个州官不歹,断事处摇摇摆摆;只好吃两件东西:酒煮的团鱼螃蟹。小官姓蓼名花,叨任陈州知州之职。今日包待制大人升厅坐衙,外郎,你与我将各项文卷打点停当,等佥押者。(外郎云)你与我这文卷,教我打点停当,我又不识字,我那里晓的?(州官云)好打这厮!你不识字可怎么做外郎那?(外郎云)你不知道,我是雇将来的顶缸外郎[2]。(州官云)嗐!快把公案打扫的干净,大人敢待来也。(张千排衙上,云)喏!在衙人马平安。(正末上,云)老夫包拯,因为陈州一郡滥官污吏,损害黎民,奉圣人的命,着老夫考察官吏,安抚黎民,非轻易也呵!(唱)

【双调新水令】叩金銮亲奉帝王差,到陈州与民除害。威名连地震,杀气和霜来。手执着势剑金牌,哎,你个刘衙内且休怪。

（云）张千，将那刘得中一行人，都与我拿将过来。（张千云）理会的。（做拿刘衙内、杨金吾并二斗子跪见科，云）当面。（正末云）您知罪么？（小衙内云）俺不知罪。（正末云）兀那厮，钦定的米价是多少银子粜一石来？（小衙内云）父亲说道："钦定的价是十两一石。"（正末云）钦定的价原是五两一石，你私自改做十两；又使八升小斗，加三大秤。你怎做的不知罪那！（唱）

【驻马听】你只要钱财，全不顾百姓每贫穷一味的刻。今遭杻械，也是你五行福谢做了半生灾[3]。只见他向前呵，如上吓魂台；往后呵，似入东洋海。投至的分尸在市街，我着你一灵儿先飞在青霄外。

（云）张千，南关去拿将那王粉莲，就连着紫金锤一齐解来。（张千云）理会的。（做拿王粉莲跪科，云）王粉莲当面。（正末云）兀那王粉莲，你认的我么？（王粉莲云）我不认的你。（正末唱）

【雁儿落】难道你王粉头直恁骏[4]，偏不知包待制多谋策。你道是接仓官有大钱，怎么的见府尹无娇态？

（云）兀那王粉莲，这金锤是谁与你来？（王粉莲云）是杨金吾与我来。（正末云）张千，选大棒子将王粉莲去裩决打三十者。（打科）（正末云）打了抢出去。（抢出科）（王粉莲下）（正末云）张千，将杨金吾采上前来。（做采杨金吾上科）（正末云）这金锤上有御书图号，你

747

怎生与了王粉莲？（杨金吾云）大人可怜见，我不曾与他，我则当的几个烧饼儿吃哩。（正末云）张千，先拿出杨金吾去，在市曹中枭首报来。（张千云）理会的。（正末唱）

【得胜令】呀，你只待钱眼里狠差排[5]，今日个刀口上送尸骸。你犯了萧何律[6]，难宽纵；便自有蒯通谋[7]，怎救解。你死也休搥，则俺那势剑如风快；你死也应该，谁着你金锤当酒来。

（张千拿杨金吾杀科）（正末云）张千，拿过那小憋古来。（张千云）小憋古当面。（做拿小憋古跪科）（正末云）兀那厮，你父亲被那个打死了？（小憋古云）是这小衙内把紫金锤打死我父亲来。（正末云）张千，拿过刘得中来，就着小憋古也将那金锤将这厮打死者。（张千云）理会的。（正末唱）

【沽美酒】小衙内做事歹，小憋古且宁奈[8]；也是他自结下冤仇怎得开。非咱忒煞，须偿还你这亲爷债。

【太平令】从来个人命事关连天大，怎容他杀生灵似虎如豺。紫金锤依然还在，也将来敲他脑袋。登时间肉拆、血洒，受这般罪责；呀，才平定陈州一带。

（小憋古做打衙内科）（正末云）张千，打死了么？（张千云）打死了也。（正末云）张千，与我拿下小憋古者。（张千云）理会的。（张千做拿小憋古科）（外扮刘衙内赍赦书慌上，诗云）心忙来路远，事急出家门。小官刘衙内是也。我圣人跟前说过,告了一纸赦书,则赦活的,不赦死的。星夜到陈州,救我两个孩儿。左右,留人者,有赦书在此,则赦活的,不赦死的。(正末云)张千,死了的是谁?(张千云)死了的是杨金吾、小衙内。(正末云)活的是谁?(张千云)是小撇古。(刘衙内云)呸!恰好赦别人也!(正末云)张千,放了小撇古者。(唱)

【殿前欢】猛听的叫赦书来,不由我不临风回首笑哈哈。想他父子每依势挟权大,到今日也运蹇时衰。他指望着赦来时有处裁[9],怎知道赦未来先杀坏。这一番颠倒把别人贷,也非是他人谋不善,总见的个天理明白。

(云)张千,将刘衙内拿下者,听老夫下断。(词云)为陈州亢旱不收,穷百姓四散飘流。刘衙内原非令器[10],杨金吾更是油头。奉敕旨陈州粜米,改官价擅自征收;紫金锤屈打良善,声冤处地惨天愁。范学士岂容奸蠹,奏君王不赦亡囚。今日个从公勘问,遣小撇手报亲仇。方才见无私王法,留传与万古千秋。

    题目 范天章政府差官
    正名 包待制陈州粜米

〔1〕外郎:古代官名。这里指衙门书吏。

〔2〕顶缸:冒名顶替。

〔3〕五行福谢做了半生灾:是说福气衰败,变成了后半世的灾害。五行,古代有五行家,以卜筮占百事吉凶。这里指运气。

〔4〕骏(ái 挨):傻,呆。

〔5〕钱眼里狠差排:在钱财上狠命的打算、安排。

〔6〕萧何律:指国家的刑律。汉初,萧何为朝廷制定法典律令,故后世以萧何律代指法律。

〔7〕蒯(kuǎi)通谋:蒯通,汉代有名的辩士,有权谋。曾劝韩信自立,信不用,乃佯狂遁去。汉高祖既杀韩信,欲烹通,以善辩得免。

〔8〕宁奈:安心,忍耐。

〔9〕处裁:处理,裁定,即办法。

〔10〕令器:美器,好材。

朱有燉

朱有燉(1379—1439),号诚斋,别号锦窠老人。明太祖朱元璋孙,定王朱橚长子。洪熙元年(1425)袭封周王,在位十五年,死后谥宪,因称周宪王。有燉勤学好古,通晓音律,生平所作杂剧三十馀种,总名《诚斋乐府》。明李梦阳《汴中元宵绝句》云:"中山孺子倚新妆,赵女燕姬总擅场。齐唱宪王新乐府,金梁桥外月如霜",可想见其影响。然由于出身贵族,剧本多为点缀升平、欢乐宴饮、神仙道化之作,无大可取。其主要贡献在于对杂剧的创新和突破,如试用旦末全本,采用合唱、对唱、轮唱,以及引队舞入杂剧等等,在杂剧向短剧的转化过程中,起了先导的作用。

清河县继母大贤[1]

第一折

(扮二净上)无钱淡淡相看,有钞朝朝厮赶。别无买卖营生,专靠帮闲钻懒。小子姓费名达,兄弟姓苗名敞,在这清河县大街上居住。此间有一士人,姓王名义。他家中颇有几贯钱钞,与小子每至相熟。此人好去花门柳户行走[2]，又好吃酒赌钱。因此小子每常哄那厮，上酒楼，看构栏，赌博戏，宿娼家，帮着他讨些养活[3]。今日不免上街寻他，去酒楼上吃一醉去也。（暂下）（正净上）小子姓王名义，是这清河县人，家中颇有钱钞，好走的是酒楼赌局，柳户花街。与这本县费达、苗敌两个至好，顷刻不曾相离。今日半晌不见了他，好生纳闷，不免上街寻他耍子，岂不快哉！呀！远远望见两个人来，好像他两好。（走上相见科，同下）（卜引末上）老身姓李，夫主姓王。有两个孩儿，大的唤做王谦，是夫主前妻所生，十分孝顺，本分守己。小的唤做王义，是老身亲生之子，专一吃酒养花，不听老身教训。我想俺这等人家，无甚家计，全凭着守分勤业也呵！

【仙吕点绛唇】教子读书，治家为务。居白屋。男事耕锄，女勤力攻蚕布。

　　只是老身不幸，多生了这个不肖子，怎生是好？今日又不见他，又不知那里浪荡去了。（末）奶奶，兄弟小哩，容恕他些。（卜）

【混江龙】这小儿送了些泼天活路[4]，他则待贪花恋酒逞豪疏。做了些不养家的生理，使了些不疼热的钱物。子待要穿柳陌洞房花烛夜，全忘了步蟾宫金榜挂名初[5]。不肯学有材之士，常伴着无籍之徒[6]。每日价续麻商谜[7]，逐朝价赌博樗蒲[8]。不离了歌台舞榭，相逐着妓女娼夫。全不肯向萤窗十载学干禄。（末）兄弟小哩，奶奶休要烦恼，担带他些!(卜)怎教我不愁填肺腑,气噎胸脯。

他又不止在花门柳户,且又好饮酒,发酒风。

【油葫芦】他子待醉倒黄公旧酒垆[9],醉了呵便是他倒大福。他子待幕天席地眼模糊[10]。常子教樽前有酒浮新绿[11],那里问书中有女颜如玉[12]。但得在酒内眠,常教他花下居。子被这一生花酒将他误,因此上学业总荒芜!

(二净扶正净上)(正净与二净相别了,下)(正净做醉见卜、末科)(卜)这厮又噇的这般醉了。王谦,你将棍来,我打他!(末跪劝科)(卜)

【天下乐】端的是粪土之墙不可圬[13],你看他身躯狗不如!(正净发泼高叫科)(卜)他那里逞豪疏,放泼高叫呼。百般地心性狂,十分的胆量粗。(做打科,末跪扯卜袖云)奶奶!且恕兄弟这一遭!(卜)你放手。不打他呵,倒着我眼睁睁成气蛊[14]。

(正净)哥哥放手!教娘打几下,出了气罢!(末)兄弟,今后不要吃酒,教娘受气了!(正净)我今后再不吃了。有四句戒酒诗在此,念与母亲和哥哥听者。(念云)初八戒酒,头发上手。(扯发缚手科)若要开酒,直到初九。(卜)你看他还是这等风风世世[15],怎生是好!(正净)娘,您儿在家闲坐,不是想着吃酒,定是想着赌钱。如今情愿出外做些买卖,娘与些本钱,只今日便去。(卜)

【金盏儿】你如今悔当初忒无徒,你道是从今改过寻些活路。

你待要做经商买卖走江湖?你出外呵,你便索改了你那一疏狂胸次傲,拳头大胳膊粗。(正净)今后再不敢去惹事了。(卜)你休要有花逢店宿,无酒典琴沽。

(末)既是兄弟断了酒,一心要去做买卖,奶奶与他些本钱,教他去走一遭。(卜)你要到那里去?(正净)要往莒城县去。(卜)与你三千贯本钱。(正净)哥哥,本钱有了,问娘讨些口粮路上吃。(卜)与你一担米。(正净做俫儿势[16],地下打滚云)少,少,少!我要两担!(末)你一个人只一张口,要许多怎地?(正净)我将一担去,留一担在家养娘。(末)奶奶,兄弟孝顺了,自家出去,又想着奶奶吃的哩!(正净)哥哥,口粮有了,问娘讨些衣服路上穿。(卜)与你一套衣服。(正净又打滚云)少,少,少!我要两套。(末)你一个人只一个身己[17],要许多怎地?(正净)我将一套去,留一套在家与娘。(末)奶奶,兄弟一发孝顺了,顾着吃的,又顾着穿的哩!(正净)件件有了,只是我年纪小不识货,怎生寻得个识宝的回回[18],做伴方好。(卜)与你三百贯钞雇一个去。(净又打滚云)少,少,少!我要两个。(末)回回你要两个却怎地?(正净)我带一个去,留一个与娘作伴。(卜)王谦,你看你兄弟,这般风风世世的,怎生出外做买卖!休教他去,撞出事来须连累你我。王义,你听我说咱!

【醉扶归】我愿你青简常留意,白屋永安居。朝暮勤攻些笔砚书。(正净)我做买卖,养活娘与哥哥哩。(卜)你欲待友爱亲兄处,也不索经商路途。权且在家中住。

（正净又打滚云）我一心要去。(卜)

【赚尾】罢,罢,罢!你既要将资本作经商,心去也难留住。待去呵嘱咐你千言万语。沿途上合一个知心好伴侣,再休蹅酒馆花衢。(正净)我遇着高阳市,章台街[19],也索走一遭儿。(卜)子要你早归欤,莫得萦纡[20]。常念着慈亲暮依闾[21]。你既是冲州撞府,便索将经商为务。却休被异乡花草恣欢娱。(俱下)

[1]《继母大贤》:这是朱有燉杂剧中成就比较突出的一个剧本,在当日曾风靡一时,受到观众的热烈欢迎。明人叶盛《水东日记》云:"今书坊相传,射利之徒,伪为小说杂书。南人喜谈,如《汉萧王光武》、《杨六使文广》,北人喜谈,如《继母大贤》等事甚多。农工商贩钞写绘画,家畜而人有之。痴呆妇女,尤所酷好。"此剧写作,可能受到关汉卿《蝴蝶梦》的某些启示,题材、关目,基本均由关剧脱化而出,但仍有自己的特色。特别是曲词、宾白方面,通体皆本色语,曲白相称,颇有金元风范。现据《元明杂剧》本校注,并以《奢摩他室曲丛》本参校。

[2] 花门柳户:泛指娼妓之家。

[3] 养活:生活费用。

[4] 泼天活路:天大的生活之路。泼天,极言其大,多。

[5] "子待要"二句:洞房花烛夜,金榜题名时,本宋人题人得意诗中的两句。上句说以妓馆为洞房花烛之地,下句则埋怨其忘记了读书应举之正事。

[6] 无籍之徒:指没有户籍的流氓、无赖。

〔7〕续麻商谜:续麻,即顶真续麻。甲说上句,乙续下句。下句首字必同上句末句,如是连续而下。商谜,即猜谜。

〔8〕樗(chū 出)蒲:赌具,即骰子。

〔9〕黄公旧酒垆:晋王戎与嵇康、阮籍曾酣饮于黄公酒垆。这里泛指酒馆。垆,酒店安置酒缸、酒坛的土台,借指酒店。

〔10〕幕天席地:以天为幕,以地为席,即睡在露天地里。

〔11〕酒浮新绿:新酒面上的绿色浮沫。

〔12〕书中有女颜如玉:俗语,出宋真宗《劝学诗》。

〔13〕粪土之墙不可圬(wū 乌):语出《论语·公冶长》,比喻无可救药。圬,泥工抹墙的工具,这里是抹平的意思。

〔14〕气蛊(gǔ 骨):因怒气久结不发而形成的气臌病。明高明《琵琶记》第九出〔四朝元·前腔〕三:"偏是他将奴误,也不索气蛊。"

〔15〕风风世世:即风风势势。风颠张狂的样子。

〔16〕做倈儿势:学小孩子的样子。

〔17〕身己:或作"身起",即"身子"之音转。

〔18〕识宝回回:自唐代以来,中西交往频繁,阿拉伯珠宝商人,多来中国内地经商,因其信仰回教,时人多称之为识宝回回。

〔19〕高阳市,章台街:泛指酒馆妓院。

〔20〕萦纡:回旋纡曲。这里是留恋不舍的意思。

〔21〕依闾:依闾门而望,形容父母盼望子女归来的殷切心情。闾,当道门。

第 二 折

(二净上)小子二人,是费达、苗敞。近日听的王义要往莒城去做买卖,我想他若去了,俺二人跟着谁讨养活?

不免帮着他,也到莒城,去走一遭。兀的不是王义来也!(正净上,相见科)我在家略有些不是,我母亲不打便骂。如今被我哄得他三千贯钱在手,特来寻觅二位,同往莒城去快活几时,未知二位意下何如?(二净)小人多得小官人恩惠,莫说莒城,就是他乡外国也索去走一遭。(正净)□□□□□□□□□□行也。(下)(扮店主上)自家是杨小二,在这莒城县开个客店。近日有清河县来的三个客人,在小人店中安下。将了些小本钱,每日上酒楼,唤唱的。如今使的本钱也无了。那王义虽是有些本钱,被那姓费的,姓苗的,每日哄着他,吃了他的。又兼占着一个妮子喜时秀[1],这几时一发不来我店中歇了,丢下一个箱子,也无甚东西了。我如今不免去寻他,算一算帐来。(下)(花旦上)妾乃莒城县上厅行首喜时秀。如今有个清河县客人王义,来俺家使钱,钱也无了。每日来吃酒,不肯出钱。今日等他来时,好歹要问他多索些钱钞也。(正净二净上,见花旦诨科)(旦)王义,你来俺家一月有馀,俺行院人家[2],专靠您客人吃衣饭。你怎地不将钱来使?(正净)不打紧,不打紧!我本钱还不曾动哩!我如今吃了酒,去店里连箱子都搬来也不妨。(旦)既然这等时,将酒来吃。(做欢饮科,店主上,做见科)(正净)小人恰待上街寻小二哥取些货,来得正好。(店主)我见你三个,连日不回店中,每日使人来取钱物。我特来寻你算算帐。(正净)不妨事,我的本钱都在你家那只箱子里。你去替我取来，我一则算还你房钱，二则要取几匹布儿送这大姐。（店主）那里有布了？你今日讨五匹，明日讨十匹，都使的无了。（正净）有八九十斤丝，取来使。（店主）那里有丝了？你今日取五斤，明日取十斤，也都使的无了。（正净）我不信都无了。那一个箱子好歹有，你上紧取将来！（店主）你箱子锁得好好的在那里，我就去取来也。（下）（二净）哥，再打十贯钞酒来。大姐弹唱着，俺开怀吃些酒。钱财是倘来之物[3]，休和他算。不打紧！（众又欢饮，旦唱奉酒科，三净做醉科）（店主将箱子上）（正净）且住，且住！待我当面与你开一开，取两匹段儿与大姐。（正净身边取匙开箱科，搬出土块科）（正净叫云）苦，苦！被这店家偷了我的东西，却放土块在里头。怎没好[4]，怎没好！（三净做扯打店主科，做打死科）（旦叫云）不好了，不好了！王义打死人也！（慌下）（末上）小生王谦是也。自从兄弟王义出门，放心不下。近又在家得了一梦，特寻到此，闻说在喜时秀家。来到此处，如何只听得喧闹，试看一看咱。呀！兄弟，兀的不打杀人也！（正净见末云）哥哥救一救！一时拳头没眼，打死这店小二了。怎地好，怎地好！（二净背云）事到急了，不如此不中。（二净叫科）王谦！你走来打兄弟便罢，如何把店小二打死了？我二人是证见，与你见官去来！（末）你每不要慌张，我便认了，也是替了自家兄弟，何消你二人这般叫喊！我寄信去取母亲来见一见,替兄弟当罪也未迟。(众闹扯下)(卜上)大的孩儿王谦,到莒城去看王义去了。老身这两日耳热眼跳,好不放心也呵!

【南吕一枝花】挣不得百年老业身[5],撇不下半世穷家计。揾不干一双汪泪眼[6],解不开两叶蹙愁眉。每日价切切悲悲,被儿女冤家累。闪的我孤身三不归[7]!这两日面皮上豁豁的一似汤浇,耳轮边氲氲的全如火炙。

【梁州第七】这两日寝不安,卧不稳,梦魂颠倒;茶不茶,饭不饭,刚捱饥疲。那王义酒风子去了不打紧,连俺那孝顺儿一去了无消息。愁绪伴闲云渺渺,闷怀随明月依依,长吁逐秋风淅淅,伤心怕暮雨霏霏。子被这四般儿感动别离,又被那三庄儿忒煞禁持:好教人倚门闾黄昏后怨怨哀哀,投机杼白日里愁愁戚戚,盼音书青灯下哭哭啼啼。这是我老来落得!常言道生男长女成何济?似恁般不归来远乡寄,抵多少义士还家昼锦衣[8]。愁的人似醉如痴!

(外扮老儿上)小人是王谦邻舍,在莒城回来。王谦打死了个店主,教我寄信与他母亲,上紧去看一看[9]。此间已是他门首,不免径入。(做与卜相见云云,卜惊倒科)(外)双手劈开生死路,一身跳出是非门[10]。(下)

(卜醒起科)

【隔尾】恨不得身生彩凤双飞翼[11],足蹑青云万里西。谁想他招揽下无名杀人罪。耳听的信息,谎的我魂离了四体。我便索跋涉程途去问个端的。(下)

（二净扯末同正净上）（二净）俺来这衙门前伺候了七八日,今日好歹放告也！（卜上）来到这衙门前,兀的俺孩儿么！（末、正净见卜,扭哭科）（卜）

【瑶华令】我见他前推后拥衙门内。猛见了这帮闲汉啜人贼[12],（二净）这婆子怎生走来便骂人。（卜）不由我扑登登按不住心头气。子被这忤逆子,连累了孝顺儿。都是这无徒辈！

你两个每日帮我孩儿吃了酒肉,又来害我！（二净）你儿子自打死了人,干我甚事？（卜）

【感皇恩】每日价陪酒陪食,哄他去柳陌花蹊。灌得你眼睛花,挣得你肚皮胀,您还道腹中饥。你这等帮闲钻懒,划地又乱作胡为。王谦儿你休替他认。谁着他性风狂,子被那酒沉酗,多管是色昏迷。

你每休要屈赖了平人。这打杀人本是王义来！

【采茶歌】杀人贼,是王义。小呆痴,泼无知。歹心机,不诚实。忒贪杯,每日价醉如泥。串花蹊,宿娼妓,使东西。本钱亏,不能归。他实是不精细,不伶俐。惹下了这场官事怎支持？儿,你替他招承连累了你！儿,你休替他认,教他恶人自有恶人敌。

（扮公吏上）今日官人事忙,你这告人命的明日来,且回去。（下）（卜）王义孩儿,本是你打杀人,你从实认了罢！（正净）娘,不消你吩咐。本是我打杀人,怎肯连累哥哥。（二净扯正净背云）你不要认！你认了不打紧,

760

须连累我!(二净对末云)王谦哥,你老实,你认了罢!
(末)不必二位分付,小生颇曾读书。老母在堂,兄弟终是他的亲生之子,小生怎肯要他偿命。这事决然我认。
(卜)孩儿,你休替他认!

【草池春】好着我心似刺,委实的难自理。止不住哭哭啼啼。(末扯卜哭科)(卜)大儿将我扯只[13],哀哀叫天吁地。(正净扯卜哭科)(卜)小儿将我扯只,跌脚捶胸哭泣。因你恋色贪杯,致令死别生离。合着帮闲泼皮,每日相逐相随。送了泼天活计,惹下这场罪戾。大儿德行诚实,孝友谁人不知。虽是前妻养的,强如亲生苗裔。小儿酒色着迷,不听我的教诲。恶了街坊邻里,背了亲眷相识。我今老弱残疾,倒被小儿带累。不由我数一回骂一回,怎教我不泪似扒推[14]!怨怨凄凄,切切悲悲。这的是人善人欺,不辨高低。我明日,向官中诉一遍心头气,仔细地说就里论是非。我直教官府中评品个好弱,别辨个虚实。

(二净)奶奶,你大儿认了,留你亲儿却不好?(卜做怒科)

【尾声】都为你这两个陷人贼放泼无仁义,更合着忤逆子痴心少见识,送的俺一家儿怃狼狠!到明日老婆子厅前跪膝[15],说你两个小猴子的就里,不到的轻轻素放了你!(俱下)

[1]占着:即赡着,养着的意思。元无名氏《罗李郎》杂剧第三折〔后庭花〕曲:"占猱儿,养弟子。"

761

〔2〕行院:这里指妓院。元朱庭玉〔梁州第七〕《妓门庭》散套〔么〕曲:"端的不曾见兀的般真行院。虽是个女流辈,然住在花街柳陌,小末的谁及。"

〔3〕倘来之物:即身外之物,无意得来的东西。

〔4〕怎没好:即怎么好。

〔5〕老业身:造业的人,自责自怨之语。

〔6〕汪泪眼:因年老常流眼泪,视力模糊。

〔7〕三不归:这里指没有着落。

〔8〕昼锦衣:富贵还乡的意思。《史记·项羽本纪》:项羽灭秦,思归江东,曰:"富贵不归故乡,如衣绣夜行,谁知之者!"典出此。

〔9〕上紧:赶紧。

〔10〕"双手"二句:相传是明太祖朱元璋微行时为屠户所写的春联。亦见元施惠《幽闺记》第五出落场诗。

〔11〕身生彩凤双飞翼:用唐李商隐《无题》"身无彩凤双飞翼,心有灵犀一点通"诗句,生,原作"无"。

〔12〕啜人贼:骗人贼。啜,啜赚,诱骗的意思。元无名氏《桃花女》杂剧第二折〔滚绣球〕曲:"则你这媒人一个个,啜人口似蜜钵,都只是随风倒舵。"

〔13〕扯只:扯着,拉住。只,语助无义。

〔14〕泪似扒推:形容眼泪倾泻而下。

〔15〕跪膝:下跪。

第 三 折

(外孤扮引公吏上排衙科[1])(外)今日无事,着皂隶开门放告。(公吏叫放告科)(众一行上)(卜)

【双调新水令】不争这泼无徒插状告官来[2],单注着俺孝顺儿这场不快。好着我悲啼的昏了老眼,怨恨的塞满胸怀。也是他月值年灾[3],命拙时乖,不堤防这一害。

（做见孤科）（孤问科）（二净）这王谦是王义的哥哥。王义同小的每来莒城做买卖,王谦自清河来看兄弟。饮酒醉后,打他兄弟。店小二去劝,因此上将店小二失误打死。（孤）王谦怎么样说？（末）是小人失误打死店小二,情愿偿命。（卜）

【乔牌儿】告大人听妾身前诉解,这两人忒图赖！这王谦谨厚言无外[4],怎肯做杀人贼强暴客。

本不是王谦打死人。（孤）却是谁来？（卜）是王义来。（孤）你是妇女人,怎知是王义？（卜）

【庆东原】这小儿向莒城为经纪,一去了个月馀不到来。（指二净科）被这两个帮闲钻懒的胡捏怪[5]。（孤）这两个怎地来？（卜）贪着那瓮子里酒醄。（孤）再怎地来？（卜）使尽这箱子里匹帛。（孤）再怎地来？（卜）恋着个瓦子里裙钗[6]。（孤）恋着那裙钗,却怎地打死人来？（卜）穷急也被人嫌。（孤）却怎地打死人来？（卜）酒醉也将人坏。

（孤）既不是王谦,如今这王谦却怎地自肯招认了？（卜）大人,这王谦从来孝顺,又疼他兄弟,因此上替他兄弟认了。（孤唤王义云）王义,是你打杀人来？（正净）是王义打杀人来。（孤）这两个都认了？且不着两个偿命,祗候人与我打,教他老实说！（打科）（先打王

谦，卜哭向前救介）

【殿前欢】他那里打将来，疼的我心如刀刺眼难抬。告恩官略且须担带，苦痛哀哉！（又打科，卜依前救科）打的他皮青肉绽开，告大人权宁奈！我这里忙把衣服盖。（卜倒在末身上）（孤）你怎地？（卜）等老身替他受杖，也是合该。

（孤）却打那王义！（打科）（卜）王义孩儿，是你打杀了店小二，你认了罢！（正净）是我打杀了来。（二净）大人，王义害怕虚招哩。（孤）再打！（又打科）（卜）孩儿招承了罢！你听我说来。

【殿前喜】想着你终朝醉眼何曾开，常眠花市侧。（正净）你儿酒也吃来，花也养来，都认了。（卜）你看他当官不怕尚宽怀。你休就谎话猜，不比你偿花债。（正净）娘，我罪认了也罢！是必多浇盏酒儿，我做鬼也快活。（卜）你待要糟丘深垒葬尸骸[7]，做一个鬼魂儿也乐哉！

（孤）你那婆子，那王义，莫非是你过房乞养[8]，或是前妻后继[9]。这王谦，想是你亲生孩儿。（卜）告相公，这大的孩儿王谦，是我夫主前妻所生。这小的孩儿王义，是妾身所出。（孤）既然如此，如何打王谦，你到这般痛他；打王义你到不痛，反教他认罪，是怎地说？（卜）告相公，亲生孩儿岂有不痛他的理！想着十月怀耽，三年乳哺，回干就湿，担忧受苦，岂是一盆水儿洗得大的！但王义好吃酒赌钱，不听老身教诲。况本是他打死了人，老身怎敢救他？这王谦虽非老身所生，却十分孝顺，本分诚实。他的父亲身故之时,再三嘱付老身看觑,老身怎敢忘背先夫之言!且老身平日深恨人家晚母,打骂前妻儿女。因此两个孩儿,都是一般看待。况兼王谦,真实不曾打死人,屈受刑法,怎教老身不痛!(孤)这是大贤之人!你近前来,问你详细!(卜起近上)(孤)你是何处人氏?在家作甚生理?你儿子每,学甚文艺?(卜)

【水仙子】清河县里有庄宅,白屋轻当民户差。幸遇着太平时世恩波大,乐丰年百事谐。请了个村学究教子成材。欲待要应举登云路,脱离了为农困草莱。谁想道撞入这翠柏乌台[10]!

(孤)你家既是读书学礼之家,如何又打死人?(卜)大人试听老身说者。

【沽美酒】虽是这王谦的命运衰,虽是这王义的情性乖。都子为这两个见世生猫狗溺胎[11],诸般的擘划,哄着他忒分外。

大人,都是这两个帮闲的来!(二净)你儿子打死人,干我甚事?到说我们!(卜)

【太平令】大人,他每日家不离了花衢紫陌,常踅在酒馆长街[12]。他比那胡子转心肠狠煞,他比那柳隆卿行藏尤赛[13]。每日价走来,将俺酒酾、肉嗐[14],吃的那快哉!到如今告了俺儿一状,这的是还了俺儿酒钱花债。

(孤)这两个帮闲,害了王义,又要图赖王谦,情甚可恶。

皂隶,与我每人打四十!(众应,打科)(孤)把二人同王义收监,王谦与李氏在外,听候上司回文到日发落。叫吏人,速将李氏大贤事情申奏去来!(卜拜)

【尾声】谢恩官判断的无偏侧。(正净扯卜哭云)娘也,救我一救!(卜)儿呵!既招成如何再改。不由我跌着脚泪如倾,抱着头手难解。(众俱下)

(二净吊场)(费云)如今官人依了婆子的说话,申上文书去,将俺做图赖人命,得了个妄告不实的罪。当初都是你先起心要赖他!(苗)都是你先起心,到怨我!(二人相打一折科)(做狱卒上)(收下)

〔1〕排衙:州县官员升堂,书吏衙役排班伺候。

〔2〕插状告官:递状子向官府告状。

〔3〕月值年灾:遭到了恶运,不在一月之内,就在一年之中。

〔4〕言无外:不说过头的话。

〔5〕胡捏怪:捣鬼作怪。

〔6〕瓦子:即瓦舍,宋元时期城市里艺人、妓女,多于瓦舍内卖艺。

〔7〕糟丘深垒:酒糟堆积如山。比喻沉醉不醒。

〔8〕过房乞养:以他人子女过继为自己的子女,叫过房,也叫乞养。

〔9〕前妻后继:指续弦、继母。

〔10〕翠柏乌台:本指御史台,这里指官府。《汉书·朱博传》:"是时御史府吏舍百余区井水皆竭;又其府中列柏树,常有野乌数千栖宿其上。"后称御史府为乌府,或乌台,本此。

〔11〕见世生苗:即现世生苗,谓现时就要得利。元乔吉〔折桂令〕《劝求妓者》小令:"待立草为标,现世生苗;时下收心,眼前改志,怎换

皮毛?"

〔12〕踅(xué学):盘旋,走来走去。

〔13〕"他比那"二句:胡子转、柳隆卿,元秦简夫《东堂老》杂剧中两个帮闲的篾片。

〔14〕嘬(chuài揣):大口吞食。

第 四 折

(扮使命上)今有清河县继母大贤,官里差我前去,赐他金冠霞帔,封做贤德夫人。大儿王谦,做殿前太尉。小儿王义,赦罪宁家。封后,要他一家到朝谢恩。俺如今只索去走一遭。(下)(众扮朝臣上)前者有清河县继母大贤,官里差人封官去了。这几时还不见到来谢恩。今日早朝,俺每侍班,不免在此祗候。(卜冠帔)(末孤扮)(正净、二净同上)(卜)

【大石调六国朝】金门春晓[1],玉陛花朝[2]。开宝殿瑞云浮,望瑶台香雾绕。举目瞻龙楼,凤舞青霄。鹄立鹓班早[3],天阶明月皎。珠帘外烟消宝篆,名园内露滴花梢。风透碧窗寒,漏传银箭悄。

【归塞北】莫不是仙宫阁,却怎生旌节锦飘摇[4]。我这里观御苑都是晴霞罩。看金沟流出花飘,猛听的天乐振琅璈[5]。

这是朝门内也!想俺庄户人家,怎能勾见这宫殿来!

【卜金钱】想俺在草舍柴门,几曾见恩光荣耀。把不住自惊慌,小鹿儿心头跳。见了万国朝,齐呼噪[6]。头直上蓦听的

767

宣丹诏。

（朝臣云）召过清河县的一行人来！（众应科）（卜）

【怨别离】锦衣花帽总英豪,近前来险諕倒。子见那武士金瓜忙围绕,人静悄,兀那隐隐鸣鞘声渐杳[7]。

（向前,众随后,做舞蹈过[8],跪）（卜）

【雁过南楼】俺这里荒笃速浑家老小,战钦钦手足频摇。一个愁蹙着眉,一个弯跧着脚,叹衰年老拙来到。（朝臣问科）圣旨道来,你两个孩儿,那一个孝顺？（卜）这小的儿一划狂[9],这大的子十分孝。（朝臣问科）你怎地不教导小的？（卜）老贱妾都一般教导。

（朝臣问科）那一个是你前家儿？那一个是你亲生子？（卜）

【催花乐】殿前一一说根苗。这王谦亡过亲娘,妾身曾教。数载攻书学业高,一世为人情性好。

（问云）你那亲儿,怎生到不孝顺？（卜）这王义虽是我亲生之子,

【净瓶儿】他只效金谷花间乐[10],爱毕卓瓮头糟[11]。气冲斗牛,心尚奢豪。难教,更慓暴[12]。赝表装孤一划瓢[13]。他是个腌材料,向高阳常盼、常盼酒旗招。

（朝臣）听俺发落！（念云）圣人教人以礼,夫妇人伦之始。李氏后娶之妻,贤德人间少比。能抚前家之儿,爱养如同己子。朝暮教训读书,感应达于天地。亲子致伤人命,不肯瞒心昧己。母封贤德夫人,长子殿前太尉。

768

次子赦免宁家,再来不得无理。两个帮闲歹人,割了他的馋嘴。如有离间亲情,都似他的样子。这的是清河县继母大贤,着那普天下姚婆每学你[14]。(众做三呼谢恩科)(卜)

【玉翼蝉煞尾】诚惶顿首,深感担饶。远拜丹墀,遥瞻天表。山呼踊跃,扬尘舞蹈。绿衣纱帽,一家欢乐。君恩怎报,恤孤念老。宽刑有道,访及岩壑。我兀自心怯怯,意乔乔[15]。言语涩,魄魂消。神恍惚,体虚飘。看了这十二帘栊,百万貔貅,九重楼阁。秉着这象简朝服,遥望着玉扆枫宸恰拜谢了[16]。

　　　题目　帮虎的兴词告状[17]
　　　　　　调猱的吃酒赌钱[18]
　　　正名　莒城店亲兄友爱
　　　　　　清河县继母大贤

[1] 金门:指宫门。

[2] 玉陛:宫殿前的白玉台阶。

[3] 鹄立鹓班:比喻群臣站班肃静有序。

[4] 旄节:朝仪中的旗旄之类。

[5] 天乐振琅璈:天乐,指宫廷乐曲。琅璈,指乐器。

[6] 呼噪:群臣欢呼万岁声。

[7] 鸣鞘:即鸣鞭、静鞭。皇帝坐朝,内侍挥鞭作响,让大家肃静。

[8] 舞蹈:这里指叩拜的礼仪。

[9] 一划狂:一派的张狂,不守本分。

〔10〕效金谷花间乐:学晋代石崇那样,在豪华之所一味取乐。金谷,本石崇建的豪宅,此指奢华场所。

〔11〕爱毕卓瓮头糟:晋吏部郎毕卓,常饮酒废职。曾入邻宅酒瓮间盗饮,为掌酒者所缚。主人知是毕卓,共饮瓮边,醉后始去。见《晋书》本传。

〔12〕懆暴:即躁暴。粗野、蛮横。

〔13〕赡表装孤一划瓢:养妓女,作嫖客,一味地出头。瓢,当作"标",出色的意思。元无名氏《延安府》杂剧第二折厨子云:"我做厨子实是标,偏能蒸作快烹炮。"

〔14〕姚婆:后娘,继母。

〔15〕心怯怯,意乔乔:心中惶恐的意思。

〔16〕玉扆(yǐ乙)枫宸:玉扆,皇帝的座位。枫宸,宫殿。汉宫中多植枫树。宸,北辰所居,泛指帝王宫寝。

〔17〕帮虎的:捧场的,指帮闲凑趣的。

〔18〕调猱的:玩弄妓女的。宋元市语称妓女曰猱儿。明杨慎《古音附录》:"今俗谓狎妓曰调猱。"

康　海

康海(1475—1540),字德涵,号对山,晚号沜(pàn 盼)东渔父,又号沜西山人。陕西武功人。弘治十五年(1502)状元,官翰林修撰。正德二年(1507),为救友人李梦阳出狱,曾诡词往说刘瑾。刘瑾败后被牵连免官。自是以后,隐居乡里,甘愿"披发啸歌至于终身而不敢悔"(《与彭济物书》),凡三十年之久。他是明代文坛上"前七子"之一,在文学上主张复古,但又强调独创,要求"自成一家"。所作诗文,多自抒胸臆,言之有物,格调豪放,一如其人,名《对山集》。散曲现存二百六十馀首,名《沜东乐府》。杂剧除《中山狼》外,尚有《王兰卿》一种。

中山狼[1]

正名　东郭先生误救中山狼
　　　杖藜老子智杀负心兽

第　一　折

(孤扮赵简子引祗从上)则俺晋国正卿赵鞅的是也[2]。

这一个是俺御车的王良[3],这一个是俺倖臣嬖奚[4]。则今时遇秋天气候。俺带着虞人们[5],牵了犬,臂了鹰,架乌号之弓,挟肃慎之矢[6],到中山地区打猎一回咱。(狼上)俺中山狼是也。有那赵卿打围到此,教俺何处躲者?则索舍着命走也!(赵)兀那前边有个狼来也。俺放箭咱!(狼中箭走科)(赵)呀,您看波!俺一发饮羽[7],那狼可叫的一声走了也。快赶上者!(下)(末骑驴负囊上)自家墨者东郭先生的是也[8]。俺墨者之道,度身而衣,量腹而食。生不歌,死无服,以薄为其道。却是无所不爱。便是摩顶放踵,利天下也为之[9]。大都道俺是无父的[10],却不知俺物我混同[11],这才是个兼爱的道理。俺今日要往中山去进取功名,恰早收拾了书囊,便索走一遭去也!

【仙吕点绛唇】奔走天涯,脚根消乏青驴跨。回首年华,打算来都虚话。

【混江龙】堪笑他谋王图霸!那些个飘零四海便为家。万言书随身衣食,三寸舌本分生涯。谁弱谁强排蚁阵,争甜争苦闹蜂衙[12]。但逢着称孤道寡,尽教他弄鬼抟沙[13]。那里肯同群鸟兽,说什么吾岂瓠瓜[14]。有几个东的就,西的凑,千欢万喜;有几个朝的奔,暮的走,短叹长呀。命穷时镇日价河头卖水,运来时一朝的锦上添花。您便是守寒酸枉饿杀断简走枯鱼[15],俺只待向西风恰消受长途敲瘦马。些儿撑达[16],恁地波喳[17]!

呀,兀的又是暮秋时候也!

【油葫芦】古道垂杨噪晚鸦。看夕阳恰西下,呀呀寒雁的落平沙[18]。黄埃卷地悲风刮,阴云遍野荒烟抹。只见的连天衰草岸,那里有林外野人家?秋山一带堪描画。揾不住俺清泪洒袍花。

俺骑着这驴儿,独自行走,好不凄凉也!

【天下乐】策蹇冲寒到海涯[19],好教俺嗟也么呀!两鬓华。常言的出外不如家。既没个侣伴们共温存,更少个僮仆儿相衬褡[20],俺不觉的颤钦钦心头怕!

早来到中山地面也。呀!为怎的尘埃滚地,金鼓连天,敢是那里交兵厮战来?

【那吒令】只见那忽腾腾的迸发,似风驰电刮;急嚷嚷的闹喳,似雷轰炮打;扑剌剌的喊杀,似天崩地塌。须不是斗昆仑触着天柱拆[21],那里是战蚩尤摆列着轩辕法[22]。却怎的走石飞沙?

呀!你看纷纷车马,对对旌旗,飞鹰走狗,千群万队。敢是谁打围到此也!

【鹊踏枝】车和骑,闹喧哗。鹰和犬,猛擒拿。赶番了窟兔山狐,惊起些野雉昏鸦。看一鞭儿追风骏马。敢踏碎几缕残霞!

俺且控住这驴儿,慢慢的走者。

【寄生草】明晃晃戈矛亚,乱纷纷旌旆加。雄纠纠斜控龙媒跨[23],滴溜溜谩挟金丸诧[24],厮琅琅齐把乌号架。他闹茸

773

茸前合后偃射雕坡,俺怯生生停鞭立马长杨下。

（狼上）俺被赵卿所射,一发饮羽。只索带着箭,负痛走也。天那!却教谁人救俺咱!（末）兀那里走的一个狼来也!哎哟,吓杀我也!

【幺】谁道俺的残生命,又撞着这狼夜叉。俺战兢兢遍体寒毛乍,呆邓邓两眼乌珠咤,漫悠悠一缕魂灵谎。来到这没爹娘的田地一身孤,多应是瘦伶仃的骸骨送在馋喉下。

（狼）恰好遇着先生也!有那赵卿打围到此,俺被他射着,带箭走了。先生可怜见,救俺一命咱!（末）您好不识闲忙也!俺待进取功名,急忙里要赶程途。怎管得您这闲事来!

【醉中天】俺心儿里多惊怕,口儿里闲嗑牙[25]。俺待向落日疏林看晚霞,驴背上偏潇洒!着甚么紧横枝儿救拔。俺只怕热肝肠翻成冷话,那里管野草闲花!

您快走,俺救不得您咱!（狼）先生,恁的把俺相厄呵。昔日有个隋侯救蛇[26],后来衔珠为报。蛇尚如此,俺狼比着蛇更有灵性哩!今日事急了,愿早救俺残喘!先生的大恩,不敢有忘。俺做隋侯之珠,来报您先生咱!（末）噤声!俺若救您以犯赵卿,祸事不知怎的?那敢望恁报来!

【金盏儿】谁和您吊闲牙,谎得俺早酥麻。他将军八面威风大,马前势剑染霜花。没来由怎当耍,干惹下祸根芽。您道是隋侯将珠报答,谁敢向太岁把土来爬?

（狼）先生可怜见！不争俺死不打紧。枉了您个恻隐之心，人皆有之！这不干赵卿的事，先生！是您不救咱！死于九泉之下，俺不怨赵卿，则怨着您！（末）俺待不救恁来，可不道墨者之道，兼爱为本。这却是如何？罢罢！那里不是积福处。俺便当救活您，只索出俺图书，把个空囊，藏您在里面罢。（狼）先生恩德非浅！（出书囊装科）（三次科）

【一半儿】恰撞着胡缠厮迳这冤家。想着俺受怕担惊为甚咱？则这藏头露尾真没法！怎生把囊儿括，俺将他一半儿遮藏一半儿撒。

您看人马渐渐的近将来。似此怎生是好？（狼）先生！事急了，快些救俺则个！（末）恁身儿多大！俺囊儿小，藏你不得。（狼）俺只索跶了四足，先生把绳子紧紧的缚住。曲了脊，掩了胡头儿[27]，连着尾巴子缩做了些娘大的一块子儿，却把俺装在囊儿里。先生，你是必用心儿者！（绳缚科，装入囊科）（末）

【后庭花】缩的头、跶的胯。曲着脊，闭着牙。说甚么前跋胡，后疐尾[28]；恁般的腰似蝎，背如虾。俺只怕惊鸳打鸭[29]，恰闪煞俺战笃速力难加。

如今却好了也！且缚了囊口肩上这驴背，把驴儿拴在路傍树上。待赵人过去，狼呵！救的恁休欢喜，救不的恁休烦恼者！

【赚煞】心慌脚怎移，胆小魂先怕。这謇驴儿把布囊搭胯。

775

难道是狭路上相逢不下马,那其间吉凶难查。您休得咿喳[30],俺加些挣扎,只怕话不投机半句差。须索要言词对答,使不着虚脾奸猾。中山狼呵!则被您险些儿把俺管闲事的先生断送的眼巴巴!(下)

〔1〕《中山狼》:这是一本杰出的寓言讽刺短剧。通过紧张而激烈的戏剧冲突,塑造了东郭先生和中山狼两个生动的艺术形象。东郭先生的迂腐可笑,中山狼的狡诈凶恶,在剧本中被作者用文字描绘渲染,刻画得入木三分,给观众以强烈的印象;而其寓意之深远,更足以发人三思,令人警省。在艺术上,利用寓言剧的形式,赋予动植物以人的思想性格来反映社会生活,《中山狼》可以说是成功的典范。日本学者青正正儿在《中国近世戏曲史》中评论此剧:"四折均排场紧张,宾白无寸隙,曲辞语言本色,直摩元人之垒。"是比较中肯的。现依《盛明杂剧》一集本校注。

〔2〕正卿:古代官名。卿有正卿、少卿。

〔3〕御车的王良:王良,春秋时晋国善御马者。其为赵简子驾车,见《孟子·滕文公》(下)。

〔4〕嬖(bì闭)奚:嬖人奚。嬖,受宠幸的小人。奚是其名。

〔5〕虞人:古代管理山泽的官员。

〔6〕"架乌号之弓"二句:乌号,古良弓名。据《史记·封禅书》:"百姓仰望黄帝既上天,乃抱其弓与胡髯号,故后世因名其处曰鼎湖,其弓曰乌号。"肃慎,利箭。周武王时,肃慎国进贡楛矢,故名。

〔7〕一发饮羽:一箭射中。饮羽,谓力量很足,箭深入,箭尾羽毛都隐没不见。

〔8〕墨者:信奉墨子学说的人。

〔9〕"便是"二句:见《孟子·尽心》(上):"墨子兼爱,摩顶放踵,利

天下为之。"摩顶放踵,是说从头到脚都不顾惜,比喻牺牲一切。

〔10〕无父:目无父母。《孟子·滕文公》(下):"墨氏兼爱,是无父也。"

〔11〕物我混同:物我一体,不分彼此。

〔12〕"谁弱谁强"二句:排蚁阵,像蚂蚁那样的排兵布阵。闹蜂衙,如蜜蜂那样的升堂坐衙。

〔13〕弄鬼抟沙:比喻白费心力,不能成功。弄鬼,即弄虚作假。抟沙,揉沙作团。

〔14〕"那里肯"二句:孔子说"鸟兽不可与同群"(《论语·微子》),又说"吾岂匏(hú 胡)瓜也哉?焉能系而不食"(《论语·阳货》)。匏瓜,即胡卢,嫩时可以食用。孔子汲汲用世,急于从政。这里,东郭先生站在墨家立场,加以讥刺。

〔15〕杜饿杀断简走枯鱼:白白地在断简残编中困饿而死。枯鱼,干鱼。汉乐府:"枯鱼过河泣,何时悔复及。"

〔16〕撑达:放肆,痛快,欢乐。

〔17〕波喳:或作"波查"。折磨、辛苦的意思。

〔18〕"古道"三句:化用元马致远小令〔天净沙〕曲意:"枯藤老树昏鸦,小桥流水人家。古道西风瘦马,夕阳西下,断肠人在天涯。"

〔19〕策蹇:鞭打着驴子。

〔20〕衬褡:陪衬作伴。

〔21〕斗昆仑触着天柱折:传说上古颛顼为帝,共工造反,战于昆仑。共工不胜,怒触不周之山,天柱折,地维绝,使天崩地陷。

〔22〕战蚩尤摆列着轩辕法:传说蚩尤是黄帝轩辕氏时的一个酋长,率众作乱,帝率兵亲征,战于涿鹿。蚩尤作大雾,帝造指南车破之。

〔23〕龙媒:俊马。

〔24〕金丸:弹丸。

〔25〕闲磕牙：说闲话。

〔26〕隋侯救蛇：《淮南子·览冥训》："譬如隋侯之珠。"注："隋侯，汉东之国，姬姓诸侯也。隋侯见大蛇伤断，以药傅之，后蛇于江中衔大珠以报之，因曰隋侯之珠。"

〔27〕胡头儿：下垂的颔肉。

〔28〕前跋胡，后疐(zhì 质)尾：向前去则颔肉被踩，向后退则尾巴被踏，形容进退失据的样子。《诗经·豳风·狼跋》："狼跋其胡，载疐其尾。"跋，践踏。疐，同"踬"，跌倒。

〔29〕惊鸳打鸭：即俗语"打鸭惊鸳鸯"之倒文。

〔30〕哜喳：争吵，闹喧。

第 二 折

(赵简子上)俺赵卿的是也。那中山狼被俺一箭射着，走的来影也似没寻处。虞人们，快赶上者！兀那路傍树上拴着驴儿，有个傻屌立地[1]。他敢晓得中山狼么？俺们向前去问他一遍咱！(下)(末上)自家东郭先生的便是。本待往中山去进取功名，恰是俺命儿里颓气，撞着这中山狼，被赵卿射着，带箭走了，抵死的要俺搭救。想起俺墨者以兼爱为本，只得把书囊儿藏着，背上这驴儿，俺且在这枯杨之下歇息咱。他来若问俺时，索打点的话儿对付他也！中山狼呵，则被恁闪杀了人也！

【正宫端正好】恰遇这暮秋天，来到的荒郊外。热心儿揽祸招灾。无端小鹿心头揣，一会家可便难宁耐。

【滚绣球】看疏疏柳叶飘，听嘹嘹雁影排。最凄凉暮云残霭。

只见他万马儿滚地飞来,闹喳喳乱打歪[2],忽剌剌齐喝采。这威风天来多大,早则有几分儿骨软魂呆。则索是舒腰展脚迎头拜。乱掩胡遮步懒抬,怕的他快眼疑猜。

　　(赵上)兀那汉子!恁在这树下歇息,可曾见那中山狼去来?(末)

【倘秀才】叹鲰生孤身一介[3],骑瘦马空囊四海,可又早十谒朱门九不开[4]。受过了十年窗下苦,只道是千里故人来。那管您狼奔鼠骇!

　　(赵)看您这厮,一谜里胡言[5]!俺打围到此,那中山狼当道,人立而啼。被俺开的弓,拈的箭,飕的一声应弦饮羽,失声走了。您在路傍,怎生不见他去来?您看俺剑者!(拔剑砍车辕科)东西南北,兀谁的隐讳了狼的去向,把这车辕儿做个赛例者[6]!(末)

【叨叨令】只见他笑溶溶的脸儿都变做赤留血律的色[7],提着那明晃晃的剑儿怕不是卒溜急刺的快[8],把一个骨碌碌的车儿止不住匹丢扑答的拍[9],却教俺战笃笃的魂儿早不觉滴羞跌屑的骇[10]。兀的不闪杀人也么哥!兀的不闪杀人也么哥!您便是古都都的嘴儿使不着乞留兀良的赖[11]。

　　告君侯,暂罢雷霆之怒,听俺慢慢的说一遍咱!俺在灯窗下,读成满腹诗书。奔走四方,进取功名。来到这个三岔路口,不知那条路往中山去。因此就在这枯杨直下,歇息一回。等个来往的人问路。咱自己迷了路,尚

779

然不知,怎生与您指迷引导来?

【倘秀才】俺走天涯磨穿铁鞋,哭穷途西风泪洒,讨的个一事无成两鬓衰。他乡何处是,迷路问谁来?那狼呵,知您的浮萍大海[12]!

俺闻的古人说,大道以多歧亡羊[13]。想起来羊乃至驯之畜,一个小厮儿,便可制伏。尚且途路多歧,走的来没寻处。这狼怎比羊的驯扰。况这中山的歧路恁多,那一处不走的狼去?却在这官塘大路里寻觅[14],这不似缘木求鱼[15],守株待兔么[16]?

【滚绣球】叹歧路,可亡羊。这中山狼何在?您看波:满目的寒烟一带,都是些曲径岭崖。密丛丛深树林,白茫茫遍草莱,少什么山精木客[17],几多儿雾锁云埋。似恁的却缘林木求鱼至,自守枯株待兔来。到只管傒落吾侪[18]!

(赵)兀那汉子!您还不知:这狼将远逐食,必先把身儿倒立以卜所向何方。千禽万兽,自然蹲聚。似恁般,俺们出猎,最喜得的是这狼哩!(末)恁的说来,这田猎是虞人的职掌。如今不见了中山狼,怎的不去问他个根由?俺行路人何罪也!

【呆骨朵】田禽自有个皮冠在[19],这根由也索明白。为甚么乱讲胡猜?却向咱村沙恶赖[20]!俺待做红尘外逍遥客,却惹下白地里冤缠债。劝您个莽英雄莫苦求,枉把俺陌路人厮禁害。

(赵按剑科)您看俺这口剑,吹毛也似快的,您敢试着他么?那中山狼分明是您藏下,却怎的巧言令色,胡乱支吾。下次小的们!把那驴背上囊儿,打开看者!若搜出来呵,到底不饶了您哩!(末)这是俺的书囊。那狼可是活的,囊儿里怎的不动一动?他是有头有尾有四足的。似这般小小的囊儿,甚法儿藏着?打开看也打甚么不紧,只可惜颠倒了俺的书,枉费了这手脚也!

【滚绣球】您道是三尺剑吹毛快,把俺这天灵盖,险劈开。非是俺巧言令色,索与您数黑论白。这囊呵,有图书万卷收,只青毡一片来[21]。谁曾见这锦囊诗袋,却遮藏的虎党狐侪?只您这眉前眼后谁瞒过,道不的露尾藏头怎撒乖,没处安排。

(赵)您怎般的花言巧语,兀谁信您者。却不道狼乃至猛之兽,您为甚的怎般与他隐讳来?(末)俺虽愚蠢,岂不知这狼的行径?他性极贪狠,助豺为虐。您若能除了这害,俺便当效微劳相助。怎的到隐讳他踪迹也呵!

【倘秀才】您休怎的大惊小怪!俺世不曾风魔九伯[22]。这狼呵,他露爪张牙惯助豺。今日里亡猿殃及木[23],谁待肯养虎自贻灾。好教俺拔刀变色。

(赵)下次小的们!不消打开囊看了!那厮既不晓得中山狼,则便放他自去者!(末白)多谢了您!俺索牵了驴儿走也。

【煞尾】休道他停车坐对枫林外[24],俺只索匹马萧条古道挨。拂面黄尘遍紫陌,胆颤心慌路越迈。动地惊天势儿大,七魄三魂陡的骇。只道贵人喜迎待,恰遇丧门命穷败[25]。

781

狭路相逢怎布摆,也是前生欠冤债。比似你风送长江走的快,把俺第一个程头早误了采[26]。(下)

(赵)兀那傻屌去了。既没有中山狼,俺们索回去者!

〔1〕傻屌:骂人语,犹云傻瓜、蠢货。

〔2〕闹喳喳乱打歪:闹哄哄的胡打乱摔。

〔3〕鲰(zōu邹)生孤身一介:即小生独自一人。鲰本为小鱼,这里是自谦之词,鲰生即小生。一介,一个。

〔4〕十谒朱门九不开:指到处碰壁。朱门,贵人之门。古代贵族以红漆涂门。

〔5〕一谜里:即一味地,一派地。

〔6〕赛例:可以相比较的例子、榜样。

〔7〕赤留血律:形容脸色通血。血律,或作"血沥沥"、"血渌渌",即血淋淋的样子。赤留,这里是语气词,无义。

〔8〕卒溜急刺:形容剑锋锐利。卒溜,即卒律律,本用以形容风、火的急促猛烈之势,这里借指宝剑的锋利。急刺,语尾助词。

〔9〕匹丢扑答:形容用力拍打的声音。

〔10〕滴羞滴屑:形容战栗、颤抖的样子。

〔11〕乞留兀良:或作"乞留恶滥"。形容随随便便、漫不在意。《黄粱梦》第四折〔叨叨令〕曲:"那蹇驴儿柳阴下舒着足,乞留恶滥的卧。"

〔12〕浮萍大海:浮萍归于大海,不易寻觅的意思。

〔13〕大道以多歧亡羊:道路歧杂,自然容易迷失。歧,岔路,小道。

〔14〕官塘:公共的水塘。

〔15〕缘木求鱼:上树去找鱼,比喻徒劳无功。典见《孟子·梁惠王》(上)。

〔16〕守株待兔:死死守着枯木桩子,等兔来自己碰死,比喻不知

变通。典见《韩非子·五蠹》。

〔17〕山精木客:山林中的精怪。

〔18〕吾侪:我辈,我们。

〔19〕田禽自有个皮冠在:田禽,即打猎。猎人多戴皮制的帽子。

〔20〕村沙恶赖:村沙,粗野,鲁莽。恶赖,讹人,赖人,无理取闹的意思。

〔21〕青毡一片:家无长物,只青毡一片。晋王献之,夜卧室中,有人入室,盗物都尽。献之徐曰:"青毡我家旧物,可特置之。"盗惊去。见《晋书·王羲之传》。

〔22〕风魔九伯:呆呆傻傻。九伯,亦风魔意。

〔23〕亡猿殃及木:古有"楚国亡猿,祸殃林木"之说。因搜捕一只走失的猴子,而砍伐林木,比喻无故受灾。

〔24〕"停车"句:用唐杜牧《山行》句:"停车坐爱枫林晚"。

〔25〕丧门:死神。

〔26〕误了采:失去了运气。

第 三 折

(末上)俺东郭先生好惭愧也!把这书囊藏着中山狼,险些儿被赵卿看出破绽来。好惭愧也!俺不敢久停久住,鞭着驴儿快走者。您看这古怪的畜生么,偏是今日百般的鞭打不肯走。好慌杀俺也!驴儿!俺把你这鞴金鞍、嚼玉勒、披绣鞯、挂红缨的龙驹骏骑央及,你快些儿挪一步咱!

【越调斗鹌鹑】乱纷纷叶满空山,淡氲氲烟迷野渡。渺茫茫白草黄榆,静萧萧枯藤老树。昏惨惨远岫残霞,疏剌剌寒汀暮雨。骑着这骨棱棱瘦驽骀[1],走着这远迢迢屈曲路。冷凄凄只影孤形,急穰穰千辛万苦。

您看羽旄之影渐没[2],车马之音不闻。那赵卿敢去的远了。不知这中山狼在囊里是如何的,怎的不动一动?不是箭射伤死了,那多敢是囊儿里一时的闷杀来。怎的再不则声咱?(看囊科)(狼)先生留意者。想那赵卿去的远了。俺在囊中紧紧的缚得好不苦也!俺臂上的流矢煞是痛哩。先生,快解开囊来放俺者!(末)

【紫花儿序】霎时间车尘儿隐隐,马足儿腾腾,旗影儿疏疏。依旧是清秋远树,旷野平芜。(狼)先生快些儿放的俺出来罢!好不耐烦也。(末)徐徐!把似您划地的心慌,怎待这半日馀。险些儿早狗烹锜釜[3],做不得颖脱囊锥[4],尚兀是曳尾泥涂[5]。

俺打开囊儿,与你解了这缚,拔了这箭,您好不自在哩。
(开囊解缚拔箭科)

【金蕉叶】只见他头和尾蛇盘蝟缩,着箭处淋漓血污。止不住连声叫苦,俺和您疾忙救取。

(狼出囊科)惭愧也!险些儿俺的性命被赵卿断送了!先生,谢得您救俺也。只俺有句不知高下的语儿敢说么?(末)有甚话说来。(狼)俺被赵卿赶来,走的路途遥远。这囊儿里又受了一日的苦。虽则是先生救活俺的性命,只是肚儿里饿的慌。倘然饿死在路上,却被鸟鹊啄,蝼蚁攒呵,不如送与赵卿拿去,倒也死的干净。先生可怜见,权把您来充饥罢!(狼扑科)(末躲驴后科)呀呀呀,兀的不谑杀俺也!

【小桃红】谑的俺浑身冷汗湿糢糊,把不定头梢竖[6],遍体皮肤似钩住。这命须臾,也是年该月值前生注。来到这山溪野路,只见些愁云惨雾,则谁是俺护身符。

俺把书囊救您,险被赵卿看破,把俺性命几乎送在一剑之下。担惊受怕救得你时,怎得倒要吃俺?天下有这般负心的么?

【天净沙】俺为您拚了身躯,俺为您受了忧虞。刚把您残生救取,早把俺十分饱觑,这瘦形骸打点充餔[7]。

(狼)先生,您是墨者。俺闻得"摩顶放踵,利天下为之",何惜您一身,却不救了俺的性命咱?(末)

【调笑令】您馋眼脑天生毒[8],狠辣的心肠和那胆底儿虚。才得个皮毛抖擞,便把恩来负。也是俺两眼儿无珠,谁引得狼来屋里居?今日里懊悔何如!

(狼)您缚俺在囊里,受的苦来不耐烦。您是甚好意?您向赵卿说俺恁的不好,要助他所算了俺[9],怎的不该吃您么?(末)

【秃厮儿】好教俺闷腾腾心头气蛊,忿嗔嗔手拍胸脯。俺担惊受怕的撩虎须[10],救得您泼贱躯,几乎!

(狼)不要闲讲,俺肚儿里饿得来慌了,快些儿与俺权作充饥者!(狼扑科)(末躲科)

785

【圣药王】您吻儿鼓[11],爪儿露,这是蛇衔径寸的报恩珠!俺怎对付?好凄楚。手忙脚乱紧支吾,不住的把天呼。

天那!是俺自己的不是也!

【麻郎儿】也是俺寻差道路,撞着恁饿虎妖狐。谎的来后退前趋,紧靠着瘦驴儿遮护。

【幺】起初不如冷觑,索性做个陌路区区。似这般衔冤负屈,头直上青天鉴取。

(狼扑科)(末躲科)(狼)随您那里去,决然躲不过。俺不吃您,也决不干休。(末)您好负俺也,您好负俺也!这如何是好?怎得人来救俺也!罢罢罢,俺救了您,倒要吃俺,世上有这奇事么?常言道:"若要好,问三老。"俺与您去寻着三个老的,问他道是该吃俺也不该吃。他若道是该吃呵,俺便死也是甘心哩。(狼)恁的也说得是也。(同行科)(狼)您看俺的造物,头里走的来这多时,再没个人儿撞着者。俺肚里又饿得慌,口儿里馋涎早汩都都的淋下也。呀,好了好了,您看那里不是一株老树,快问他来。(末)这是一株老树,僵立在路傍。俺想草木乃无知之物,怎生问他来?(狼)您不要管,只顾问他,他定然回答您者。(末揖树科)老树老树,兀那中山狼被赵卿一箭射着,追赶的有地皮没躲处。是俺把书囊救了他。如今出得囊来,倒要把俺吃,世上有这样负心的?老树呵,您道是可该吃不该吃么?

【东原乐】这的是沟中断[12],爨下馀[13],怎便做千年的灵椿觑[14],哎,俺好痴也!把草木无知不住的呼。只索自喑付。老树老树,您若救得俺呵,再重生真是花开铁树。

(树上)俺老杏是也。想那老圃当时种下俺,不过费得他一个核儿。一年开花,二年结果,三年拱把[15],十年合抱。到今三十年来,老圃和那妻子儿女,走使奴仆,往来宾客,都是俺供养。他当时又摘俺的果儿往街市里去觅些利息。似俺这般有恩与老圃的,如今见俺老来不能结实,老圃划地里发怒,伐去俺条枚,芟落俺枝叶[16],又要卖俺与匠氏[17]。是这般负心的。您却有甚恩到这狼来?该吃您,该吃您。(下)(末)

【绵搭絮】俺道您琼林玉树,却原是朽木枯株。只好做顽桩儿系马,短橛儿拴驴。您道是结子开花,枉做了木奴,今日里断梗除根,只当是折蒲。哎,罢了,罢了!都似这义负恩辜,俺索做钼䥥触槐根一命殂[18]。

(狼扑科)(末避科)呀,性急怎的!方才不曾说来,要问三老。只问得一老,怎便就要吃俺?(狼)快走些儿。好了,有一个老牸在那里曝日[19],您去问他。(末)俺被那万刀砍千斧斫的蠢木顽柴,几乎丧了俺性命。这牛是披毛带角的禽兽,问他何用?(狼)您只管去问他,您再不问,俺便吃您了。(末揖牛科)老牸老牸,这中山狼被赵卿所射,是俺救了他的一命。如今反要吃俺,您道可是该吃俺不该吃俺么?

【络丝娘】您花阴处一犁绿雨,笛声中斜阳陇树。为甚崚嶒

787

瘦骨西风暮,只见他垂头无语。

（牛上）俺乃老牸是也。俺做牛犊子时,筋力猛健,老农最是爱惜。老农出入是俺驾车,老农耕田是俺引犁,把俺做手足一般的相看。他穿的衣,吃的食,男女婚姻,公私赋税,那一件不在俺身上资助他。如今见俺老来力弱,赶逐俺在旷野荒郊,这般的风霜寒冷,瘦骨难熬,行走不动,皮毛枯瘁。您可道是不苦么？昨日听得那老农和他妻儿所算俺,道"老牛身上都是有用的,肉割来做脯吃,皮剥来好做革,骨和角又好切磋成器用"。教他孩儿要磨刀宰俺,好不苦哩！俺与老农有许多功劳,尚然有谋害,您却有甚恩到这狼来？该吃您,该吃您。（下）（末）

【拙鲁速】您道是急巴巴的荷犁锄,只剩得影岩岩的瘦身躯。今日里受的酸风苦雨,倒在颓垣败堵,尚兀待掀皮剜肉费踌躇。哎,罢了罢了！俺好命穷也！这场儿的冤苦,向谁行来分诉,谑的俺似吴牛见月儿喘吁吁[20]。

天那,眼见得没人来救俺也！

【尾声】这里是条条一荡官塘路,怎没个人儿北来南去。眼见得一命儿掩泉途,死的来怎能够着坟墓。

（狼扑科）（末避科）性急怎的,俺和您有言在先,且再问第三个老的,他道是该吃,只索由您罢了。（狼）饿得来不耐烦了,快走些儿。凭着俺一片好心,天也与俺半碗饭吃。（下）

〔1〕驽骀(tái 抬):劣马。

〔2〕羽旄:猎车上的旗伞之类。

〔3〕狗烹锜釜:古谚:"狡兔死,走狗烹。"比喻功臣被诛。锜釜,有脚的铁锅。

〔4〕颖脱囊锥:锥子放在囊中,锥尖自然破囊而出。比喻有才能的人必然会出人头地。见《史记·平原君虞卿列传》。颖,锥尖。

〔5〕曳尾泥涂:乌龟在泥地里拖着尾巴自在的爬行。比喻不想作官,一心在野的隐士。见《庄子·秋水》。

〔6〕头梢:即头发。

〔7〕充馎:充饥。

〔8〕眼脑:眼睛。

〔9〕所算:算计,谋害。

〔10〕撩虎须:摸老虎的胡子。比喻极其危险的行为。

〔11〕吻儿鼓:鼓起腮帮子。

〔12〕沟中断:倒在沟中的断木。

〔13〕爨(cuàn 窜)下馀:灶窝里烧剩的残柴。

〔14〕灵椿:传说古代有大椿树,以八千岁为春,八千岁为秋,称为灵椿。

〔15〕拱把:两手合围叫拱,一手满握叫把。

〔16〕芟(shān 山)落:砍掉。

〔17〕匠氏:木匠。

〔18〕鉏麑(ní 倪)触槐根:春秋时,晋灵公使鉏麑往刺大臣赵盾,鉏知其忠而获罪,不忍下手,乃触槐而死。

〔19〕老牸(zì 字):老母牛。

〔20〕吴牛见月:江南水牛畏热,见月而喘,以为日出。《世说新语·语言》:满奋性畏风,曰:"臣犹吴牛,见月而喘。"

789

第 四 折

（冲末拄杖上）则俺杖藜老子的是也[1]。俺逃名晦迹，在这深山里隐居，真个无是无非，每日间到那溪边林下闲步逍遥。只今暮秋天气，景致煞是佳也。只索倚杖散步一回者。（末同狼上）天那，着谁人救俺东郭先生也。呀，远远望见的小桥流水、茅舍疏篱，敢是人家的村落。俺只索向前去者。

【双调新水令】看半林黄叶暮云低，碧澄澄小桥流水。柴门无犬吠，古树有乌啼。茅舍疏篱，这是个上八洞闲天地[2]。

呀，那林子里有个老儿扶杖走来，求他救俺者。（末拜科）丈人早些儿救俺咱。（老）兀那先生为着甚来？（末）这中山狼被赵卿所射，带箭走了，他赶的来上天无路、入地无门，向俺求救。想起俺墨者以兼爱为道，只得把书囊救他一命。才出囊来，反要吃俺，苦苦求他，不肯相饶。俺和他说问个三老，可道是该吃不该吃。打头来遇着株老杏，那无知的朽木道是该吃俺；再来遇着个老特，那个泼禽兽又道是该吃俺。险些断送了性命也。今来遇着丈人，这是俺命儿里该有救星。天幸得遇丈人，望赐一言，救俺则个。

【驻马听】枉煞心痴，向猛虎丛中来救你。无端负义，这鬼门关上诉凭谁？遇着顽禽蠢木总无知，道是屠牛伐树都差异。这搭儿难回避。丈人呵，俺不道救星儿恰撞你。

（老举杖打狼科）哎，世上有你这般负恩的！他好意儿救得你，便要吃他，那有你这没天理的畜生。你快走，迟呵，俺便杖杀你也。（狼）丈人不可听信他，这都是虚言。他见俺被箭射伤，把俺缚了足，踡曲在囊中受了多少苦楚。他又支吾赵卿，说俺恁的贪狠，延捱了这一会。他假意儿救俺，却是要囊中谋害了，自己独受其利。这般欺心的，道是该吃那不该吃？（老）这般说来，先生你也有些不是处。（末）哎哟，丈人不知，俺只因救他，险被赵卿看出破绽来，几乎送了一命。这是俺的热心儿，图他甚么来。

【雁儿落】俺为他冲寒忍肚肌，俺为他胆颤心惊碎。把他来无情认有情，博得个冷气淘热气。

（狼）丈人莫信他，俺被他缚在囊里，好不苦也。（老）你两个说来都难凭信。如今依旧缚在囊中，把那受苦的模样使俺亲见一番。若是果然受苦呵，先生，你也说不得，只索与老狼吃下者。（狼）恁的说得有理。俺肚里饿的慌了，快些缚起来，看可是苦也那不苦么。丈人，俺定是要吃那先生的，你莫哄俺来。（末缚科，置囊中科）（老）先生，你可有佩刀么？（末）俺带得有佩刀也。（出刀科）（老）如今怎的还不下手么？（末）虽然是他负俺，俺却不忍杀了他也。

【得胜令】光灿灿匕首雪花吹，软哈哈力怯手难提。俺笑他今日里真狼狈，悔从前怎噬脐[3]。须知，跳不出丈人行牢笼计。还疑,也是俺先生的命运低。

丈人,这都是俺的晦气,那中山狼且放他去罢。(老拍掌笑科)这般负恩的禽兽还不忍杀害他,虽然是你一念的仁心,却不做了个愚人么?(末)丈人,那世上负恩的尽多,何止这一个中山狼么!

【沽美酒】休道是这贪狼反面皮,俺只怕尽世里把心亏,少什么短箭难防暗里随。把恩情番成仇敌,只落得自伤悲。

(老)先生说的是,那世上负恩的好不多也。那负君的受了朝廷大俸大禄,不干得一些儿事,使着他的奸邪贪佞,误国殃民,把铁桶般的江山,败坏不可收拾。那负亲的受了爹娘抚养,不能报答。只道爹娘没些挣挫[4],便待拆骨还父,割肉还母[5]。才得亨通,又道爹娘亏他抬举,却不思身从何来。那负师的大模大样,把个师父做陌路人相看,不思做蒙童时节教你读书识字,那师父费他多少心来。那负朋友的受他的周济,亏他的游扬,真是如胶似漆,刎颈之交,稍觉冷落,却便别处去趋炎赶热[6],把那穷交故友,撇在脑后。那负亲戚的傍他吃,靠他穿,贫穷与你资助,患难与你扶持。才竖得起脊梁,便颠番面皮[7],转眼无情。却又自怕穷、忧人富,划地的妒忌,暗里所算他。你看世上那些负恩的,却不个个是这中山狼么。(末)

【太平令】怪不得那私恩小惠,却教人便唱叫扬疾。若没有个天公算计,险些儿被幺麽得意[8]。俺只索舍悲忍气,从今后见机、莫痴。呀,把这负心的中山狼做傍州例。

（杀狼科）业畜这回死了,你如今还想吃俺么？把他撇在路上罢。多幸遇着丈人救俺,索谢了你去也。（同下）

〔1〕杖藜老子:拄着藜木拐杖的老者。

〔2〕上八洞:上界神仙洞府。

〔3〕噬脐:以口就脐,必不能及。比喻要后悔,也来不及了。

〔4〕挣挫:挣扎。

〔5〕拆骨还父,割肉还母:佛教传说,毗沙门天王之子哪吒,杀魔过多,惹动魔兵,天王责之。哪吒乃拆骨还父,割肉还母,而以荷菱为骨,莲藕为肉,得以再生。

〔6〕趋炎赶热:奉承有势力的人。

〔7〕颠番面皮:翻脸不认人。

〔8〕幺麽:细小的东西。指中山狼。

冯惟敏

　　冯惟敏(1511—约1590),字汝行,号海浮,临朐(今山东临朐)人。嘉靖十六年(1537)举人,屡举进士不第,后选涞水知县,历官至保定通判。隆庆六年(1572)退隐故乡海浮山下,构亭别墅之内,名之曰"即江南",日与友人觞咏其间,有《冯海浮集》、《石门集》。惟敏以词曲名世,散曲有《海浮山堂词稿》四卷,不尚浮华,豪放质朴,多愤世疾俗之作,在明人散曲中独树一帜。杂剧有《梁状元不伏老》、《僧尼共犯》二种,以后者为代表。明王世贞《艺苑卮言》有评曰:"北调,近时冯通判惟敏,独为杰出。其板眼务头,撺抢紧缓,无不曲尽,而才亦足发之。"可见其在时人眼目中的地位。

僧尼共犯[1]

第 一 折

　　(净扮僧上开)少年难戒色,君子不出家。圣人有伦理,佛祖行的差。小僧法名明进。自幼投礼龙兴寺长老,披剃出家。每日起五更,睡半夜,看经念佛,磕头礼拜,不知图些甚的?想起古先圣贤有云:"有天地,然后有夫妇;有夫妇,然后有父子[2]。""男女居室,人之大伦[3]。"古先圣人,制为婚姻之礼。传流后代,繁衍至今。自有佛法以来,把俺无知众生,度脱出家,削发为僧,永不婚配,绝其后嗣。想俺佛祖修行住世,身体发肤,不敢毁伤[4]。留头垂髻,并不落发。哄俺弟子剃做光头,不好看相。佛公佛母,辈辈相传,生长佛子。哄俺弟子,都做光棍,一世没个老婆,怎生度日?寻想起来,是好不平的事也呵!(唱)

【仙吕点绛唇】苦海无涯,业根难化[5],空悲咤!无室无家,一点心牵挂。

(云)俺莫非不是人也!俺也是人生父母养下来的。(唱)

【混江龙】都一般成人长大,俺也是爷生娘养好根芽。又不是不通人性,止不过自幼出家。一会价把不住春心垂玉筋[6],一会价盼不成配偶咬银牙。正讽经数声叹息,刚顶礼几度嗟呀!(云)俺和尚家要向俗家抄化布施呵!遇着不老实的妇人,和他挤眉溜眼,调顺私情。俺也会跳墙,他也会串寺。这个也是常事!则怕一时间被人拿犯了,布瓦擦头[7],却难禁受哩!(唱)要求个善男信女担惊怕。总不如空门净土,当夥儿恋酒贪花[8]。

(云)往古来今,天下庵观,有僧人便有尼姑,有道士便有道姑,这都是先代祖师遗留下的。俺想起来,这便是为俺出家人放一条生路。若无这条路儿,那一个呆狗骨

头肯出家也。(唱)

【油葫芦】自古道僧尼是一家,畅好是低答[9]。每日价撞头磕额有根查。一个递阳局斜倚回廊下[10],一个挑春情偷将禅杖打。一个手儿招,一个眼儿瞰[11]。背地里听不上腌臢话,谁道俺兄弟每不光滑!

(云)俺这一座禅寺古迹,建在城外,并无尼姑庵儿。城里碧云庵,有一女僧,法名惠朗,颇有姿色。小僧与他相识,他也有顾恋小僧之意。以此认亲为由,往还甚密,人都不知。俺今晚无事,正好到他庵内走一遭者。行行去去,转弯抹角,早来庵儿门下。俺索低声叫他,开门!开门!开门!(旦扮尼僧上)(云)福地闲无事,空门亦有春。此心元不死,飞逐落花尘。自家尼僧惠朗的是也。自幼舍身在庵内修行。俺心中正迷留没乱的[12],恰才天色已晚,是谁在外叫门?(净云)是我来也。(唱)

【天下乐】口念着救苦救难善菩萨,冤家!可喜杀。发慈悲单等您和咱。开禅堂烧一炷香,入禅房换一盏茶,上禅床结一段好缘法。

(云)和尚到了庵里,也不认的谁是和尚,谁是尼姑。则俺自家认的真实。他见了我,便道明禅师兄问讯了;我见了他,便道惠禅师弟问讯了。(唱)

【那吒令】俺到了您家,人则说是他;您到了俺家,人则说是咱。混做了一家,半星儿不差。顶老儿一样光[13],刀麻儿一般大[14]。胡厮混一迷里虚花。

【鹊踏枝】认不的我和他,辨不出真共假。恰便似两个尿胞,一对西瓜。蘑菇头一弄儿齐磕打,精秃驴越显的圆滑。

(云)到这其间,俺出家人也只是口儿念佛,手里敲着木鱼儿也。(唱)

【寄生草】呀!一个念波罗蜜[15],一个念摩诃萨[16]。鼓槌儿敲打的鼕鼕乍,铙钹儿拍打的光光乍,木鱼儿瓜打的膨膨乍。昏沉了半响出阳神[17],这其间色胆天来大。

(旦云)明禅明禅!罢了我也。(净云)惠禅惠禅!死了我也。(唱)

【幺】他他他缠着俺,俺俺俺缠着他。瓢头儿比着葫芦画,光头儿带着葫芦摆,枕头儿做了个葫芦架。拜佛席权当了象牙床,偏衫袖也做的鲛绡帕。

(云)诸佛菩萨,大小神将,看见俺这般乔样呵[18]!
(唱)

【六幺序】呀!释迦佛铺苫着眼[19],当阳佛手指着咱[20]。把一尊弥勒佛笑倒在他家[21]。四天王火性齐发[22],八金刚怒发渣沙[23]!挡起金甲,揣住琵琶,捻转钢叉,切齿磨牙。挪着柄降魔杵神通大,则待把秃驴头砸了还砸。羞的个达磨面壁东廊下[24]。恼犯了伽蓝护法[25],赤煦煦红了腮颊。

(云)谑杀我也!那里发付小僧者。(旦云)怕他怎的?(净云)那释迦爷把眼儿铺苫着,是见不上俺也。(旦云)不是!他是那垂帘打坐的像儿。(净云)那当阳爷把手儿指着俺这等胡行哩！（旦云）不是！他那里捏着诀哩。不曾指着甚么。（净云）那弥勒佛嘻嘻大笑，歙倒在地，却是笑咱们这般样儿！（旦云）也不是！他笑那释迦爷出世，众生不肯学好，没有好世界也。（净云）兀那神将们睁眉瞪眼，恶恶扎扎的都发作了，敢待下手俺也！（旦云）他是风调雨顺的法像，降伏邪魔的意思而已。（净云）那扭回头的罗汉甚是害羞。（旦云）这便是达磨爷东来九年面壁。（净云）那红了脸的伽蓝十分发急。（旦云）这便是赤面关王，自来如此。（净云）南无菩萨！人说除了当行都是难，你我真是一对行家。若是俗人，那里知道其中这些道理。（唱）

【幺】哎！你个行家，不要瞅他！铜铸的菩萨，泥塑的那吒[26]；鬼话的僧迦[27]，瞎帐的佛法。并无争差，尽着撑达。也当了春风一刮，兀的不受用杀。（云）这是洞天福地，十分幽静，是好自在也。（唱）月浸昙花[28]，灯照禅榻。不近喧哗，不受波查，尽通宵喜笑欢洽。不枉了闲过竹院逢僧话[29]，索强如路柳墙花。（云）俺僧家劝世之法，都说垛业受罪之人，入地狱，堕轮回，碓捣磨研。俺这其间顾不得了也。（唱）说来的磨研碓捣都不怕。见放着轮回千转，也则索舍死捱他。

【赚尾】想人生梦一场，且不上西天罢。锁不住心猿意马，便做到见性成佛待怎么？念甚的《妙法莲华》[30]。（旦云）不上西天不成佛，也非小可，咱们焉敢指望。若是不念经，不应付,那里有盘缠来也[31]。(净唱)当袈裟告了消乏,到头来踢弄的风声大。(外、丑扮街坊人叫门科)(净云)甚么人叫门?俺这里做好事未毕,正忙着哩!(又打门不开跳墙打诨科)(净云)俺行常想着跳人家墙头,您这起光棍,倒来跳俺的墙。拿住拿住!(旦云)这都是俺街坊家。俺平日与他相处,也好来,也歹来。他每又是官差,不要和他歹斗。量俺们也不是强奸,又不该死,和他见官去罢!(净云)却才是了手也。(唱)众街坊识瞰[32],扣膊儿一搭。呀!法门中拴出一对耍娃娃。

(净吊场云)街坊邻里得知闻,权在当官不在君。四只匾脚踏地稳,三个光头那怕人。(众云)还有一个小和尚在那里?(净摸腹云)在这里藏着哩!惹事的全然是他,一向被他连累了我。他倒是正犯,你们两手紧紧拿住拴了去。(下)

〔1〕《僧尼共犯》:故事情节很简单,和尚尼姑私会,被人捉住,经官府杖断还俗,有情人终成眷属。这是一本风趣幽默的喜剧,可能由民间小戏改编而成,因为类似的故事,也见于同时郑之珍《目连救母劝善戏文》的折戏中。发展下去,就是入清以后久演不衰的《尼姑思凡》《和尚下山》,合称《僧尼会》或《双下山》,可见其舞台生命力的旺盛。近人王季烈在《孤本元明杂剧提要》评此剧:"北曲颇当行,科诨至堪捧腹。用俚语处,俗不伤雅,足与徐文长之《歌代啸》抗衡齐驱。"现据《孤本元明杂剧》本校注。

〔2〕"有天地"四句:见《易·序卦》。天地,原作"男女"。

〔3〕"男女居室"二句:见《孟子·万章》(上)。居室,指夫妇关系。

〔4〕身体发肤,不敢毁伤:见《孝经·开宗明义章》。

〔5〕业根:引生恶业之根。佛教以眼、耳、鼻、舌、身、意六种感官为六根,也叫六贼。认为六根贪欲尘境,能产生一切恶业。

〔6〕玉筯:僧人死后,鼻涕下垂,叫玉筯,亦作"玉箸"。这里指眼泪。

〔7〕布瓦擦头:向头部乱投瓦片。

〔8〕当夥儿:同伙儿,大伙儿。

〔9〕低答:即递答,一递一答。指互相接近,勾引。

〔10〕递阳局:即递佯局,卖弄虚假的局段。

〔11〕瞉(sā 撒):眼光扫射。

〔12〕迷留没乱:六神无主,迷迷糊糊。

〔13〕顶老儿:头。

〔14〕刀麻儿:脚。元邓玉宾〔村里迓鼓〕《仕女圆社》散套:"俊庞儿压尽满园春,刀麻儿踢倒寰中俏。"

〔15〕波罗蜜:梵语,脱离生死之境而达于寂灭的彼岸。

〔16〕摩诃萨:梵语,指一切众生。

〔17〕出阳神:即凝视出神的样子。

〔18〕乔样:怪样子。

〔19〕释迦佛铺苫(shàn 善)着眼:如来佛挤眉弄眼。铺苫着眼,即铺眉苫眼。元张鸣善小令〔水仙子〕《讥时》:"铺眉苫眼早三公。"

〔20〕当阳佛:佛教中的阿育王,即无忧王。

〔21〕弥勒佛:原名昙摩流支,古印度慈育国人,继释迦而成佛。

〔22〕四天王:即佛教护世四天王。东方持国天王,身白衣,持琵琶;南方增长天王,身青衣,执宝剑;西方广目天王,身红衣,持冐索;北方多闻天王,身绿衣,持宝叉。

〔23〕八金刚:亦佛教护法神。八金刚为青除灾金刚,辟毒金刚,黄随求金刚,白净水金刚,赤声火金刚,定持灾金刚,紫贤金刚,大神金刚。见《金刚经》。

〔24〕达磨:即达摩。佛教禅宗始祖,梁武帝时自天竺至金陵,后入魏,居嵩山少林寺,面对石壁,坐禅九年而化。

〔25〕伽蓝:佛教护法之神。

〔26〕那吒:佛教传说托塔李天王的儿子。

〔27〕僧伽:梵语和尚,省称为僧。

〔28〕昙花:梵语作"优昙钵华",无花果一类的植物。

〔29〕闲过竹院逢僧话:用唐李涉《登山》诗句。"闲",原作"因"。

〔30〕《妙法莲华》:即《妙法莲华经》,佛教主要经典之一。自以其法微妙,如莲华居尘不染,故名。

〔31〕盘缴:盘缠、缴销,指日常生活用费。

〔32〕识瞰:看破,识透。

第 二 折

(冲末扮巡捕官上)(云)贪夜入人家,非奸做贼拿。钝刀磨的快,双手砍西瓜。下官姓吴,双名守常。本贯耀州人也[1]。见任铃辖司之职[2]。今有夜巡的捉送一起犯人,原来是僧尼犯奸的,真是一场丑事!唤张千李万,带他上来审问者!(净上)(合掌云)老爹!小僧问讯了[3]。(末云)我是甚么衙门?你还打问讯哩!唤张千,与他一把捺指带着!(旦上)(合掌云)老爹!僧尼问讯了。(末云)李万,也与他一把捺指带着!着他常常的心问口,口问心。你这等众生,怎么长着心哩?好干这等歪事。我看你这夥秃贼呵!

【南吕一枝花】虽分男女身,不上姻缘簿。只宜山寺隐,难并市廛居。全不想寂灭空虚[4]。折挫了菩提树[5],抛撒了舍利珠[6]。再休提度迷途身上天堂,免不得堕阿鼻魂游地府[7]。

【梁州】看了您男不男女不女,真乃是僧不僧俗不俗。这的是西方留下淫邪路。并不曾凭媒作伐,则待要相女配夫[8]。又何曾行财下礼,也不索寄柬传书。觑不的溺窝里并蒂葫芦,粪堆上连理蘑菇。喜的他两意儿奚丢胡突[9],慌的他两头儿低羞笃速[10],谎的他两眼儿提溜秃卢[11]。每日价指佛赖佛[12],只要你穿衣吃饭随缘度。千自由,百不做。看了你细眉单眼肚儿粗,也不是清净的姑姑。

(云)那尼姑不做良人,却怎生出家,又要出丑!不如明白为娼,也强似这等做作!(唱)

【骂玉郎】把似您肯留头嫁做个良人妇,不枉了发似漆,体如酥。更不然早上妆台路,妆一幅美人图,盖一所藏春坞,开一座招商铺。

(云)仔细看了你这模样儿,倒也去得!(唱)

【感皇恩】呀!见放着俊生生美艳娇姝,你则待冷清清鳏寡孤独。(云)你那出家人的勾当,我也知道了。也会敲鼓儿,也会撞锣儿,也会擦土块。(唱)止不过法眷每蜜调油[13],师傅每猫瞧鼠,徒弟每柳穿鱼。当家儿一族,胜强如五奴[14]。犯清规,伤王化,坏风俗。

（云）那秃厮们！既不肯守戒,也会吃酒么？（净云）小僧一点酒珠儿也不吃。（末云）也惯吃肉么？（净云）小僧一点肉星儿也不吃。（旦云）俺自幼天戒[15]。从做女孩儿,荤酒不曾尝着。但闻着荤酒气儿,就头疼恶心,恰似害孩子的一般[16],成月家不好。（末云）你们说来都是老实话！只是俺这样胡突官儿,不十二分信你。（唱）

【采茶歌】透瓶香满街沽[17],烂猪头满锅炀。山门外索帐的老王屠,他则道酒肉齐行曾得道,烟花大闹好成佛。

【煞尾】则为你半荤不素低答物,勾引的惹草沾风泼赖徒。辱没杀受戒传灯好宗祖[18]。（云）唤张千李万取刑具来,拷打这秃囚！（众应下）（末唱）生铜的手梏[19],熟铁的脑箍[20],准备着官法如炉齐受苦。

（云）唤供状的上来！我与你商议停当。也不要亏了法,也不要枉了人。至公至明,方可服其心也。这僧尼所犯,该问甚罪？（应云）僧道犯奸,律有明条。（末云）他供称是一家儿,该准自首。（应云）地方拿获,又系奸情,难准自首。若作一家处断,当依亲属相奸律。（末云）太重了！（应云）若从轻减,只拟家人共犯,免科罢[21]！（末云）正是正是！轻轻的问他罪名,他好重重承谢我。咱再与你商议的明白,他的谢礼,咱两人如何分收？（应云）以三分为率,老爹收一分,小的收二分。

803

（末云）如何俺倒少，你倒多？（应云）一官二吏，旧规如此。（末云）我待多要些，争奈旧规已定。也罢也罢！唤张千李万上来！你两人押这起奸情，挣有钱钞，都将来孝顺我！（丑云）不瞒老爹说，俺若挣出钱来呵，也有常例。以十分为率，三分孝顺老爹，七分俺买酒吃。（末怒云）如何你又多要？（丑云）官三民七。天下常例，都是一般。（末叹息云）天！天！那书手既有旧规，这军伴又有常例。自古道三不拗六，他每都是城狐社鼠，俺也革不了他的积弊。早是俺君子不羞当面，一一的与他每讲个明白，永为遵守。若是多收了分文礼物，却不坏了我清名，玷了我官箴也[22]！看来俺做官的，只是便宜下人而已。（末吊场云）一日为官一日忧，几番折狱几番愁。奉公守法当如此，争奈清官不到头。（同下）

[1] 耀州：今陕西耀县。

[2] 铃辖司：宋武官有铃辖一职，掌一州军旅之事。这里借来指典史、巡捕一类管地方治安的小官。

[3] 问讯：僧尼对人行礼，先打一恭，将手举至眉心，再放下。

[4] 寂灭空虚：寂灭，即佛家所说的涅槃，意为超脱一切境界，入于不生不灭之门。空虚，佛说世界一切皆空，皆为虚妄。

[5] 菩提树：传说释迦牟尼曾坐此树下有所感悟，佛教用此比喻修持之身。

[6] 舍利珠：僧人死后焚化，骨节中所爆出的结晶物。

[7] 阿鼻：梵语，无间断的意思。佛教有地狱之说，阿鼻地狱处最下一层，堕入者永无翻身之日。

〔8〕相女配夫：宋元成语，即什么样的女子，配什么样的丈夫。"相"，犹"视"。元王实甫《西厢记》第五本第四折〔太平令〕曲："自古、相女、配夫，新状元花生满路。"

〔9〕奚丢胡突：即稀里糊涂。

〔10〕低羞笃速：战栗，颤抖。参见《秋胡戏妻》第三折注释〔13〕。

〔11〕提溜秃卢：眼珠乱转，眼光不定。

〔12〕指佛赖佛：即一切指靠佛门。

〔13〕法眷每：指僧尼的亲眷。

〔14〕五奴：龟奴，妓女的假父。元杨景贤《刘行首》杂剧第二折〔叨叨令〕曲："则听的虔婆教，五奴教，怎不受神仙教。"

〔15〕天戒：天生不食荤腥。

〔16〕害孩子：指怀胎，因怀孩子而感身体不适。

〔17〕透瓶香：酒的隐语。

〔18〕受戒传灯：秉持戒律，传受佛法。传灯，佛家以教旨可以破除迷暗，如灯照明，因称传法为传灯。

〔19〕手梏（gù 故）：手铐。

〔20〕脑箍：加于头部的一种刑具。

〔21〕免科：免去依律断罪。科，法令，律条。

〔22〕官箴：做官的成规。

第 三 折

（末上）（张千、李万带净、旦听审恐惧科）（末云）且开了他的刑具，我审问他。谁着你犯奸来，你今到此，悔之晚矣！（唱）

【越调斗鹌鹑】把似你战战兢兢，早当初思思省省[1]。每日价躲躲藏藏,到晚来潜潜等等[2]。(云)你那其间,大家吃了两壶,凭着酒盖着脸儿,好行事也。(唱)一个价乐乐陶陶,一个价酩酩酊酊;一个价摄足行,一个价侧耳听;要成就对对双双,生怕了凄凄冷冷。

【紫花儿序】则见他窗儿外超超影影[3],帘儿前杳杳冥冥[4],门儿傍老老成成。谁想他磨磨擦擦,掐掐拧拧,隘隘亨亨[5]。猛听的邻舍家咳嗽了一声,唬的我真魂不定。但能够安安稳稳,又何必款款轻轻[6]?

(云)那秃厮实说,你怎么到尼姑庵内?(净云)小僧进城应付回来,天色已晚,闭了城门。恐怕犯夜[7],不得已探亲寻宿,并不曾敢有分外闲事。(唱)

【调笑令】施主家虔请,念一卷《受生经》[8]。及至归来已二更。怕的是严城夜禁天街净,响当当喝号提铃。唬的我褪前擦后不敢行,因此上探望俺骨肉亲情。

(云)那尼姑实招承了罢,那和尚与你有甚亲故?你半夜留他,所干何事?(旦唱)

【小桃红】他是俺一林宗祖小师兄[9],怎敢胡行径?若向俗门问名姓,自古有家声。他是俺两姨姑表同修行,又不是张王李赵,止不过一时半刻,隔墙儿打坐到天明[10]。

(末云)这秃囚们都是遮饰之辞。你敢道俺是胡突官儿么?俺自家说是清如水明如镜的,天下第一员好官。俺自小在寺院读书之时,不知见了多多少少的事,怎生瞒的我?况有神明照鉴于上,自是难隐真情也。(唱)

【耍孩儿】佛前灯明如悬镜，一桩桩照出真形。假若是瞒神唬鬼鬼灵精，跳不出审刑厅[11]，死也相应。

【圣药王】把似他有情，你有情，眼睁睁闯入陷人坑。神有灵，佛有灵，活刺刺齐下滚油铛[12]，也省了出乖弄丑受官刑！

（云）罢罢！看来他这样事也不该死。你两人凑些钱钞，打点了事。我做官的也不希罕礼物，只是该房先生舍命要钱[13]，就是他亲爷亲娘也饶不的，何况僧尼乎？若是打点停当呵，便依律杖断[14]，着你两人明白成就了罢。杖断还俗是法当如此，成就两人是情有可矜[15]；情法两尽，便是俺为官的大阴骘也[16]。（唱）

【煞尾】不争俺敲断您下截关人命，唬的他寻坟跳井。且放你还俗泼众生，则索把老官人头儿上顶[17]。

（净、旦谢云）老爹！小的二人叩头，拜谢成全之恩。惟愿老爹辈辈做官者。（净云）先生作揖了。（旦云）先生拜了，惟愿先生辈辈作吏者。（吏云）老爹在上，休要拜我。（净云）你要东西还多似老爹的哩。（末笑云）他两人再不打问讯了也。（末吊场云）从来食色性皆同，到底难明色是空。念佛偏能行鬼路[18]，为官何不积阴功？（下）

〔1〕"把似"二句：把似，既然、与其。思思省省，仔细思量的意思。

〔2〕潜潜等等：偷偷地暗中等待，指男女幽会。元无名氏小令〔塞鸿秋〕曲："潜潜等等立在花阴下，战战兢兢把不住心儿怕。"

807

〔3〕超超影影:即绰绰影影,躲躲闪闪的样子。

〔4〕杳杳冥冥:不声不响。

〔5〕隘隘亨亨:即嗳嗳哼哼,喘息的声音。

〔6〕款款轻轻:温柔爱惜。

〔7〕犯夜:违犯官府夜间禁止行走的规定。

〔8〕《受生经》:佛经名。为超度亡灵及早转世而诵。

〔9〕一林宗祖:同一禅林,同一宗派。林,即禅林,指佛寺。

〔10〕打坐:指僧道盘膝而坐,闭目入定。

〔11〕审刑厅:官衙审讯案件的厅堂。

〔12〕滚油铛(chēng撑):热油锅。铛,有足的锅。

〔13〕该房先生:指衙内书吏。该房,即那房,旧时府县设有六房。该,上级对下级的指称。

〔14〕依律杖断:根据法律,将犯人责打若干结案。

〔15〕情有可矜(jīn今):情有可原。矜,可怜,可悯。

〔16〕阴骘(zhì智):阴功,阴德。

〔17〕顶:顶礼,敬礼。

〔18〕鬼路:邪路。

第 四 折

(净、旦上,大笑科,云)昨日这场出碜的事[1],只怕送了残生。谁知巡捕老爹大开方便之门,放俺还俗,便成配偶,是好快乐也呵!(净唱)

【双调新水令】从今日一齐蓄发脱禅衣,两团圆欢天喜地。再不上讲堂中担寂寞,也不向法座上受驱驰,这的是超度群

808

迷。俺则待舞一会,歌一会。

（云）往常时和你吃钟酒儿,也是偷嘴;配个对儿,也是偷情。今日要办大筵席,明白成亲,请媒证人,叫吹鼓手,准备着行礼者。（旦云）咱们也会吹打一弄儿[2]。

（净唱）

【驻马听】早办筵席,担酒牵羊行聘礼。真成匹配,三媒六证说因依[3]。自家打鼓自吹笛,料应俺胜似华严会[4]。（云）若不是做出这场碜事,怎得成就这段姻缘也呵!（唱）这姻缘真个美,方显俺调虎离山计。

（云）俺们这佛像、法器都无用了[5],留与徒弟们罢。（旦云）说那里话!留与你那秃神赛,他也不干好事;留与俺那秃娼妓,也只会贴和尚。咱们自有变转处。（净云）我心里也是如此。（唱）

【沉醉东风】新偏衫瞒成鞋底[6],旧袈裟改做中衣[7];铁香炉铸了锅,铜法磬倾成器,破铙钹换了糖吃。塑像和成一块泥,哄杀俺全然是你!

（云）俺看那不还俗的僧尼们,几时能够出水呵[8]!（唱）

【雁儿落】则俺这急回头的早见机,觑了他不出水的难存济。一答儿热突突暖被窝,两口儿喜孜孜成家计。

（云）你怎么打扮出来,我试看者。（旦云）此时正是暮春天道,我做了一套罗裙衫儿穿着,你看如何?（净云）正好可体,又合时样,不强似白布直裰[9],老鼠皮中袖

809

也[10]！再看你那头脑如何梳妆？（旦云）我买了三件儿：一顶酱盖似大鬏髻戴着；一绺黑鬓鬓长珊珊的头髪[11]；挽着一方金花大手帕，连耳带腮，紧紧的勒着。你与我剃两道曲弯弯柳叶眉儿，方才相称者。（净云）又好又好！再看你那刀麻儿如何扎作？（旦伸足云）你看。（净云）满面绣花鞋[12]，比常时添上了个跷生生尖头儿。若不是这花样呵，还像僧鞋差不多儿。（旦云）要也不难，只是还欠工夫。（净云）天下无难事，只怕慢慢来。人都道："苏州头，杭州脚。"似这等人物，苏、杭也去得了。（唱）

【得胜令】呀！穿一套彩罗衣，画两道远山眉。打叠起降龙法，丢剥了遮虎皮[13]。再不受孤凄，一弄儿油调蜜。也不怕别离，一团儿胶共漆。

（净云）抬下香案，拜谢了天地者。（合唱）

【折桂令】俺这里向中宫香爇金猊[14]，拜谢了神祇，辞别了沙弥。从今后夜夜元宵，朝朝十五，日日寒食[15]。叹浮世人生有几？到头来悔后无及。怎如俺对对相依，步步相随。再不去卖狗悬羊[16]，情受着举案齐眉。

（净云）拜谢了天地，再拜谢恩府老爹者。（合唱）

【沽美酒】俺如今拆不散，舍不得，打不开，断不离。不强如一不成，两不就，三不归[17]。我这里谢恩官周全美意，胜强似结良媒。

【太平令】但能够婚姻匹配，不枉了苦拷临逼。成就了家缘家计,也是俺前生前世。(净云)再过几年,不出寺门,俺做了老法师,你做了老姑子,再有什么出产也[18]?(唱)俺呵!险做了法师老尼,跳不出火池。呀!怎能够绣帏中偎红倚翠?

  (云)起初时节,俺也拚着街坊拿奸,出一场丑。今反成就了好事也呵!(唱)

【川拨棹】早是俺会寻思。若不是倩人拿,难到此。虽不是结发夫妻,也是俺自小儿认识。挽上绺头发,戴上顶鬏髻。好一个东西,改样的标致[19]。落的俺如鱼似水,长相守,紧相偎。

  (云)那秃厮们不曾犯奸的,却怎有这等好处?(唱)

【七弟兄】猛想起彼时,那厮不三思[20]。单打单一世无婚配,精打精到老受孤凄,光打光长夜难支对。

  (云)俺如今一百样儿不怕人了。又吃酒,又吃肉,再不吃斋了。(唱)

【梅花酒】俺如今改换了不似昔,百无个差池。也不索央及,也不做张致,不提防人笑嗤。大打弄饮巨杯,对人前吃狗脂。早离了素茶饭淡黄齑。再休提!再休提!并不吃,并不吃,冷咸食。

  (云)咱两个头发查儿齐长起来[21],安排着生男长女,真是一对好夫妻也!(合唱)

【收江南】呀!一天好事忒希奇,子孙后代有根基。这的是头发查儿里好夫妻。惟愿取普天下庵里寺里,都似俺成双作

811

对是便宜。

（净吊场云）平生不悔住空门，只悔从前错认真。若是早年拿犯了，我今生子子生孙。

  题目 泼尼僧知而故犯
  正名 乔打断情法昭然[22]

〔1〕出碜(chěn 黔)：出丑，出漏子。

〔2〕一弄儿：吹奏一曲叫一弄。儿，语助词。

〔3〕因依：因由，原因。

〔4〕华严会：佛教的法会。

〔5〕法器：僧道举行宗教活动所用的鼓磬铙钹等物。

〔6〕䩞：即"鞈"的音假。这里是指用旧布片刷浆晾干后制作鞋底的隔帛。

〔7〕中衣：里衣，衬衣。

〔8〕出水：这里指跳出佛门控制。

〔9〕直裰(duō 多)：僧衣。

〔10〕老鼠皮中袖也：此句疑有误文，待校。

〔11〕"一绺"句：黑鬒(zhěn 诊)鬒，漆黑漆黑。长珊珊，细长细长。头髲(bì 必)，假发。

〔12〕满面绣花鞋：鞋面上绣满了花儿。

〔13〕丢剥了遮虎皮：指脱去袈裟。袈裟上的斑纹如虎皮，故云。遮，同"这"。

〔14〕向中宫香爇金猊：向上天焚香礼拜。中宫，北极星所在的天域。这里指上天。金猊，兽形的香炉。

〔15〕"从今后"三句：是说从今以后的日子，天天都像生活在节日里，充满了欢乐。

〔16〕卖狗悬羊:即俗语挂羊头卖狗肉。

〔17〕三不归:敦煌曲子词〔长相思〕《作客在江西》三首末句,分别作"此是富不归","此是贫不归","此是死不归",指流落他乡而说。这里引申为没下梢,没着落。

〔18〕出产:这里是出息的意思。

〔19〕改样的标致:格外的漂亮。改样,换了一副面目。

〔20〕不三思:或作"没三思"。草率,思虑不周之意。

〔21〕头发查儿:头发茬儿。

〔22〕乔打断:离奇的断案。

徐　渭

徐渭(1521—1593)，字文清，又字文长，号天池山人，又号青藤道士，浙江山阴(今绍兴)人。二十岁时为诸生，屡应乡试不中。三十七岁时始入浙江总督胡宗宪幕参赞军务。后宗宪获罪入狱，徐渭惧祸临身；以致精神一度失常，自杀未遂。终因误杀后妻，系狱七年，得友人营救而始解。徐渭为人卓荦不凡，愤世疾俗，自云"不为儒缚"，对封建礼教深恶痛绝。所作诗文书画，皆卓然自树，类其为人。其《南词叙录》，是最早研究南戏的论著。杂剧有《狂鼓史渔阳三弄》、《玉禅师翠乡一梦》、《雌木兰替父从军》、《女状元辞凰得凤》，合称《四声猿》。四剧各自起讫，长短不一，不拘一格，突破了一本四折的旧套，在戏剧发展史上，实为创举。

狂鼓史渔阳三弄[1]

(外扮判官引鬼上)咱这里算子忒明白[2]，善恶到头来撒不得赖。就如那少债的会躲也躲不得几多时，却从来没有不还的债。咱家姓察名幽，字能平，别号火珠道人。平生以善断持公，在第五殿阎罗天子殿下，做一个明白洒落的好判官。当日祢正平先生与曹操老瞒对讦那一宗案卷[3]，是咱家所掌。俺殿主向来以祢先生气概超群,才华出众,凡一应文字,皆属他起草,待以上宾。昨日晚衙,殿主对咱家说:上帝旧用一伙修文郎,并皆迁次别用。今拟召劫满应补之人,祢生亦在数中,汝可预备装送之资。万一来召,不得有误时刻。我想起来,当时曹瞒召客,令祢生奏鼓为欢;却被他横睛裸体,掉板掀槌,翻古调作《渔阳三弄》[4],借狂发愤,推哑装聋,数落得他一个有地皮没躲闪。此乃岂不是踢弄乾坤、提大傀儡的一场奇观!他如今不久要上天去了,俺待要请将他来,一并放出曹瞒,把旧日骂座的情状,两下里演述一番,留在阴司中做个千古的话靶。又见得善恶到头,就是少债还债一般,有何不可?手下,与我请过祢先生,就一面放出曹操,并他旧使唤的一两个人,在左壁厢伺候指挥。(鬼)领台旨。(下)(引生扮祢,净扮曹,从二人上)(曹、从留左边)(鬼)禀上爷,祢先生请到了。(相见介,祢上座,判下陪云)先生当日借打鼓骂曹操,此乃天下大奇。下官虽从鞠问时左证得闻一二,终以未曾亲睹为歉。(判立云)又一件,而今恭喜先生为上帝所知,有请召修文的消息,不久当行,而此事缺然,终为一生耿耿。这一件尚是小事。阴司僚属并那些诸鬼众,传流激劝,更是少此一桩不可。下官斗胆,敢请先生权做旧日行径,把曹操也扮做旧日规模,演述那旧日骂座的光景,了此夙愿。先生意下如何?(祢)这个有何不可。只是一件,小生骂座之时,那曹瞒罪恶尚未如此之多,骂将来冷淡寂寥，不甚好听。今日要骂呵，须直捣到铜雀台分香卖履[5]，方痛快人心。（判）更妙，更妙。手下，带曹操与他的从人过来。曹操，今日要你仍旧扮做丞相，与祢先生演述旧日打鼓骂座那一桩事。你若是乔做那等小心畏惧，藏过了那狠恶的模样，手下就与他一百铁鞭，再从头做起。（曹众扮介）（祢）判翁大人，你一向谦厚，必不肯坐观，就不成一场戏耍。当日骂座，原有宾客在座，今日就权屈大人为曹瞒之宾，坐以观之，方成一个体面。（判）这也见教得是。（揖云）先生告罪，却斗胆了也。（判左曹右举酒坐，祢以常衣进前将鼓）（曹喝云）野生，你为鼓史，自有本等服色，怎么不穿？快换！（校喝云）还不快换！（祢脱旧衣，裸体向曹立）（校喝云）禽兽，丞相跟前可是你裸体赤身的所在？却不道驴膫子朝东[6]，马膫子朝西？（祢）你那颓丞相膫子朝南，我的膫子朝北。（校喝云）还不换上衣服，买什么嘴！（祢换锦巾、绣服、扁绦介）

【点绛唇】俺本是避乱辞家，遨游许下[7]。登楼罢，回首天涯[8]，不想道屈身躯扒出他们胯[9]。

【混江龙】他那里开筵下榻，教俺操槌按板把鼓来挝。正好俺借槌来打落，又合着鸣鼓攻他[10]。俺这骂一句句锋铓飞剑戟，俺这鼓一声声霹雳卷风沙。曹操，这皮是你身儿上躯壳，这槌是你肘儿下肋巴，这钉孔儿是你心窝里毛窍，这板杖儿是你嘴儿上獠牙。两头蒙总打得你泼皮穿，一时间也酬不尽你亏心大。且从头数起,洗耳听咱。

（鼓一通）（曹）狂生,我教你打鼓,你怎么指东话西,将人比畜？我这里铜槌铁刃,好不厉害！你仔细你那舌头和那牙齿！（判）这生果是无礼。（祢）

【油葫芦】第一来逼献帝迁都,又将伏后来杀,使郗虑去拿[11]。唉,可怜那九重天子救不得一浑家！帝道："后,少不得你先行,咱也只在目下。"更有那两个儿,又不是别树上花,都总是姓刘的亲骨血,在宫中长大,却怎生把龙雏凤种,做一瓮鲊鱼虾[12]。

（鼓一通）（曹）说着我那一桩事了？（祢）

【天下乐】有一个董贵人[13],是汉天子第二位美娇娃,他该甚么刑罚,你差也不差。他肚子里又怀着两三月小娃娃,既杀了他的娘,又连着胞一搭,把娘儿们两口砍做血虾蟆。

（鼓一通）（曹）狂生,自古道风来树动,人害虎,虎也要害人。伏后与董承等阴谋害俺,我故有此举。终不然是俺先怀歹意害他？（判）丞相说得是。（祢）你也想着他们要害你,为着什么来？你把汉天子逼迁来许昌,禁得就是这里的鬼一般,要穿没有,要吃没有,要使用的没有;要传三指大一块纸条儿,鬼也没得理他。你又先杀了董贵人,他们急了,不谋你待几时！你且说,就是天子无故要杀一个臣下,那臣下可好就去当面一把手采将他妈妈过来,一刀就砍做两段？世上可有这等事么？（判）这又是狂生说得有理,且请一杯解嘲。（祢）

817

【那吒令】他若讨吃么,你与他几块歪剌[14]。他若讨穿么,你与他一匹苘麻[15]。他有时传旨么,教鬼来与拿。是石人也动心,总痴人也害怕,羊也咬人家。

(鼓一通)(判)丞相,这却说他不过。(曹)说得他过,我倒不到这田地了。(袮)

【鹊踏枝】袁公那两家[16],不留他片甲。刘琮那一答[17],又逼他来献纳。那孙权呵,几遍几乎。玄德呵,两遍价抢他妈妈。是处儿城空战马,递年来尸满啼鸦。

(鼓一通)(曹)大人,那时节乱纷纷,非只我曹操一人如此。(判)这个俺阴司各衙门也都有案卷。(袮)

【寄生草】仗威风只自假,进官爵不由他。一个女孩儿竟坐中宫驾,骑中郎直做了侯王霸[18]。铜雀台直把那云烟架,僭车旗直按例朝廷胯。在当时险夺了玉皇尊,到如今还使得阎罗怕。

(鼓一通)(判低声吩付小鬼,令扮女乐鼓吹介)(判)丞相女儿嫁做皇后,造房子大了些,这还较不妨。打鼓的,且停了鼓,俺闻得丞相有好女乐,请出来劳一劳。(曹)这是往事,如今那里讨?(判)你莫管,叫就有。只要你好生纵放着使用他。(曹)领台命,分付手下叫我那女乐出来。(二女持乌悲词乐器上[19])(曹)你两人今日却要自造一个小令,好生弹唱着,劝俺们三杯酒。(袮对曹蹋地坐介)(女唱)

那里一个大鹈鹕,呀一个低都,呀一个低都。变一个花猪低

818

打都,打低都,唱〔鹧鸪〕。呀一个低都,呀一个低都。唱得好时犹自可,呀一个低都,呀一个低都。不好之时低打都,打低都,唤王屠。呀一个低都,呀一个低都[20]。(曹)怎说唤王屠?(女)王屠杀猪。(进判酒)(又一女唱)丞相做事太心欺,呀一个跷蹊,呀一个跷蹊。引惹得旁人跷打蹊,打跷蹊,说是非。呀一个跷蹊,呀一个跷蹊。雪隐鹭鸶飞始见,呀一个跷蹊,呀一个跷蹊。柳藏鹦鹉跷打蹊,打跷蹊,语方知。呀一个跷蹊,呀一个跷蹊。(曹)这两句是旧话。(女)虽是旧话却贴题。(曹)这妮子朝外叫。(女)也是道其实,我先首免罪。(进曹酒)(一女又唱)抹粉搽脂只一会儿红,呀一个冬烘,呀一个冬烘。(又一女唱)报恩结怨烘打冬,打冬烘,落花的风。呀一个冬烘,呀一个冬烘。(二女合唱)万事不由人计较,呀一个冬烘,呀一个冬烘。算来都是烘打冬,打冬烘,一场空。呀一个冬烘,呀一个冬烘。

(二女各进酒)(判)这一曲才妙。合着咱们天机。(曹)女乐且退,我倦了。(判笑介,祢起立云)你倦了,我的鼓儿骂儿可还不了。

【六幺序】哄他人口似蜜,害贤良只当耍。把一个杨德祖立断在辕门下[21],磕可可血唬零喇。孔先生是丹鼎灵砂[22],月邸金蟆,仙观琼花。《易》奇而法,《诗》正而葩[23]。他两人嫌隙于你只有针尖大,不过是口唠噪有甚争差。一个为忒聪明参透了"鸡肋"话,一个则是一言不洽,都双双命掩黄沙。

（鼓一通）（判）丞相，这一桩却去不得。（曹）俺醉了，要睡了。（打盹介）（判）手下采将下去，与他一百铁鞭，再从头做起。（曹慌介，云）我醒我醒。（判）你才省得哩。（祢）

【幺】哎，我的根儿也没大兜搭，都则为文字儿奇拔，气概儿豪达，拜帖儿长拿，没处儿投纳。绣斧金挝，东阁西华，世不曾挂齿沾牙[24]。唉，那孔北海没来由也！说有些缘法，送在他家。井底虾蟆，也一言不洽，怒气相加。早难道投机少话，因此上暗藏刀，把我送与黄江夏。又逢着鹦鹉撩咱[25]，彩毫端满纸高声价。竟躬身持觞劝酒，俺掷笔还未了杯茶。

（鼓一通）（判）这祸从这上头起，咳，仔细《鹦鹉赋》害事！（祢）

【青哥儿】白影移窗棂，窗棂一罅，赋草掷金声，金声一下。黄祖的心肠太狠辣，陡起鳞甲，放出槎枒。香怕风刮，粉怪娟搽，士忌才华，女妒娇娃，昨日菩萨，顷刻罗刹[26]。哎，可怜俺祢衡的头呵！似秋尽壶瓜，断藤无计再生发，霜檐挂。

（鼓一通）（判）这贼原来这么巧弄了这生。（曹）大人，这也听他不得，俺前日也是屈招的。（判）这般说，这生的头也是自家掉下来的。（曹）祢的爷，饶了罢么！（判）还要这等虚小心，手下，铁鞭在那里！（曹慌作怒介）狂生，俺也有好处来。俺下令求贤，让还三州县，也埋没了俺。（祢）

【寄生草】你狠求贤为自家，让三州值什么。大缸中去几粒芝麻吧,馋猫哭一会慈悲诈,饥鹰饶半截肝肠挂,凶屠放片刻猪羊假。你如今还要哄谁人,就还魂改不过精油滑。

（鼓一通）（判）痛快,痛快,大杯来一杯,先生尽着说。（祢唱）

【葫芦草混】你害生灵呵,有百万来的还添上七八,杀公卿呵,那里查！借厫仓的大斗来斛芝麻,恶心肝生就在刀枪上挂,狠规模描不出丹青的画,狡机关我也拈不尽仓猝里骂。曹操,你怎生不再来牵犬上东门,闲听唳鹤华亭坝[27]？却出乖弄丑,带锁披枷。

（鼓一通）（判）老瞒,就教你自家处此,也饶自家不过了。先生尽着说。（祢）

【赚煞】你造铜雀要锁二乔[28],谁想道梦巫峡羞杀,靠赤壁那火烧一把。你临死时和那些歪剌们话离别,又卖履分香待怎么？亏你不害羞,初一十五教望着西陵月月的哭他[29]。不想这些歪剌们呵,带衣麻就搂别家[30]。曹操,你自说么,且休提你一世的贤达,只临了这一桩呵,也该几管笔题跋。咳,俺且饶你吧,争奈我《渔阳三弄》的鼓槌儿乏。

（末扮阎罗鬼使上）（判）手下,快把曹操等收监。（鬼）禀上老爹,玉帝差人召祢先生。殿主爷说刻限甚急,教老爹这里径自厚赀远饯,记在殿主爷的支应簿上。爷呵会勘事忙,不得亲送,教老爹爹上复先生,他日朝天,自当谢过。（判）知道了,你自去回话。（鬼应下）（判）叫掌簿的,快备第一号的金帛,与饯送果酒伺候。（内应

821

介)(小生扮童,旦扮女,捧书节上云)汉阳江草摇春日,天帝亲闻鹦鹉笔;可知昨夜玉楼成,不用陇西李长吉[31]。咱两人奉玉帝符命,到此召请祢衡,不免径入宣旨。那一个是第五殿判官?(判跪介)玉帝有旨,召祢衡先生,你请他过来,待俺好宣旨。(祢同判跪,二使付书介)祢先生,上帝有旨召见,你可受了这符册自看,临到却要拜还。就此起行,不得有违时刻。(童唱)

【耍孩儿】文章自古真无价,动天廷玉皇亲迓。飞凫降鹤踏红霞,请先生即便登遐[32]。修葺了旧衔螭首黄金阁,准办着新鲊麟羔白玉叉,倒琼浆三奏钧天罢。校书郎侍玉京香案[33],支机女倚银汉仙槎[34]。

(内作细乐)(女唱)

【三煞】祢先生,你挟鸿名懒去投,赋鹦哥点不加,文光直透俺三台下。奇禽瑞兽虽嘉兆,倚马雕龙却祸芽。祢先生,谁似你这般前凶后吉?这好花样谁能搨[35],待枣儿甜口,已橄榄酸牙。(祢)

【二煞】向天门渐不遥,辞地主痛愈加,几时再得陪清话?叹风波满狱君为主,以后呵。倘裘马朝天我即家。小生有一句说话。(判)愿闻。(祢)大包容饶了曹瞒吧。(判)这个可凭下官不得。(祢)我想眼前业景,尽雨后春花。

(判)

【一煞】谅先生本泰山,如电目一似瞎[36]。俺此后呵,扫清斋图一幅尊容挂。你那里飞仙作队游春圃,俺这里押鬼成群闹晚衙。怎再得邀文驾,又一件,倘三彭诬枉[37],望一笔涂抹。

这里已到阴阳交界之处,下官不敢越境再送。(袮)就请回。(判)俺殿主有薄贶[38],令下官奉上,伏望俯纳。下官自有一个小果酒,也要仰屈三杯,表一向侍教的薄意。(袮)小生叨向天廷,要贶物何用?仰烦带回。多多拜上殿主,携槛该领[39],却不敢稽留天使。(判)这等就此拜别了。(各磕头共唱)

【尾】自古道胜读十年书,与君一席话,提醒人多因指驴说马。方信道曼倩诙谐不是耍[40]。(袮下)

(判白)看了这袮正平渔阳三弄,
笑得我察判官眼睛一缝。
若没有狠阎罗刑法千条,
都只道曹丞相神仙八洞。(下)

〔1〕《狂鼓史》:此剧仅一折,而气象滚滚,如"怒龙挟雨",逼人而来。虽曰骂曹,实为讽世,盖借古人之酒杯,浇胸中之块垒,故痛快淋漓,足使权奸胆裂。全剧充满浪漫主义色彩,关目翻空出奇,语言本色当行,嘻笑怒骂,每令观者击节。在音乐上,吸收南北曲之长,并多有创造。〔葫芦草混〕一曲,用南曲集曲之法,成北调之新体;且大胆引〔鹧鸪〕民间小曲入剧,在在都见匠心。明人评此剧为"明曲之第一";近人赵景深则认为徐渭剧作"代表了明代杂剧的转变"。可见其在戏剧史上的地位。现据明沈泰《盛明杂剧》本校注。

〔2〕算子:古代计数的筹码。这里作谋算、筹划解。

823

〔3〕"当日"句:祢正平,祢衡,字正平,平原般(今山东临邑东北)人。汉末文学家,性刚使气,多才辩,曹操召为鼓史,当众辱操。操怒,遣使荆州刘表;又因侮慢刘表,被转送江夏太守黄祖处,终因辱骂黄祖被杀。所作仅《鹦鹉赋》一篇传世。对讦(jié 节),互相攻击,指责。

〔4〕《渔阳三弄》:古代鼓曲名。

〔5〕铜雀台分香卖履:建安十五年(210)冬,曹操于邺城(今河北临漳)筑铜雀台。分香卖履,曹操临死前,以名香分与妻妾,要她们在平居无事时,可习作女工,作鞋卖之。见其《遗令》。

〔6〕膫(liáo 辽)子:男性生殖器,骂人粗话。

〔7〕许下:今河南许昌。曹操挟汉献帝于此。

〔8〕"登楼"二句:用汉末王粲故事。王粲避西京战乱,至荆州依刘表,不为所用,因作《登楼赋》以写其苦闷失意的心情。

〔9〕"不想道"句:暗用韩信未遇时在淮阴胯下受辱之事。

〔10〕鸣鼓攻他:指公开声讨曹操的罪恶。《论语·先进》:"非吾徒也,小子鸣鼓而攻之可也。"

〔11〕"将伏后来杀"二句:伏后,汉献帝之后。曹操杀董贵人后,伏后写信与其父伏完,令密图之。事泄,曹操派郗虑等入宫逼帝废后,旋与二子同时被杀。

〔12〕鲊(zhǎ 眨)鱼虾:用酱腌制的鱼虾。

〔13〕董贵人:献帝之妃,董承之女。献帝令董承与刘备共谋曹操。事发,董妃、董承皆为曹操所杀。

〔14〕歪剌:这里指不能食用的臭肉。下文〔赚煞〕曲中的"歪剌们",则为旧时对妇女的詈辞。

〔15〕苘(qǐng 顷)麻:麻的一种。这里指粗麻布。

〔16〕袁公那两家:指袁绍的儿子袁谭和袁尚,绍死后,兄弟相攻,后均为曹操所杀。

〔17〕刘琮:荆州太守刘表的小儿子,表死后,以荆州之地投降曹操。

〔18〕"一个女孩儿"二句:上句谓曹操杀伏后以后,献其女为皇后。下句谓曹操之子曹丕,自五官中郎将袭封魏王。中宫驾,皇后坐的车子,此指封皇后事。

〔19〕乌悲词:一种形似琵琶而体制略小的乐器。又名火不思、浑不似、虎拍思,皆一音之转。

〔20〕此曲实仅四句,即"那里一个大鹁鸪,变一个花猪唱〔鹧鸪〕。唱得好时犹自可,不好之时唤王屠。"其馀"低都"各句,都是相和之声。鹧鸪曲,民间小曲名。以下曲二、曲三,均同。

〔21〕杨德祖:杨修,字德祖,曹操主簿。曹与刘备相峙于汉中,师久无功,欲回军,出令曰"鸡肋",惟杨修知其意旨,曹以扰乱军心为名杀之。

〔22〕孔先生:即孔融。曾为北海相,有名望,人称"孔北海"。后因触怒曹操被杀。

〔23〕"《易》奇"二句:见唐韩愈《进学解》。是说《易经》的内容奇奥却有一定的法则;《诗经》内容正大而辞藻华美。

〔24〕"都则为"七句:祢衡自云才华出众,眼底无人,不为权贵所容。拜帖,《后汉书》本传说祢衡初到许昌,怀揣名刺,准备拜人,直到名刺上字迹磨灭,仍无可见之人。绣斧金挝、东阁西华,均指显赫的权贵。

〔25〕鹦鹉撩咱:指祢衡于黄祖席上作《鹦鹉赋》一事。

〔26〕罗刹:吃人的恶鬼。

〔27〕"牵犬上东门"二句:上句出《史记·李斯列传》。斯临刑前,对其子说:我想和你再牵黄犬,出上蔡东门打猎,难道还有可能吗?下句出《晋书·陆机列传》。陆机遇害时感叹说:华亭鹤唳,岂可复闻乎!华亭(今上海),是陆机故乡。

〔28〕二乔:汉太尉乔玄的两个女儿,大乔嫁孙策,小乔嫁周瑜。这

825

里用唐杜牧《赤壁》"东风不与周郎便,铜雀春深锁二乔"诗意。

〔29〕"教望着西陵"句:曹操《遗令》说,把自己葬在邺之西岗,命诸妾于每月初一、十五,登铜雀台"望吾西陵墓田。"月月的,即低低地、悄悄地。或作"越越的"。《董西厢》卷七〔正宫·尾〕:"越越的哭得灯儿灭。"

〔30〕带衣麻:披麻带孝,即穿着孝服。

〔31〕"可知"二句:唐代诗人李贺,字长吉,陇西人。据说李贺临死前,见绯衣人传玉帝旨,谓天上白玉楼成,召使作记,遂卒。

〔32〕"飞凫降鹤"二句:是说祢衡将像神仙那样,飞凫驾鹤,升天而去。登遐:仙化而去。

〔33〕校书郎:官名,属秘书省,掌校勘书籍、订正讹误等事。

〔34〕"支机女"句:汉代张骞为寻找河源,乘槎而上。至一处,见城郭如州府,一女织机,一丈夫牵牛饮河。问此何处?答曰可至蜀问严君平。织女取支机石与骞而返。后如其言问之,君平曰:"某年月日,有客星犯牵牛宿。"见《荆楚岁时记》。

〔35〕搨(tà 挞):拓印。

〔36〕"谅先生"二句:判官自谦之词,是说自己有眼不识泰山。

〔37〕三彭诬枉:道家谓人体内有三尸虫作祟,上尸名彭倨,中尸名彭质,下尸名彭矫。三尸常伺人过,向天帝报告。

〔38〕薄贶:薄礼。贶,临别时赠人的礼物。

〔39〕榼(kē 柯):盛酒的器具。

〔40〕曼倩:西汉东方朔,字曼倩。以诙谐滑稽之方式,向汉武帝进谏。

雌木兰替父从军[1]

第 一 出

（旦扮木兰女上）妾身姓花名木兰。祖上在西汉时，以六郡良家子[2]，世住河北魏郡。俺父亲名弧，字桑之。平生好武能文，旧时也做一个有名的千夫长[3]。娶过俺母亲贾氏，生下妾身，今年才一十七岁。虽有一个妹子木难，和小兄弟咬儿，可都不曾成人长大。昨日闻得黑山贼首豹子皮，领着十来万人马，造反称王。俺大魏拓跋克汗下郡征兵[4]，军书络绎，有十二卷来的，卷卷有俺家爷的名字。俺想起来，俺爷又老了，以下又再没一人。况且俺小时节一了有些小气力[5]，又有些小聪明。就随着俺的爷也读过书，学过些武艺。这就是俺今日该替爷的报头了[6]。你且看那书上说，秦休和那缇萦两个[7]：一个拼着死，一个拼着入官为奴，都只为着父亲。终不然，这两个都是包网儿、带帽儿，不穿两截裙袄的么[8]？只是一件，若要替呵，这弓马、枪刀、衣鞋等项，却须索从新另做一番，也要略略的演习一二，才好把这要替的情由，告恳他们得知。他岂不知事出无奈，一定也不苦苦留俺。叫小鬟那里？（丑扮小鬟上）（木）小鬟,你瞒过老爷和奶奶,随着俺到街坊上走一回者。(向内买诸物介)(引鬟持诸物上)(鬟)大姑娘,把马拴在那里?(木)且寄养在对门王三家。

【点绛唇】休女身拼,缇萦命判[9]。这都是裙钗伴,立地撑天,说什么男儿汉!

【混江龙】军书十卷,书书卷卷把俺爷来填。他年华已老,衰病多缠。想当初搭箭追雕穿白羽,今日呵,扶藜看雁数青天。呼鸡喂狗,守堡看田;调鹰手软,打兔腰拳[10]。提携咱姊妹,梳掠咱丫环。见对镜添妆开口笑,听提刀厮杀把眉攒。长嗟叹,道两口儿北邙近也[11],女孩儿东坦萧然[12]。

要演武艺,先要放掉了这双脚,换上那双鞋儿,才中用哩。(换鞋作痛楚状)

【油葫芦】生脱下半折凌波袜一弯,好些难!几年价才收拾得凤头尖,急忙得改抹做航儿泛[13]。怎生就凑得满帮儿楦[14]。回来俺还要嫁人,却怎生?这也不愁他,俺家有个㵩金莲方子[15],只用一味硝,煮汤一洗,比㑶咱还小些哩[16]。把生硝提得似雪花白,可不霎时间㵩瘪了金莲瓣。

鞋儿倒七八也稳了,且换上这衣服者。(换衣,戴一军毡帽介)

【天下乐】穿起来怕不是从军一长官,行间,正好瞒。紧绦钩,厮称这细褶子系刀环。软哝哝衬锁子甲,暖烘烘当夹被单,带回来又好脱与咬儿穿。

衣鞋都换了,试演一会刀看。(演刀介)

【那吒令】这刀呵,这多时不拈,俺则道不便。才提起一翻也,比旧一般。为何的手不酸,习惯了锦梭穿。越国女尚耍白猿[17],教俺替爷军怎不捉青蛇炼[18]?绕红裙一股霜拎[19]。

演了刀,少不得也要演枪。(演枪介)

【鹊踏枝】打磨出苗叶鲜[20],栽排上绵木杆,抵多少月舞梨花,丈八蛇钻[21]。等待得脚儿松,大步重挪撚,直翻身戳倒黑山尖。

箭呵,这里演不得,也则把弓来拉一拉,看俺那机关和那绑子[22],比旧日如何。(拉弓介)

【寄生草】指决儿薄[23],鞘靶儿圆;一拳头攥住黄蛇搧[24],一胶翎拔尽了乌雕扇[25],一肐膊挺做白猿健。长歌壮士入关来,那时方显天山箭[26]。

俺这骑驴跨马,倒不生疏,可也要做个撒手登鞍的势儿。

(跨马势)

【幺】绣裲裆坐马衣[27],嵌珊瑚掉马鞭,这行装不是俺兵家办。则与他两条皮生捆出麒麟汗[28],万山中活捉个猢狲伴,一镫头平端了狐狸㹴[29]。到门庭才显出女多娇,坐鞍轿谁不道英雄汉。

所事儿都已停当,却请出老爷和奶奶来,才与他说话。(向内请父、母、弟、妹介)(外扮爷、老扮娘、小生扮弟、贴扮妹同上,见旦惊介,云)儿,今日呵,你怎的那等样打扮?一双脚又放大了,好怪也,好怪也!(木)娘,爷该从军,怎么不去?(娘)他老了,怎么去得?(木)妹子、兄弟也就去不得了?(娘)你疯了,他两个多大的人,去得?(木)这等样儿,都不去吧。(娘)正为此没个法儿,你的爷急得要上吊。(木)似孩儿这等样儿,去得去不得?(娘)儿,娘晓得你的本事,去倒去得。(哭介)只是俺老两口儿怎么舍得你去!又一桩,便去呵,你又是个女孩儿,千乡万里,同行搭伴,朝食暮宿,你保得不露出那话儿么?这成什么勾当?(木)娘,你尽放心,还你一个闺女儿回来。(众哭介)(扮二军上,云)这里可是花家么?(外)你问怎么?(军)俺们也是从征的。俺本官说这坊厢里有个花弧,教俺们来催发他一同去路,快着些。(木)哥儿们少坐,待我略收拾些儿,就好同行。小鬟,你去带回马来。(木收拾器械介)(众看介,云)好马,好器械。(娘)儿,你去一定成功喝彩回来,好歹信儿可要长捎一封,也免得俺老两口儿作念。偌咱要递你一杯酒儿,又忙劫劫的[30],才叫小鬟买得几个热波波[31],你拿着,路上也好嚼一嚼。有些针儿线儿,也安在你搭连里了[32]。也预备着,也好缝些破衣断甲。(二军叫云)快着些!(众哭别,先下)(木出见军介,云)大哥们,劳久待了,请就上马趱行。(作上马行介)(二军私云)这花弧倒生得好个模样儿,倒不像个长官,倒是个秫秫[33],明日倒好拿来应应急。(木)

【幺】离家来没一箭,远听黄河流水溅。马头低遥指落芦花雁,铁衣单忽点上霜花片,别情浓就瘦损桃花面。一时价想起密缝衣[34],两行儿泪脱珍珠线。

【六幺序】呀,这粉香儿犹带在脸,那翠窝儿抹也连日不曾干[35],却扭做生就的下添[36]。百忙里跨马登鞍,靴插金鞭,脚踹铜环。丢下针尖,挂上弓弦。未逢人先准备弯腰见,使不得站堂堂矬倒裙边[37]。不怕他鸳鸯作对求姻眷,只愁这水火熬煎[38],这些儿要使机关。

【幺】哥儿们说话之间,不待加鞭。过万点青山,近五丈红关。映一座城栏,竖几手旗竿。破帽残衫,不甚威严,敢是个把守权官,兀的不你我一般。趁着青年,靠着苍天,不惮艰难,不爱金钱,倒有个阁上凌烟,不强似谋差夺掌把声名换[39],抵多少富贵由天。便做道黑山贼寇犯了弥天案,也无多些子差一念心田。(指问介)

【赚煞】那一答是那些?咫尺间如天半。赸坡子长蛇倒绾[40],敢是大帅登坛坐此间。小缇萦礼合参官,这些儿略觉心寒,久已后习弄得雄心惯。领人马一千,扫黑山一战,俺则教花腮上旧粉扑貂蝉[41]。

(众)说话之间,且喜到主帅驻扎的地方了。俺们且先寻下了安顿的所在,明日一齐见主帅者。(下)

[1]《雌木兰》:共二折,据北朝乐府民歌《木兰诗》改编而成,然故事情节更为曲折,人物形象更为丰满。特别可贵的是,剧本剔除了原乐府诗中"忠孝两不渝"的封建说教,使花木兰替父从军、以身许国的英雄气概,以及要求男女平等的进步思想,得到了较为充分的表现。"裙钗

伴,立地撑天,说什么男儿汉!"这就是剧本的"奇绝"所在! 故明清以迄现代,始终上演不衰,为广大群众所喜爱。今据《盛明杂剧》一集本校注。

〔2〕六郡良家子:六郡,指陇西、天水、安定、北地、上郡、西河一带地区。良家子,指清白人家的子弟。

〔3〕千夫长:千人的头领。

〔4〕拓跋克汗:北魏君主,鲜卑族,拓跋氏。克汗,是国王的称号。

〔5〕一了:一向。

〔6〕报头:报答。

〔7〕秦休和那缇萦:古乐府《秦女休行》,谓秦地之女名休,为父报仇,杀人于市,后被赦免。缇萦,汉文帝时,淳于意有罪当判刑,其女缇萦上书,自愿没为官奴,以赎父罪,文帝为之感动而免其父之罪。

〔8〕两截裙袄:上袄下裙,女子的衣着。

〔9〕"休女"二句:身拼、命判,均倒装,即舍身、拼命。

〔10〕腰拳:腰弯,老态无力。

〔11〕北邙:河南洛阳东北有邙山,汉魏时王公贵族多葬于此。这里泛指墓地。

〔12〕东坦萧然:还没有女婿。晋代太尉郗鉴,在王导子弟中择婿,选中的是在东床上坦腹高卧的王羲之。后世遂以东坦为女婿的代称。见南朝宋刘义庆《世说新语·雅量》。

〔13〕"几年价"二句:凤头尖,言小脚尖尖,小如凤头。舡儿泛,言脚放大如船儿浮泛。

〔14〕满帮儿楦:塞满鞋子,使鞋帮鼓起。楦,这里是填充的意思。

〔15〕漱金莲方子:旧时妇女缠足,据说按照药方配药熬水洗脚,可以使脚缩小。

〔16〕偺咱:这时候。

〔17〕越国女尚耍白猿:春秋时,越国有一处女善剑,越王聘之。道逢一老翁自称袁公,相与比剑,试毕,老翁飞身上树,化作白猿而去。见《吴越春秋·勾践阴谋外传》。

〔18〕青蛇炼:比喻宝刀。

〔19〕霜挎:舞刀剑时所划出的一团白光。

〔20〕苗叶鲜:指叶形的枪尖。

〔21〕"月舞梨花"二句:形容舞枪时寒光点点,如梨花乱舞。丈八蛇,指长矛。钻,穿刺。

〔22〕绑子:即膀子,指拉弓时的膀力。

〔23〕指决儿:拉弓扣指的地方。

〔24〕黄蛇撺:弓弧弯曲如黄蛇。

〔25〕一胶翎:箭翎。

〔26〕"长歌"二句:据《新唐书·薛仁贵传》:唐太宗时,薛仁贵与铁勒族战于天山,连发三箭,射杀其首将三人,于是铁勒诸部请降。军中为之歌曰:"将军三箭定天山,壮士长歌入汉关。"

〔27〕绣裲裆:绣花马甲,战士所穿的防护背心。

〔28〕麒麟汗:麒麟,马的美称。旧称战功为汗马功劳。

〔29〕"一辔头"句:意为一出马就可踏平敌人的巢穴。辔头,马的笼头和缰绳。狐狸埕,指敌人所设的防线。

〔30〕忙劫劫的:即忙切切地。

〔31〕热波波:热馍馍。

〔32〕搭连:盛物布袋。

〔33〕秫秫:高粱,可以作酒。比喻可以解馋。

〔34〕密缝衣:唐孟郊《游子吟》:"慈母手中线,游子身上衣。临行密密缝,意恐迟迟归。"这里借指慈母。

〔35〕翠窝儿:妇女常年戴首饰鬓角所留下的凹迹。

833

〔36〕下添：疤痕。

〔37〕矬（cuó 嵯）倒裙边：古代妇女行礼时身躯下蹲。矬，矮小。这里作动词，即下蹲。

〔38〕水火熬煎：指大小便。

〔39〕谋差夺掌：谋取差使，争夺权力。

〔40〕趄（qiè 妾）坡子长蛇倒绾（wǎn 晚）：走上一条像长蛇倒挂的斜坡。趄坡子，斜坡。

〔41〕貂蝉：武将的帽饰，貂尾金珰，附以金蝉。

第 二 出

（外扮主帅上）下官征东元帅辛平的就是。蒙主上教我领十万雄兵，杀黑山草贼，连战连捷。争奈贼首豹子皮，躲住在深崖坚壁不出。向日新到有三千好汉，俺点名试他武艺。有一个花弧，象似中用。俺如今要辇载那大炮石[1]，攻打他深崖，那贼首免不得出战。两阵之间，却令那花弧拦腰出马，管取一鼓成擒。叫花弧与众新军那里？（末同众上，跪见介）（外）花弧，俺明日去攻打黑山，两阵之后，你可放马横冲，管取生擒贼首。俺与你奏过官里，你的赏可也不小。违者处斩。（末）得令。（外）就此起兵前去。

【清江引】黑山小寇真见浅，躲住了成何干？花开蝶满枝，树倒猢狲散。你越躲着我越寻你见。（众）

【前腔】黑山小寇真高见，左右他输得惯。一日不害羞，三餐吃饱饭[2]。你越寻他他越躲着看。

（众）禀主帅,已到贼营了。（外）叫军中举炮。（放炮介）（净扮贼首三出战）（木冲出擒介）（外）就收兵回去。（众）

【前腔】咱们元帅真高见,算定了方才干。这贼假的是花开蝶满枝,真的是树倒猢狲散。凯歌回带咱们都好看。（帅）

【前腔】众军士们,好消息时下还伊见,每月钞加一贯。又不是一日不害羞,管教伊三餐吃饱饭。论成功是花弧居多半。

（到京,内鸣钟鼓作坐朝介,帅奏云）征东元帅臣辛平谨奏:昨蒙圣恩,命臣征讨黑山巨寇,今悉已荡平。贼首豹子皮,的系军人花弧临阵亲擒,见解听决[3]。其馀有功人员,各具册书,分别功次,均望上裁。（丑扮内使捧旨上,云）奉圣旨:卿剿贼功多,特封常山侯,给券世袭[4]。花弧可授尚书郎。念其劳役多年,令驰驿还乡[5],休息三月,仍听取用。就给与冠带,一同辛平谢恩。豹子皮就决了。其馀功次,候查施行。（木换冠带介）（帅、木谢恩介,受诏书,丑下）（木）花弧感蒙主帅的提拔,叨此荣恩。只因省亲心急,不得到行台亲谢[6]。就此叩头,容他日效犬马之报。（帅）此是足下力量所致,于下官何预。匆忙中我也不得遣贺叙别。（木）今日得君提挈起,（帅）下官也是因船顺水借帆风。（帅先别下）（木）

【前腔】万般想来都是幻,夸什么吾成算[7]。我杀贼把王擒,是女将男换。这功劳得将来不费星儿汗。

835

（二军追上云）花大爷，你偌咱就这等样好了。（木）二位怎么这样来迟？（二军）咱两个次候查功，如今也讨得个百户[8]，到本伍到任[9]，望大爷携带。（木）可喜，正好同行。

（二军）

【前腔】想起花大哥真希罕，拉溺也不教人见。（伴）这才是贵相哩，天生一贵人，侥幸三同伴。咱两个呵，芝麻大小官儿抬起眼看一看。（木唱）

【前腔】我花弧有什么真希罕，希罕的还有一件。俺家紧隔壁那庙儿里，泥塑一金刚，忽变做嫦娥面。（二军）有这等事？（木）你不信到家时我引你去看。（下）

（爷、娘、小鬟上）自从孩儿木兰去了，一向没个消息。喜得年时，王司训的儿子王郎，说木兰替爷行孝，定要定下他为妻。不想王郎又中上贤良、文学那两等科名[10]，如今见以校书郎省亲在家。木兰又去了十来年，两下里都男长女大得不是耍。却怎么得他回来，就完了这头亲，俺老两口儿就死也死得干净。（二军同木上）（二军）花大爷，且喜到贵宅了，俺二人就告辞家去。（木）什么说话，请左厢坐下，过了午去[11]。（二军应，虚下）（木进见亲介）（娘）小鬟，快叫二姑娘、三哥出来，说大姑娘回了。（小鬟叫弟、妹上介）（木对镜换女装，拜爷娘介）

【耍孩儿】孩儿去把贼兵剪，似风际残云一卷。活拿贼首出

836

天关[12]，这乌纱亲递来克汗。（娘）你这官是什么官？（木）是尚书郎，奶奶，我紧牢拴，几年夜雨梨花馆，交还你依旧春风豆蔻函[13]。怎肯辱爷娘面？（娘）我儿，亏杀了你！（木）非自奖，真金烈火，倘好比浊水红莲[14]。（拜弟、妹介）

【二煞】去时节只一丢[15]，回时节长并肩，像如今都好替爷征战。妹子，高堂多谢你扶双老；兄弟，同辈应推你第一班。我离京时，买不迭香和绢，送老妹只一包儿花粉，帮贤弟有两匣儿松烟[16]。

　　（二军忙跑上）花大爷，你原来是个女儿。俺们与你过活十二年，都不知道一些儿。原来你路上说的金刚变嫦娥，就是这个谜子，此岂不是千古的奇事，留与四海扬名，万人作念么。（木）

【三煞】论男女席不沾，没奈何才用权[17]。巧花枝稳躲过蝴蝶恋。我替爷呵，似叔援嫂溺难辞手[18]；我对你呵，似火烈柴乾怎不瞒。鸳鸯般雪隐飞才见。算将来十年相伴，也当个一半姻缘。

　　（二军）他们这般忙，俺们不好不达时务，且不别而行吧。（先下）（矗报云）王姑夫来作贺。（娘）这个就是前日寄你书儿上说的这个女婿。正要请将他来与你成亲，来得恰好。（生冠带扮王郎上，相见介）（娘）王姑夫且慢拜，我才子看了日子了，你两口儿似生铜铸赖象，也铁大了[19]。今日成就了亲吧，快拜快拜！（木作羞背立介）（娘）女儿，十二年的长官，还害什么羞哩。（木兰回

身拜介)

【四煞】甫能个小团圞,谁承望结姻缘?乍相逢怎不教羞生汗。久知你文学朝中贵,自愧我干戈阵里还。配不过东床眷。谨追随神仙价萧史,莫猜疑妹子像孙权[20]。

【尾】我做女儿则十七岁,做男儿倒十二年。经过了万千瞧,那一个解雌雄辨?方信道辨雌雄的不靠眼。

　　　黑山尖是谁霸占,木兰女替爷征战。
　　　世间事多少糊涂,院本打雌雄不辨[21]。(下)

〔1〕辇载:连车载运。

〔2〕"一日"二句:宋元俗语。元无名氏《刘弘嫁婢》第一折:"一日不识羞,十日不忍饿。"

〔3〕见解听决:现在解来,听候处治。

〔4〕给券世袭:给予子孙世袭其职的凭据。券以铁制,用硃砂书字,或刻字嵌金,以赐功臣。

〔5〕驰驿还乡:由沿途驿站提供马匹,兼程回乡。

〔6〕行台:主帅的行营。

〔7〕成算:即胸有成竹,早有预见。

〔8〕百户:职名,百人之长。

〔9〕本伍:犹云本队。

〔10〕贤良、文学那两等科名:汉文帝时,下令各地选举贤良方正和文学材力之士,后来成为选举的科名。

〔11〕过了午去:吃了午饭再去。

〔12〕天关:指京都。京都天子所居,故云。

〔13〕春风豆蔻函:含苞未放的花朵,比喻处女。古称十三、四岁少

女为"豆蔻年华"。唐杜牧《赠别》诗:"娉娉袅袅十三馀,豆蔻梢头二月初"。

〔14〕浊水红莲:像荷花一样出污泥而不染,比喻高洁。

〔15〕一丢:一点点(高)。

〔16〕松烟:制墨的原料,用以指墨。

〔17〕用权:用权宜之计。

〔18〕叔援嫂溺难辞手:《孟子·离娄》(上):"男女授受不亲,礼也;嫂溺援之以手,权也。"

〔19〕生铜铸赖象,也铁大了:明代俗语。象为灰褐色,生铜铸象,日子久了,也和铁铸的一样,成为庞然大物了。指木兰、王郎都已成年。

〔20〕妹子像孙权:三国时,孙权之妹好武,结婚时洞房中还陈列着许多兵器,刘备请将武器撤去,方始成亲。

〔21〕院本:戏曲名词,这里指杂剧。

王　衡

　　王衡(1561—1609)，字辰玉，别署蘅芜室主人，江苏太仓人。大学士王锡爵之子。少有文名，万历十六年(1588)乡试第一，二十九年(1601)中进士，授编修。万历三十七年病卒，年仅四十八岁，才多未用。生平所作诗文，有《缑山集》、《记游稿》等集。戏曲方面，有《郁轮袍》、《真傀儡》、《没奈何哭倒长安街》杂剧三种。另外，《再生缘》杂剧也可能是他的作品。王衡长于讽刺喜剧的写作，对晚明官场、科举之腐败，多所讥刺，在当日剧坛上占有比较重要的地位。

真傀儡[1]

　　正名　宋天子访政旧中书
　　　　　杜祁公藏身真傀儡

（社长上）鹅湖山下稻粱肥，豚栅鸡栖半掩扉；桑柘影斜春社散，家家扶得醉人归[2]。自家桃花村两个里长，我是孙三老，他是张三老。本村年年春秋二社，醵钱置酒[3]，做个大会。今次轮该我二人做会首。闻得近日新到一班偶戏儿，且是有趣。往常间都是傀儡装人，如今却是人装的傀儡[4]。不免唤他来耍一回。言之未已，会中人早到。（净上）自家赵大爷是也。为我父亲做个两任省祭[5]，在下随任攻书。彻古通今，做个侯门教读。今日到桃花村看傀儡去。左右，将我马带回去，着四人轿，绢檐伞，来候我者！（进介）请了！（众）请了！（丑上）自家商员外是也，原是鸡肆里出身。为何叫做鸡肆？每日去街上扒沙[6]，积趱得个小家当，铺设门面，邻里奉承我是个官坯，都唤我做商员外。今日人都去桃花村中看傀儡，我也赴会去。童儿，把我大皮箱抬在门外，怕要赏人哩！（进介）请了！（众）请了！（净、丑）我两人在此，以后休要放闲杂人来，怕他没规没矩，不当好看。你们且摆完酒席戏场，待傀儡来也！（正末道袍骑驴上）老夫姓杜名衍[7]，会稽山阴人也。官拜平章政事，封祁国公。则我七十致仕以来，捻指的又是二十年光景也。且喜早脱离鸾坡凤掖[8]，懒得又安排绿野平泉[9]。每日则是混迹市廛，随缘过去。暗受些不知名的笑骂，才降得人我幢高[10]；权趁些不可口的茶汤，才填得齑盐债满。闲萧萧槐王化外[11]，笑欣欣竹马群中[12]。要炼得火气全无，直待到世人不识。人都道我怡神适兴，强闹熳这冷淡生涯。不知我避世逃名，故卖弄些风流罪过。即今是社相公生日，又好去吃酒治聋[13]。想我为官时汲汲波波[14]，怎能够有今日也呵！（唱）

【新水令】二十年来不犯五更霜，则我这白襕袍至今无恙。

乾坤干打哄[15],风雨乱排场。着甚忙忙,着甚忙忙,一任这懒驴头半街撞。

呀!这些攘攘的为甚?原来是傀儡棚儿。我正要看傀儡哩。且拴住这驴者!(拴驴进介)列位请了!(丑)看你不村不郭,是什么样人!来此怎么?谁与你请?(末)便请何妨!(净)我说道不要放这等没规没矩的进来。(众)大爷,原不该放他进来。(丑)你莫不也要捱在会里么?(末)便是,也要看一看。(丑)后来的要出大分哩,将钱五贯来者!(末)这个倒有。袖中有太平宝钞一锭,不知几贯。拿去。(净)咦!这老儿拿得出这锭钞来。如今怎么坐?(众)自然大爷坐了!(净)这个我也决不让他。(丑)近来新例,贵不敌富,你也该让我坐!(净)你不怕我说出本色来[16]?(丑)你又不怕我说出本色来?(众)两相让些吧!乡党间只是序齿罢了。(净)怎么说个乡党间,难道你众人也与我序齿?(末背唱)

【沉醉东风】咳!他有几床笏[17],恁般官样;这有几船茶[18],便会风光。(净、丑指众介)你众人下些,不要没规矩!(众)不敢!(末)这须是野鸥席上,又不比鹭序鹓行。我一向只道宦途上难处,谁知道这狠人心到处炎凉。(净看末介)阿呀!倒忘了你,你不富不贵,又不是会友,闯进来也要坐?(丑)适才既收了他的会钱,做个方便,放他在台角儿捱捱吧。老儿,够了你了。(末)多谢多谢!一任你牛表沙

842

三自逞强,折末尽我官人们气莽[19]。

（净、丑）耍傀儡的此时也该来了。（耍傀儡上场,打锣介）〔西江月〕分得梨园半面,尽教鲍老当筵[20]。丝头线尾暗中牵,影翩跹。眼前今古,镜里媸妍。来了来了！（内吹笛,外扮少年官,扶醉丞相上,官跪谏,相作恼介,下）（众）这是什么故事？（耍）这是汉丞相痛饮中书堂故事[21]。

【清江引】汉山河稳情取干戈里,老丞相无些事。画个太平圈,守定萧何律。旁立个醒人劝不得。

（众问净）这丞相何名？（净）这是沛公左司马曹无伤[22]。潜了沛公,沛公做皇帝不记旧怨,封他为丞相什方侯。他喜出望外,因此日日烂醉。（末）这是曹相国参,不是左司马。（净）偏你晓得！他生出来就是丞相的,起初也曾为将来。（末）是是,他曾为将来。

【十八拍】则他雄纠纠驱兵将,为甚一堆儿酒魔上？（净对众）也只是个酒徒！（末微笑介）是个酒徒！这的是调和曲糵成佳酿[23]。（净指末）一坐人偏你多说。只合着驴嘴看戏罢了！（末）耳边厢嚷嚷,心窝儿痒痒。我想那做宰相的,坐在是非窝里,多少做得说不得的事,不知经几番磨炼过来？除非是醉眠三万六千场,才做得二十四考头厅相[24]。

（耍）又来了,又来了！（二妓引丞相出,妓舞,相作欢喜介）（众）这是甚的故事？（耍）这是曹丞相铜雀台的故事[25]。

【满堂红】铜雀飞来,来也波来!十二金钗,钗也波钗!歌台舞台,台也波台!鹊儿乖,台也歪,安在哉!铜瓦千年姓名改[26]。

（众问净）这又是谁？（净）这就是前面的老曹儿子小曹了。（众）有趣,这小的又风韵些,强似老的只一味寡醉哩！（末）咳！曹孟德,你好呆也。

【挂玉钩】笑煞你老精神也消磨锦瑟傍[27],看这些俏香魂容不得些儿长。你使尽见识,瞒得谁来！刚赢得两道墨挂在眉尖上。（众）好个标致老丞相,生出这样花嘴花脸的出来。只是他衣冠动作,像得爷好。（偶）不瞒你说,一时扮不及,把面子装上的[28]。（去面子介）（众笑介）原来就是一出戏。什么父子？什么父子？耍我们哩！不好,换来！（末笑）这些儿也争差不多了。一个是这样,一个是那样。看这些依样葫芦也,古来史书上呵,知多少李代桃僵[29]？

（耍）两番演的前朝故事,你们争是争非。如今耍个眼前故事吧,来了,来了！（偶扮一丞相、一夫人上,又一帝上,帝作冒雪敲门介。相出引进,跪拜介。帝与相、夫人指划介）（众）这是谁？（耍）这是本朝赵太祖雪夜访赵普的故事[30]。

【寄生草】这底是洒落君臣契[31],抵多少飞腾战伐功。当夜里,九微灯影深深弄[32],千门鱼钥沉沉动[33],惊的这嫂夫人唤醒鸳鸯梦。则他丞相府共撮水晶盐[34],也强如读书堂捱彻酸齑瓮[35]。

844

（净）这个故事我烂熟哩。这皇帝是在下的祖宗。这赵普丞相是皇帝的哥子，全凭半部《论语》帮助他得了天下[36]。这《论语》家下有哩，着实是本秘书！（指末介）你老儿像个识字的,这书可曾见么？（末）也曾见来。

【殿前欢】这滋味也曾尝。则这赵韩王呵,他云龙风虎善施张,也是他布衣兄弟好肝肠。我想也波想,我便有硬手儿敢批黄[37],则这生面儿也难投状。罢罢罢,功业让与前人了。只可笑赵韩王,二百万买第,止得一日卧游。争如我二十年呵,渔樵相傍,这都是些无边界的相公庄。

（前导引朝使上）自家小黄门官便是。圣人有口敕,着我宣问杜相公。听说道在桃花村看傀儡,一径到来。
（进介）那里个是杜相公？（末）怎么到这里来？则老夫便是。（众作惊介）（问净）什么叫做相公？（净）想是秀才。（丑）不是,不是,是外郎[38]。（众）这样怎值得天使来？敢又是一起做戏的。（使）相公,朝廷有口敕宣你呢。（末）

【雁儿落】我今日将身在恁地藏,这十行字谁承望。（使）相公,怎得个朝衣谢恩才好。（众）怎么讨起朝衣来？（末）这区处怎得有来。也罢,将傀儡衣服权用一用吧。（众惊介,云）怎么戴起丞相帽来,谑死我也！（末）只得演朝仪在傀儡场,假金绯胡乱遮穷相。

（众看衣介）相公穿得来不称体,不好看哩！（末）

【得胜令】颠倒着这衣裳,装扮的不厮像。分明是木伴哥登场上[39]，身材儿止争些短共长。（拜介）我再启首吾皇，问什么麦熟蚕荒状。（使）圣人道：相公有补天浴日手段[40]，特遣相问。今日保治之道，何者为先？（末）生疏了朝章，捏不出擎天浴日的谎。

（使）老相公，不须多逊，仔细条答上来[41]。（末）
【水仙子】感皇慈特地相咨访，我则怕沉阁了当时旧奏章。如今虽说是太平，常言道忙时用着闲时讲。老臣前日备位时，常有三句话道：刑以不杀为威，兵以不用为武，财以不蓄为富。今闻奉宸库积有二百万[42]，何不尽发以赈饥民？可惜朽腐了先朝封库桩[43]，尽堪充雁鹜馀粮[44]。臣又看得韩琦、范仲淹[45]，当代伟人，可使同心辅政。刘沪一时健吏[46]，可令戴罪立功。则愿的密结起麒麟网，高擎着凤凰梁，便是老微臣谏草生香。

（外报介）又有一个内官来了。（使）下官先将老丞相这话，回复圣人去。（下）（中贵上[47]，扮二使执杖执杯，随后直入介）圣人有密敕一道，着相公自看者！（末接跪，称万岁，作看介）谏议正言等衙门一本[48]，杜衍三公入市，有失相体，幸赐贬放，以尊朝廷事。这是个弹本。（净、丑）怕也！莫不本上带我们姓名。天使爷，他不是我会中人。（使）咦！（对末云）还有圣谕在后。（末）圣谕道："谏官妄奏，触忤老成，朕已留中不发。卿此后亦宜检点出入，以答众望。"惭愧，惭愧！

【折桂令】望我皇上呵，休摧残台省锋铓，已现获着傀儡真赃。臣则是潦倒行藏,儿童猥傍,野老相忘。(背介)这些小后生落我计中也!谁知我巧卖脱乔名虚望[49],还将我旧三公体面来降。(使)圣人又着咱口问相公,先生做官一廉如水,致仕多年,家业有无若何?(末)臣有,臣有,只今日茶饭家常,仰仗恩光。还有这五株杨柳,八百枯桑[50]。

（使）圣人还有一道明敕,对众开读者:"平章杜衍,功成弼亮[51],密赞尤多。天佑忠贞,跻兹上寿[52]。特赐白玉灵寿杖一条,赤金九霞杯一具,有司月给廪米人夫,代朕养老。"谢了恩者!(末)万岁万岁万万岁!(丑、净)有趣!杜相公是我们会里人,这赏赐也该均分些。

(众)你才说道不是会中人来!(末)

【乔牌儿】又费了朝廷万石粮,报答曾无纸半张,止馀得忧时白发三千丈。(使)非老相公大德,怎当此宠眷来!(末)说什么大德。这的是傀儡场头落来的赏。

(使下介)(众拜)杜相公,恕小的有眼不识。(净)相公,我原道你像个识字的。(末)列位说他则甚,我脱去这衣服,你还认得我否?(脱衣介)

【鸳鸯煞尾】还了你装门面的破衣囊,原归我乡祭酒那穷门巷[53]。哥儿们也,则劝你无是无非,相亲相让。有马同骑,有酒同噇。(对净、丑)休夸你舞袖郎当[54],则我杜平章也才充个社长。小哥,明年此日,再来此处看傀儡。(众)如今小的们不敢了。(末)说那里话!惟祝愿岁岁春王[55],常听

847

这古栎丛中笑声响。(下)

(众)那知这个老儿,这样大来头。且是好相处,这会儿强似看戏哩!

【清江引】我看那杜相公真伶俐,脚色般般会。才与说乡情,又好陪皇帝。则教我世世的子和孙,伏侍着你。

做戏的半真半假,

看戏的谁假谁真?

(净)杜相公好似骑驴的果老[56],

(丑)带挈区区做第八位仙人。(同下)

〔1〕《真傀儡》:这是一场半真半假的傀儡戏。"做戏的半真半假,看戏的谁假谁真。"说明官场即戏场,揭露了封建社会虚伪、势利的人际关系。主人公杜衍,由宰相致仕回乡,与野老相忘,儿童相傍;虽不在其位,还关心国家大事和人民的疾苦,带有一定的理想色彩。全剧寓庄于谐,处处引人发笑,而感慨殊深,韵味淳厚,是明人讽刺短剧中少有的佳品。现据《盛明杂剧》一集本校注。

〔2〕"鹅湖山下"四句:上场诗,用晚唐诗人王驾《社日》绝句。鹅湖山,在江西铅山之北。春社,农村以立春后第五个戊日为拜祭土地神的日子。

〔3〕醵(jù拒)钱:大家一起凑钱。

〔4〕人装的傀儡:即宋元以来的肉傀儡,又作"木偶戏"。

〔5〕省祭:主管一省祭祀礼仪的官员。

〔6〕扒沙:辛苦觅钱,如鸡扒食。

〔7〕杜衍:字世昌,越州山阴(今浙江绍兴)人。宋仁宗庆历七年(1047),以太子少卿致仕。立身清介,不置私产。《宋史》有传。

〔8〕鸾坡凤掖:均指皇帝的宫殿。

〔9〕绿野平泉:分别为唐裴度和李德裕的别墅。裴度以宦官专权,事无可为,自请罢相,于洛阳午桥置别墅,花木万株。中有绿野堂,野服萧散,与白居易、刘禹锡等作诗酒之会。见《唐书》本传。李德裕别墅,在洛阳平原庄,去洛城三十里,卉木台榭,若造仙府。见唐康骈《剧谈录》。

〔10〕人我幢(chuáng床)高:幢,旗帜之类。以幢的高低比喻人的长短。

〔11〕槐王化外:用淳于棼梦为南柯太守事。见唐李公佐《南柯记》。化外,尘世之外。

〔12〕竹马群中:喻与儿童作伴。竹马,小孩以竹竿作马的游戏。

〔13〕吃酒治聋:据说饮社酒,可治耳聋。

〔14〕汲汲波波:忙忙碌碌。

〔15〕干打哄:乱起哄,凑热闹。

〔16〕本色:本来的出身、面目。

〔17〕几床笏:指有几个人做官。笏,大臣上朝所持的用象牙制的笏板。唐开元中,崔神庆及其子崔琳皆为大官,每逢家宴,专设一床置放笏板,床为之满。

〔18〕几船茶:古时茶叶专卖,茶商向官署缴钱领得茶引后,方可贩运。一引或数船。此借指有多少资产。

〔19〕"一任你"二句:即一任你村民们去逞强卖弄吧,尽管让我官人气闷。

〔20〕"分得"二句:梨园,唐玄宗所设宫廷教演歌舞的场所。后世借指戏班。鲍老,古代的一种单人舞,这里指傀儡。

〔21〕汉丞相痛饮中书堂:用曹参故事。曹参继萧何为相,一切遵守萧何的法令,每日饮酒不问政事。其子曹窋不解其意,进谏被父打。见

《史记·曹相国世家》。

〔22〕沛公左司马曹无伤:沛公,即刘邦。曹无伤本于鸿门宴后即为刘邦所杀。下文什方侯,是雍齿的封爵。这里讽刺赵大爷张冠李戴的无知丑态。

〔23〕曲蘖(niè 聂):酿酒用的发酵剂。

〔24〕"除非是"二句:是说要做到宰相那样的官,只有一生都在醉生梦死之中,才能实现。三万六千日,即百年,指一生。头厅相,首相。唐代郭子仪官中书令,经过二十四次考绩。

〔25〕曹丞相铜雀台故事:汉末,曹操为汉相,欢宴于铜雀台。

〔26〕铜瓦:铜雀台上的瓦。

〔27〕锦瑟:弦乐器,二十五弦。

〔28〕面子:面具。

〔29〕李代桃僵:以此代彼的意思。古辞《鸡鸣高树颠》:"桃生露井上,李树生桃傍。虫来啮桃根,李树代桃僵。"见《宋书·乐志》(三)。

〔30〕赵太祖雪夜访普的故事:赵普,宋初宰相,封韩王。宋太祖赵匡胤曾于大雪之夜,访问赵普,商讨削平天下事。见《宋史》本传。

〔31〕洒落:潇洒,爽利。

〔32〕九微灯:古代灯名。南朝梁何逊《七夕》诗:"月映九微火,风吹百和香。"又唐王维《洛阳女儿行》:"春窗曙灭九微火,九微片片飞花琐。"

〔33〕鱼钥:鱼形的门锁。

〔34〕共撮水晶盐:指赏雪。晋谢安问儿女:"白雪纷纷何所似?"兄子胡儿(谢朗)曰:"撒盐空中差可拟。"见《世说新语·言语》。

〔35〕酸齑瓮:酸菜缸。借指读书人贫寒生活。

〔36〕"半部《论语》"句:赵普对宋太宗说,他用半部《论语》助太祖定天下。

〔37〕批黄:古代皇帝诏旨用黄纸书写,臣僚如有意见,可另用黄纸写出,叫帖黄。批黄,则为直接改抹。

〔38〕外郎:这里指衙门的书吏。

〔39〕木伴哥:木偶。

〔40〕补天浴日:用神话中女娲补天、羲和浴日的故事,比喻手段不凡。

〔41〕条答:逐条答复。

〔42〕奉宸库:宫廷内的钱帛库房。

〔43〕封库桩:宋太祖设立的库房,以备非常之需。

〔44〕雁鹜(wù 勿):唐代称流动无定的民户为雁户。这里指百姓。

〔45〕韩琦、范仲淹:韩琦,宋神宗时丞相。范仲淹,宋仁宗时枢密副使。

〔46〕刘沪:宋仁宗时西路都巡检,防护边境,颇有智略。

〔47〕中贵:宫廷太监中有权势者。

〔48〕谏议正言:指谏议大夫和左右正言等官员。

〔49〕乔名虚望:虚假的名望。

〔50〕五株杨柳,八百枯桑:陶渊明归隐后,宅边有五柳树,自号五柳先生。诸葛亮临终前上表后主,自云"有桑八百株,薄田十五顷。"

〔51〕弼亮:辅佐。

〔52〕跻兹:上升到如此地步。

〔53〕乡祭酒:乡村中社日主祭的长者。

〔54〕郎当:松散,不利落。

〔55〕春王:一岁之首,借指春社。

〔56〕果老:即张果老,民间传说中的八仙之一,据说他常常倒骑着驴子出游。

851

孟称舜

孟称舜(约1600—1655后),字子塞,又作子若,号卧云子,又号花屿仙史。浙江山阴(今绍兴)人。崇祯诸生,曾入复社,屡举不第。入清后,于顺治六年(1649)以贡生任松阳训导。称舜工诗文词曲,创作活动主要在明天启、崇祯间,所作杂剧、传奇各五种。杂剧今存《桃花人面》、《花前一笑》、《英雄成败》、《死里逃生》和《眼儿媚》。传奇今存《二胥记》、《娇红记》、《贞文记》三种。此外,并校辑元明杂剧五十六种为《柳枝》、《酹江》二集,合称《古今名剧合选》。在戏曲创作上,重视舞台演出,强调作曲者须"化其身为曲中之人"的主张。并力主艺术风格的多样性,认为雄爽与婉丽,各有攸当,不必强分优劣。可见其意趣之所归。

桃花人面[1]

(副末开场)〔鹧鸪天〕年去年来花自忙,搬将红紫斗新妆。花容人面两相似,一夜秋风总断肠。　停歌板,对斜阳,闲凭燕子诉兴亡。昔年好事今成梦,只有相思恨转长。

笑春风两度桃花,题红怨伤心崔氏[2]。

喜成亲再世姻缘,死相思痴情女子。

第 一 出

(老父上)小隐村庄处士家,春风寂寂度年华。可怜百岁人过半,愁看庭前树几花。自家姓叶,世住秦川。于城南筑小庄一座,多栽花木,为娱老之计。自叹年过五旬,单生一女。生时正值桃花开后,因此取名唤做蓁儿。幼工针黹[3],长颇知书。俺意欲择一快婿,托吾终身,迄今未嫁,好生挂怀。今日正是清明日子,邻家请饮社酒[4],不免分付女孩儿去者!(女上)妾今年踰二八,未获良缘,虚度芳时,可胜惆怅。呀!看墙内桃花又早开也!正是:花开花落无人见,长对东风空自怜。

【沉醉东风】深昼静莺声自悄,韶华过花色谁娇。庭前淑景迟[5],镜里红颜老。锁幽闺烟窗寂寥。碧桃花下自吹箫,空叹息梦回春晓。

俺爹爹万福!(父)今日邻家请俺饮酒,孩儿可闭着庄门待咱回也!(女诺同下)(生散服上)小生姓崔名护,博陵人也[6]。自负才情,兼饶姿韵。年当弱冠,喜得一举进士。只恨未逢佳偶,婚配无期。眼下春光如醉,不胜伊人一方之想[7]。早来饮酒数杯,且自踏青散闷去者!一路行来,正是不暖不寒天气,半村半郭人家。畅好风景也呵!

【点绛唇】芳草天涯,水云烟际,香光细。踏遍春堤,总是伤心地。

【混江龙】断山凝翠,小桥流水自东西。霞光新靓[8],雾影凄迷。店舍无烟花满树,旗亭唤酒早凉时。绕孤村长河如带,映雕车细柳成帷。牵绣袂田田水荇[9],铺翠褥漠漠江蓠[10]。俺则是闲趁香风信马行,身游恍入壶山里[11]。过了些芳郊绮陌,曲径幽堤。

缓步南来,离城不数里之遥,这是谁家庄院?花木丛萃,使人观之无尽也!

【油葫芦】野树花攒绣短篱,恰人住武陵溪[12]。看谁家帘箔低垂,寂寂春深,门掩无人至。声声杜宇,叫彻花前泪。园亭清昼长,一觉留春睡。寻芳载酒知谁是?则俺莽崔生行春来到此。

俺看墙内桃花数枝,依依可怜!

【天下乐】盼墙头微露花枝,好一似望王孙人未归[13]。无情花草,犹自为相思。则俺这韶光好买也无钱买,春恨凭谁却恨谁?只落得满饮春风醉。

春游无那[14],不觉顿生烦闷。此间门掩无人,待咱叩门,讨杯水儿消渴哩!

【那吒令】茅檐下喜垂垂双挂蛛丝,空梁上香细细新巢燕泥,花棚下闹孜孜乱惹蜂须[15]。碧玉小窗前[16],不住偷睛视,是不曾见有个人儿。

(女上云)儿家门户寻常闭,春色缘何得入来。外面是谁叩咱门也？（窥介）是一个年少书生，何缘到此？（问介）扣门是谁？（生）问的可是女郎声息，不免叫他开门。小生姓崔名护，寻春到此，酒渴求饮！

【鹊踏枝】俺不是待回廊月转低[17]，俺不是望东墙花影移[18]。俺也不是夜犯星槎[19]，俺也不是系马杨堤[20]。俺只是倦寻芳相如病渴[21]，因此上轻叩朱扉。

（女下持水上）（开门揖生介）郎君请坐。（生）不敢！（转科）俺看这女子妖姿媚态，绰有馀妍[22]，可为绝世无双矣！此地何地，有此殊丽？

【寄生草】无意里遇仙姿。俏腰枝轻舞东风媚，俏眉梢淡写春山字，俏声音低送行云细[23]。休道是花不知名分外娇，可正是妆来淡处多般丽。

（女作斜倚觑生科）

【幺】（生）真稔色多芳韵[24]，似巫山行雨时。剪湘波俏眼儿阁住的盈盈泪[25]，步香尘小脚儿传出的臻臻致[26]，袅花枝俊庞儿打扮的娇娇媚。则见他几度凭栏自想时，料应是一般景物伤人意。

（生作觑女，女低整衣科）

【元和令】（生）见了他佯整罗衣，半含羞半偷视。桃花人面画栏西，整相看不语时。东风笑煞人无二[27]，荡得咱春心不自持。

（白）看这女郎独倚庭柯，赋情无限[28]。待小生以数言挑之，何如？（揖科）这一会，还未曾请问姐姐上姓？

855

（女）姓叶。（生）可有尊字么？（女欲言又止科）（生）姐姐便说何妨！（女）小字蓁儿。（生）芳年多少？（女）十七岁。（生）姐姐可曾许了人么？（女不应）（生）姐姐便说与小生知道，却也何妨？（女作摇头科）（生笑）呀！却好与小生一般，小生也未娶妻。小生还有一言，姐姐！你觑这半帘芳草，色有馀姿。一树桃花，笑还未足。村庄之内，竟无一人为伴，可不冷落人也！（女低叹不语科）

【上马娇】（生）他那里独自把头低，尽著胡言冶语相调戏[29]。却怎生不应俺一声儿？大都来眉尖眼角传心事，不由人不意惹心迷。

（生作辞介）小生偶到仙庄，谢姐姐见怜，以杯水相赠。桃花无恙，此意难忘。只恨的无缘对面，后会何期！（女作目注不应，送生）（生回顾）（女长叹，掩门介）早知相见难相傍，何似今朝不相见！（女下）（生）呀！崔生今日真个奇遇也。行春到此，忽遇婵娟。休说这芳姿绝世，只他欲言不言，如不胜情，真使人魂消也呵！

【胜葫芦】想着您含颦不语费寻思[30]。相看意似痴，红艳凝妆未可持。徘徊顾影，欲行还住，听道俺一声去也思依依！

【幺】瘦凌波款款下阶墀，斜弹猩裙步又迟[31]。红生半脸，蹙损双眉。送郎不远，还则两心疑。

【后庭花】相逢似有期，相别非无意。来时呵隔林啼鸟呼人至，去时呵水面红尘咫尺迷。这相思诉谁知，则除诉与天知。

问您个多情崔护？去何疾,来何迟,怕墙内桃花也笑你空归。非关是看花心醉,非关是中酒情迷[32]。想着他人倚花前笑语微,教俺梦魂儿怎去此？

小生今日可怎生回去也！旧路依然,增了新愁无限。

【赚尾】禁城边冷落晚霞菲[33],野田畔寂寞暝烟迷,抵多少冢上狐狸[34]。归时路,比着来时更惨凄。雨花脸上吹,朝云林外低。无情会,倒惹下有情痴。天呵！只愿得日后的相逢也还似此时！

[1]《桃花人面》：共五折。崔护谒浆,出唐孟棨《本事诗·情感》。这是一个广为流传的爱情故事,宋官本杂剧有《崔护六么》、《崔护逍遥乐》,南戏有《崔护谒浆记》,元白朴、尚仲贤各有《崔护谒浆》杂剧一本,俱佚。称舜此剧,热情歌颂了青年男女超越生死的真情,显然受到《牡丹亭》的影响。作者特别长于抒情,所有曲文,都充满浓郁的诗的情致；对女主人公隐密深沉的心理,更是刻画入微。明人祁彪佳以此剧为"逸品",是"极情之至"之作。近人刘大杰《中国文学发展史》,更以此剧为晚明短剧中言情之作的代表。现据《盛明杂剧》一集本校注。

[2] 题红怨伤心崔氏：唐僖宗时,宫女韩氏题诗红叶,置御沟流出,为于祐所得。于复在叶上题诗曰："曾闻叶上题红怨,叶上题诗寄阿谁。"重置水中,竟为韩氏所得。二人终以红叶为媒,得成夫妻。见宋刘斧《青琐高议》前集卷五。崔氏,指崔护。

[3] 针黹(zhǐ 纸)：做针线,女工。

[4] 社酒：在立春、立秋后的第五个戊日,祭土神后,村民共饮的祭神之酒,这里指春社的社酒。社,此指春社。

[5] 淑景迟：美景将尽。迟,指春深。

857

〔6〕博陵:古县名,在今河北蠡县南。

〔7〕伊人一方:《诗经·秦风·蒹葭》:"所谓伊人,在水一方。"此处借指那人却在何处?

〔8〕新靓(jìng 静):这里指阳光下云彩的美丽。

〔9〕牵绣袂(mèi 妹)田田水荇:随水波浮动的水草,有如美女的衣袖在舞。袂,衣袖。田田,叶浮水上貌。水荇,水草名。

〔10〕江蓠:香草名。

〔11〕壶山:传说中海中仙山,即方壶山。

〔12〕武陵溪:指晋陶渊明在《桃花源记》里所描述的世外桃源。

〔13〕王孙:本指贵族子弟。这里指未归人。

〔14〕无那:无奈。

〔15〕"空梁上"二句:化用唐杜甫《徐步》"芹泥随燕嘴,花蕊上蜂须"诗意。

〔16〕碧玉:小户人家的女儿。古乐府诗《碧玉歌》:"碧玉小家女,不敢攀贵德。"

〔17〕待回廊月转低:用唐元稹《莺莺传》中张生"待月西厢下,迎风户半开"诗意。亦见元王实甫《西厢记》。

〔18〕望东墙花影移:用元白朴《东墙记》中马文辅"明月娟娟兮夜永生凉,花影摇风兮宿鸟惊慌。有美佳人兮牵我情肠,徘徊不见兮只隔东墙"曲意。

〔19〕夜犯星槎:汉张骞乘槎误入天河,遇牵牛、织女星故事。见徐渭《狂鼓史》注〔34〕。这里指莽撞求谒。

〔20〕系马杨堤:五代荆南孙光宪〔风流子〕词:"金络玉衔嘶马,系向绿杨阴下。朱户掩,绣帘垂,曲院水流花谢。欢罢,归也,犹在九衢深夜。"写轻浮子弟。

〔21〕相如病渴:汉司马相如患消渴病。这里指口渴求饮。

〔22〕绰有馀妍:说不尽的美丽。

〔23〕"俏腰枝"三句:叙美人之俏丽,腰肢细袅如东风舞柳,眉毛翠美如春山之妩媚,语言清细如遏云之歌。

〔24〕稔(rěn荏)色:美艳。

〔25〕剪湘波:形容眼波流转,如湘水一样的明澈。剪,剪取。

〔26〕臻臻致:这里形容步态优雅。

〔27〕殢(tì替)人无二:像这样使人爱慕的,再没有第二个。殢,引逗的意思。

〔28〕赋情无限:天生的多情。赋,天赋。

〔29〕胡言冶语:即胡言乱语。

〔30〕含颦:皱眉。

〔31〕斜嚲(duǒ朵)猩裙:红裙斜垂。嚲,下垂貌。

〔32〕中酒情迷:像醉酒一样的情意恍惚。

〔33〕晚霞菲:傍晚时稀薄的彩云。

〔34〕抵多少冢上狐狸:借用唐高翥《清明》诗:"日落狐狸眠冢上"句,写傍晚田野日落景色的荒凉。

第 二 出

(女上)妾自那日偶遇崔生,人材聪俊,一见留情。别后思之,常忽忽若有所失。村居无伴,情思无聊。诉我愁者,惟闻啼鸟;对我影者,惟有花枝。真好伤心也呵!

【端正好】风寂寂曙光寒,云淡淡烟波锁。恁心情靓妆浓抹。闲步庭前数花朵,泪渍花容破!

【滚绣球】芳辰来易过[1],新愁去转多。遍郊亭柳眠花卧,则教我掩空闺被冷湘波[2]。自寻思情怎那！不争为惜花起早[3]，可只是对景情多。桃能红，李能白，花开有意妆娇面。燕儿忙，莺儿懒，春老无心唱好歌。此恨如何！

想他相见之时，几回顾盼，好不多情。又喜是妾还未嫁，他还未娶，两下姻缘，似有可期。争奈咱素昧平生，一言难诉！

【倘秀才】忆来时陪笑脸双生翠涡[4]，寄芳心独展秋波[5]，说甚的人到幽期话转多。相见情难诉，相看恨若何，只落得泪珠偷堕。

【脱布衫】见了他情多意多，逗得人思魔病魔。春寂寂鸟啼花落，也则索恨无聊熏香独坐。

【小梁州】万点飞红墙外过，自伤嗟烟月消磨。小庭空与花奴坐[6]，送春归奈春光先去何。

这几时倚门长望，怎得那崔生重到呵！

【幺】泪滴胭脂流碧波。自评跋[7]，这段风流忒认过。望到空庭日影殂[8]。您去也更来么？

【普天乐】有意遣愁归，无计奈愁何。断肠荒草，处处成窝。思发在花前[9]，花落眉还锁。干相思害得无边阔，影儿般画里情哥！待撇下怎生撇下，待重见何时重见？只落得病犯沉疴[10]。

世间多少夫妻，有情相诉，有病相怜。谁似俺蓁儿呵！

【朝天子】思他念他，这泪脸没处躲。咱将痴心儿自揣摩，未必他心似我。展转徘徊，低整衣罗。怕人来早瞧破。情多无那,要诉这情儿谁可?

那日崔生道咱村居冷落。咱口虽不答,心自思之。(叹科)你道咱怎生儿不冷落人也!

【四边静】对了些香销烬火,恨满愁城,泪点层罗[11]。只影踌蹰,休道慵妆裹。便妆成对镜谁怜我?且压著衾儿空卧。

【上小楼】压着衾儿卧,梦里人两个。犹记的他门儿低扣,话儿调弄,意儿轻模[12]。醒来时还兀自成抛躲,依旧恓惶的我!(作倦倚惊起科)

【幺】蓦相逢,情意好。恨今朝,空寂寞。悔不的手儿相携,语儿相洽,影儿相和,与他在花前同行共乐。果道是梦儿里相会呵!如今和梦也不做。

(邻女二人上)年少盈盈试锦裳,风流学得内家妆[13]。笑将女伴携双手,闲向空庭看海棠。咱们邻家女子是也。这几日不见叶家姐姐,索寻他耍子儿去者!(作扣门科)

【耍孩儿】(女)篆烟冷落闲庭锁,响门环几声敲破。(听科)又不是鸟啄风筝碎玉颗[14],有谁来惊觉人呵!几回无语心空忆,敢则那前度看花人又过?门儿外知谁个?(开门低科)则教我忙匀泪眼,伴展修蛾[15]。

(二女拜介)这几日不见姐姐,您庞儿怎甚减也!如今咱们特来寻您耍子哩。

【四煞】(女)几日来会面稀,惹愁思病难活,春前旧恨何时可?无端花月成淹滞,有限韶光空折磨。俺衷肠您知么?怕去寻红别浦,问柳晴坡[16]。

（二女笑介）咱猜着姐姐心事哩。敢则是对景伤情,春心飘荡。古来有佳人必有才子。似姐姐这般容貌,也定有快意的姐夫。愁他怎的？（女长吁科）

【三煞】（女）美夫妻恩情海样阔,好姻缘福分天来大,知咱姻缘事怎么！（背科）盼得个才郎薄命难消受,倘若是嫁着个村郎可若何？暗思量越摧挫。闷怀如积,血泪偏多。

（二女）姐姐！你既懒拈针黹,且自闲行消遣。或寻花,或斗草。似这般多愁多闷,怕不折损了人呵！

【二煞】（女）闲行儿休则题,绣帖儿都停阁[17]。玉柔花醉,只索凭栏坐。早已是惹将来幽恨无重数,又则被姊妹们絮的个心儿没奈何。多般病,几经过。镇日的倚栏无语,闷想南柯[18]。

（二女）天色儿又早晚也！咱们且家去,明日再来看你。

（下）（女）他们去了。这一会儿絮的咱好不奈烦也！咱看这牵牛织女,两下相思。正是天长地久有时尽,此恨绵绵无绝期[19]。

【一煞】幽恨几时休,好事枉蹉跎。盈盈织女愁空锁。您虽是七月七日才相会,也自有一度一年相见呵,怎凄凉谁似我？好一似孤眠夜夜,月殿嫦娥。

【尾声】家住在寂寞章台左[20],盼佳期无始末。便做道浣纱人未老[21],怕再没个寻春人儿来见我。

〔1〕芳辰:美好的时节。

862

〔2〕被冷湘波：锦被胡乱地摊在床上。

〔3〕不争：这里是不只、不但的意思。

〔4〕翠涡：颊上酒窝。

〔5〕"寄芳心"句：即借眼波传送情事。秋波，形容少女眼睛明如秋水。

〔6〕花奴：猫的别称。宋王洋《酬凌季文过杨仲诚》诗："日筛竹影花奴睡，人度禾场吠犬惊。"

〔7〕自评跋：自作思量。

〔8〕日影殂（cuō 搓）：日影西斜。

〔9〕思发在花前：用隋薛道衡《人日思归》诗句："人归落雁后，思发在花前。"

〔10〕沉疴（kē 科）：重病。

〔11〕层罗：指几重罗衣。

〔12〕意儿轻模：意思轻佻，却又含混不明。

〔13〕内家妆：宫廷内的打扮。

〔14〕鸟啄风筝碎玉颗：用唐元稹《连昌宫词》诗句："尘埋粉壁旧花钿，鸟啄风筝碎珠玉。"风筝，悬挂于屋檐下的铁马。全句是说鸟啄铁马发出碎玉般的声音。

〔15〕修蛾：女人修长的眉毛。

〔16〕寻红别浦，问柳晴坡：即寻花问柳，玩赏春景。别浦、晴坡，泛指游春处所。唐杜甫《严中丞枉驾见过》："元戎小队出郊坰，问柳寻花到野亭。"

〔17〕绣帖儿：用来描花样的册子。

〔18〕闷想南柯：闷闷地回味着梦境。

〔19〕"天长地久"二句：语出唐白居易《长恨歌》。

〔20〕章台：汉长安有章台街，是繁华所在。这里用来反衬女主人公

住所之荒漠。

〔21〕浣纱人未老：春秋时越国美女西施，曾在溪边浣纱。唐王维《洛阳女儿行》："谁怜越女颜如玉，贫贱江头自浣纱。"

第 三 出

（父上）今日恰是清明了。咱已办了些纸钱，不免同女孩儿到西冈上拜扫去者。女孩儿那里？（女上）孩儿有。（父）今日正值清明，咱和你到你母亲坟上拜扫去哩！（女诺，父先下科）（女）咳！爹呵！你不说起清明也罢了。想起去年此日，偶遇崔生。经今一载，几曾放怀。如今更值清明，再盼不见那崔生重到呵！（叹科）回思旧事浑如在，恰对新花又一年。（下）（生上）满陂芳草自离离[1]，花落江南燕子飞。年年春至花如旧，只有春归愁不归。小生去年闲步城南，遇着一个女郎，姓叶小字蓁儿。丰情态度[2]，绝世无双。回来茶不想，饭不思。因乞假离都，未及再访。如今回都两日，恰好又是清明也。想起前事，倍觉伤情，不免径往寻他去者。

【新水令】料峭风光似去年[3]，殢人肠旧情重见。题愁馀锦字[4]，写恨碎花笺[5]。春水无边，隔无端春梦远。

【驻马听】落日晴川，一帘芳草平芜剪。乱云飞岸，半溪烟雨带痕牵。缁车不到杜陵边[6]，霎时春老桃花怨。心自迷，步更远，行来何处，是故家庭院。

【乔牌儿】梨花寒食天[7]，冷暝濛停醉脸[8]。去年此日初相见,又早韶华变!

一径行来,风景依稀。俺那姐姐还在呵!

【落梅风】细雨洒轻寒,绿绣芳茸浅。隔溪的沙鸟,几处如相见。满旗亭花开俨然,盼不见去年人面。

此间已是他门首了。

【甜水令】呀!为甚呵村庄冷落,朱扉镇锁,春风静掩,桃李笑无言。可正是云离楚岫,雾散秦楼,玉去兰田[9]。则教我对花枝空忆当年。

【得胜令】千种恨向谁言,万般愁空自怜。您可是化朝云阳台畔,俺怎能结同心古树边[10]。盘旋,看水上双飞燕;迁延,听枝头泣杜鹃。

【折桂令】望芳郊晴岚半天,看几个笑典春衣,行歌绣筵[11]。谁似俺春恨绵绵,良辰无那,泪洒风前。哭如痴,吟如醉,海棠边又增新病;住不可,行不能,桃花下怎寻旧缘。枉自留连,谩自俄延[12]。空目断烟波画船,空历遍云山墓田。

甚风儿响动,敢有人来也!呀,却又是花飞乱落呵!

【雁儿落】乱纷纷风舞落花钿[13],恨悠悠水上流花片。娇滴滴日暖笑花颜,静岑岑人去思花面[14]。

便是他已嫁了人呵,却怎生和门儿都锁上也?待我题诗左扉之上。倘他回来见了,也知俺今日重来,不遇而去。

(题科)去年今日此门中,人面桃花相映红。人面只今何处在,桃花依旧笑春风。博陵崔护题。

【川拨棹】看这恨绵绵,笑春风花自捻[15]。又不是洛浦飞仙[16],又不是玉殿婵娟[17]。此日何年,干则向花前重见,猛教人急睁睁望眼穿。

【七弟兄】似这般烟花闷天,绕花边,几回儿盼不见可人人面[18]。单则见数朵儿花开照眼前,问春光飞入谁家院?

【梅花酒】俺如今恨东风无一言,恨东风无一言。踏遍林间,转过亭前,望断云边。抵牙儿心自想,渴杀也病文园[19]。诗中意倩谁传,鹧鸪啼破海棠眠[20]。隔墙影送冷秋千[21],旧巢语燕话当年。(叹科)早肠断了城南日暮天!

【收江南】玉人一别两无缘,可正是渔郎重到武陵源[22],水面红尘竟杳然。也争如去年,博得个一笑风前好处言。

　　天色儿又早晚也!小生乘兴而来,没兴而去。今日怎禁的这等凄凉也呵!(作行回望科)

【沽美酒】望青山生晚烟,伫空庭人未旋。您可是为云为雨向谁边,魂灵儿何处连?则教我冷清清、一字字、一句句、空啼红怨。果若您回时惊见,也应知俺今时留恋。我呵,说甚么花前柳前,今年去年。呀,猛回来怎禁的这归路儿远。

〔1〕离离:繁茂的样子。

〔2〕丰情:丰韵神情。

〔3〕料峭:微微的寒气。

〔4〕锦字:前秦秦州刺史窦滔被徙流沙,其妻苏氏思之,织锦为回文诗以寄,可婉转循环读之,词意悽惋。这里借喻愁思之苦。

〔5〕花笺:精美的信笺。

〔6〕缁车不到杜陵边:宋史达祖〔绮罗香〕《咏春雨》词:"最妨它佳

约风流,钿车不到杜陵路。"写因春雨道路泥泞,碍人游春的情景,这里借用其意。缁车,黑色的车子。杜陵,汉宣帝陵,在汉长安城南,又名乐游原。

〔7〕寒食天:清明前一日或两日,禁火,称寒食节,相传为晋文公悼念介之推而设。

〔8〕醉睑(jiǎn 检):醉眼。睑,指眼皮。

〔9〕"可正是"三句:皆指女主人公已经去无踪影。楚岫,楚襄王与神女相会的巫山。秦楼,秦女弄玉和其丈夫萧史住的凤台。兰田,盛产美玉的地方。

〔10〕结同心古树边:汉董永家贫,卖身葬父,路遇仙女,以古树为媒,结为夫妻。见晋干宝《搜神记》卷一。

〔11〕笑典春衣,行歌绣筵:解衣沽酒,听歌饮宴,极写别人游春之乐。

〔12〕谩自俄延:白白地延缓时间。

〔13〕花钿:原指古代妇女的首饰,这里借喻落花。

〔14〕静峭峭:静悄悄地。

〔15〕笑春风花自捻:即花枝在春风中轻轻摆动。捻,用手指搓转的动作。

〔16〕洛浦飞仙:即三国时曹植在《洛神赋》中所描写的洛水女神。洛浦,指洛水。

〔17〕玉殿婵娟:即月里嫦娥。

〔18〕可人:意中人,可意的人。

〔19〕病文园:汉司马相如曾任汉文帝陵园令,故后世诗词称相如为文园。明人曾辑有《司马文园集》。

〔20〕鹧鸪啼破海棠眠:即在鹧鸪的啼叫声中,春归花谢。眠,指花落。

〔21〕隔墙影送冷秋千：宋张先〔青门引〕《乍暖还轻冷》词："隔墙送过秋千影。"冷秋千，指人去庭院冷落。

〔22〕渔郎重到武陵源：陶渊明《桃花源记》，叙渔夫再到桃源，已不复得入。

第 四 出

（女上）今日同俺爹拜扫回来，村途寂静，缓步先行。凄然只影，不觉泪下。

【赏花时】满眼花飞送野尘，人比飞花力不争，无语暗魂惊。竹溪香径，停半晌，步难行。

【集贤宾】俺可也送不去，去年春病，又怎禁虚值了这两度清明[1]。迷栖花昼暝[2]，照花枝一般孤另。叹当年旧事空存，到今日新愁更整。目断天涯，薄幸刘生[3]，再不向溪头重讯。枉则是灯前洒珠泪，枉则是水上觅残英[4]。

【逍遥乐】愁恨恹恹，似醉如痴。无形有影，好事难成。兀记他去年此日，花前细语笑分明。今都做充饥画饼。空对着溪边宿鹭，野外闲花，树上流莺。

古来佳人才子，两下传情，似咱与那崔郎呵；

【金菊香】是不曾携素手同来月下盟，又不曾偎双鬟同向风前订。依稀记得他庞儿俊，一饷留情[5]猛思量泪暗倾。

不觉的到咱门首了。你看点点桃花，依然如故，真好伤心也！

【醋葫芦】面面春山冷画屏，濛濛烟雨涨前汀。恼杀人隔墙儿低送出桃花影,则咱花容寂寞空与花相映。不疼不痛害的是何般病,冷凄凄魂断也旧清明。

门上谁人题诗在此?(读科)呀,崔郎你来也!(转身欲赶科,又转介)崔郎你又去了,哎!(坐地科,父上)孩儿已到家了。呀,门上有几字哩!是那个崔护题诗在此?且去看女孩儿问来。孩儿!你怎生坐在这里?(女惊起介)你来了!(见父急转介)爹,你回来了?(父)孩儿你回来,不向绣阁里去,却怎生在此?看你神思昏迷,语言惊遽[6]。为着甚的?(女)孩儿一路回来,身子十分消乏,在此暂坐。(作背掩泪科)(父转)怪哩,俺看孩儿自去年来,常忽忽若有所失。如今这般模样,却是怎么?想是回来困倦,且待他将息片时,又来问他。暮归谁向灯前笑,只馀寡女妮人娇[7]。(下)(女)今日几乎决撒了也[8]。哎,崔郎!崔郎!我自去年别后,朝朝凝望,刻刻挂怀。自谓永无再见之期,谁料相盼经年,一时相失。天天!俺叶蓁儿直恁般命薄也呵!

【后庭花】俺这里萧条掩画屏,您把往事来重省[9]。似这般泼淋漓叶上题红怨[10],还则见冷冥迷花底泪波明。人去暗飘零,你可也徘徊立遍苍苔径。算相逢一面都是生前定,不做美东君却怎生?早是你到了河津[11],我留下空庭,霎时错过锦前程。这也是咱红颜多薄命!

【柳叶儿】想当初蓦地里乍相迎,怕无情认有情,今日这诗儿明做了相思证。安排望眼青[12],打并香魂净,可一似望迢

869

迢天上双星[13]。

【青歌儿】伫幽闺、幽闺寂静,看残红、残红飘另。几回不语,则索把栏凭。无夜无明,只影伶仃。痴迷重向花前等,刚等得个夜凉风露冷。

（内叫介）天色恁晚也！孩儿,可早收拾了罢！（女）罢了,咱今夜怎生睡着呵！（泪科）

【醋葫芦】绣阁里峭寒生,则待对闲阶坐向明。似这样可怜宵,辜负了可怜人。您道咱桃花人面两相映,可知俺一般儿都是凄凉命。夜来雨,晓来风,满庭花落也,则有谁疼！

想起今日题诗,知他是真是假,是醒是梦也呵！

【醉扶归】魂摇摇无定准,似风飘一叶轻。便道是风飘一叶,也还怕天涯地角,怎安排这一身。今春更比前春病,休道这闷挓挓懒裁方胜[14]。瞑子里死不死、活不活,把带围儿都宽尽。

【尾】（女）香雾散空庭,长漏催人静[15],病残人再没个看花兴。罗衣不耐晚风清,栖迟病骨轻[16],谜寐眼波横[17]。（作行又转科）道是早来人重向庭前问,猛回头又则是风来花弄影。听子规喉舌冷,蓦地惊魂未定,怕想像巫山梦不成。

〔1〕虚值：空度。

〔2〕迷栖：迷惑不知所止。

〔3〕刘生：即天台遇仙之刘晨。这里借指崔护。

〔4〕残英：落花。

〔5〕一饷：即一晌。片刻,一会儿。南唐李煜〔浪淘沙〕《帘外雨潺

潺》词:"梦里不知身是客,一饷贪欢。"

〔6〕惊遽(jù据):惊惶。

〔7〕"暮归"二句:上句用唐高翥《清明》诗:"夜归儿女笑灯前"。妮人娇,软语向人撒娇。

〔8〕决撒:这里是被人发觉、觉察的意思。

〔9〕重省:重新回省。

〔10〕泼淋漓:赤裸裸地宣泄。

〔11〕河津:天河渡口,传说中牛郎、织女七夕相会处。这里是说崔护像牵牛星一样前来赴会。

〔12〕望眼青:望眼欲穿的意思。唐白居易《江楼夜吟元九律诗三十韵》:"白头吟处变,青眼望中穿。"

〔13〕天上双星:牵牛、织女二星。

〔14〕方胜:两个菱形压角相叠组成的图样,表示同心。

〔15〕长漏:长夜。漏,漏壶,古代计时的器具。

〔16〕栖迟病骨轻:因久病而身骨消瘦。栖迟,拖延的意思。

〔17〕谜寐眼波横:谜寐,假睡。眼波横,因长时间的假睡,眼睛困倦,眯成了一道细线。

第 五 出

(女病上)自前日不遇崔郎,数日来如醉如痴,不茶不饭。这病儿索早罢也!叶落几禁风雨夜,拚将残命此时休。

【粉蝶儿】春馀病馀[1],似风吹灯残画烛。满眼里恼人肠,也都是非花非雾[2]。恶相思,伤景物,倍增凄楚。病恹恹瘦减身躯,泪零零眼波频注。

【醉春风】闷倚绿窗前,花飞乱如雨。想何年此地,还是刘郎两度重来处[3]。我心中自苦,苦!把那时的一种春情,化做了七分愁绪,三分冷语。

【迎仙客】一叶眉绾做千重结,一点泪洒作千行雨。又怎禁,经过了许多般朝朝暮暮。望天涯万里途,便做道身轻如燕舞,梦魂中怎飞去!

(父上)孩儿卧病数日,不曾吃饭,待俺再去看来。儿!你病怎样了?(女)爹爹,欠好。(父)你病为何而起?可说与俺知道!(女长叹不应科)(父又问又不应)(父)可怎的?俺去替你问个卦来,这病可几时好?(下)(女叹介)爹!俺这病怎生对你说呵!

【醉高歌】门前人至也无,墙内花开如故。泪眼问花花不语[4],也则索低头空觑。

崔郎!你今日不来,昨日不来,恰是那日来呵!

【红绣鞋】我去路是你的来路,我来路是你的归路。好姻缘直恁多艰阻!去似飞花无觅处,来如春梦难相续。早知你今日不重来,恨前宵怎他去。

俺想你诗中之意,好不心酸也!

【普天乐】看几句断肠词,一字字把衷情诉。俺这里愁怀郁结,泪眼模糊。恨前生不造得今生福,拚红颜干把青春误。老天公错注了鸳鸯簿,闪杀人命悬旦暮。茶饭也懒待去吃,被窝也怎待去睡,只索的气丝丝再窥门户。

（邻女二人上）叶家姐姐卧病，索进房去看来。呀，他正睡哩！口里痴痴的叫甚么？（女叫）崔郎呵！（二女）呀，这是怎么来？姐姐快醒！（女惊醒介）你们来几时了？（二女）才则来看姐姐哩。姐姐，你一病缠绵，却是怎生？（女叹）妹子呵！咱自去年害病，背影自怜。如今病体深沉，料应难好。正有一言儿央浼着你！（二女）恰好，请说！（父上）替孩儿问了卦来，道是过了今日就好。且去看孩儿去！呀，孩儿在内说甚话，待俺听他。（听科）（女）咱自去岁清明，遇一书生，姓崔名护，求水消渴，我与之杯水而去。（二女）后来怎生？（女）前日清明，他又寻咱不遇，题诗在此。我回来读之，因而卧病。（二女笑）原来如此！你可还别有勾当哩？怎不早和咱们说来！（女）早时俺爹爹问俺，俺又不好和他说。我今抱病而死。崔生再来，怎生知道！我死之后，你们倘是见他到此，则说咱叶蓁儿为他而死了呵！（泣科）（二女）姐姐休要如此，待咱们对你爹爹说，寻那崔郎来可好？（女）这也不能够了。

【朝天子】早是我恁青春多薄福，怎亲近个玉堂人物[5]。自去年别后，经今春半，望不来，来又去，也都是花星未照，孤辰合注[6]。再休题去年此日花下相逢处，好佳期等闲抛度，便生生死死凭谁诉！

（二女）姐姐，你兀自将息。咱有事家去，再来看你。（女）咱与你可再得相见么？（二女）姐姐，休如此说。

873

咱们去就来,药医不可相思病,苦为多情误此生。(下)(父入介)孩儿!你病儿我都知道了。你须自将息!待病好时,又作区处呵!(女掩面泣科)爹爹罢了。咱女孩儿身子困病,不能起来拜辞你呵!

【上小楼】瘦棱生骨怎支[7],软兀剌气怎舒[8]。(低科)俺不能够贪他一声疼惜,一饷欢娱,一时夫妇。到博得个风剪芙蓉,雨打梨花,烟销宝雾。一霎时恨悠悠,魂飞何处。

(昏科)(父叫)儿快醒快醒!(女醒叫)崔郎!崔……(咽科)俺今为你而死,不愿别的呵!

【幺】想当初只为一杯水儿,害得这十分沉锢[9]。咱如今也不愿做一个并冢鸳鸯,连理树枝,比目游鱼。崔郎呵!果若是我有缘,你有情,后期来处,也愿把一杯水儿浇奴坟墓。

(作殒绝科)(父叫)儿,儿呀!兀的不痛,痛杀我也!(哭科)(生上)前日不见那姐姐,今日再来探他。呀!里面似有哭声。何故?待俺扣门问来!(父开门介)你可是崔护!(生)正是。(父持生哭)汝杀吾女!(生惊)怎么?(父)吾女笄年知书[10],未适人。自去年来,常忽忽若有所失。比日与之出,及归,见左扉有字,读之入门而病,遂绝食数日而死。吾老矣!单此一女,所以不嫁者,将求君子以托吾身。今不幸而殒,得非君之杀耶?(又持生哭科)(生亦哭)俺那姐姐呵!真个痛杀我也!

【十二月】听声声言辞痛楚,则教我朴簌簌流泪如珠,淅零零血飘翠竹[11],琤玎玎铁碎冰壶。是俺不合痛酸酸题了几句伤情话，把你个娇滴滴朱颜担误。

（生掩泪）小生与姐姐，虽无六礼之期[12]，偶有半面之雅[13]，待到尸前，哭他一声，则虽死无憾！（父）罢罢！也是我不合将他担误，致有今日之事。你便哭他一声呵！（引生，持女头枕生股哭科）

【尧民歌】（生）呀！我待要探花期重到玄都[14]，谁知你早做了泪斑斑帝女下苍梧，你便死也波，这娥眉儿还则为谁蹙？这蝉髩儿还则为谁枯？唏也么嘘！您俏魂儿兀自知，俺呵，做不得死韩重，同伊一处[15]，则这扶睡脸、偎香腮、哭哀哀送终的，也还是那桃花下乞浆崔护。

姐姐！崔护在斯！崔护在斯！（女作微开目叫云）崔郎呵！（父）呀，好也！孩儿快醒，崔君在此。（生）姐姐，崔护在斯。（女又叫）崔郎，你来也！

【耍孩儿】一弄里魂灵儿飞向谁行去[16]，可正是逐王郎离魂倩女[17]。（生作扶）姐姐快醒！（女）是谁呵，款款轻将弱体扶。（生）是那日题诗的崔护！（女）停睡眼犹是糊涂。耳边傍听道是前日的题诗崔护。（作认科）你可果是那去年病渴相如？（作持生手）你却也怎入的重门户？怕还是花前影现，梦里华胥[18]？

（生）是真也。姐姐苏醒咱！

【四煞】（生）重到武陵源，中庭花数株。花枝早被狂风妒，您呵香魂空绕烟郊树，俺呵金盒难传尺素书[19]。叫天天讨得个回生路。喜的是旧情不断，新缘更续。

875

（女对父）爹！你女儿不料有再见之期也。（父对生）吾女为君而死，今君至而生。吾女再生之日，实君之馀年也。女虽不才，愿奉君之箕帚如何[20]？（生）去年与姐姐相见，实出偶然，敢是前缘分定，谨当从命。（父）既如此，今日就是吉日，可拜了花烛者！（生女同拜，取酒酬谢天地科）

【三煞】谢神天相救取，按瑶杯倾绿醑，三生梦里人如故[21]。从今后莺莺并啭林间宿，燕燕于飞窗下呼[22]。相思愿，今番足，把去年此日，愁恨都除。

【二煞】生还死，情未灭；死还生，恨早枯。看花开花谢皆尘土。桃花不似看花日，人面还如识面初。鸟解歌，花自舞，人间天上，此乐何如！

【一煞】生和死，暮复朝；死和生，朝复暮。年年此日，总是伤心处。花花草草风前恨，死死生生月下书[23]。一般儿总是无常数，再休题天荒地老，凤只鸾孤。

【尾声】春风惹恨来，不为催愁去。千年冷落了桃源渡。则索闲向东风，把这段伤心事儿数。

　　满树桃花花正肥，万般幽恨在今时。
　　年年洒向花前泪，为问花开知不知。

〔1〕春馀病馀：春残病深。

〔2〕非花非雾：病中视觉恍惚，直如雾里看花。

〔3〕刘郎两度重来处：唐刘禹锡《再游玄都观》诗："种桃道士归何处，前度刘郎今又来。"这里借指崔护两次来访。

〔4〕泪眼向花花不语:宋欧阳修〔蝶恋花〕《庭院深深深几许》词:"泪眼问花花不语,乱红飞过秋千去。"这里借用上句,人恋花而花不语,喻两不相谐。

〔5〕玉堂人物:唐宋以来称翰林院为玉堂。这里指崔护做了官。

〔6〕孤辰合注:命中注定该作独身汉。孤辰,即孤虚。

〔7〕瘦稜生:瘦骨嶙峋的样子。

〔8〕软兀剌:虚弱无力的样子。

〔9〕沉锢:即沉痼,久治不愈的重病。

〔10〕笄(jī 鸡)年:古代女子十五岁时束发加簪,表示已经成年。笄,束发的簪子。

〔11〕血飘翠竹:用舜的二妃泪洒斑竹的故事,形容伤痛之极。

〔12〕六礼之期:古代婚姻的六种礼仪,即纳采、问名、纳吉、纳征、请期、亲迎六项。期,期约。

〔13〕半面之雅:即见面之交。雅,交情。

〔14〕玄都:即刘禹锡所游之玄都观,在长安崇宁坊内,后废。见本折注释〔3〕。

〔15〕韩重:相传春秋时吴王夫差的女儿紫玉,爱上了韩重。吴王怒不许,紫玉气结而死。韩重往吊其墓,女忽现形,邀韩入墓,尽夫妇之礼。三日后,赠韩以径寸之珠,送之出墓。见《太平广记》卷三百一十六引《录异传》。

〔16〕一弄里:一派,一片。

〔17〕逐王郎离魂倩女:故事出唐陈玄祐《离魂记》。元郑光祖有《倩女离魂》杂剧。

〔18〕华胥:黄帝昼寝,梦游华胥之国。见《列子·黄帝》。后世因以华胥、梦华为梦的代称。

〔19〕金盒难传尺素书:唐陈鸿《长恨歌传》:杨贵妃死后,明皇思念

877

不已,命鸿都道士求其魂魄。后于海上仙山遇见,杨贵妃将当年明皇所赠金盒之半,托道士带回,用以示信。尺素,指书信。金盒,用金丝系成的盒子。

〔20〕箕帚:洒扫的工具。这里借喻妻子。

〔21〕三生梦里人知故:唐李源与洛阳惠林寺僧圆观相友,前后三十年。圆观死前,与李约十二年后中秋之夜,在杭州天竺寺再见。至期,李源赴约,见一牧童歌道:"三生石上旧精魂,赏月吟风不要论。惭愧情人远相访,此身虽异性常存。"见唐袁郊《甘泽谣》。后来诗文中多用为因缘前定的典故。

〔22〕燕燕于飞:语出《诗经·邶风·燕燕》。于飞,比翼齐飞,喻夫妇和好。

〔23〕月下书:用月下老人检阅婚牍的故事。据说月下老人掌管民间婚姻之事,虽仇家异域,经赤绳系足,终不可脱。见唐李复言《续幽怪录》卷四《定婚店》。

吴伟业

吴伟业(1609—1672),字骏公,号梅村,又号灌隐主人,江苏太仓人。崇祯四年(1631)进士,官至少詹事。明亡后,杜门不出,几近十年。后迫于清廷压力,出任国子祭酒,旋以母病为由,辞归江南,里居十馀年而卒。他是清初有名的诗人之一,与钱谦益、龚鼎孳合称江左三大家。其乐府歌行,多有关明清之际史事,兴亡之感特深,既委婉含蓄,又沉着痛快,为世人所传诵,有《梅村家藏稿》行世。生平所作戏曲仅三种,即传奇《秣陵春》与杂剧《通天台》、《临春阁》,都是明亡以后伤今吊古、自写身世的作品,对稍后《桃花扇》等"借离合之情,写兴亡之感"的历史剧的创作,有直接的影响。

通天台[1]

正目　沈左丞醉哭通天台[2]
　　　汉武帝梦指函关道[3]

第 一 出

(生扮沈左丞上)〔忆秦娥〕愁脉脉,江山满目伤心客。

伤心客,长干梦断[4],灞桥闻笛[5]。天涯梦断看衰白,秦川对酒青衫湿[6]。青衫湿,冷猿悲雁,暮云萧瑟。小生沈烱,表字初明,吴兴武康人也[7]。少不逢时,长而遇乱。王太尉拔为从事[8],元皇帝授以左丞[9]。不意国覆荆湘,身羁关陇[10],虽其未殒,岂曰生年?老母在东,何时归养!只有庾子山、王子渊二人[11],是吾好友,每到邸中,时相劝勉。他也说得好:"孔北海之痛孝章,恐忧能伤人[12];李都尉之劝子卿,何自苦乃尔[13]。似这等凄凄默默,扯著闷弓儿,怎挨得过!不如寻芳选胜,放下心头,或者还有归去日子。"我口里虽然应他,却不道大丈夫万斛愁肠,可是消遣得来的!不如步到长安城外,荒凉地面,痛哭几场罢了。奚童那里?(丑)老爹,有何分付?(生)我要寻一处散心的所在。(丑)老爹,你镇日在屋里扢皱眉儿住著,今日也带挈奚童走一遭。我们到大街上山棚里,看寻橦、跳丸、浑脱舞、婆罗门舞[14],耍子去。(生)咳!那里王孙公子,毂击肩摩[15],我这等破帽青衫,跟著你蓬头历齿[16],非鞭挥车下,则马堕沟中,看他怎的?(丑)还去瓦子里寻几个雏儿,我晓得老爹出外久了。(生)咄!胡说!(丑)大街上新开个南食店,做得好百味羹、三脆羹,爹去走走,奚童也落个水角儿。(生)我要长安城外去。(丑)远丢丢的,驴鞴子也走断了。(生)你不要管我。出得门来,已是几里。你看偃师南望[17],半属芜城[18];新丰回首[19],空馀槐市[20]。恰遇著黄叶丹枫,乱蝉疏柳,好一个清秋天气也。那一边直城北转,轵道西偏[21],远远望见的甚么所在?奚童,你去问来。(丑)卖山亭的老官[22],借问一声,那里高高的,我们上去的得么?(内)是一座荒台。(生)咳!我想起来,凌歊、戏马,阻隔淮徐[23];铜雀、章华,凄凉荆许[24]。这是那一代改造的?看去约有三十丈来高,想望得见长安城里。待我登眺一回。奚童,你沽一壶酒来。(丑)老爹,沽得酒在这里。

【点绛唇】(生)万里思家,青袍布袜,西风乍。落木寒鸦,一道哀湍下。

【混江龙】则看那终南如画,荒台百尺揽烟霞。(丑)老爹,那边有金字牌额哩。猛抬头几行金字,一弄儿明纱。原来是汉武帝通天台。咳!武帝甘泉万骑[25],那里去了?今日冷清清坐地,只落得沈初明一个陪侍他。赤紧的汉室官家闲退院,不比个长安县令放晨衙。黄门乐承值的樵歌社鼓[26],上林苑开遍了野草闲花[27]。大将军掉脱了腰间羽箭,病椒房瘦损却脸上铅华[28]。山门外剩几个泪眼的金人[29],废廊边立一匹脱缰的天马[30]。早知道通天台斜风细雨,省多少柏梁宴浪酒闲茶[31]。

(丑)原来是个武帝,我们家里有个武帝来。(生)咳!这是汉家的武帝,我们是梁家的武帝[32]。那两个皇帝,汉家的好仙,梁家的好佛。好仙的,黄山宫、五柞宫[33]，吹笙弄笛，仿佛遇鹤驾鸾骖[34]；好佛的，智度寺，同泰寺[35]，说偈繙经，苦守着马鸣龙树[36]。那两个都是肉身菩萨[37]，陆地神仙[38]，今日价两代铜驼[39]，都化做一抔黄土[40]。你看那疏剌剌一带寒林，好似茂陵光景[41]。（丑）是，是。我放鹞子，走到这林子里，那树木果然盛茂，人人说道是个茂林。（生）咳！煞可怜人也。

【油葫芦】石马嘶风灞水洼，那北邙山直下。茂陵池馆锁蒹葭，珠帘零落珊瑚架[42]，玉鱼沉没蛟龙匣[43]。说的是松楸埋宝剑[44]，那里有鸡犬护丹砂[45]。尽生前万岁虚脾话，赚杀人王母碧桃花[46]。

咳！大丈夫仙释无成，古今同尽，这也还是常事。只是兴亡大事，理数昭然。那寻常人主，呆邓邓享些厚福，到不消说起了。便是两个武帝，聪明才智，那一件不是同的！毕竟我萧公是苦行修持，那汉武还雄心潇洒。这一个落得个收场结果，那一个为甚的破国亡家？如今到通天台上，天在何处？待我问他一番。奚童，酒再筛几杯来。（丑送酒，生持杯仰叹介）

【天下乐】好教我把酒掀髯仰面嗏，你差也不差？怎的呀做天公这等装聋哑！文书房，停签押[47]；帝王科[48]，没勘查，难道是尽意儿糊涂罢。

别样也不讲了，只是汉武一生享用，把我梁武比将起来：那壁厢千秋节[49]，美甘甘，排列的凤脯龙膏；这壁厢八关斋[50],瘦岩岩,受用些葵羹蒲馔。那壁厢尹夫人,李夫人[51],三十宫长陪游幸;这壁厢阮修容,丁贵嫔[52],四十载不近房帷。原来是甘泉殿里,金童姹女簇拥着一个大罗仙[53];为甚的朱雀桁边[54],饿鬼修罗捏弄杀我那穷居士[55]?咳!我那武帝,好不伤感人也。(生泪唱)

【那吒令】你看他用的粗粝,没上尊琼斝[56];看他住的低亚,没长杨广厦[57];看他摆的头踏,没龙媒泛驾[58]。那里有黄门倡拊掌投壶暇[59],那里有平阳侯蹂损终南稼[60],苦苦的一世官家。

【鹊踏枝】他每日里诵《楞伽》[61],谁识起祸根芽。干折了几尺腰围,修不了一衲袈裟。起首儿玄圃园斋时钟鼓[62],收场时永福省酒后琵琶[63]。

咳!我武帝到饥死台城的时节[64],佛也该应来救了!(生哭介)

【寄生草】日气寒宫瓦,江声怨野沙。则为俺春秋高迈遭欺诈,害了他青年儿女担惊怕,还靠著西天活佛慈悲化。可怜俺病维摩谁点赵州茶[65],眼看他啄皇孙砍做了浔阳鲊[66]。

我武帝还做官里四十年,简文帝可有一日来?

【前腔】枉坐中朝驾,虚生帝王家。女山阴生扭做阏氏嫁[67],小宣城折倒了公孙架[68],到不如老昭明早受了江充诈[69]!参不透恶那吒前果沐猴冤,免了他苦头陀来世人王罢[70]!

883

咳！我想汉武帝娶皇后，还落个小舅子，做得大将军[71]；祖公公托梦，撞著个妄男儿，恰好是头厅相[72]。天下事那一件不是侥幸来的！我武皇以天下兵马，委邵陵诸王[73]，自家儿子，见父亲饿得这样田地，还不肯出力，好不可恨！

【醉中天】你卖弄煞长梢靶[74]，被他人脚底蹅。只得向前度刘郎诉著他[75]。气那萧娘不下，偏不肯把兵来救搭[76]。各自己称孤道寡，一家儿眼望巴巴。

这口气若不是我七官家，怎吐得出来！奚童，你有酒再筛一碗我吃。（丑）老爹，你哭了半日，我不奈心烦，睡着了，你还要酒吃哩。（生笑）你拿一碗来！我想那一日，在太尉军中，见一探子，肩上挑一面忽剌剌泥金报字旗，报道侯景拿住了，好不快活也。

【金盏儿】俺这里鼓儿挝，逢着他影儿拿。荆州将士全披挂[77]，马前缚到颈先叉。叫声声，将头拉，忽地里委泥沙。拍手儿童投砾瓦，唱道是卖侯疤[78]。

今朝汉社稷，重数中兴年。我那时自谓得所事矣，谁想我元帝呵！

【一半儿】你只要江东士庶省喧哗，却不道报怨申仇谁夺咱[79]。为甚的姓萧骨肉没缘法，这丢儿有些亏心大，锦片样江山做一会儿耍。

咳！我武皇帝止靠这个儿子，一发不济事了。便是我沈初明，半生沦落，只有这场遭际。王太尉教我草平贼表章，七官家虽号忌才，毕竟篇篇嗟赏[80]。若遇汉武好文之主，不在邹枚庄马下矣[81]。今者天涯衰白，故国苍茫，才士轗轲，一朝至此！正是往时文彩动人主，此日饥寒趋路旁，岂不可叹！

【后庭花】俺也曾学《春秋》，赞五家[82]；俺也曾诵《齐诗》，通三雅[83]。脚踹著夜月扶风马，眼迷奚春风鄠杜花[84]。醉时节口波查，鞭指定平津来骂[85]。松泛泛逞机锋倾陆贾[86]；实丕丕运权谋获吕嘉[87]；大剌剌弃关缧车骑夸[88]；赤资资买黄金词赋佳[89]；娇滴滴走临邛拥丽娃[90]；响搜搜射南山追鹿麚[91]。到如今你道变做甚么光景？骨碌碌呆不腾花木瓜[92]，怯生生战都速井底蛙。便是有数几个人，也不见得了。气昂昂汲大夫把手叉[93]，口便便老东方紧闭牙[94]。我呵，那里渺茫茫盼黄河博望槎，只得急煎煎问成都那个君平卦[95]。

我一腔心事，也告诉不得许多。奚童，有随身纸笔，待我做起一道表文，奏过武帝。（丑）你看我老爹，真是个人穷智短。你有奏文，不去大大衙门里投，到向泥菩萨说鬼话哩。（生）表已草完，拜我拜祷一番。（丑）难道没一个接本的？如今左右都是做戏，待我也充一充。我乃汉朝黄门官是也。（生）咄！你回避去。（丑下）

【青歌儿】拜告了君王君王鉴察，休嫌我书生书生兜答。羁旅孤臣憔悴杀！汉武皇呵，俺也不用大纛高牙，紫绶青绋[96]；只愿还咱草舍桑麻，浊酒鱼虾，冷淡生涯。武皇，我

885

如今在三条九陌,骑著一匹青驴,眼见他们田窦豪华,卫霍矜夸[97],僮仆槎枒,歌笑淫哇。俺这一个不尴不尬的沈初明,站在那里,好像个坎井虾蟆[98],霜后壶瓜[99]。咳!武皇,你当日臣子,如严助东归,长卿西返[100],遭时富贵,还要衣锦故乡。我沈初明憔悴至此,求一纸路引儿,还不能够哩!你看那一带呵,山谷崄岈[101],乌鸦啼哑,好教我骏马鞭加,便算是万里非遐。早及得春草萌芽,莫辜负满院梨花,则愿你老君王放一个吾丘假[102]。

呀!汉武是异代帝皇,难道自家主人翁,到不去告诉他!

你看云山万叠,我的台城宫阙,不知在那里?只得望南一拜。(生)

【赚煞尾】则想那山绕故宫寒,潮向空城打[103],杜鹃血拣南枝直下。偏是俺立尽西风搔白发,只落得哭向天涯,伤心地付与啼鸦,谁向江头问荻花?难道我的眼呵,盼不到石头车驾[104],我的泪呵,洒不上修陵松槚[105],只是年年秋月听悲笳!(生醉睡下)

〔1〕《通天台》:此剧全本因《陈书·沈炯传》而作。借南朝梁尚书左丞沈炯,在国破后流落长安,失路无归之际,于醉梦中与异代君王汉武帝共话兴亡之事,写自己于明亡后终日以泪洗面,怀旧自悔的悲哀,字字血泪,感人至深。吴伟业的戏曲创作,主要目的不是为了舞台演出,而是为了抒发自己的孤臣孽子之情,是借古人的酒杯来消解胸中块垒的。在创作方法上主要采取浪漫主义手法,如本剧通天台下之梦境,扑朔迷离,真假难分。作者本人又是一位很有才华的抒情诗人,因而剧本的意境更

接近于诗歌而不是戏曲。这样的剧本,可能在舞台上不便演出,但作为文人案头剧来欣赏,还是应该充分肯定的。今据《盛明杂剧》第三集本校注。

〔2〕通天台:汉武帝求仙之台,在陕西淳化西北甘泉山甘泉宫中,去地三十馀丈,云雨皆在其下。

〔3〕函关:即新函谷关。在今河南新安东北,汉武帝元鼎三年移置,去秦函关三百馀里。

〔4〕长干:地名,在南京。《景定建康志》:长干里在秦淮河之南。

〔5〕灞桥闻笛:晋初,向秀与嵇康、吕安为友,及二人为司马昭所杀,秀过其山阳旧居,闻邻人笛声,感怀亡友,因作《思旧赋》。后世因用闻笛作悼念故人之词。灞桥,在陕西长安东灞水上,唐人送别多至此。

〔6〕青衫湿:唐白居易《琵琶行》:"座中泣下谁最多,江州司马青衫湿。"这里取天涯沦落之意。

〔7〕吴兴武康:今浙江湖州。

〔8〕"王太尉"句:梁时侯景之乱,王僧辩以大都督一职与陈霸先共复建康,故称太尉。从事,州郡佐史一类小官。

〔9〕元皇帝:即梁元帝萧绎,于梁武帝诸子中排行第七,故下文又称"七官家"。

〔10〕"国覆荆湘"二句:指梁元帝于江陵被西魏攻杀,自己也被掳北上,流落长安。

〔11〕庾子山、王子渊:庾信,字子山,南阳新野人。梁元帝时,任右卫将军、散骑常侍,出使西魏,被留不返,后为北周著名诗人。王褒,字子渊,琅玡临沂人。梁元帝时,官至吏部尚书、左仆射。西魏破江陵,流入北朝。

〔12〕"孔北海"二句:汉末孔融曾为北海相,人称孔北海。其友盛宪,字孝章,会稽人,曾任吴郡太守,为江东名士。孙策既得江南,深忌孝

章之名,孔融惧其被祸,上书曹操,力劝征之入京。中有句云:"其人困于孙氏,妻孥湮没,单子独立,孤危愁苦。若使忧能伤人,此子不得永年矣!"见孔融《与曹公论盛孝章书》。

〔13〕"李都尉"二句:汉武帝时,李陵为骑都尉,领兵五千,与匈奴作战,力竭而降。苏武字子卿,出使匈奴,被拘海上。匈奴使李陵前来劝降,说"人生如朝露,何久自苦如此!"为苏武所斥。见《汉书·李广苏建列传》。

〔14〕"看寻橦(chuáng 床)"句:寻橦,汉代杂技名。橦,竿木。表演者缘竿而上,做出各种惊险动作。跳丸,抛弄弹丸的杂戏。浑脱舞,又名苏莫遮,唐时自西域传入。婆罗门舞,唐开元中西凉节度使杨敬述所献,后改名《霓裳羽衣曲》。

〔15〕毂(gǔ 古)击肩摩:车毂相击,人肩相摩,形容车马行人之拥挤。毂,车轮中心贯入车轴处的圆木。

〔16〕蓬头历齿:头发散乱,牙齿稀疏。

〔17〕偃师:县名。相传武王伐纣,于此休整,故名。在今河南洛阳东。

〔18〕芜城:这里指荒废的城市。

〔19〕新丰:旧县名,在陕西临潼东北。汉高祖因其父思乡而筑,唐废。

〔20〕槐市:汉长安市场名,在城东南,因其地多植槐树而得名。这里泛指市区。

〔21〕轵道:古亭名。在汉长安东十三里,汉高祖受降秦王子婴处。

〔22〕山亭:泥制的风景建筑等类小玩具的总称。

〔23〕"凌歊"(xiāo 消)二句:凌歊台,南朝宋高祖刘裕所筑,故址在今安徽当涂。戏马台,即项羽掠马台,在今江苏铜山南。淮徐,泛指淮水之南,徐州之东一带地区。

〔24〕"铜雀"二句：铜雀台，魏武帝曹操所筑，在今河北临漳西南。章华台，春秋时楚灵王所筑，在今湖北监利西北。荆许，泛指楚国和魏国所辖区域。楚都郢，魏时曹操迁汉献帝于许昌。

〔25〕甘泉万骑：指汉武帝游幸甘泉宫的盛况，宫在今陕西淳化之甘泉山。

〔26〕黄门乐：汉宫廷音乐有黄门鼓吹，宴乐群臣则用之。

〔27〕上林苑：本秦旧苑，汉武帝扩建。周回三百里，有离宫七十所。中畜禽兽，供皇帝春秋打猎取乐。汉司马相如有《上林赋》，极写其盛。

〔28〕"大将军"二句：写武帝祠中陪侍诸臣及后妃画像之零落景象。椒房，汉皇后所住的宫殿，以椒泥涂壁，取香暖多子之义。

〔29〕泪眼的金人：金人，铜人。泪眼，拟人化的写法。

〔30〕天马：骏马。汉武帝使张骞通西域，得大宛汗血马，名曰天马。见《史记·大宛列传》。

〔31〕柏梁宴浪酒闲茶：柏梁台，在汉长安城中北阙内。汉武帝曾置酒台上，与群臣赋七言诗，人各一句，每句用韵，后称为柏梁体。浪酒闲茶，即指此类附庸风雅之事。

〔32〕梁家的武帝：南朝梁武帝萧衍，一生好佛。在位四十八年，大兴佛寺，曾三次舍身同泰寺，让群臣以成亿的金钱赎回，终遭破国之祸。

〔33〕黄山宫，五柞宫：均汉武帝所建。黄山宫，在今陕西兴平西三十里之黄山上。五柞宫，在陕西盩厔行宫内，因有五柞树，故名。

〔34〕鹤驾鸾骖：指神仙。传说仙人往来，跨鹤乘鸾。骖，驾车的马匹。

〔35〕智度寺，同泰寺：均梁武帝所建，其址在建康（今南京）。

〔36〕马鸣龙树：马鸣，梵名阿湿缚瞿沙，北印度人。先奉婆罗门教，后归佛教，著《佛所行赞》、《大乘起信论》诸经行世。龙树，南天竺人。出马鸣之派，弘扬佛教，摧伏外道，使大乘教大行于南天竺。

〔37〕肉身菩萨:即用肉体本身而证得菩萨境界之人。佛教称父母所生血肉之躯为肉身。

〔38〕陆地神仙:即地行仙,住在人世间的仙人。

〔39〕铜驼:宫门外铜铸的骆驼。

〔40〕一抔黄土:一捧黄土。抔,用手捧。《史记·张释之冯唐列传》:"假令愚民取长陵一抔土,陛下何以加其法乎?"后世因以一抔土指坟墓。

〔41〕茂陵:汉武帝的陵墓,在陕西兴平东北。

〔42〕"珠帘"句:以珍珠为帘,珊瑚作架。汉刘向《西京杂记》卷二:"昭阳殿织珠为帘,风至则鸣,如珩佩之声。"

〔43〕"玉鱼"句:玉鱼,刻玉如鱼,古代多用以殉葬。蛟龙匣,帝王葬服,即玉匣。《西京杂记》卷一:"汉帝送死,皆珠玉匣。"

〔44〕松楸埋宝剑:宝剑葬入墓地。古时墓上多植松树、楸树,因用为墓地代称。

〔45〕鸡犬护丹砂:意谓鸡犬随人升仙而去。相传汉淮南王好道,举家升天,畜产皆仙,犬吠于天上,鸡鸣于云中。见汉王充《论衡·道虚》。丹砂,即砵砂,古代方士多炼丹以求不死之药。

〔46〕王母碧桃花:旧题汉班固《汉武内传》:谓七月七日,王母会汉武帝,以仙桃饷帝,桃味甘美,帝留核欲种。王母曰:"此桃三千岁一生实耳,中夏地薄,种之不生如何?"帝乃止。碧桃花,又名千叶桃花,重瓣,不结实。

〔47〕签押:签名画押。

〔48〕帝王科:天宫掌管帝王命运的机构。

〔49〕千秋节:唐玄宗曾以自己的生日八月初五为千秋节。这里泛指君主生辰。

〔50〕八关斋:佛教徒所持斋名,谓持此斋可戒除八恶。

〔51〕尹夫人,李夫人:皆汉武帝宠爱的妃嫔。见《史记·外戚世家》。夫人,女官名,次于皇后。

〔52〕阮修容,丁贵嫔:皆梁武帝妃嫔。修容、贵嫔,亦女官名。

〔53〕金童姹女:即金童玉女。道家谓供仙人所役使的童男童女。

〔54〕朱雀桁(héng 恒)边:即朱雀桥边。东晋王、谢世族,多住在此桥附近的乌衣巷。唐刘禹锡《乌衣巷》诗:"朱雀桥边野草花,乌衣巷口夕阳斜。旧时王谢堂前燕,飞入寻常百姓家。"朱雀桥,在建康正南朱雀门外,横跨秦淮河上。

〔55〕饿鬼修罗:佛经中所说的恶鬼狞神。饿鬼,常饥饿他求,故名为恶;又恐怯多畏,故名为鬼。修罗,即阿修罗,译为非天,曾与帝释争权。

〔56〕上尊琼斝(jiǎ 假):上尊,指上等的醇酒。琼斝,用美玉碾制的酒器。

〔57〕长杨广厦:汉行宫有长杨宫。在今陕西周至东南,以宫中有垂杨数亩而名。

〔58〕龙媒:指骏马。

〔59〕拊掌投壶:拍手投壶。投壶,古时宴会时的游戏,设特制之壶,宾主依次投矢其中,多者为胜,负者饮酒。

〔60〕平阳侯蹂损终南稼:平阳侯,汉武帝姊阳信长公主之夫曹寿的封号。武帝晚年,好微服夜游,自称平阳侯。曾入终南山下,射鹿、豕、狐、兔,驰骛禾稼之地,民皆号呼骂詈。见《资治通鉴》卷十七《汉纪》九。

〔61〕《楞伽》:即佛经《楞伽阿跋多罗宝经》。这里泛指佛典。

〔62〕玄圃园斋时钟鼓:在玄圃园过着苦行僧的生活。玄圃园,梁武帝宫中的花园。斋时,佛家过午不食,故以午时为斋时。唐白居易《同钱员外题绝粮僧巨川》诗:"斋时往往闻钟笑,一食何如不食闲。"钟鼓,如晨钟暮鼓,岁月推移,循环不已。

〔63〕永福省酒后琵琶：永福省，梁之内宫。酒后琵琶，指梁武帝第三子简文帝萧纲被害故事。《梁书·简文帝本纪》：大宝二年（551）八月，被废为晋安王，幽于永福省。冬十月壬寅，侯景派人进酒于帝，帝曰："寿酒，不得尽此乎？"于是并赍酒肴、曲项琵琶，与帝饮。既醉，压以土囊，乃崩。这里，移之于梁武，显误。

〔64〕台城：梁武帝的宫城。

〔65〕病维摩谁点赵州茶：此句言梁武帝长子昭明太子萧统忧惧而死故事。统母丁贵嫔葬后，或言墓地不利长子，乃作蜡鹅及诸物埋墓侧厌之，为宫监鲍邈之告发。武帝派人检掘，果得厌鹅等物。武帝大惊，虽未穷究，昭明太子迄终以此惭慨。见《南史·梁武帝诸子传》。病维摩，即维摩诘，与释迦同时人，曾示疾向佛弟子舍利弗、文殊等演说大乘教义。昭明小字维摩，取义于此。赵州茶，佛教禅宗公案故事。赵州和尚从谂，曾问参禅者："曾来此间否？"答曰或曾或不曾，俱教"吃茶去"。人问其故，又曰"吃茶去"。这里借用此典来叹息无人为昭明开解，使脱迷津。

〔66〕啄皇孙砍做了浔阳鲊：啄皇，即啄王。相传昭明太子六岁时，数日昏迷不醒。据说魂游天府，听仙乐而忘返，被三足神鸟啄了一口，后得高僧之救始醒。见明冯梦龙《古今小说·梁武帝累修归极乐》。其孙萧栋于简文帝被废后，侯景立之为主，改元天正。未几，被迫禅让于景，锁于密室。建康城破出走，与二弟桥、樛等，遇宣猛将军朱买臣，被沉之于水，盖承梁元帝之命也。详见《南史·梁武帝诸子传》。鲊，经过加工制作的鱼类食品，为南方之美味。浔阳鲊，当为产于浔阳（今江西九江）之鱼鲊。

〔67〕女山阴生扭做阏氏嫁：侯景破建康后，纳简文帝女溧阳公主为妃。见《南史·梁简文本纪》。此处作山阴，或别有所本。阏氏，本古代匈奴王妻称号。侯景自北朝入据南朝，故借指此事。

〔68〕小宣城折倒了公孙架：指简文帝太子萧大器被侯景绞杀事。大器，武帝时封宣城郡王。见《梁书·哀太子列传》。公孙架，王孙的架子、气派。

〔69〕江充：汉武帝时为直指绣衣使者，曾诬陷太子行巫蛊之事。这里借指告发昭明太子之宫监。

〔70〕"参不透"二句：沐猴冤，指侯景之反叛。沐猴，即猕猴。沐猴而冠，虽具人形，全无人心。相传萧衍曾有猕猴升御榻之梦。苦头陀，萧衍前身为头陀转世，亦民间传说。见《古今小说·梁武帝累修归极乐》。

〔71〕"我想"三句：汉武帝宠卫子夫，立其为皇后。其同母弟卫青见用，为大将军，后封长平侯，贵震天下。见《史记·外戚世家》。

〔72〕"祖公公托梦"三句：此言田千秋拜相事。千秋为高寝郎，主管汉高祖陵园之寝殿。会戾太子巫蛊之事，千秋上书申太子之冤，并曰："臣尝梦见一白头翁教臣言。"武帝大悦，曰："此高庙神灵使公教我，公当遂为吾辅佐。"立拜为大鸿胪。数月，为丞相，封富民侯。后匈奴单于闻曰："苟如是，汉置丞相，非用贤也，一妄男子上书即得之矣。"见《汉书·公孙刘田王杨蔡陈郑传》。

〔73〕邵陵诸王：萧衍第六子萧纶，封邵陵郡王。侯景造反，以征讨大都督，率众讨景，军溃败走。见《梁书》本传。

〔74〕长梢靶：即长鞘把，指马鞭。梢，通"鞘"，鞭尾。靶，通"把"，柄。《晋书·苻坚载记》（下）："长鞘马鞭击左股，太岁南行当复虏。"

〔75〕前度刘郎：刘晨、阮肇于东汉永平年间，在天台遇仙。至晋太康年间，二人重到天台。后世诗文遂称去而复来的人为"前度刘郎"。这里借指梁武帝侄萧正德。正德初为梁武帝养子，及昭明太子生，令其返本，封西丰侯。由是心怀怨恨，叛逃入魏，自称废孝子。次年复又逃回，梁武不罪，得复本封，后又特封临贺郡王。及侯景作乱，又相勾结，公然引狼入室，导致梁的灭亡。见《南史》本传。

〔76〕"萧娘"二句:讥萧衍之子孙,个个畏懦无用,不敢发兵相救。萧娘,武帝之弟萧宏,天监四年,都督诸军伐魏,军容之盛,百年未有。而宏闻魏援近,不敢交锋,即欲旋师。魏人遗以巾帼,嘲曰:"不畏萧娘与吕姥(吕僧珍),但畏合肥有韦武(韦睿)。"谓萧、吕懦怯如老妇也。见《南史》萧宏本传。

〔77〕荆州将士:梁元帝萧绎在即位前为镇西将军、荆州刺史,命王僧辩、陈霸先等讨伐侯景。

〔78〕"拍手儿童"二句:侯景死后,曝尸于建康,百姓争取屠脍啖食,焚骨扬灰。侯疤,即猴豝。豝,干肉。

〔79〕报怨申仇:梁元帝即位前后,相继剪灭宗族河东王萧誉、豫章王萧栋、武陵王萧纪等人。

〔80〕"七官家"二句:《南史·梁元帝本纪》谓其"性好矫饰,多猜忌,于名无所假人。微有胜己者,必加毁害。"

〔81〕邹枚庄马:指汉武帝时,梁孝王门下的邹阳、枚乘、庄忌、司马相如等文士。

〔82〕学《春秋》,赞五家:据《汉书·艺文志》所列,西汉时对《春秋》一书作注的,有《左氏传》、《公羊传》、《穀梁传》、《邹氏传》、《夹氏传》五家。

〔83〕诵《齐诗》,通三雅:《诗经》一书,西汉时有齐、鲁、韩、毛四家注。这里是说,虽诵《齐诗》,但也通晓其馀三家之说。雅,正确,规范。古代训诂之书多称为雅,如《尔雅》。

〔84〕"脚踹著"二句:谓夜晚于扶风走马看月,春天在鄠杜踏草赏花。扶风,陕西县名。鄠杜,指陕西鄠县杜陵,汉宣帝陵墓。

〔85〕"醉时节"二句:谓酒醉后也敢指着王侯来骂。口波查,嘴里波波喳喳,说话不清的样子。平津,汉丞相公孙弘封平津侯。这里泛指王公大臣。

〔86〕"松泛泛"句：陆贾，汉初楚人，有辩才。曾两次出使南越，招喻其王尉陀，授太中大夫。松泛泛，随随便便地。形容折服陆贾之易。

〔87〕吕嘉：汉武帝时南越国相。时南越王愿举国内属，吕嘉不从，杀其王及汉使，后为汉军讨平。见《史记·南越列传》。

〔88〕弃关繻（rù）车骑夸：用终军弃繻事。终军，字子云，汉济南人。年十八，选为博士弟子，徒步入关，关吏予之以繻，军曰："大丈夫西游，终不复传还。"弃繻而去。后终军为谒者，使行郡国，持节东出。关吏识之，曰："此使者乃前弃繻生也。"见《汉书》本传。繻，汉代出入关津的帛制凭据。车骑，成队的车马。

〔89〕买黄金词赋佳：汉武帝陈皇后失宠，退居长门宫，使人持黄金百斤，令司马相如作《长门赋》以悟主，因复得幸。见《长门赋序》。

〔90〕走临邛拥丽娃：即司马相如、卓文君私奔故事。

〔91〕射南山：汉将军李广讨匈奴失利，家居数岁，与故颍阴侯孙屏居蓝田，日往南山射猎。见《史记·李将军列传》。

〔92〕"骨碌碌"句：即滚来滚去馊乎乎的花木瓜。骨碌碌，或作"骨鲁鲁"，滚动的声音。花木瓜，比喻中看不中用的东西。

〔93〕汲大夫：汲黯，字长孺，汉濮阳人。武帝时为中大夫，迁东海太守，后列九卿。敢于面折廷诤，武帝甚敬惮之。见《史记》本传。

〔94〕老东方：东方朔，字曼倩，平原厌次人。武帝时待诏金马门，官至太中大夫。以诙谐滑稽闻名于时。见《史记》本传。

〔95〕"博望槎"二句：汉张骞误入天河逢牛郎织女故事。参见《汉宫秋》第一折注释〔12〕。问君平，汉严遵，卖卜于成都。参见《陈抟高卧》第一折注释〔16〕。

〔96〕"俺也不用"二句：谓不愿做高官，享厚禄。大纛（dào稻），军中的大旗。高牙，大将所建，以象牙为饰。紫绶青䋐（guō锅），紫色或紫青色的绶带，作印组或服饰用。汉时国相、丞相，皆金印紫绶。

〔97〕田窦豪华,卫霍矜夸:指田蚡、窦婴、卫青、霍去病等外戚世家。

〔98〕坎井虾蟆:坎井,废井,坏井。《荀子·正论》:"语曰:浅不可与测深,愚不足与谋知。坎井之蛙,不可与语东海之乐,此之谓也。"

〔99〕霜后壶瓜:经霜的壶瓜。喻毫无生机。

〔100〕严助东归,长卿西返:严助,会稽吴人。汉武帝时为中大夫,颇见信用。曾奉帝命,发兵会稽诛闽越。后被武帝任为会稽太守以宠光之。长卿,即司马相如,蜀郡成都人。曾两次奉武帝之命出使巴蜀,返回故乡。俱见《汉书》本传。

〔101〕崊(hán寒)岈:山谷深邃的样子。

〔102〕吾丘:即吾丘寿王,赵人。汉武帝时,以善格五(一种博戏)待诏,迁侍中中郎,坐法免。上书请养马黄门,不许;愿守塞捍寇难,亦不许。后复召为郎,历官光禄大夫侍中。

〔103〕"则想那"二句:化用唐刘禹锡《石头城》句意:"山围故国周遭在,潮打空城寂寞回"。

〔104〕石头车驾:指梁朝天子。石头,古城名,故址在今南京石头山后。

〔105〕修陵:梁武帝陵墓。

第 二 出

(外扮汉武帝,杂扮太监、从官,旦扮侍女上)(外)影娥池畔草芊绵[1],青雀低飞辇路边[2]。忆卖玉箱曾入市[3],别来铜狄又经年[4]。孤家汉武皇帝是也。穆天子觞我于盘石之上[5],戏赌吉光裘[6]。倒亏巨灵指点[7],赢了他渠黄小驷[8],升于太行,还绝河济,已到通天台。如此良夜，可无佳客。那些从官们，一个个能言快论，只是他把世间兴废，看得淡了，倒觉没趣。譬如贾生不哭，扬子无愁[9]，纵有嵚崎历落之气[10]，怎能够感发出来！所以数百年来，天下逗留几篇文字，反被后生批驳，说道上边笔路，渐觉寻常。俺仔细思量，只因不比人世愁多，非是关俺神仙才尽[11]。不如这班参不透、耐不得的汉子，哀吟狂叫，听将去反觉动人。适才有个江南沈秀才，哭哭啼啼，为著老萧何子孙梁武帝[12]，诉出个天大来的不平。不知他是古佛化身，那要你孤臣洒涕？只是一片心肠，也不要埋没了他。从官，拿他表文上来。（杂递表文介）（外）这表章尽是去得。咳！我做一世帝王，怎般雄才大略，惯被那不识时务的儒生，轻轻薄薄，说一句秦皇汉武，一笔丢下了。这沈秀才倒肯做著表文，拜告我这失势的官家，煞是可敬。田丞相引他上殿！（田）领旨。沈先生，我主有请。（生惊起）老先生高姓？（田）学生姓田，名千秋。（生）这是田老丞相，素昧平生，知是睡里？梦里？（田）学生亏做一个梦，便做了丞相。这一派传将下来，如今做官的都是做梦哩！老先生，你还不知？吾主等待久了。（生）梁朝原乡侯尚书左丞沈炯见驾。（外）沈卿羁旅悲秋，一何憔悴至此？（生）微臣异乡失路，亡国兴哀，仰动圣怀，不胜惶悚。（外）沈卿，你家梁武帝，原是个西方古佛，恐怕那因缘缠绕，到亏了一阵罡风[13]，把有为世界[14],一齐放倒,然后撒手逍遥,天然自在。这些兴亡陈迹,不过他蒲团上一回睡觉[15],竹篦子几句话头[16],你只管替他烦恼,为著甚来?(生)吃棒如来[17],原无真相。就他一人身上,只索罢了。只是世界之内,不宜有此。那天公主意,却是为何?(外)若论人世沧桑,那个不到这个田地?便是孤家,何等英雄!虽然宗庙园陵,粗成结果,究竟哀蝉落叶,仍痛故姬[18];归来望思,空伤爱子[19]。刀磨石上,雍门之鼓瑟堪哀[20];碗出人间,隧路之摸金可畏[21]。岂必台城之树,独有悲风;只此长安之宫,止馀明月。沈卿,你听我道来。

【双调新水令】叹西风峭紧暮林凋,把江山几番吹老[22]。偏是你黄花逢卧病,斗酒读《离骚》?那旧垒新巢,斜阳外知多少!

这篇文字,自古如此,何足多恨?我想古人违齐处鲁,不居一邦[23]。今上帝命朕为华胥国主[24],还住此台。沈卿客游到处,不如拣像意的官,做一个儿罢。

【驻马听】俺仙仗逍遥,高枕华胥拥二崤[25]。你客卿清要,吹台禁选借枚皋[26]。展油幢插起侍中貂[27],据胡床斜侧参军帽[28]。沈卿,你在梁朝做官,有许多年月了?(生)凑上些旧年劳,算得来三四考。

臣炯负义苟活之人,岂可受上客之礼,以忘老母哉!陛下所论,臣不敢受命。(外)这样不识抬举的。

【搅筝笆】好一个呆才料,倒是咱甜句儿紧相邀,反惹他腆著胸脯,气哏哏将言回报。有甚么通天才学,不肯的屈脊低腰?你要回去呵,便做马牌勘合都填著[29],也要待十日三朝!

(从官上)吾主再四殷勤,左丞何无留意?(生)沈炯国破家亡,蒙恩不死,为幸多矣!陛下纵怜而爵我,我独不愧于心乎?如必不得已,情愿效死,刎颈于前。(从官)臣等苦言劝勉,他涕泗横流,以死自誓,执意不从。(外)这个也不要怪他。受遇两朝,违乡万里,悲愁侘傺,分固宜然。只是他无国无家,欲归何处?沈卿,我这台上,那江南光景,尽望得见来。

【沉醉东风】这一带半天嵩少[30],那一搭两点金焦[31]。(生)果然是江南风景。好风吹,梦落广陵潮[32],听钟声敲断匡庐晓[33]。沈卿你看,都是些淡烟衰草。(生)好感伤也!只怕你故国莺花总寂寥。若回去呵,可怜煞断鸿缥缈。

(生)臣一想家乡,心如摧割,求陛下速加矜允,早就归程。(外笑介)偌大一个汉皇帝,难道别酒不能备办一杯?叫光禄寺摆饭,与沈左丞饯行。传话后宫,唤丽娟出来送酒[34]。(旦上)画眉犹未了,汉帝使人催。来了。

【得胜令】(旦)只得向帘前走一遭。大古里秀才家馋眼脑,为甚面庞迸定胡遮调[35]?教我脚步腾那懒去瞧。(外叫丽娟,女伴催介)(旦)唠叨,是这等苦支喳闲厮叫;蹊跷,倒为著酸黄齑冷气淘[36]。

899

丽娟叩头！万岁爷，那吾丘、司马[37]，陪宴柏梁，从未唤丽娟侍酒。今日请个酸溜溜的秀才，唤丽娟怎的？（外）他是江东才士，失路思家，你唱一只解闷曲儿，与他把盏者。（旦）理会得。（取盏上）

【乔牌儿】（旦）只为你沈婆儿会作乔，唤了俺汉宫人忙来到。便算是秀才惯病难医饱[38]，也莫把酒杯儿放忒高。

万岁，他只管短叹长吁，持杯不饮。（生）闻此幽渺之音，倍增流离之感。只为著宝剑飘零，空负了玉钗敲断[39]。一声河满，不觉涕垂[40]。委实不能饮了。（旦）我道他是粗笨秀才，这句话儿，倒也可人心意。便是俺丽娟，一去人间，犀沉玉冷，看那市朝迁改，黯地伤神。何况他南国香销，美人黄土[41]。正是人言愁我亦欲愁矣！

【挂玉钩】（旦）俺便做燕子桥边柳万条[42]，也遮不住愁来道。尽教他肠断东风碧玉箫[43]。咳！沈郎，不要说你，便是我丽娟闲点勘春愁稿，那漏迟迟，人悄悄，也不禁占定阑干，只落得泪滴花梢。

万岁爷，这秀才愁闷如此，倒不如早些放他回去。（外）我叫你劝酒，倒替他说人情。只是便宜了你，唱不得几句曲儿。（生）微臣快睹天颜，优承礼遇。今日拜辞阙下，仰荷生成，世世生生，不知所报。（外）沈卿，此上界瑶居，卿以宿缘，合当到此。数十年后，当待子于三十六峰[44]。（指丽娟道）此妮子因窥吾炼药，偷绛雪丹一粒[45],得成仙果,在王母第三女玉卮娘子位下。今日一见沈卿,不无留恋,合是夙缘。卿若重过此台,当以妮子相赠。咳!左丞!我甚不惜放卿还,但不审何时复至耳!(旦)这一天凉月,万岁爷何不到黄山下[46],打猎一回,就送左丞归去?(外)说得有理。换了我的衣服,侍女们携了乐器,多带些酒来。

【折桂令】(外)急忙里袅金鞭走送河桥。换矫帽轻衫[47],背杆拨檀槽[48]。古道荒郊,猎痕青烧[49],玉兔媒娇[50]。丽娟,你手制的锦袍一袭,从官带得黄金三十斤,赐与沈卿。沈卿,赠征人鸦青响钞[51],御秋风狐白轻袍。(生)亲劳御驾相送,复赐路资,微臣叩谢天恩,拜辞去了。(外)沈卿不要就行,待我再猎一回,送你到函关外去。旅雁嘹嘹,别马萧萧。出秦关风引旌旗,射南山霜满弓刀。

【沽美酒】(众)做势儿围场绕,号头儿人丛叫。叫女将穿围打花鸟[52]。紧扣著狮蛮带小[53],一劈头踹过山前哨[54]。

【太平令】(众)放苍鹰星眸玉爪[55],叠凡禽雨血风毛。到明朝归来平乐,少不得三军齐犒。你呵,须自文豪,兴豪,奏《长杨赋》草[56]。呀!才显得沈东阳文章马䩞[57]。

(杂)这是函谷关上了。(外)从官,叫他开关。(丑上)星霜严夜柝,车马候晨鸡。自家函谷关把总便是。半夜三更,那个在此讨关?(杂)咄!有紧急文书,星夜前去的。(丑)拿文书我看。这是元封年号[58],我在钱眼上不见有元封通宝,这是假的,我老爷睡了。(杂)他胡言乱话,说文书字号不对,不肯开关。

【锦上花】(外)便算是虎头牌,对差年号[59],遮莫你狼牙峪,刁蹬衣包[60]。这厮呵,黑睡齁齁,惯噇烧刀[61],多大官儿,语言胡哨!

(杂)还不开!(丑)毕竟那一家,也要问个来历。

【幺篇】(外)则问你这重关,起首谁家造?没眼敲材,盘问根苗。叫左右的,打开来罢!沈卿,只说你家萧公,但看孤家,一个关也讨不下来。失势官家,傍州厮照[62]。道破关头,出门长笑。

关已大开,沈卿可以行矣。(旦)秀才前途保重,咱们随驾回了。(下)(生醒)奚童,我们出了函谷关,快些回去。(丑)甚么函谷关?(生)适才汉武帝送我过关的。(丑)这是通天台下酒店里,老爷睡著,奚童也打一个盹儿。(生)适才武皇置酒殷勤,就是丽娟也徘回送别,难道都是一梦?呀!据此佳兆,我定归期有日了。只是一席闲谈,许多指点,他说我梁皇依然极乐,自家倒无限凄凉。正是一曲哀歌茂陵道,汉家天子葬秋风[63]。那见得玉匣珠襦[64],便胜著金戈铁马。总付之一江流水罢了。便是我沈初明,若是遭遇太平,出入将相,今日流离丧乱,困顿饥寒,到头来总是一场扯淡!何分得失?有甚争差?到为他搅乱心肠,捶胸跌脚,岂不可笑!武皇,你教我多矣。

【鸳鸯煞】俺便是三年狂走荒山道,那怕他一朝饿死填沟壑。

黑海波涛,枯树猿猱[65],猛地里老黄龙棒头喝倒[66],还说甚苦李甜桃[67]！好一个闷葫芦今朝抛掉,都付与造化儿曹。哈哈！沈初明三十年读书,一些没用,刚亏了通天台那一篇汉皇表。

〔1〕影娥池:在长安城外建章宫内。汉武帝于此建俯月台,台下穿池,月影映入,因名影娥池。

〔2〕"青雀低飞"句:汉郭宪《洞冥记》卷四:唯有一女人,爱悦于汉武帝,名曰巨灵。或戏笑帝前,东方朔目之,化为青雀飞去。帝为起青雀台。

〔3〕"忆卖玉箱"句:《汉武内传》谓汉武帝死后四年,有人于扶风市中买得玉箱、玉杖。此二物本西胡康渠王所献,帝甚爱之,故入梓宫殉葬。

〔4〕"别来铜狄"句:铜狄,即铜人。此句暗用唐李贺《金铜仙人辞汉歌》诗意。序曰:魏明帝青龙元年八月,诏宫官牵车西取汉孝武捧露仙人,欲立置殿前。既拆盘,仙人临载乃潸然泪下云云。

〔5〕"穆天子"句:穆天子,指周穆王。传说中有穆王乘八骏西游见西王母故事。盘石,盘薄之巨石。

〔6〕吉光裘:《西京杂记》卷一:"武帝时西域献吉光裘,入水不濡。"吉光,传说中的一种神兽。

〔7〕巨灵:见本出注释〔2〕。又《汉武故事》:"东郡送一短人,长七寸,名巨灵。"

〔8〕渠黄:良马名,周穆王八骏之一。

〔9〕"贾生"二句:指西汉文学家贾谊和扬雄。贾谊,汉文帝时任太中大夫,虽遭贬斥,仍念念不忘国事。晚年作《陈政事疏》,指出当日社会危机,有"可为痛哭者"、"可为流涕者"、"可为长叹息者",表现了其政

903

治上的远见卓识。扬雄,汉成帝时入为郎,历哀、平二帝,久未迁官,郁郁不得志,只好把自己的满腔哀怨,寄托在他的抒情辞赋和学术著作中,如《太玄》《法言》等。

〔10〕嵚崎历落:高大俊伟,品格特异之意。喻人物不凡。

〔11〕才尽:文思枯竭。

〔12〕萧何子孙梁武帝:《梁书·武帝本纪》载武帝:"南兰陵中都里人,汉相国(萧)何之后也。"

〔13〕罡风:高空的劲风。

〔14〕有为世界:简称有为,佛教指因缘所生,变化无常的世间事物。《金刚经》云:"一切有为法,如梦幻泡影,如露亦如电,应作如是观。"

〔15〕蒲团:和尚打坐时所用的蒲草编的圆垫。

〔16〕竹篦子话头:佛教禅宗重触机顿悟,接待初学,常当头一棒,或大喝一声,提出问题,藉以考验其悟性,叫棒喝。竹篦子,竹片子。话头,这里指提问,问题。

〔17〕如来:佛的别称。《金刚经》云:"无所从来,亦无所去,故名如来。"

〔18〕"哀蝉落叶"二句:晋裴启《语林》:汉武帝泛舟于昆明池,"时日已西倾,凉风激水,女伶歌声甚遒,帝追思李夫人,赋落叶哀蝉之曲。"见《潜确类书》卷九十。

〔19〕"归来望思"二句:汉武帝既知戾太子之冤,因作思子宫,并建归来望思台于湖县,旧址在今河南灵宝。见《汉书·武五子传》。

〔20〕"刀磨石上"二句:刀磨,汉武帝陵旁有方石,可磨刀。吏卒常于其上盗磨刀剑。见《汉武故事》。雍门,战国齐人雍门周,善鼓琴,孟尝君闻之涕泣,曰:"闻先生之鼓琴,令文立若破国亡邑之人也。"见汉刘向《说苑》卷十一。

〔21〕"碗出人间"二句:金碗被盗出墓,使人可畏。晋干宝《搜神

记》卷十六:汉时卢充,与崔少府女幽婚。后四年,忽见崔女,女与充金碗而别。唐杜甫《诸将》五首之二:"昨日玉鱼蒙葬地,早时金碗出人间。"后世用金碗事寓陵墓被盗。摸金,曹操曾置摸金校尉,专门发掘坟墓,掠取金宝。

〔22〕把江山几番吹老:是说多次地改朝换代,喻人事之变幻。

〔23〕违齐处鲁,不居一邦:春秋时,孔子周游列国,其道不行,终返回鲁国。《史记·孔子世家》:"己而去鲁,斥乎齐,逐乎宋、卫,困乎陈、蔡之间,于是反鲁。"违,离开。

〔24〕华胥:寓言中的理想国度。《列子·黄帝》:"(黄帝)昼寝而梦,游于华胥氏之国。"其国无帅长,其民无嗜欲,一切自然而已。

〔25〕二崤(xiáo 淆):即崤山,在河南洛宁北,山分东、西二崤,形势险绝,为关陕门户。

〔26〕吹台禁选借枚皋:汉梁孝王刘武筑梁苑,一时文学之士,如司马相如、枚乘、邹阳等,皆从之游。吹台,在梁苑内,故址在今河南开封东南。枚皋,西汉辞赋家,枚乘之子,武帝时为郎,有赋一百二十篇,多不传。

〔27〕展油幢插起侍中貂:南朝宋文帝元嘉中,殷景仁为侍中,情任甚密。景仁与帝接膝共语,貂拂帝面,帝拔貂置案上,语毕手复插之。油幢,即碧油幢,青绿色的油布帐幕。侍中貂,侍中常在皇帝左右,出入宫廷,地位贵显,故得以貂尾为冠饰。

〔28〕据胡床斜侧参军帽:晋孟嘉为征西大将军桓温参军。九月九日游龙山,有风吹嘉帽落而不觉。桓令孙盛作文嘲之,嘉即时以答,四坐叹服。见《世说新语·识鉴》引《孟嘉别传》。胡床,一种可以折叠的坐具。

〔29〕马牌勘合:使用驿站马匹的凭证。旧时文书加盖印信,分为两半,当事双方各执其半,骑缝印合,以作为据,俗称勘合。

〔30〕半天嵩少:近看河南,嵩山、少室山,高耸半空。

〔31〕两点金焦:远望江南,金山、焦山,隐约两点。

〔32〕广陵:扬州古名。

〔33〕匡庐:江西庐山。

〔34〕丽娟:汉武帝宫女。

〔35〕胡遮调:随意遮拦,调弄。

〔36〕酸黄齑:对酸秀才的称呼。

〔37〕吾丘、司马:分别指吾丘寿王和司马相如二人,皆汉武文学侍从之臣。

〔38〕病难医饱:吃饱了难于伺候,不知满足的意思。

〔39〕"宝剑飘零"二句:古代文人以书剑相随。全句是说由于自己在外乡飘流,害得妻子在闺中望眼欲穿。宋郑会《题邸间壁》诗:"敲断玉钗红烛冷,计程应说到常山。"玉钗用此。

〔40〕"一声河满"二句:用唐张祜《宫词》"一声河满子,双泪落君前"诗意。河满子,唐舞曲名。

〔41〕南国香销,美人黄土:言香销人去,喻南朝梁的覆灭。元王实甫《西厢记》第二本第一折〔混龙江〕曲:"香销了六朝金粉"。

〔42〕燕子桥:这里借指朱雀桥,因刘禹锡《乌衣巷》诗咏及燕子而借。

〔43〕碧玉萧:绿叶萧条。碧玉,对柳叶的美称。《汉武故事》:"上起神屋,前庭植玉树,珊瑚为枝,碧玉为叶。"

〔44〕三十六峰:指河南登封少室山之三十六峰。

〔45〕绛雪丹:神仙所说的不死之药。见《汉武故事》。

〔46〕黄山:在陕西兴平西三十里。

〔47〕矫帽轻衫:这里指轻便的服装。参见前郑光祖《倩女离魂》楔子注释〔4〕。

〔48〕杆拨檀槽:这里指琵琶一类弹拨乐器。杆拨,拨弦之器。檀槽,乐器用檀木制成,言其精美。

〔49〕猎痕青烧:打猎时焚火驱兽的痕迹。青烧,即烧荒,焚草。

〔50〕玉兔媒娇:玉兔,白兔。兔毛秋季变白,俗名迎霜兔。媒娇,使人感到可爱。

〔51〕鸦青响钞:鸦青色的纸钞。

〔52〕打花鸟:采花捕鸟。

〔53〕狮蛮带:装饰有狮子蛮王图样的腰带。

〔54〕一辔头:一放马。辔,马缰。

〔55〕星眸玉爪:星眸,喻鹰眼之敏锐、犀利。玉爪,即雪爪,则言鹰爪洁白如玉。南唐高越《咏鹰》诗:"雪爪星眸世所稀。"

〔56〕奏《长杨赋》草:像扬雄那样的写《长杨赋》来歌颂天子打猎。

〔57〕沈东阳文章马矟(shuò朔):沈东阳,即齐梁时著名诗人沈约,因曾作过东阳太守,故称沈东阳。文章马矟,美其文学武事,均有可观。矟,同"槊",矛类,因于马上使用,故称马矟。

〔58〕元封:汉武帝年号,公元前110—前105年。

〔59〕便算是虎头牌,对差年号:是说即使是虎头牌,早已过时。虎头牌,元代皇帝颁发给文武大臣便宜行事的金牌。

〔60〕遮莫你狼牙峪,刁蹬衣包:即甚么你守险关,作梗的奴才。遮莫,甚么,詈词。狼牙峪,比喻险要的山口。衣包,即满语包衣。清入关前,对所有俘虏,均编为包衣,分隶各旗贵族为世仆。

〔61〕烧刀:劣质烧酒。

〔62〕傍州厮照:即旁州来看的意思,与元曲中"傍州"例义同。

〔63〕汉家天子葬秋风:用李贺《金铜仙人辞汉歌》"茂陵刘郎秋风客"诗意,哀其虽显赫一时,不过如秋风中之过客。

〔64〕玉匣珠襦:古代王侯的葬服,用金缕联缀小玉片而成,叫玉匣。

珠襦,用珠玑串缀的短衣。

〔65〕黑海波涛,枯树猿猱:比喻误入迷途。黑海,犹苦海,取俗语苦海无边之意。枯树无花无果,猿猱盘桓上下,必无所得。

〔66〕老黄龙:宋隆兴府(今江西南昌)黄龙山黄龙寺长老慧南,立黄龙宗,为禅家七宗之一。

〔67〕还说甚苦李甜桃:即不考虑什么是苦,什么是甜。比喻置身事外,不管是非。

杨潮观

　　杨潮观(1710—1788),字宏度,号笠湖,金匮(今江苏无锡)人。乾隆元年(1736)恩科举人,长期担任州县地方官,为政廉明,有声于时。任四川邛州知州时,曾在卓文君妆楼旧址上筑吟风阁,与友人吟咏其间。后来把自己所作杂剧汇为一编,命名曰《吟风阁杂剧》。此集共收短剧三十二种,每剧一折,各自独立,大多取材于史传或神话故事。剧前均冠以小序,揭明剧本主题。可见它不是一般吟风弄月之作,而是借题发挥,借以抒发自己的情怀,针砭社会丑恶的。《吟风阁杂剧》虽为短剧,但在表现手法上又能吸收传奇的一些优点。宾白平易流畅,曲文清新优美,颇有诗意,是明清短剧中的杰作。

汲长孺矫诏发仓[1]

　　发仓,思可权也[2]。为国家者,患莫甚乎弃民;大荒召乱,方其在难,君子饥不及餐,而曰待救西江,不索我于枯鱼之肆乎[3]?诗曰:"载驰载驱,周爰咨度[4]。"汲长孺有焉。

(副净扮驿丞上)若要蝗虫饱,除非野无草。救得蚂蚱饥[5],地上已无皮。在下河南郡一个老驿丞便是[6]。

这条路上，原是出京第一，冲要无双。只因荒歉连年，人烟消散。马草一束千钱，又兼差使越多，军兴旁午[7]，把应付的官马，尽力奔驰，倒毙者不计其数。今日天上一阵蝗虫过，明日地下一阵差使过。那公家的田租，遇了旱蝗，或者有蠲有赦[8]；俺驿中私下的例规，倒是常赦不原的。你道此时，民有饥色，怎得庖有肥肉？野有饿殍，怎得厩有肥马[9]？我管驿也管得老了，到如今，实在难得应付。正是做官莫做鬼督邮[10]，是人是鬼要诛求。看我官儿只有芝麻大，就压扁了芝麻能榨出几多油？咳！可为长叹息者此其一。从来说：官府不威爪牙威，群狐尾虎来，一虎百虎威[11]。口儿里蛮言乱喝，手儿里鞭梢乱掣。额外加了抬杠人夫，又添上些骑坐马匹。暗中得了折色分例[12]，还来要你下程津贴[13]。几番在人面上弥缝，免不得马口中夺食。我一件件燕子衔泥，一般般针头削铁[14]，下不能白手成家，上不能赤心护国。今日一路平地风波，明日一个青天霹雳。来不来都要立马造桥，动不动急得推车撞壁。任凭哀告，总是个皂白难分；如此饥荒，那管你青黄不接。咳！可为流涕者此其二。虽然衙门里的事，到处官清私暗，从来阳奉阴违，就是悖入悖出[15]，也须好去好来。谁知陪着我小忠小信，不得他大慈大悲。凭你剜肉医疮[16]，总要舍身施佛[17]。没奈何撞着他鬼使神差，只得拚我奴颜婢膝；尽着他酒囊饭袋，还要硬着我铜头铁额。他几回说不出,只管推毛求疵[18];我几次忍不来,又恐劈竹碍节[19]。有打点,就是斧底抽薪;没投奔,只落得眼中出血。咳!可为痛哭者此其三。(作哭介)(内问介)你这驿丞,好端端为何哭起来?(副净)列位不知,我乃长沙贾太傅之后[20],祖传一篇《治安策》,惯为痛哭流涕长太息。记得我当初新上任时,排下龙图公案[21],扮出优孟衣冠[22],虽则是鱼龙浑杂,却倒也人马平安。销算的丝丝入扣,支放的滴滴归源。奉行的何尝虚应故事,过往的也曾广结良缘。遇事亲身下降,从无袖手旁观;见人怒目相向,唯有唾面自干[23]。从不使唇枪舌剑,也无甚意马心猿[24]。只靠自己良心难昧,要图上头另眼相看。谁知不用本来面目,还当别有肺肝。咳!可为痛哭者此又其四。你道这是甚么饥荒时候?差使越多,每常时风雨无阻,镇日间鸡犬不宁。别条路,还众擎易举;我这厢,更孤掌难鸣。来的,那个是谦谦君子,我呵,怎做得好好先生!几番要另起炉灶,与此官永断葛藤[25],图得个金蝉脱壳,别寻个白虎腾身。且喜昨日得了个任满升迁的喜信,这也是我傥来富贵,说不尽那过去光阴。此后不愁他小船重载,从今方信我大器晚成。闲话少说,我数十年来,虽一官如寄,四海无家,还有一个女儿贾天香,随任在此,须要预先料理搬家,方才起身得快。正是:鳌鱼脱却金钩去,摆尾摇头再不来[26]。(杂扮驿卒跑上)星忙来路远,火速报君知。禀爷,探有黄门汲黯大人[27],往河东勘任火灾,兼程而进,今晚就要到来,本郡官员,都至此接送。夫马下程,不知可曾准备?你看尘头起处,前站来也!(副净作惊跌介)怎么说?祸事了。我昏昏的俾昼作夜,忙忙的度日如年,谁知瓜熟蒂落,还是藕断丝连。顷刻五龙齐到[28],眼见一马当先。听了你面面相觑,吓得我默默无言。既要顶礼那一佛出世[29],又要发送他五岳朝天[30]。叫驿头,且备马一百!(杂)槽上只有一匹。(副净)可用夫三百!(杂)簿内并无一卒。(副净)呀!没奈何,且多备些酒食。(杂)钱粮已断了三七。(副净)如此怎了?(杂)爷莫忙,我有计。(副净)你有甚计?(杂)三十六着,走为上着。等他到来,你去你女儿房中,躲在眠床脚下,包管他搜寻不出,自然去了。(副净)果然妙计。这不是闹中取静,也算得忙里偷闲。虽不免垂头丧气,也胜如摇尾乞怜。且等女儿出来,与他商议则个。(杂)待我再打听去。(下)(小旦上)水来须要土掩,兵来还是将当;一计明修栈道,三军暗度陈仓[31]。孩儿听得爹爹说话好笑,故此出堂问讯。那差来,你不打发他,凭你躲在那里,他来得去不得,怎生了事。且问这是甚么天使?(副净)孩儿不知,这差使利害,是什么黄门汲大人,往河东勘火灾去的。(小旦)既如此,孩儿有计较,父亲请放心,只要孩儿画起一道灵符,包管禁住他,不得往河东去。(副净)从不见你会画符,就这样灵验,事到其间,你说生姜树上生,我也只得依你说[32]。(小旦)只怕黄瓜树上生,我就不得同你活。爹不要闲管,待孩儿驿亭上去来。(下)(副净)可怜一官半职,枉受万苦千辛。我从来一筹莫展,到如今四顾无门。亏他随机应变,替我见机生情。但得天从人愿,自然福至心灵。(下)(生扮汲黯持节,侍从随上)冥冥氛祲未全销[33],路指河东绛水遥[34];谁与至尊忧社稷?绣衣仍插侍中貂[35]。下官汲长孺。荷蒙圣恩,官拜大中大夫、黄门给事。前日河东报到,居民失火,延及千家,圣上轸念灾黎[36],特命下官持节,前去抚绥。来此已是河南地面,军士们,且在驿馆歇宿一宵,再行过河北去。(众应下)(生)好个临池的驿亭!丛篁拂地,高柳参天。怎多枯槁了?呀!壁上有甚留题?待我看来。(念介)龙向河东雨,河南隔岸灾;过云不泽物,空自起尘埃。洛阳才子贾天香题笔。呀!甚么贾天香?自称洛阳才子,他诗中句语,明明讥诮着下官,好生可恼!叫驿丞!(副净上)做此官,行此礼。驿丞叩头。(生)好大胆驿丞,并不将驿馆打扫洁净,快叫那壁上题诗的贾天香来,免你一打。(副净)领钧旨。阿呀!我说甚么灵符,惹出事来了。(下)(小旦上)门前筹鼓喧,知有贵客至;不做仪封人,怎得见君子[37]。黄门大人有礼!(生)我要那题诗的人,怎来一个女子?(小旦)我就是题诗的贾天香。(生)你一女娃,何敢自称才子,在壁上卖弄诗才？（小旦）才不才，亦各言其志也，有甚使不得？

【北双调新水令】暮云天际驿垣高，倚危栏使星不到[38]。我只见红尘迷候骑，因此上彩袖点吟毫。对景萧条，图画出流民稿[39]。

【南仙吕入双调步步娇】（生）只见粉壁涂鸦[40]，把我题诗诮。（小旦）怎见得是讥刺大人？（生）是你分明道，枉向这河南走一遭。只为咱绣斧经临[41]，路途骚扰。是何物女娇娃？也充做乡三老[42]？

当今在上圣明，洞悉民间疾苦，那二千石长吏[43]仰承德意，膏泽旁流，那有匿灾不报的事。你一女子，焉知外事？敢虚言惑众，谤讪朝廷，当得何罪？（小旦）黄门大人，且休见罪。请问大人，河东去，有何公干？（生）河东失火千家，吾奉圣恩，前去抚恤，此岂汝女子所知。（小旦）既如此，那河东是朝廷百姓，难道河南独不是朝廷赤子？

【北折桂令】念河东土沃民饶，物盛灾生，偶尔延烧。却不道比似河南，频年无麦又无苗。看一望流离载道，哀鸿无处不嗷嗷[44]。大人，你想这两厢，孰轻孰重？况且失火千家，必是市廛商贩，元气何伤？这水旱蝗螟，乃是农民失望。却那边厢一炬怜焦，惠及蓬茅；这壁厢万口空号，直恁地隔断云霄！

难得天使到来，穷民如见天日，大人乃过而不问可乎？

（生）下官自出关来，也曾沿途体访，虽则年不顺成，还未见十分荒乱。（小旦）大人，你只大路边一过，其中就里谁肯教天使得见。你若不信，请登北邙一望[45]。那虎牢关外[46]，赤地千里。（生作登山望介）

【南江儿水】看满目蜚鸿起[47]，愁云压虎牢，果然四野无青草。如此奇灾，竟毫不上闻，此皆二千石长吏之罪也。那官家闲锁着敖仓耗[48]，这生灵险做了沟渠料，兀自把丰登入告。我将你壁上簪花[49]，一字字要碧纱笼罩。

　　待我使毕回来，定当入奏，救此数郡生灵。（小旦）难得大人肯援之以手，只是等你事毕回来，方去陈奏，此间残喘遗黎，早都饿死，还救得甚来？

【北得胜令】乱慌慌焚溺在崇朝[50]，喘歔歔顷刻也难熬。岂不闻救倒悬须是早[51]，那些个等需云济旱苗[52]。待来朝，受风吹便见千人倒；趁今朝，妙手凭君一着敲，妙手凭君一着敲。

　　（生）话虽如此，我乃河东使臣，怎管得你河南的事？（小旦）大人差矣！你在汉朝，是甚么闲散冗员，还是什么无名小辈？（生）吾乃汉天子黄门近臣，汲黯的便是。（小旦）原来就是大人。你以忠直鸣于天下，妾虽不出闺门，也如雷贯耳，谁料今日所见不如所闻。就此看来，你忠也不十分忠，直也不十分直。（生）你责备得是，只是一件：

【南园林好】我今来河南一遭，原是往河东一道。要救这鳏穷无告,怎不奏九重霄?怎不奏九重霄?

（小旦）请问大人,你持此节何用?妾身虽不读书,尝闻《春秋》之义：大夫出疆,有可以安国家、利社稷者,专之可也。因此上定当责备贤者[53]。（生）依你便怎么样?（小旦）大人既为亲信近臣,就是天子耳目,岂有目击颠危,坐视不救之理?依妾愚见,你既来到此,竟该从权矫诏,持节发仓,救此数百万生灵垂死之命,一面便宜行事,一面奏闻天子,请其矫制之罪。圣明在上,必不加诛。就使因而得罪,你把一人的命,换了千万人之命,也不亏负了你,岂不是一路福星,千秋盛事!那河东,去也罢,不去也罢。妾语不嫌唐突,大人也可不用三思。

（生）你倒说得慷慨。（小旦）

【北收江南】呀,你名为正直立当朝,怎担承不做的一时豪。现放着敖仓千万在成皋[54]。咱要你做一担儿挑,咱要你做一担儿挑。你代天行道可辞劳?

（生）不料这妮子有怎般见识,难道我汲黯倒是个见义不为无勇之夫?

【南川拨棹】非推调,便从权须矫诏。去打开常社仓廒[55],去打开常社仓廒。但将他饥人救疗,任天威何敢逃,为苍生拚这遭。

候吏们,快去宣那仓曹户曹[56],在府堂伺候宣旨。就此拨转马头,且不过河东去者。（内应介）（生）呀!且住。方才不曾问明,你是何家女子?（小旦）妾身就是这驿丞之女。既大人有命,不用过河夫马,妾好回俺父亲去也。谁知缓兵计,做了度人经。

【北收尾】深闺敢露如簧笑[57],只为着计阻星轺[58]。挑动的书生迂阔代人劳,怎知俺暗度金针个中巧[59]。(下)

(生)原来这驿丞,有此奇女。(杂扮候吏上)禀爷,阖郡官员,同仓曹户曹,都在府堂伺候。(生)吩咐打道。

天上星辰使节高,几人咨访及刍荛[60];
人歌人哭无人问,端赖忠良翊圣朝[61]。

〔1〕《发仓》:据《史记·汲郑传》而作。汲黯,字长孺,汉武帝时为谒者,往视河内火灾。还报曰:"家人失火,屋比延烧,不足忧也。臣过河南,河南贫人伤水旱万馀家,或父子相食,臣谨以便宜,持节发河南仓粟以振贫民。臣请归节,伏矫制之罪。"上贤而释之。剧本小序说:"为国家者,患莫甚乎弃民。"故作此剧。历史上汲黯之开仓济民,本出于自动,剧中改为受到驿丞之女贾天香的启发说服,才有此壮举。这样,在歌颂汲黯从善如流的同时,又突出了民女贾天香的机智过人;而且剧情发展,也显得有起伏,有波折,更富有舞台效果。现据胡士莹先生注本校注。

〔2〕权:权宜,变通的意思。

〔3〕"待救西江"二句:远水不解近渴,缓不济急的意思。《庄子·外物》:庄子出游,见鲋鱼在干涸的车辙中,向之乞水活命。庄子说:我即行南游吴越,将激西江之水以救子。鲋鱼说:"吾得升斗之水然活耳,君乃言此,曾不如早索我枯鱼之肆。"

〔4〕"诗曰"三句:出《诗经·小雅·皇皇者华》,见说大臣出巡,驱驰而行,应该普遍征询贤良人士的意见。

〔5〕蚂蚱(zhà乍):即蚂蚱,蝗虫。

〔6〕河南郡:治所在今河南洛阳。

〔7〕旁午:一纵一横为旁午。引申为事务繁杂。

〔8〕蠲(juān捐):免除。

〔9〕"民有饥色"四句:《孟子·梁惠王》(上):"庖有肥肉,厩(jiù救)有肥马,民有饥色,野有饿莩。"为此四句所本。厩:马房。

〔10〕鬼督邮:汉郡守佐吏设督邮,代表郡守督察纠举诸县违法事。这里指权贵的亲信、侍从。鬼,言其诡异难测。

〔11〕"群狐"二句:语本成语"狐假虎威"而来。本只一虎,群狐假其威,因成百虎。

〔12〕折色分例:折色,借口银子成色不足,要打个折扣。分例,犹回扣,酬金。

〔13〕下程:送行的礼物。

〔14〕"燕子衔泥"二句:元无名氏小令〔醉太平〕《讥贪小利者》:"夺泥燕口,削铁针头。"为作者所本。

〔15〕悖(bèi备)入悖出:《礼记·大学》:"货悖而入者,亦悖而出。"后因称财物不由正道而来,又被人巧取豪夺或浪费以尽为悖入悖出。悖,反常、逆乱的意思。

〔16〕剜肉医疮:唐聂夷中《咏田家》:"医得眼前疮,剜却心头肉。"是说救得眼前的燃眉之急,却失去了一年的辛苦收成。语意出此。

〔17〕舍身施佛:佛教徒为了行菩萨道,不惜牺牲一切,甚至自己的性命,叫舍身。这里指搭上自己的生命去服侍上级。

〔18〕推毛求疵:即吹毛求疵,存心找碴。

〔19〕劈竹碍节:是说本想势如破竹的解决问题,无奈枝节过多,碍手碍脚。

〔20〕贾太傅:汉贾谊曾为长沙王太傅,故称贾太傅。

〔21〕龙图公案：宋包拯曾任龙图阁直学士，知开封府，执法如山，不避权贵，人称包龙图。公案，官府办公的案桌。

〔22〕优孟衣冠：优孟，春秋时楚国有名的优伶，曾在楚庄王面前，假扮故相孙叔敖，作歌以感庄王。见《史记·滑稽列传》。后世称演戏作优孟衣冠，本此。

〔23〕唾面自干：忍辱的意思。是说别人把口水吐到自己脸上，不用擦掉，让口水自干为好。此唐娄师德故事。见《新唐书》本传。

〔24〕意马心猿：指心神散乱，把持不住。唐《维摩诘经变文》："卓定深沉莫测量，心猿意马罢颠狂。"

〔25〕葛藤：皆缠树蔓生。比喻无谓的纠缠、连系。

〔26〕"鳌鱼"二句：戏曲小说常言。见元无名氏杂剧《隔江斗智》楔子、明冯梦龙《醒世恒言》卷十九《白玉娘忍苦成》，文字或小有出入。

〔27〕黄门：官署名。因给事宫廷，故称黄门。

〔28〕五龙齐到：五龙，指木、火、金、水、土五仙，即各路神仙。这里指大大小小的上司。

〔29〕一佛出世：俗语有"一佛出世，二佛升天"之说。这里指最尊贵的官员，即钦差大臣。

〔30〕五岳朝天：五岳，即东岳泰山，西岳华山，北岳恒山，南岳衡山，中岳嵩山。这里指各方面的主管官员。

〔31〕"一计"二句：以表面现象迷惑对方，暗中却另搞一套。相传汉韩信拜为大将后，派兵丁修建褒中栈道，却暗中出奇兵于陈仓，一举夺取了关中。陈仓，古县名。在今陕西宝鸡东。

〔32〕"你说"二句：宋人俗语，你既很固执，我只好随声附和的意思。宋程颐云：邵尧夫临终时，只是谐谑。某往视之，因警之曰："尧夫平生所学，今日无事否？"答曰："你道生姜树上生，我亦只得依你说。"见《宋元学案·百源学案》（下）。

〔33〕氛祲(jīn 巾):妖氛不祥之气。

〔34〕绛水:水名。出山西绛县之绛山。

〔35〕"绣衣"句:绣衣,即绣衣直指,汉代官名。由朝廷所派赴各地查办要案的官员。侍中貂,汉侍中、常侍,皆以貂尾为冠饰。

〔36〕轸(zhěn 诊)念灾黎:体恤受灾的黎民百姓。

〔37〕"仪封人"二句:语出《论语·八佾》:"仪封人请见,曰:'君子之至于斯也,吾未尝不得见也。'"仪,古地名。在今河南兰考境内。封人,古官名,地方典守之官。

〔38〕使星:即星使,指皇帝的使者。

〔39〕流民稿:宋神宗时,久旱不雨,灾民流离失所,时郑侠监安上门,因绘所见,献之于帝。世称《流民图》。见《宋史·郑侠传》。

〔40〕涂鸦:唐卢仝《示添丁》诗:"忽来案上翻墨汁,涂抹诗书如老鸦。"后因以涂鸦比喻书法幼稚。

〔41〕绣斧:即绣衣直指之省,以其穿绣衣,持斧钺,故名。

〔42〕三老:官名。秦设乡三老,汉又增县三老,掌地方教化之官。

〔43〕二千石:汉制,内自九卿郎将,外至郡守尉,皆秩二千石。这里指太守。

〔44〕哀鸿无处不嗷嗷:哀鸿,哀鸣的鸿雁。比喻流离失所的百姓。嗷嗷,众口发愁的声音。

〔45〕北邙:山名。在河南洛阳东北。

〔46〕虎牢关:在今河南成皋西北。

〔47〕蜚鸿:飞虫,即蠛蠓。蜚鸿蔽田遍野,可见灾情之重。

〔48〕敖仓:敖,山名。秦代在此山建立仓库,后来便以敖仓作为仓库的专名。

〔49〕簪花:唐张彦远《法书要录》卷二录袁昂《古今书评》:"卫恒书如插花美女,舞笑镜台。"后称书法娟秀工整者为美女簪花。

〔50〕乱慌慌焚溺在崇朝：焚溺，比喻生民陷于水火。崇朝，一个早晨，比喻时间很短。全句是说人民生死悬于顷刻之间。

〔51〕倒悬：倒挂着，言备受折磨。

〔52〕霈云：言云待时行雨。喻大恩大惠。

〔53〕责备贤者：以尽善尽美而要求于贤者。

〔54〕成皋：县名，在今河南荥阳境内。

〔55〕常社仓廒：常平仓和社仓的仓库。常平仓置于汉，社仓置于隋，俱为义仓，逢到灾荒，开仓减价平粜，用以救济灾民。

〔56〕仓曹户曹：皆官名。汉有仓曹史，管仓储；有户曹掾，掌户籍。

〔57〕如簧：说话像笙簧一样的悦耳动听。簧，乐器中的薄竹片或铜片，吹之发声。

〔58〕星轺（yáo 姚）：使臣乘坐的车子。

〔59〕金针：唐时，郑侃女采娘，七夕乞巧，织女遗一金针，令置裙带中，三日勿语，当得奇巧。见唐冯翊《桂苑丛谈·史遗》。后世因以金针为传授秘诀之语。

〔60〕刍荛（chú yáo 锄尧）：刍，割草；荛，打柴。刍荛：代指像樵夫一样的平头百姓。

〔61〕翊（yì 异）：辅佐，护卫。

921

寇莱公思亲罢宴[1]

　　罢宴,思罔极也[2]。长言不足而嗟叹之,不自知其泪痕渍纸,哀丝急管[3],风木增声[4],恐听者与蓼莪俱废尔[5]。

（老旦扮刘婆扶杖上）

【北中吕粉蝶儿】白发青裙,画堂前尚蒙恩养。想当初独伴孤孀,今日个受黄封、膺紫诰[6],偌大风光!怎知道孟母先亡[7],倒是咱贱残生,趁着他暮年安享。

梅花雪压深难见,谁道春来香已遍?绕树还依画栋飞,旧时王谢堂前燕[8]。自家寇丞相府中一个老婢子刘婆便是。我家相爷,官居一品,禄享千钟,才辞了军国平章[9],又拜了相州节度[10],出将入相,荫子封妻。你们只见他富贵当前,岂知他幼年孤露[11]。当日太夫人青年守节,零丁孤苦,把他教养成名,不想今日荣华,太夫人早已辞世。如今府中,只有老婢子还是当初服侍太夫人的,因此上,相爷夫人念其旧日,留养府中,多蒙另眼相看,倒也十分自在。只是咱酒星照命,最是贪杯,虽则相府存身,实乃醉乡度日,终日醺醺,不省人事。因此府中上下,都叫我是个女刘伶[12],这也不在话下。明日是相爷千秋大庆,文武官僚,齐来上寿。听得今番的酒筵歌舞，比前异样丰华。你看笙歌醉饱僮奴队，罗绮光华婢妾身。眼见得咱又有一番侥幸了也！

【上小楼】清闲一向，幸衰鬓依然无恙。看到他贵子贤孙，兰桂齐芳[13]，春满华堂。只笑我靠糟床[14]，闻酒响，便喉咙搔痒。这是俺女刘伶，半边也那风样[15]。

（副净扮院子跑上）宰相家人七品官。官不算，还要短一段。宰相肚里好撑船。船不软，还要转一转。（老旦）院子，为何这样慌张？（副净）老妈妈，你还不知道我的慌张，其实郎当。只因相爷庆寿，比前异样铺张。色色翻新换旧，差我前往苏扬。广征水陆千品，妙选妓乐成行。舞女珠围翠绕，歌童玉琢金装。不是贵人夸耀，怎得奴辈猖狂。领了雪花一万，嫖赌去了半方。谁知干事停当，小伙恨未分赃。挥掇相爷火发，带怒下了教场。回来就要发放，险些性命存亡。妈妈，烦你通个内信，夫人解劝从旁。但肯周旋则个，谢你手帕一方。（老旦）你是说些甚么？我已醉的糊涂，听不明白，等我醒过来，你再说罢。（副净）好话！你的酒也难醒，我的事也难等。（下）（老旦）你看那院子，仓皇而去。我想起来，相爷福禄齐天，如此豪华，怎生还不知足？虽则贵人性大，也不该十分忘怀了。不免从回廊走将过去，看是如何？你看潭潭府第[16]，画栋珠帘，列幕张灯，如同白昼。别院笙歌乍起，满阶珠翠齐迎，想是相爷教场回来了。（作跌介）阿呀！是甚么将吾滑倒？一连跌了

923

几交。

【幺篇】稳不住齐眉拄杖,猛将咱玉山颓放[17]。原来是歌舞连宵,蜡泪千行,堆遍回廊。滑溜溜扒的忙,跌的慌,几乎把老身停当[18]。咱正要借因由,去把那旧情来讲。

听得相爷夫人同在后堂,正好上前厮见。只怕的酒逢知己千钟少,话不投机半句多。(下)(外扮寇莱公戎装拥众上)赤手擎天一着高,生平从此显英豪。澶州事业相州节[19],不觉蝉冠已二毛[20]。下官莱国公寇准。现在节度相州。今日,教场合营大操,事毕回来,不觉已是上灯时候。退下!(众下)(更衣介)不如意事,十常八九。只因下官初度[21],文武官僚,合当加礼酬答,欢宴军门,筵宴所需,都令翻新换旧,不料为采办家奴所误,以致不能成礼,因此心中十分不快,已曾吩咐将那厮绑出辕门,定当一顿处死。请夫人出堂!(旦扮寇夫人上)夫君镇大藩,象服称河山[22]。治国难而易,齐家易却难。相公,当此千秋大庆,百福俱全,正该燕喜开怀,缘何却生烦恼?就是家奴无礼,处治何难。今当家庆之辰,且请停刑造福。(外)夫人有所不知,下官入参朝政,出总兵权,无令不行,无人不服。今乃家奴贱才,玩纵如此,家之不齐,岂能治国乎?(内老旦哭介)(外)你听是何人啼哭?唤他过来。(老旦上)(旦)原来是这风婆子。你是风了?醉了?怎到此啼哭起来?(老旦)老迈龙钟,在回廊走过,被几堆蜡烛油滑倒,一连跌上两交。只为老婢子,是从不曾经过跌蹲的,大意了些。(旦)想是跌痛了?(老旦)痛是不曾很痛。因此一跌,想起太夫人,不觉掉下泪来,失声一哭,刚被相爷夫人听见,合该万死。(外)你是怎地想起太夫人来也?(老旦)相爷,你自然忘了,老婢子还记得你幼年时节,自从先太爷亡后,并无遗下田园,太夫人百般哀苦,把你教养成名。那时节灯火寒窗,停针课读,就是你读书的灯油,都是太夫人十指上做出来供应你的。你如今功成名遂,富贵荣华,每夜府中辉煌灿烂,四壁厢高烧绛烛,遍地里蜡泪成堆,真那彼一时此一时。可怜当日太夫人的苦楚,竟不曾受享你一日!

【满庭芳】想当初辛勤教养,他挑灯伴读,落叶寒窗,那有馀辉东壁分光亮[23]。单仗着十指缝裳。继膏油叫你读书朗朗[24],拈针线见他珠泪双双。真凄怆,到如今,怎金莲银炬[25],照不见你憔悴老萱堂?

想到其间,老婢子不觉的老泪交流,不能自止了。你休怪我!

【快活三】不由人遇繁华更惨伤,不由人提往事独凄凉。也只为小来看觑感恩长,剩今日头白还相傍。

(外背立挥泪介)(旦)既是你为太夫人吊泪,也不怪你。只是今朝欢庆,你休说得相公伤感起来。你且到后厢自在罢!(外)夫人且住。下官闻言悲感,烦恼顿消,倒要他把旧时甘苦,细细说一番也。左右,可将绑出那厮,暂且押回,听候另行发放者!(内应介)(外)老婆子你且说来,下官不嫌絮烦也。(老旦)当日太夫人守着孤孀,千辛万苦,如今已日久年深,连老婢子也渐渐相忘了。

【朝天子】则记得太夫人呵,抚孤儿暗伤,代先人义方[26],为延师尽把钗梳当。只要你成名不负十年窗,倚定门闾望[27]。怎知他独自支当,背地糟糠,要你男儿志四方。又怕你在那厢,他在这厢,眼巴巴,巴到你学成一举登金榜。

(旦)那年太夫人泥金报信[28],可也欢喜?(老旦)他就此开颜一笑。争奈他筋力已枯,淹淹一病,空费了无限勤劬,你后来的富贵,都不及见了。

【四边静】今日呵,他身先黄壤,博得你富贵夫妻同受享。你如今纵玉碗瑶觞,热腾腾亲捧着三牲养,恁羹香酒香,也滴不到泉台上。

老婢子语言颠倒,冲撞贵人,望乞恕罪。(外)呀,你说那里话!(老旦)老婢子还想起一事来,当日太夫人曾有一个遗念,留在老婢子处。(外)快去取来!(老旦下)(末、生扮院子上)(末)禀相爷,朝内王侯卿相,各路节将监司[29],抬送寿山福海等物,礼单一一呈上。(生)禀相爷,合属文武官员,率领将吏耆民,称觞制锦,预祝千秋,明早都在辕门伺候。(外)正要吩咐中军,明日罢宴。一应贺仪贺客,俱免传宣。寿乐寿筵,概停伺候。(末、生应下)(老旦取画上)(旦)这画如何说?(老旦)挂起来看。你看这画中,母子二人,孤灯一盏,是那个来？可不太夫人音容如在！当初你在京新科及第，太夫人已得病在家，不起的了。记得他临危之际，特叫老婢子到跟前，(外挥泪介)那时有何说话来？(老旦)那时他也没多说话，就把这轴画儿交付于我，也不知甚么意思，他只说道：你的小官人，将来前程自然远大，只是没爹的孩儿，从小任性，我又失教，怕他一朝得志起来……。就这一件，我做娘的放心不下。话犹未了，只见他几声呜咽，两泪分流，竟是回首了[30]。我的太夫人呵！你好苦也！

【耍孩儿】你眼穿但把孩儿望，怎知道临去也莫话衷肠。只这一幅旧形相，费他无限思量。则为你小来心性无拘检，反着我秃尾乌鸦教凤凰[31]。(指画介)你开图像，看这仪容萧瑟，怎禁仔细端详！

(外哭倒，众救介)感念亡亲慈训，画中之意，何敢刻忘！

(旦)可将此像悬挂中堂，我夫妇好朝夕展拜。(外)正该如此。可奈下官忘亲纵欲，刘婆，怎生把我尽尽数说一番，只当我自家怨艾也！(老旦)老婢子怎敢。

【五煞】则是你受君恩，恩可酬；受亲恩，亲已亡，故园攀柏真堪怆[32]。早知道鼎钟不逮团圞日[33]，反不如菽水亲供舍郎[34]。你休回想，今日个朱门酒肉，(指画介)当日个白发糟糠。

(旦)先姑如此恩勤，怎生这般命苦？(外)树欲静而风不宁，子欲养而亲不逮。真是古今同此一恨也！(老

（旦）相爷，你富贵当身，原该享用，因此罢宴，足见你夫妇的孝思。

【四煞】一霎时喜宴开，一霎时怒气张，欢娱烦恼都劳攘。他那里亡亲骨冷荒郊草，你这里贵子笙歌昼锦堂[35]。怎不成悲怆！亲在日，受不起你莱衣半彩[36]，亲亡后，消不尽那介酒千觞[37]。

（外）听你说来，令人不堪回首。下官真乃忠孝两亏也。（老旦）话到其间，教你如何不要痛苦。但似你的显亲扬名也就够了。

【三煞】他做慈亲愿已酬，他抚孤儿名已扬，一重重紫泥封诰来天上。虽则你含悲捧土情难塞，早知他含笑归泉恨已忘。人长往，毕竟是显扬为大，更何如忠孝成双。

（外）生前缺养，死后邀荣，瞻仰丰碑，令人徒增悲痛耳！（旦）每念先姑早亡，今得刘婆话旧，相公既不胜哀感，贱妾亦无限伤情。只是欲报无从，空悲何益。依妾愚见，既是明日寿辰，停筵罢宴，何不广延僧众，设醮修斋，且慰孝思，庶资冥福[38]，相公意下如何？（外）言之有理。就请过遗容，供在明日斋坛之上。（收画介）（旦）明日太夫人灵位前，换水添香，须得刘婆去也。（老旦）这个当得。

【二煞】净瓶儿佛座前，绣幡儿慈位旁，看源头一滴杨枝上[39]。早知他尘根净处无磨劫，只怕你钟磬声中带惨伤。空悲仰，千钟粟盛来斋钵，一品衣披在灵床。

夫人,明日修斋设醮,自然合府中断酒除荤,但老婢子是一天断不得酒的,合先禀告。(旦)风婆子,你不比别人,不来管你。(外)能有几个旧人!诸凡由他适意便了。(老旦)感谢不尽。

【一煞】你则为念微劳注意深[40],感慈亲遗爱长,恩波似酒俱无量。不嫌我趋承不入时人队,不嫌我老朽无知醉后狂。还只是含悲向,他抛我,似遗簪弃舄[41],你怜我,知物在人亡。

(外、旦同哭介)(老旦)相爷夫人,请且宽怀,凭仗佛筵,太夫人自当早生天界。老婢子唠叨了一会,口渴难熬,要到厨房下,讨三杯去也。

【煞尾】看家鸡,还绕廊。看飞雏,便远扬。问人生谁没有娘亲想,怎到头来,偏是有禄的人儿不逮养?

(老旦下)(外挥泪不止介)(旦)刘婆婆这番说话,听者都要伤心,只是子孝无穷,亲年有尽,相公若哀感伤和[42],反不是仰体先人的意儿了。(外)咳!教我心中如何过得也!夫人,我孤苦娘亲骨已寒,如今纵荣华富贵也徒然。(旦)相公,我在家不敢常提起,也只怕你孺慕终朝泪不干[43]。(同下)

[1]《寇莱公思亲罢宴》:据有关史料记载,宋代名相寇准(封莱国公),少年时家贫困,作官后喜夜宴剧饮,虽寝室亦燃烛达旦。作者据此生发,心往神追,独出新义,感人至深。剧中老婢借酒盖脸,"去把那旧情来讲",实在别开生面;而寇准从"思亲怀旧"的情绪出发,幡然悔悟,也

是合乎情理的。前人推此剧为《吟风阁》之首,解放后京剧仍有改编本演,可见其影响。现据胡士莹先生校本校注。

〔2〕罔极:《诗经·小雅·蓼莪》:"欲报之德,昊天罔极。"是说父母养育之恩,如天之无穷无尽,不知何以为报。罔极,无穷。

〔3〕哀丝急管:悲哀的音乐。丝,弦乐。管,管乐。

〔4〕风木:喻亲亡不得奉养。周代孝子皋鱼说:"树欲静而风不止,子欲养而亲不待。"见《韩诗外传》。

〔5〕蓼莪俱废:传说晋人王裒读诗至"哀哀父母,生我劬劳",常悲涕不止,于是他的学生遂废《蓼莪》而不读。见《晋书》本传。

〔6〕受黄封,膺紫诰:指朝廷封官的诏书。皇帝诏书,用黄麻纸书写,紫泥封口,所以叫黄封或紫诰。

〔7〕孟母:孟子的母亲。孟母三迁,是有名的教育儿子的故事。这里指贤母。

〔8〕旧时王谢堂前燕:用唐刘禹锡《乌衣巷》句。王谢,晋时王导、谢安,为南朝世族。

〔9〕军国平章:宰相地位之尊者,称平章军国重事。

〔10〕相州节度:相州,即今河南安阳。寇准以太常卿出知相州,此云节度,是小说家之言,不可落实。

〔11〕孤露:幼年丧父曰孤,无所庇护叫露。

〔12〕刘伶:晋人,竹林七贤之一。性放荡,喜酒,自云:"天生刘伶,以酒为名。"见《晋书》本传。

〔13〕兰桂齐芳:比喻子孙俊秀繁盛。

〔14〕糟床:榨酒的器具。

〔15〕风样:风癫的样子。

〔16〕潭潭:深广的样子。

〔17〕玉山颓放:比喻醉倒。南朝宋刘义庆《世说新语·容止》论嵇

康之醉也,"傀俄若玉山之将崩。"

〔18〕停当:这里是了当的意思。

〔19〕澶(chán 蝉)州事业:景德元年(1004),辽兵大举南侵,逼近澶州(今河南濮阳),寇准力劝真宗亲征,杀辽大将挞览,取得战争的胜利。

〔20〕不觉蝉冠已二毛:蝉冠,即貂蝉冠,显贵者所戴的帽子。二毛,头发花白。

〔21〕初度:生日。

〔22〕象服:古代贵夫人所服有文彩的礼服。《诗经·鄘风·君子偕老》:"象服是宜。"

〔23〕东壁分光亮:泛指对他人的沾惠。《史记·樗里子甘茂列传》:"臣闻贫人之女与富人女会绩,贫人女曰:'我无以买烛,子之烛光幸有馀,子可分我馀光,无损子明而得一斯便焉。'"

〔24〕继膏油:夜以继日的意思。唐韩愈《进学解》:"焚膏油以继晷,恒兀兀以穷年。"膏油,灯油。

〔25〕金莲银炬:形容华贵的灯台,灯火。

〔26〕代先人义方:代替死去的丈夫担负起教育儿子的责任。先人,这里指亡夫。义方,教育儿子合乎法度。

〔27〕倚定门闾望:这里是形容盼子成名的急切心情。

〔28〕泥金报信:用金屑为饰的笺纸。五代王仁裕《开元天宝遗事》卷下《喜信》:"新进士及第,以泥金书帖子附于家书中,至乡曲亲戚例以声乐相庆,谓之喜信。"

〔29〕节将监司:节将,指节度使等高级将领。监司,监察地方属吏之官。宋时以转运使兼掌按察事务,称监司。

〔30〕回首:对人咽气时的婉转的说法。

〔31〕秃尾乌鸦教凤凰:短尾巴乌鸦教导凤凰,这是刘婆的自谦的比喻。

〔32〕攀柏:晋王哀痛父之死,旦夕至墓拜哭,攀柏悲号,树为之枯。见《晋书》本传。

〔33〕鼎钟:即钟鸣鼎食。这里指丰盛的祭品。

〔34〕菽(shū 叔)水:豆和水,指粗茶淡饭。《礼记·檀弓》(下):"子路曰:'伤哉贫也,生无以为养,死无以为礼也。'孔子曰:'啜菽饮水尽其欢,斯谓之孝。'"后世常用以指对长辈的供养。

〔35〕昼锦堂:表示豪华的厅堂。宋韩琦以宰相判乡郡相州,建昼锦堂,以示衣锦还乡之意。

〔36〕莱衣半彩:一点孝心的意思。用春秋时楚国老莱子斑衣娱亲故事。参见郑光祖《王粲登楼》第三折注〔15〕。

〔37〕介酒:指寿酒。《诗经·豳风·七月》:"为此春酒,以介眉寿。"

〔38〕冥福:死者在阴间的福分。

〔39〕看源头一滴杨枝上:佛教认为杨枝洒水,能使万物复苏。

〔40〕注意深:特别地关切。

〔41〕遗簪弃舄(xì 细):喻舍旧而去。舄,鞋子。

〔42〕伤和:有害于身体健康。和,指人体内气血之谐和。

〔43〕孺慕:像幼儿那样思慕父母,表示思念之深。

唐 英

唐英(1682—约1755),字隽公,又字叔子,晚号蜗寄居士。祖居沈阳,隶汉军正白旗。十六岁入值内廷,官内务府员外郎。雍正六年(1728),派往江西景德镇御器厂督掌窑务,兼九江关监督。约卒于乾隆二十年(1755)。唐英能诗工书,善画山水、人物。有《陶人心语》、《窑器肆考》等著作。生平所作戏曲,总题《古柏堂传奇》,内《面缸笑》、《梁上眼》、《十字坡》等十三种为杂剧,馀《转天心》四种为传奇。各剧体制自由,长短不足,语言通俗生动,富于舞台效果。特别应该指出的是,他的剧本,多由当日流行的地方戏曲如梆子、秦腔改编而来,保存了不少戏曲史料,故为研究者所重视。

面缸笑[1]

第一出 闹院

(副扮药客上)

【双劝酒】柴胡木瓜,金汁不大。好闯些门冬寡茶,枇杷叶要。要燥那陈皮一霎,急去访软款冬花[2]。

(白)自家乃江西赖大点是也。性情放浪,爱酒贪嫖。

先人遗得些本钱,江湖生理,贩卖药材,已被我花销得本少利微了。今置得些须货物,到这河南阌乡县地方觅客发卖[3]。不为打鱼,只图混水[4]。连日坐在店中,闷的不堪。闻得此地有一名妓,姓周名蜡梅,色艺俱全。我左右闲坐纳闷,何不踅到他家[5],只说旧日的相知。料他这样人家,来千去万的孤老[6],那里记认得这许多?乐得骗些酒饭吃,又燥了我的空心脾[7],也不枉了春风一度。有理!只是没有什么东西送他,怎么好?哦有了,我箱子里带得江西草纸,拿上半块,九江篦子,取上两张。作两分土仪送他便了[8]。就此前去。正是:药客名医穷马脚[9],鹅毛礼引蜡鸡头[10]。来此已是。嘎!静悄悄的,是什么意思?唯!里面可有扁圆些的人?走一个出来!(末上)当年簇新的嫖客,今日积惯的烧汤[11]。是那个?原来是位尊客。(副)你是什么人?(末)我是伺候这些后辈姐夫们的[12]。(副)姐夫就是姐夫,怎么说什么后辈?(末)尊客有所不知,我当初也是你们这等大模大样来的,如今弄得这般样个绒腔[13],在这里眼睁等你们来换班呢!(副)胡说!我且问你,你家今日为何这般冷静得紧?(末)不瞒你说,我姐姐身上有病,不能见客,所以冰生冷的在这里。(副)你姐姐是什么病?敢是小肠气发了?(末)不是。(副)敢是打脾寒?(末)也不是。(副)这不是,那不是,到底是什么病?(末)前夜起早送客,冒了风。(副)原来为此!唯,平头别人不见罢了[14],我是你姐姐旧相知赖相公,难道也不见?况且我是特来看他的。你进去说,他必然就出来的。若不见我,可惜我带得许多土仪,叫我拿去送谁的是?你快快通知于他,我见一见就走的。(末)可有点土仪与我么?(副)你若通报了见我,怎么没有!(末)如此我叫姐姐出来。嘎!姐姐,外面有个江西赖相公,说是你的好相与,必定请你出来会会。(旦内介)我身子有病,改日罢!(末)他说带了许多土仪送你,又不打搅,不过见一见就去的。(旦)如此,我出来了。(唱上)

【清江引】朝云暮雨无休暇,暂告个风流假。报道旧相知,情礼劳车马[15]。俺只得上前来看是那?

(白)是那一位?(副)是我,江西赖客人。你难道就忘记了?(旦)忘记是不曾忘记,到底没有会过。况且奴家身有贱恙,不能接待,怎么好?(副)会过不曾会过,都不用讲。我既来了,你我到底是旧相知,比别人不同。(旦)相公是那一年在我家的?(副)你倒忘记了?是三十年前在此,我狠花了一注大钱!(末)我家姐姐才二十五岁,怎么说三十年前的事?想是别家。(副)不是别家,正是你家。我有记认的。(旦、末)有什么记认?(副)待我说来。你家是夜晚关门早上开,穿衣吃饭要钱财。银子铜钱花尽了,烧汤学会又劈柴。长江后浪催前浪,旧的呜乎新的来。(末)这等说,是来过的了。

935

（旦）怎见得来过的？（末）他说的那一句不是我？我就是个大证见了。（旦）闲话休提。大略尊客来时，想必还是我母亲奉陪的？（副）是嗄！是你母亲。你母亲呢？（旦）上年殁有。（副）殁了，也该了。我还记得你母亲有些狐臭气的，同他缠了两夜，竟过到我身上来了。但不知你母亲是上年什么月分殁的？（旦）是六月。（副）我早已知道，有狐臭气的人，必是六月死。（旦）为什么？（副）你不见那《千家诗》上说"毕竟西狐六月终"〔16〕？（末）尊客带的什么土仪？快拿出来，我们看看。（副）有，有，有！别人送的俱是套礼，一则费事，二则我嫌他俗气。我的土仪，又得用，又眼生。哪，半块江西草纸，两张九江篦子，俱是道地的土仪。请收下。（旦）相公土仪太重了！（副）休得见笑。（末）我的土仪哩？（副）有半个咸鱼在这里，赏了你罢！（末）吃残了的，连鱼头都没了，如何送人？我不要他。（副）你就掉了眼光了！这是我的路菜，一路吃来，还要吃回去的。如今赏与了你，你倒不要？这真是《孟子》上说的"乞鱼不足"了〔17〕。（旦）钱车，胡乱收了罢！（副）请问贤姑，为何染病？（旦）前夜起早冒了风。（副）几天了？（旦）两日了。（副）再三日，凑成五天，就轻了。（旦）怎见得？（副）难道你不晓得个"云淡风轻近五天"〔18〕？（旦）那是诗话。（副）我不会吃话。倒是弄两个果碟子，咱们吃杯酒如何？（末）尊客是银子？是钱？拿出来备东道。(副)你备了,一总算就是了。(末)是了。(捧酒上介)(旦)请用酒。(副)贤姑,可肯随意唱只曲儿顽顽?(旦)伤风喉痛,唱不得。(末)姑娘,看赖大爷是老娘的相知,唱只儿罢!(旦)相公不相笑?(副)岂有此理!谁敢笑,我和他拼命!(旦唱)

【寄生草小曲】今朝添重了冤业病,又不痒来又不痛。身子儿恹恹煎煎难扎挣,壁上的琴对了君家无心弄。在行凑趣尽是假充,可笑你睁着两眼儿说的是梦,睁着两眼儿说的是梦!

(副)妙啊!我赏鉴一杯。(诨介)(净扮山东客人,小丑扮店小二,同上)(净唱)

【双劝酒】枣儿似瓜,核桃拳大。恰配那枝圆岭茶[19],槟榔会耍。毛栗子连朝暴乍,鸡头子觅缝寻花。

(白)当槽儿的[20],俺老子闷得慌哩!闻知您河南地方,那些粉头浪寡子们极多[21],何不领俺去闯闯?(小丑)老爹,这里有个周蜡梅,是个有名的表子,何不到他家去顽顽?(净)好嗄!当槽儿的,俺和你就走咧!今日勾栏院,明朝岳母家。(小丑)只愁三棒鼓[22],揉碎一枝花[23]。来此已是,里面有人么?(净)当槽儿的,没人答应,俺和你竟进去。(末)什么人?(净)那个是周蜡梅?(旦)呀!这位是做什么的?(净)俺老子是来嫖的。(副)老兄贵姓高名?来此何干?(净)俺老子是山东牛寸木[24],到您这里卖枣儿、栗子、核桃的。闻得这里有个表子周蜡梅,俺老子要见他见儿,嫖他嫖儿。

不知那个是？（旦）姓周的就是我。（净）就是你？好个模样儿！你们在这里吃酒，俺老子也吃他娘一杯！（末）唯！老爹，你不生不熟，一点道理人情也没有，就想吃酒？（净）吋！说话的，你敢是捞毛的忘八么[25]？（末）不敢僭老爹。（净）你说俺没有人情？俺带了好些果子在这里，是极好的土仪哩！快拿盘子来！（末送盘介，净取果介）您看，这是绵馕核桃糖炒栗，黑红枣儿甜似蜜。老子带来做土仪，本钱搅过二分七。都是些道地货。收了去，拿酒来吃！（末）咦！你这个人好大老官！带了两样果子，就想来嫖？我们姑娘身子有病，不接客！（净）怎么？现有人在您家吃酒，偏要躲避俺老子？（旦）奴家果然身子有病。这赖客官是来看我的。（净）俺老子也算来看你。拿酒来吃！（副）这样罢！叫钱车备酒上来，一总算账罢！（净）也罢么！就是这样。（旦）奴家实在有病，不能奉陪。（净）难道你嫌我老子么？（副）贤姑坐坐再进去罢！（末捧酒上）备上来了，一盘子摊鸡蛋，一盘子核桃仁儿，一盘子豆腐干儿，一盘子瓜子儿，共四盘；烧酒一壶，每壶六十老官板儿[26]。请用。（净）蜡梅过来，挨着老子坐坐。待老子燥上一个脾儿乐乐。（副）老兄既来这里，要温存些，称他声贤姑才是。（净）哦！罢了，就叫贤姑。贤姑，来来来！俺们吃杯热闹钻心的酒儿。（饮介）嘎！贤姑，唱只曲儿俺老子听听。（旦）不会唱。（净）俺老子方才明明听见

你唱,怎么俺来就不唱呢?(小丑)我也听见唱的。(副)贤姑,将就唱只曲儿顽顽罢!(旦)我唱就是了。(唱)

【寄生草小曲】可笑你粗蠢像,可笑你不在行。可笑你带着包果子儿来学闯,可笑你祠堂不如俺烟花巷[27]。劝你本分过时光,若不听,挑水烧汤你多力量,挑力烧汤你多力量!

【其二】夸煞我的山东话,爱煞我的胡子麻。笑煞我绒腔要摆个风流架,牛魔王何苦又把人来吓?劝你早早快回家,罗刹女盼你想你还将你骂,罗刹女盼你想你还将你骂[28]!

(净向小丑白)这曲儿唱的声音倒也罢了。只是这话语字眼儿,俺老子听他不出。(小丑)老爹,他句句曲子都在那里骂你呢!(净)他骂俺老子什么哩?(小丑)他骂老爹山东的夸子,脸上的麻子,舍不得银子,来嫖表子。(净)你这鳖窠子!怎么骂起俺老子来了?(副)他怎么敢骂你?(旦)我唱的是现成曲儿,谁来骂你?(净)料您也不敢骂!(旦)钱车,我要进去了。你把他们东道秤下,打发他们去罢!(下)(末)牛老爹,秤东道罢!(净)秤东道?嘎!俺要在你家困觉哩!(末)我们姐姐身上有病,莫胡缠。(小丑)老爹,他们既这样捏款[29],倒不如给他几十个钱,往别家去罢!(末)好大口气!几十个钱够做甚么?要算账哩。一盘子摊鸡蛋,一百二十文;一盘子核桃仁儿,六十文;一盘子瓜子儿,四十文;一盘子豆腐干,三十文。吃了四壶干烧酒,计算起来二

939

百四。通盘打算起来,共该钱四百九十文。姐姐唱曲儿陪酒,还要送个小锞儿。不必装憨发呆,或是银子,或是钱,快快开发了,再往别家去。(净)俺老子不过喝了两杯子酒,吃了点子豆腐干、鸡蛋,倒叫那鳖窠子骂了一顿,难道还算不得?怎么还要俺老子的钱?(副)老兄,这风月场中是大老官的事,怎么这样算起小来?(净)俺老子就是算小,难道你是大老官?(副)虽不是大老官,那时面可是见过的,不像你这老牛抽筋的样子。(净)谁是老牛抽筋?俺老子就抽你的筋!(副)你敢动手?(净)俺就动手!(打介,唱)

【扑灯蛾】怪伊冲撞咱,怪伊冲撞咱,撮弄娼根骂。一般都是客,为何把我奚落也?轻人重妓,把斗拳飞脚送伊家[30],看伊行怎生禁架?教你面开花,核桃枣栗满头抓!

(副打介,唱)

【前腔】笑伊一蠢材,笑伊一蠢材,风月空支架。未把嫖经读,一味胡充乱撞也。惜钱如命,不如急早自归家,还在此装村弄假!把你面皮抓,打你个满头血结闹杨花[31]!

(互打介)(旦上)阿呀!更深夜静,你们要打,往别处去打,不要在我家炒闹!(净)都是你这鳖窠子不好,俺老子就打你!(打旦介)(旦)阿呀!地方救命哪!(小丑做偷酒器,拔旦头簪介)(旦唱)

【前腔】我是病中人,我是病中人,客至难留榻。二人胡炒闹,平白将人凌辱也。(净打旦介)(旦)担惊受怕,双拳四手乱交加,叫奴奴怎生招架!甚争差,村牛癞犬打波查[32]!

(旦、末同推净、副出门介)(内喝道叫介)半夜三更,什么人打架?(内应介)是周蜡梅家争风犯夜的。(内白)都锁到铺上去[33]!明早审问发落。(杂扮公人锁净、副下)(末)姐姐快来!酒器傢伙尽行抢去,桌椅俱已打碎,钱钞全无。这个忘八买卖做不得了!(旦)我卧病在床,是你叫我出来,受这一番打炒!(哭介)嗳呀!我头上簪环首饰,也被抢去。身上衣裙,尽被撕破。兀的不气杀我也!(大哭介)这碗饭吃不成了!罢,罢,罢!(唱)

【尾声】闭门陡起风波大,失物遭伤又破家。(白)两个牢囚已被官府锁拿去了,自然明日还要累及我们呢!(末)这个怕不能免。(旦)仔细思量,倒不如今夜里呵,自了悬梁不管他!

(哭下,末随下)

〔1〕《面缸笑》:故事情节,与清代乾隆年间所刊《缀白裘》中之《打面缸》基本相同,可见作者是根据当日流行的梆子腔剧本改编的。这是一个讽刺性的短剧,主要采用滑稽和夸张的喜剧手法,来勾画人物,处理情节,因而收到意想不到的讽刺效果。故事是荒诞不经的,然而它对官府丑恶的揭露却是入木三分的。现据周育德先生校本《古柏堂戏曲集》校注。

〔2〕〔双劝酒〕曲:曲中柴胡、木瓜、金汁、(麦)门冬、枇杷、陈皮、款冬花,皆中药名,谐音取义。

〔3〕阌(wén文)乡县:今属河南灵宝。

〔4〕混水:混水摸鱼的意思。

〔5〕趑(xué学)到:转到,走到。

〔6〕孤老:这里指嫖客。

〔7〕燥(zào造)了我的空心脾:燥脾,爽心快意的意思。中医以脾属土忌湿,脾燥则身心健爽。空心脾,心脾无所归着,比喻六神无主。

〔8〕土仪:以土特产作为赠人的礼物。

〔9〕穷马脚:因穷酸而露出马脚。

〔10〕蜡鸡头:鸡头,即芡实,可供食用。蜡,暗隐妓女周蜡梅之名。

〔11〕烧汤:娼家使用的杂役。

〔12〕姐夫:娼家对嫖客的称呼。

〔13〕绒(róng戎)腔:委琐不振的样子。绒,细毛。

〔14〕平头别人:指无关紧要的人们。犹云等闲之辈。

〔15〕劳车马:本即有劳车马光临的意思。这是对别人来访的客套话。

〔16〕毕竟西狐六月终:宋杨万里《晓出净慈寺送林子方》诗句,原作"毕竟西湖六月中",这里借来打诨。

〔17〕乞鱼不足:出《孟子·离娄》(下),原作"乞其馀,不足,又顾而之他,此其为厌足之道也。"

〔18〕云淡风轻近五天:宋程颢《春日偶成》句,原作"云淡风轻近午天"。

〔19〕枝圆岕(jiè介)茶:指荔枝、桂圆和茶叶。岕茶,产于江苏宜兴罗、䏁两山之间。

〔20〕当槽儿的:酒馆、饭店卖酒的伙计。槽,注酒器。唐李贺《将进酒》:"小槽酒滴真珠红。"

〔21〕粉头浪窠子:指妓女、暗娼。浪窠子,即私科子。

〔22〕三棒鼓:即花鼓。用三棒上下交替抛掷击鼓,唐代称三杖鼓。

〔23〕一枝花:唐白行简《李娃传》旧名《一枝花》。这里借指妓女。

〔24〕山东牛寸木:即山东村牛。寸木合之为村。

〔25〕捞毛的忘八:妓院里的打杂的,或称茶壶捞毛。忘八,骂人语,即乌龟。

〔26〕官板儿:铜子,铜钱。

〔27〕可笑你祠堂不如俺烟花巷:即你的门庭赶不上我的门庭。祠堂,祭祀祖先的庙堂。

〔28〕"牛魔王"四句:神话故事里传说牛魔王是罗刹女的丈夫。见明吴承恩《西游记》。

〔29〕捏款:拿款儿,摆架子。

〔30〕斗拳飞脚:即粗拳飞腿。

〔31〕血结闹杨花:形容头破血流的样子。血结,谐音血竭,中药名。杨花,柳絮,像人的脑浆。

〔32〕波查:这里是不可开交的意思。

〔33〕铺:即铺房,巡夜士卒值班的地方。

第二出　劝良

(老旦上,白)柳眼桃腮春几长[1],蜂黄蝶粉色堪伤[2]。当时车马年来梦,梳裹教人新样装。老身乃河南阌乡县一个上厅行首谢春风是也。想当日,填门车马,风花雪月总多情[3];到如今,对镜形骸,春夏秋冬皆老况。我们这门户收场,大概如此。因有个认义的侄女儿名唤周蜡梅,就住在老身隔壁。论他色艺,尽自可人,门庭正在热闹。昨夜他家有客饮酒,不知为着何事,听得炒打了半夜,我侄女儿号啕痛哭。老身放心不下,不免走过去看看。正是:蜂狂蝶浪花无主,雨骤春寒莺乱啼。来此已是。嗄,钱车开门。(末上)来了。村驴鸣绣户,娇乌骂东风。是那个?呀!原来是婶娘。(老旦)钱车,你姐姐呢?(末)不要说起。昨日来了两个外路客人,在这里吃酒,醉后炒闹,打了半夜的架,姐姐劝解,连姐姐也被他们毒打了一顿。簪环衣物抢去,傢伙酒器打碎。姐姐哭了一夜,只要寻死。是我看守到五更,方才睡去。我正要请婶娘过来劝解劝解,来得正好。(老旦)如此,请你姐姐出来。(末)姐姐起来,婶娘在此。(旦上)使酒定非真酒客,折花不是惜花人。原来是婶娘,请坐。(老旦)儿嗄!为何这般光景?(旦)昨日来了两个客人,都是些村牛癞狗之类。侄女正值有病,懒于应接,触彼之怒。醉后炒打了半夜,将我的随身衣物抢去,家中什物尽皆打碎。炒闹不堪,被查夜的官府锁拿去了。我想,今日必然连累到我。咳!灰心丧气,似这平康的滋味[4],有什么结果收场?欲待寻一个自尽,了我半生业苦。钱车劝了一夜,方才盹睡片时。难得婶娘到来,就算侄女儿拜辞永决了罢!(老旦)嗄!儿嗄,你这念头就想差了!人生百年,哪有个不死的?但只你若是个良家妇女,不论贫富,一死之后自有丈夫儿女料理你的后事。到得那逢时过节,少不得纸钱羹饭祭奠坟头。拜的拜,哭的哭,以尽人世的生死情理。这是那良家妇女的收场。你我是门户人家,平日倚门献笑,送旧迎新。虽然相识颇多,究竟知心有几?到今日你若寻了这般短见,有那个来料理你的后事?就是往日那些相知,都不过暂时与你云稠雨密,说些恩山义海的话儿,哪个是认得真的?到如今见你夭亡横死,他都躲避不及,那个肯来睬着你这没气的尸灵?我劝你这个念头是断断动不得的。(旦)若非一死,似这般折磨苦趣,何日是结果收场?(老旦)儿嗄!若说到结果收场,自然有个道理。怎么把个死字儿就轻易说出来?(旦)有个什么道理?求婶娘指点一番。(老旦)儿嗄!你我前生作孽,故有今日的磨折苦恼。你且耐着性儿,听我说来。(唱)

【粉蝶儿】孽海汪洋,填不满孽海汪洋。说不尽烟花色相。(白)想你我前生呵!(唱)必定是轻薄儿郎。逞淫邪,贪色欲,万般无状。今世里堕落平康,好勾销前生孽障[5]。(旦唱)

【泣颜回】提起更凄惶,堕风尘失脚为娼。出乖露丑,镇日价云雨联床。甜言蜜语,昧心儿说尽瞒天谎。转盼间雨散云飞,恶生涯何日收场?

    (白)云魂雨魄,无非是取钞的机谋;誓海盟山,都不过哄人的圈套。更可怜的是不论那村粗丑恶,奴隶愚顽,俱要低声下气,百顺千随。这般样的苦恼,叫我如何消受!似昨夜的炒抢打骂,更是难当。为此思前想后,倒不如早赴泉台,也得个超生脱劫的结果[6]。(老旦)儿嗄!死之一字,是断断使不得的。方才婶娘对你说过,难道你还不明白?

【石榴花】俺可也从头一一剖端详,休轻把身命付无常[7]。谁是你夫君儿女把后事商量?山盟海誓,都是荒唐。只落得白骨支床,只落得白骨支床。有谁来盆鼓把骷髅唱[8]?凄凄切切,风埋月葬。遇春秋谁奠羹浆?遇春秋谁奠羹浆?俏魂儿冥漠游丝漾[9],留下那锦残花谢臭皮囊[10]。(旦唱)

【泣颜回】说来越觉意彷徨,贱躯壳无主牛羊[11]。死生孽障,好教我折断柔肠!娘亲开导,教儿行作何趋向?脱苦海跳出烟花,指迷途细说良方。

(老旦)儿嗄!死是死不得的。依我想来,趁你年纪未老,不如寻一个对头,嫁夫着主,图个下半世的归着,也算得结果收场。(唱)

【黄龙滚犯】收拾起月箭花枪,收拾起月箭花枪,自有个画眉张敞[12]。不逐那露水鸳鸯[13],不逐那露水鸳鸯,成就了妇随夫唱。掌中花游蜂舞蝶敢轻狂[14]?养成了情与性贞良。出风尘结果收场,出风尘结果收场,生和死百年相傍。

(旦)我是个官身妓女,那有些体面的人家,谁肯来要我?若嫁个穷苦之人,必至饥寒受苦,岂不又是枉然?(老旦)儿嗄!那个教你嫁那贫苦之人?只要他或是会作买卖,或是会作手艺,再不然就是衙门中的官身吏役,

可以挣钱顾家养得你活的,就是你仰望终身的良人了。(唱)

【扑灯蛾犯】肩挑担造作手工良,只要他勤俭人精壮。役书辈更豪强,钱易赚日日分公账。(白)你到的他家,再做些针黹,帮贴帮贴,单夫独妻,清门静户,尽可以幽闲快乐也。(唱)就是那布衣儿耐冷寒,才知道粗米饭菜羹香。一般儿良辰美景,倒落得相怜相爱免参商。

(旦)只是一件,我是个门户人家,一旦从良,恐有地棍奸徒就中生事,或把冷言讥笑,或将前事翻提,丈夫若不能抵当,那时却教谁来与奴做主?(老旦)不妨。只要你写一纸呈词,到本县大老爷跟前,求批一执照,名为"一点红",收在身边,那时,悉听你拣选嫁人,那个敢来惹你!(唱)

【小上楼犯】写几行情词状,投廉宪诉苦肠[15]。明说道看破烟花,明说道看破烟花,离了章台[16],跳出平康。望爷爷恩准从良,望爷爷恩准从良。早启樊笼,金批超放[17],再不去随风逐浪。

(旦)如此却好。多谢姆娘开导!但不知你俫女儿的造化,可能够有这样的日子?(老旦)我儿,你若果有这一日呵!(唱)

【叠字犯】妆梳良家模样,收拾平时伎俩。娇滴滴好糟糠,中馈里调盐酱[18]。恩恩爱爱,唱随受享[19]。到他年儿女成行,博得个门高气壮。仗神天体健身强。同心协力,家成业创,谁认你嘲风弄月旧平康?

947

（白）明日须要早到县中去。（旦）晓得。（老旦唱）
【尾声】来朝禀具公堂上,好准备鸳鸯罗帐。你嫁到人家呵,再休学那高髻云鬟宫样妆[20]。（同下）

〔1〕柳眼桃腮:柳叶初生,细长如美人之睡眼初展;桃始作花,圆小如美人脸上之酒窝。比喻女子之青春美丽。

〔2〕蜂黄蝶粉:喻青春已过。宋罗大经《鹤林玉露》甲编卷四:"道藏经云:'蝶交则粉退,蜂交则黄退。'周美成词云:'蝶粉蜂黄浑退了。'正用此也。"

〔3〕风花雪月:喻男女风情。金王喆〔西江月〕《四景》词:"堪叹风花雪月,世间爱恋偏酬。"

〔4〕平康:唐时长安丹凤街有平康坊,是妓女聚居的地方,因地近北门,又称北里。后世因以平康、北里指妓馆,娼家。

〔5〕孽障:一作"业障"。佛教认为恶业能障碍人们向善的正道。多指前生所作恶业而为今生之障碍。

〔6〕越生脱劫:超生,即超度,指人死后能够超越地狱、饿鬼等恶道而转生于人天世界。脱劫,逃脱世界毁灭之劫难。

〔7〕无常:这里指死亡。

〔8〕有谁来盆鼓把你骷髅唱:即不会有人来为你的死去而感叹。盆鼓,即鼓盆,敲打着瓦器。《庄子·至乐》:"庄子妻死,惠子吊之。庄子则方箕踞鼓盆而歌。"骷髅,指人的头骨或尸骨。庄子见骷髅而兴叹,问其因何而死？夜梦骷髅告其死后之乐。亦见《庄子·至乐》。

〔9〕游丝漾:像飘动的蛛丝在风中荡漾。

〔10〕臭皮囊:比喻人体,好像盛满各种污秽的皮袋子。

〔11〕无主牛羊:即人人都可以拿来宰割。

〔12〕画眉张敞:指满意的丈夫。用汉代张敞为妻子画眉毛的故事。

〔13〕露水鸳鸯:指野合的短暂的婚姻。

〔14〕掌中花:比喻名花有主,身有所托。

〔15〕廉宪:这里指法司,官府。

〔16〕章台:汉长安有章台街,为歌妓聚居之所。后用以妓院的代称。

〔17〕金批:对官府批断的美称。

〔18〕"娇滴滴"二句:糟糠,汉人宋弘曰:"贫贱之知不可忘,糟糠之妻不下堂。"后因以糟糠为妻子代称。中馈,古时妻子在家中主持饮食之事。

〔19〕唱随:即夫唱妇随,指夫妻相得的快乐。

〔20〕高髻云鬟宫样妆:用唐韦应物《杜司空席上》诗句。这里用来指脱离往日妓女生活,改作良家妇女打扮。

第三出　判嫁

(净扮县官,末扮书吏,杂扮四役同上)(净上场作揉眼、呵欠、伸腰介)(杂役白)请老爷打上场引子[1]。(净白)有这个例么?(杂)有的。(净)我老爷倒忘了。免!(入公座介,白)谁道为官不爱财?硃圈黑字挂招牌[2]。为此右仰军民悉,遵奉毋违银子来[3]。下官乃河南阌乡县知县吴有明是也。造化低,掣选到这阌乡县[4],地方褊小,耗羡无多[5]。自到任以来,一年有馀,所得钱粮耗羡,连着被告的官司,尚不满二十万银子。还不知费了多少心机,打折了多少板子,用坏了多少夹棍、拶指!你道这样清苦地方,叫本县如何熬得过?天下竟有更可笑的事,昨夜三更,得了一梦,梦见本县的土地[6],向本县苦苦哀求,要个栖身之所。本县就问他:"你既是本县的土地,难道没有旧日的衙门?为何又要栖身之所?"他回道:"自从老县主到任以来,把地皮都卷净了。那里还有什么旧日的衙门?"我说:"咳!土地呀土地,你这老头儿过于迂阔,好不体贴人情!你只顾为你的栖身之所,却教本县做穷官不成?"说的他闭口无言,嚎啕痛哭而去。我想这样事只可认其无,不可信其有。这也不在话下。只是今日升堂,你看鸦鸣雀静,不像个有告状人来赐顾的。这便如何是好?嘎!左右,快把放告牌抬出。若有告状的,更妙;若是没有告状的,你们须是哄骗着拉他几个来,或是哀求他几个来。一来热闹热闹衙门,二来也让我老爷得些采头,这叫做有理无理俱送礼,长才短才不如财。(杂)放告牌抬出!(旦上)嚼蜡世情滋味淡,望梅心事岁寒香[7]。(向役介)周蜡梅有事具禀。(役禀介)启上老爷,周蜡梅有事具禀。(净)怎么?蜡梅姐到了?快快有请!(吏役白)老爷现在坐在堂上,堂规要紧。"请"不得,"传"他进来才是。(净)也罢!就传他进来。(旦)老爷在上,周蜡梅叩头。(净立起,拱手介)不敢,不敢。请起,请起。(吏役白)老爷,堂规要紧。(净)堂规要紧?如此,得罪了。你有什么

事到本县堂上来？（旦）老爷听禀：念蜡梅呵！（唱）

【风入松】风尘隶籍已多年，去日苦多淹蹇[8]。酸甜苦辣皆尝遍，终身有谁留恋？陈情悃望老爷可怜[9]，批执照觅良缘。

（净）哦！原来你要从良么？听本县道：（唱）

【前腔】你平康名擅已多年，消受些锦衾湘簟[10]。因何忽把芳心变，忍撇下管弦庭院？从良事说来甚难，恐去后又思前。

（旦）不瞒老爷说，从良之念实出本心，并无后悔。（唱）

【急三枪】思量透，烟花寨，无结果。心灰冷，不重燃。

（净）既然如此，待我老爷批准就是了。唯！蜡梅姐，你不如嫁了我老爷，做个二房如何？（旦）老爷是本地父母官，娶不得子民之女，这是使不得的。（净）既是使不得，待我老爷做媒，你竟嫁了王书吏罢！（旦）他的胡子太多，心里不愿意嫁他。（净）胡子多的又不肯嫁。也罢！两旁的皂隶，你拣一个嫁罢！（旦）都是些花嘴花面的人，心肠不好，没结果。不嫁他们。（小生扮张才上）领签须挂号，销票又随堂。老爷在上，张才销票。（净）张才回来了？（小生）小的回来了。（净）唯，张才，你造化到了。蜡梅今要从良嫁人，我老爷做主，你娶了他罢！嗄！蜡梅，你嫁了张才罢？（旦看小生介，白）悉听老爷做主。（小生）老爷在上，小人啊！（唱）

【风入松】身贫役贱室萧然，怎妄想家室姻眷？夫妻柴米方无怨，怕偶然缺长少短。单身汉随方就圆[11]，有妻子受牵连。

951

（净白）唯！你这奴才！这样便益事，你不要发呆！听老爷道：（唱）

【前腔】人生无妇瑟无弦，承宗祀要后人接衍。今日呵，前生注定红丝绾[12]，况从良是他行情愿。冤家俏不须费钱，哪！你看这两旁多少的咽空涎！

（小生）小的连房子也没有一间，如何娶亲？（净）你领他回去，我马圈里房子赏你一间。你二人做了夫妻，只消我老爷多差你几个好票子，就不愁过日子了。王书吏过来，你们大家公凑一吊老官板，与他贺喜。再把我老爷宅里用的米面柴炭赏他些，好让他们今晚成亲。（末）晓得。（小生、旦叩头介）多谢老爷！（同唱）

【急三枪】夫和妇，双双叩，谐连理。感恩主，德无边。

（同下）（众役向王书吏私语介）唯，王先生，你看蜡梅这歪剌骨，不嫁你我也罢了，还褒贬些什么"胡子"、"花脸"！单单爱上张才，实在气他不过。王先生，你是有算计的，变个什么法儿播弄播弄他，不要让他们今晚受用！（末）这个容易。禀老爷：山东的那一件盗案快满限了，关系考成[13]，禀老爷知道。（净）嗳呀！早就该差人速速关照才好。这是时刻迟误不得的，差哪个好？（末）张才是原差，别人去不中用的。（净）唤张才。（小生）来了。眉淡寻张敞，春残探蜡梅。老爷有何吩咐？（净）山东的那宗盗案，限期将满，你是原差，给你公文一角，立刻起身，往山东缉捕，勿得有误！（小生）禀老爷：容小的做了亲，分过三朝去罢！（净）三朝不能，明早去罢！（末）禀老爷：贼情重案，随差随去，那里等得明早！立刻起身才是。（净）是嗄！贼情重案，不比寻常，是迟误不得的。立刻去罢，不得有违。（小生）小人今晚要做亲。（净）做亲是私事，出差是公务。既是你的老婆，回来做亲总是一样。那个偷了你的去不成？快去！再若违抗，拉下去打！（小生）小的去就是了。咳！好事多磨折，官差不自由。（下）（末）王书办告假。（净）为什么事告假？（末）去收生。（净）哈哈！你是个男子汉，怎么去收生？（末）书办的老婆将要临盆[14]。家下无人，要亲手料理，所以告假。（净）这是一件大事。准假。（末下）（四役禀介）众衙役告假。（净）怎么众人都一齐告起假来了？（众白）不敢瞒老爷，实回了罢。小的们是一起梆子腔的串客[15]，攒了个班子，脚色都全了。今日花串祭老郎[16]，所以公求赏假。（净）哦！原来为此。这也是件有趣的事，都准假。（众）谢老爷恩典！（众下）（老门子告假，白）小的也告假。（净）嗄！你是门子邵年好？也告假做什么？（老门子白）明日是小的七十岁，又是重孙子的满月，故此告假。（净）嗳呀呀！大寿大喜！该去，该去！（门子下）（净）嗳呀！他们一堂人都告假散去了，单单留下我老爷。要到内衙去，连印也没人捧。罢罢罢！等我老爷自家捧进去罢！先打起退堂鼓来！（打鼓，捧印，签筒，叫"掩门"介）（唱）

【尾声】把本钱抱定回衙转，陪伴夫人吃面。张才已往山东

去了,不免今晚趸到周蜡梅家,一则顽顽,二则抽他个头儿,有何不可?(唱)做一个兼摄随堂新老官[17]。(下)

〔1〕上场引子:传奇脚色上场,一般先唱小曲一只,用以介绍剧中特定的情境,叫引子。引子之后,用上场诗,定场白。本剧引子省去。

〔2〕硃圈黑字:官府告示,每于重要文句处,加用红圈,以引起人们的注意。

〔3〕"为此"二句:军民知悉,遵奉毋违,皆旧时告示结尾处的套语。

〔4〕掣(chè彻)选:抽签所得的任职地面。自明代万历年间,始由候选者自行掣签而定。

〔5〕耗羡:旧时官府征收赋税,为弥补损耗,于正赋外多收的种种附加,统名耗羡。

〔6〕梦见本县的土地:土地诉苦,地皮卷净,无栖身之所,显与宋郑文宝《江表志》所记之宣州土地故事相类,可能即据此敷衍。

〔7〕"嚼蜡"二句:化用"味同嚼蜡、望梅止渴"二成语,并嵌女主角名字"蜡梅"二字。

〔8〕去日苦多:魏曹操《短歌行》:"譬如朝露,去日苦多。"言过去的日子苦于太多。

〔9〕陈情悃:陈诉衷情诚实无伪。悃,诚恳。

〔10〕湘簟:用湘竹编制的席子。

〔11〕随方就圆:可方可圆,随遇而安的意思。

〔12〕前生注定红丝绾:传说人间姻缘,皆前生注定,由月下老人用赤绳系住男女之足,虽千里之隔,亦必成婚。

〔13〕考成:官吏政绩之考核。

〔14〕临盆:分娩。

〔15〕串客:戏曲术语,指业余演员,相当于后世之票友。

〔16〕花串祭老郎:即彩妆公祭老郎神。旧时戏班公演前,例先祭戏神,俗称老郎,犹云祖师。

〔17〕新老官:新官人,新女婿。

第四出　打缸

（小生张才上）

【窣地锦裆】无心折得老梅梢,纸帐梅花云雨巢[1]。梅花别酒灞陵桥[2],空望梅枝渴怎消？

（白）我张才,蒙县主将周氏蜡梅批准为妻,又赏马房居住,领回今晚成亲。岂料山东贼案限满,当日我是原差,本县大老爷发出公文一角,刻不容缓,着我今晚起程前去。妻子来家,虽未成亲,也要回去别他一别。只是新婚燕尔,这到口的淡菜[3],也要尝他点滋味才好。待我慢慢想个主意。来此已是马房了。开门。（旦上）嘶马漫惊窗内梦,落梅不做浪中花[4]。你回来了？方才大爷传你去做什么？（小生）咳！官身人由不得自己。我与你今日百年好事,尚未成亲,偏偏遇着山东一宗盗案,当日我是原差,今日县主着我立刻往山东去关照缉捕。我再三禀告,只是不准。我只得阳奉阴违,今晚藏在家中,到底与你成就了好事,明早起身前去便了。只是你千万不可泄漏,告诉人说我在家里。（旦）晓得了。（小生)你且闭上门,待我去取壶酒来,与你吃三杯,大家高兴高兴,好偷干正经。(取壶介)咳!原是公堂真配偶,权为被底哑鸳鸯。(各下)(净、副、丑、小丑扮皂、马、厨、轿四人上,合唱)

【前腔】马房无水浪生高,今夜鸿沟通鹊桥[5]。公差梢棒捣窝巢,捣得声声慢不饶。

(净白)我们乃本县皂、厨、马、轿四行是也。妓女周蜡梅告准从良,本官断与张才为妻。你我与张才同是衙门中伙伴,今日约齐,到马房中贺喜他一番。借闹帐为名[6],大家拿着周蜡梅燥个空心脾顽顽,也是好的。(众)说得有理。你看天色已晚,就此前去。(皂)红带青衣帽子光。(厨)珍馐美味得先尝。(轿)四抬八座难离我。(马)出息吃穿马粪香。来此已是了。开门!(旦)是那个?(众)我们是同衙门伙伴,来与张才哥贺喜的。(旦在门内介)他奉公差往山东去了,不在家。(众私喜介)(净)唯,众位,张才既不在家,我们只说来送礼物的,骗他开了门,大家进去燥他一场脾。就是张才日后晓得了,也不好把你我怎样的。(众)说得有理。(又叫门介)开门。(旦)方才说了,他不在家,又叫门怎的?(众)我们送了许多礼物在此,他虽不在家,你也该开了门收进去。(旦)既如此,待我来开门。(作开门,众进介)(众)蜡梅姐,作揖恭喜!你从良是件好事,嫁得张才这样丈夫也不错。(旦)前生注定,大爷的恩典。(众)他今日果然去了么?(旦)果然去了。(众)论起理来,成了亲再去才是。这样的促急,只是苦了你了。(旦)上命差遣,概不由己。(净皂)蜡梅姐,我无甚东西贺你,赊了壶酒在此,大家吃杯喜酒。(副马夫)我没有什么贺你,有碗滚热的料豆在此,倒是补肾养筋骨的东西,就拿他来下酒甚妙!(丑轿)我带了三个大吊桶底饽饽在此[7],是前日抬老爷下乡,在路上打中火剩下的[8],拿来送你当点心吃。(小丑厨)你们都不如我的好。(众)是什么东西?(小丑)我的是荤腥两个大肉圆子,一箍鲁子肥灌肠。(旦)多谢!列位既来了,请坐,吃杯酒。(净)蜡梅姐!(众)呸!今日来贺喜,该叫张嫂子了。(净)是的。张嫂子,今日张才哥不在家,你唱只曲儿,我们听听。今后再不敢请教了。(旦)我近日学了两只昆腔,只怕不中听。(众)昆腔好!务必要请教。(旦)如此,不要笑话嘎!(众)好说,好说!请唱,请唱!(旦唱)

【皂罗袍】只说新郎来到,原来是一班儿粗蠢囚牢。我寒梅不伍柳枝条[9],狂风痴雨蛮吹搅。脱不过站堂喝道,压肩挺腰;执鞭坠镫,调油炒椒。恼人心欲呕翻成笑。

(末上)马厩夜深书吏立,张才去淡蜡梅眉。我,王书吏是也。周蜡梅从良,本官断嫁张才。气他不过,是我变了个调虎离山的法儿,把张才差出。不免来同蜡梅姐叙叙旧情,有何不可?来此已是。嘎!为何里面这等炒闹喧哗?敢是唱梆子腔么?待我在门缝里张张看。咦!原来是厨房、皂隶、轿夫、马牌子在这里作耗。待我吓他们一吓。(叩门介)开门!开门!(旦对众白)外边何人叫门?待我去看看。(众白)想必也是衙门中朋友来贺喜的。去看看,放他进来,大家热闹热闹。(旦开门介)呀!原来是王先生到了。(末大声介)了不得,了不得!老爷即刻要出门拜客,晚间还要治酒请人。在那里传唤,从役都误了差。好几个不到,特着我四处找寻,不知他们都钻到那里去了?(众慌介,白)王先生,我们方才来这里,与张才哥贺喜的。如今误了差使,怎么好?王先生方便方便。(末)你们这起人都要死了?还不快跑!(众)是是是!贪燥他人脾,苦杀自己腿。(同奔下)(末)蜡梅姐,请见礼。(旦还礼介)不敢。(末)蜡梅姐,你今番改邪归正了。张才为人能干,我将来还要帮衬他。(旦)全仗王先生。(末)你这样大喜,我无物奉敬,带来几本历年的通书[10],与些笔、墨、银硃,是我本房的出息,请收下。(旦)这几年的旧通书,用不得了;这笔墨银硃,我要他何用?(末)怎么没用处?这通书补窗夹线,这笔墨抹鬓画眉,樱唇桃脸要胭脂,现成的银硃代替。(旦)多谢王先生。(末)趁着张才哥不在家,唱个曲儿,咱们顽顽。往后各分了内外,怕就有些不便了。(旦)唱只梆子腔罢?(末)好极好极!我最爱的是梆子腔。(旦唱)

【梆子腔排律】院司道府县州堂[11],吏礼兵刑工户房[12]。作弊蒙官奸似鬼,嚼民吞利狠如狼。捉生替死寻常事,改短为长竟不妨。婆惜老公真好汉,暗龟明贼黑三郎[13]!

（末）唱的倒也好听，只是骂得太苦了些。（旦）打是疼，骂是爱。王先生，原来风月场中的情趣，你竟不晓得么？如此看来，你竟不如张三郎了[14]。（末）果然我不知情趣，该骂该骂！（副四衙上[15]）查监捕盗官非小，窃玉偷香老更骚。我乃阌乡县典史是也。周蜡梅从良，堂翁断嫁张才[16]。今日新婚之夜，张才未得成亲，奉差远出。从来新人不空房，趁此更深人静，不免悄悄摸到他家，做个替身老新郎，有何不可？来此已是，开门。（旦）是谁？（副）是我，四老爷。（旦向末介）不好了！四老爷来了，你在那里躲一躲才好？（末）四老爷这个时候来做什么？待我去看来。（末捏鼻作女声介）外面何人叫门？（副）是你四老爷在此，快快开门！（末作吓跌向旦介）这怎么好？我在那里躲一躲才好？蜡梅姐，你又开裤子裆，让我躲在里面罢！（旦）使不得。也罢，你在灶膛里躲躲罢。（末）也罢，也罢！千万不可烧火，一动火，我就要死了！（末作入灶下。旦开门介）（副作揖介）蜡梅姐，恭喜！你嫁了张才，我并不知道。我若知道，我就娶了你。（旦）四老爷老了。（副）你四老爷那里算得老？过了明年，才九十岁。比起彭祖来[17]，我还是个粉嫩的娃娃哩！没有什么东西送你，带了一个时兴梳蓬头的篦子，一只镂空檀香木的高底儿。从你头上，打扮到你脚底下。好不好？（旦）多谢四老爷！（副）蜡梅姐，此时四顾无人，又是你个大喜的日子，你唱个钻心钻肺的曲儿，与你四老爷听听。再你家有酒，拿一壶来,咱们吃一杯如何?(旦)嗳!新立的人家,连酒盅、酒壶也没一件,那里讨酒去?(副作帽中取盅,裤中取出壶介)我先已想到这里,都带来了。(旦笑白)四老爷真正老在行!待奴斟起酒来,四老爷慢饮。奴唱只〔清江引〕你听听。(副)妙极!妙极!(旦唱)

【清江引】怜伊官比芝麻小,宦况甚苦恼。俸薪缺养廉[18],堂上无批稿[19]。还怕那大计时填年老[20]。

(副)多时不见,越发唱得好了!(净县官上)牙床谎假托私访,马圈潜行拜故人。蜡梅从良,是我断配张才,那张才又是我差往山东公干,故此黑夜前来,要与蜡梅叙叙旧情儿。来此已是。开门。(旦)是那个?(净)是我,堂上大爷。(旦)四老爷,堂上大老爷来了,躲一躲方好。(副慌介)罢了,罢了,这怎么处?(上椅介)我上天罢?(又下钻介)要不,我入地罢!蜡梅姐,你们家又没多馀的房子,叫我在那里躲?(旦)也罢,躲在面缸里罢。(副)也罢,也罢!就躲在面缸里罢!(下)(旦开门介)嗄,大老爷来了,请进去坐。(净)蜡梅姐,恭喜你!恭喜你!今早在堂上,原要请你坐谈坐谈。两旁衙役只管说"堂规"、"堂规",倒把我拘住了。得罪,得罪!(拜叩介)请见一礼,再磕上个头儿。(旦)阿呀!老爷是贵人,蜡梅是贱人。蒙赏准从良,就感恩不尽了,那里还禁受得老爷的礼!岂不折杀了人?(净)从来说人情大如王法,我老爷是个有礼多情再不忘旧的,所以今日特特来看你。张才这小厮,他年少能干,腰眼子上又有力量,所以我才把你配了他。看你面上,将来少不得还要照顾他几件好差使。(旦)多谢大老爷!(净)我大爷没有甚东西送你,有一条红绸裤儿,是奶奶的,才穿了一两遭儿;又一个罐罐儿,一根棒棒儿,都是有用的东西,特特拿来送你。(旦)裤儿好穿,这罐罐儿、棒棒儿要他何用?(净)这罐罐儿可以盛醋,又可以作蒜臼儿,就用这棒棒儿在里头捣蒜擂椒,若那张才在你跟前有些发懒,不出力的时节,就拿这棒棒儿打那驴球合的!(旦)多谢大老爷!(净)我既来了,张才又不在家,你唱个曲儿,我听听。(旦)我有个"怕老婆"的曲儿,唱与大老爷听听。只是不要怪。(净)你唱你唱,我不怪你。(旦唱)

【清江引】老爷堂上的威风大,回宅担惊怕。犹如淮鼓儿[21],又像秋千架。每日里受推敲吊着打。

(净)好嘎!这曲儿风骚的有趣,倒是官场中的通行时样。我老爷非但不怪,句句都唱在心眼儿里去了。(小生上)时人不识予心苦,将谓偷闲学误差。来此已是。开门!(旦向净介)不好了,张才回来了!大老爷躲一躲才好。(净慌介)这、这、这如何是好?你叫我躲在那里去?我藏在你被窝里罢?(旦)不好。躲在床底下罢!(净)床底下腌臜得狠!(旦)将就些儿罢!(净躲介)(旦开门,小生进介)(旦)你回来了?(小生)回来了。取得一壶冷酒在此。(旦)冷酒不好吃,待我去灶上烫热了,咱们吃。(小生)你且在里面去,待我自去

961

烫。(旦下)(小生作取火烧酒介)(末作被烧形走出介)(小生)呀!不好了!敢是灶王出现了?嗄!不是!嗄,你是王书吏呀?到我这灶中藏着,是什么意思?(末作吓怔不语介)(小生)你若不说,我就打了!(末低唱)

【耍孩儿】张哥息怒休烦恼,我与你同门是旧交,竭诚贺喜今来到。你公差火动梅花棒,我书吏柴干灶底烧。莫道俺灞桥野兴无同调,还有个全身入瓮,面缸中跨雪寒郊[22]。

(小生)如此说,面缸里还有人?待我取杠子打来!(作打介)(副出面缸介)(小生看,副作转身丑态介)(小生白)嗄!你是四老爷呀?到我家来作什么?(副)我、我、我来查夜的。(低唱)

【五煞】做官的不惮劳,防匪窃到处瞧,地方干系要严查照。愁得我银须鹤发通身白,好一似古干梅花雪压梢,夜巡不用人抬轿。此一来恰如公会[23],集齐了吏役同僚。

(小生)四老爷既是查夜,怎么查到我家面缸里来了?这还有什么说处?(副)张才,你四老爷是年高有德,极是爱体面的人。你不要胡说乱道,待我四老爷与你判断这场官司罢!(小生)就请四老爷判断,看你怎么讲?(副)不要忙,不要忙,四老爷叫张才,堂翁把你差,山东去公干,你黉夜跑回来,灶膛里烧出个胡书吏。(小生)他是王书吏,怎么又姓起胡来?(副)原是姓王,如今被你烧胡了,只得要改姓了。面缸里打出个财神来!(小生)你是四老爷,怎么说是财神?(副)你看我浑身雪白,好像个大元宝,可不是个财神?清官难断家务事,请出床公床母来!(小生)那里又跑出床公床母来了?(副)蜡梅算了床母,那床底下还有块人儿,岂不是床公?(小生)嗄?床底下还有一个?待我拉出来看。(作拉腿,随出随缩进,三次始出。净纱帽胡须带草,坐,发怔不语介)(小生)嗄!你是堂上大老爷!也来到这里做什么?(净低唱)

【四煞】论张才莫声高,差你往山东把旧案销。你迟延规避将官藐。思量短笛把梅花弄,险被你搬折了梅枝压我的腰!得妻不想把恩官报,莫待我梅根潦草,快把那喜酒来浇。

(小生)我的妻子是你当堂断配的,并不是瞒人做事。你是官,我是役。我既有妻子,就分了内外了。你到我家来做什么?你是做官的人,就请你断一断。(净)待我老爷断与你听。唯,四寅翁[24],你这偌大的年纪,好没涵养!你来这里做什么?体面何在?官体何在?(副)卑职来查夜,是遵堂翁的功令来的。(净)既来查夜,为什么走到人家面缸里去了?岂有此理!(副)卑职原要到床底下去,恐怕占了堂翁的地方儿,故此在面缸里哝哝罢!(净)如此说,承让承让!王书办,你这奴才尤其可笑!你来的已经不是了,怎么又钻到灶膛里去弄起火烛来?县衙乃监库重地[25],大有干系!万一烧把起来,怎么处?(末)书办从此经过,进来讨火吃烟。不想他家灶门小,进去就出不来了。(净)哇!胡说!听断!(唱)

【三煞】王书吏秉笔刀,捕衙公县佐曹[26],二人嘴脸真堪笑!

963

一个儿烟熏太岁须眉短,一个儿粉傅的何郎年纪高[27],其中皂白难分晓。向张才双双致礼,我劝他罢手开交。

（小生）怎么叫做致礼？（净）我叫四老爷、王书吏作你个揖儿,陪个不是儿就是了。（小生）我不要什么致礼,我要遮羞钱！（净）你要几个钱？（小生）听我道！（唱）【二煞】问刑房律有条,毁夜打死不饶。欲求松放须钱钞。王书吏十两松纹锭[28],典史须将廿两交。堂堂县主难轻少,五十两细丝八扣[29],称齐了一笔勾销。

（末）你要我十两银子,我身边没有,明日送来。（小生）明日这样的钱不好要。今日只要现成的。（末）讨个保人与你何如？（小生）使得。你去讨来。（末）四老爷,张才要我十两银子,我没现成的,求四老爷保一保。（副）要我保？王书办,这是体面钱,又有我个官府在内,明日绝早就要送来,是失不得信的。（末）明日务必送来。（副）罢了！张才,王书吏的十两银子,我四老爷保着,明早送来。（小生）既是四老爷保,放你去罢！（推末出介）（下）（小生）如今到四老爷的二十两了。快快拿来！（副）有、有、有！但我来查夜,不曾带得,明早与你送来。（小生）明早怕你翻脸发赖,今夜现要。（副）我今夜没有现成的,你又一定要,怎么处？也罢！也寻一个保人何如？（小生）有结实保人,也使得。你去寻。（副）嗳！这时候门生、乡宦、当店、盐旗[30],一个也不在跟前,教我去寻谁？也罢！不免寻堂翁保一保罢！（作欲前又退丑态介,打恭介）嘎！堂翁！（净）你如今要怎么？（副）张才要卑职二十两银子遮羞钱，卑职没有带来，请堂翁保一保，明日送来。（净）你要我保？这倒容易。但预先说过，只可保这一次，下次再做出这样没廉耻的事来，不但我不保你，我还要在各上司处通详你呢！（副）是是是！领教，领教！（净）张才，四老爷的二十两银子我保着，明日送来。（小生）堂上大老爷保了，去罢！（推副出介）（下）（小生）如今到大老爷的四十两了。（净）四十两？不多，不多。只算我赏你做亲的。明日宅门上领。（小生）老爷是本官，小人是衙役，到了明日，就不敢要了，如今只要现成的。（净）我也寻个保人何如？（小生）那个保你？（旦暗上）（净）蜡梅姐，看我准你从良的分上，你保一保罢！我这里作揖了。（旦）大老爷差矣！（唱）

【一煞】我春寒已入罗浮梦[31]，不向东风斗丽娇。你探梅人错走了桃源道[32]。我空山伴月甘清冷，你柳絮春风乱摆摇。自颠狂莫怪人奚落，速留下头尖纱帽，还脱却麟楦青袍[33]！

（白）大爷没银子，只须把纱帽圆领脱下，做个当头，明早银物两交就是了。（小生）老婆说得有理！就请脱下来！（净）张才，脱是脱，明日黎明就要送进内宅里来，老爷还要坐早堂呢！（小生）晓得。只要银物两交。（净脱衣帽，推出介）（小生同旦下）（净）咳！这是那里说起！（唱）

【清江引】好笑好笑真好笑，梆子腔改昆调。床底下坐晚堂，

查夜在面缸里炒,把一个王书吏活活的烧胡了!(下)

〔1〕纸帐梅花:以藤皮茧纸作的帐子,取其透气。帐上多绘梅花为饰。

〔2〕灞陵桥:即灞桥。在陕西长安东,古时送别的地方。

〔3〕淡菜:原韧带类软体动物,壳表黑褐色,长二三寸,肉红紫色,味美可食。因曝干时不加食盐,故名。

〔4〕"嘶马"二句:上句指马上轻薄子弟的挑逗;下句是说自己已经从良,如已落之梅花,再不动心。

〔5〕鸿沟通鹊桥:鸿沟,古渠名,在河南境内。楚、汉相争,以鸿沟为界。鹊桥,七月七日夜牛郎、织女相会,乌鹊为之架桥。

〔6〕闹帐:闹新房。

〔7〕大吊桶底饽饽:椭圆形的大烧饼。

〔8〕打中火:出门在外途中吃中午饭。

〔9〕寒梅不伍柳枝条:是说梅花不配柳条,不与柳枝共舞。

〔10〕通书:即历书。

〔11〕院司道府县州堂:指上上下下的大小衙门。明清时中央设都察院,参与审理重大案件;各省设按察司,主管一省司法事宜。清代于省之下、州府之上设道,称道台;以下设州、府、县各级行政机构。

〔12〕吏礼兵刑工户房:即六房,也叫六案,各级政府下属的六个办事机构。

〔13〕"婆惜"二句:出梆子腔传统剧目《乌龙院》,即《水浒传》中宋江杀阎婆惜故事。黑三郎,宋江绰号。

〔14〕张三郎:《乌龙院》中的张文远,与宋江同衙为书吏,而暗中勾

引阎婆惜。

〔15〕四衙:即下文之"典史",知县的属官。清代典史主管缉捕、狱囚诸事。

〔16〕堂翁:这里是对知县的敬称。

〔17〕彭祖:传说彭祖长寿,年八百岁,在商为守藏史,在周为柱下史。见汉刘向《列仙传》卷上。

〔18〕养廉:清代为官吏正俸之外按职务等级另发银钱,叫养廉银。文职始于雍正五年,武职始于乾隆四十七年。

〔19〕批稿:对下级所呈文书的批件。

〔20〕大计时填年老:考核时填注年老的字样。古时官吏每三年考核一次,叫大计。如年纪过老,即有被勒令致仕的可能。

〔21〕淮鼓儿:即花鼓儿,悬挂于怀中用两棒敲打。

〔22〕"莫道俺"三句:灞桥野兴,踏雪寒郊,皆用唐代诗人孟浩然故事。唐代诗人郑棨曾经说过"诗思在灞桥风雪中驴子背上"的话,元人却把此事系之于孟浩然,并和寻梅联系在一起。马致远有《孟浩然踏雪寻梅》杂剧,今佚。这里借来指王书吏等寻访妓女周蜡梅。

〔23〕公会:官吏、差役因公相会。

〔24〕寅翁:官员称同僚为同寅。寅翁,对年岁大的人的客气称呼。

〔25〕监库:监狱和仓库。

〔26〕捕衙公:此指典史。

〔27〕粉傅的何郎:三国时魏何晏"美姿仪,面至白",喜修饰,粉白常不去手,人称"傅粉何郎"。

〔28〕松纹锭:指银子。因银锞上的花纹如松木之纹理。

〔29〕五十两细丝八扣:细丝,指成色十足的银子。五十两八扣,即

实交四十两。

〔30〕盐旗：当指运盐之商人。

〔31〕罗浮梦：旧题唐柳宗元《龙城录》载：隋开皇中，赵师雄游于广东罗浮，日暮于松林酒肆旁，见一美人，淡妆素服。与语，言极清丽，芳香袭人，因与之入酒店共饮。师雄醉寝，既醒，起视乃在大梅树下，上有翠羽啾嘈，月落参横，但惆怅而已。后因以罗浮梦比喻梅花。

〔32〕探梅人错走了桃源道：即错走了路头。探梅本雅事，却误入桃源，求男女之情爱。桃源，用晋人刘晨、阮肇入天台山遇仙女故事。

〔33〕麟楦青袍：即麒麟楦。唐冯贽《云仙杂记》卷九引《朝野佥载》："唐杨炯每呼朝士为麒麟楦。或问之，曰：今假弄麒麟者，必修饰其形，覆之驴上，宛然异物。及去其皮，还是驴耳。无德而朱紫，何以异是。"这里借来嘲讽无耻的官员。